KB096446

소수자
의
옹호

소수자의 옹호

의

옹호

실제비평
1981~97

최원식 평론집

자음과모음

이 평론집에 수록된 글들은 부제 '실제비평 1981~97'이 가리키듯 주로 그때 신문·잡지에 발표한 월평, 서평, 해설 등을 모은 것이다. 작품생산의 현장을 지키는 역할에 비교적 충실했던 때의 흔적인데, 뒤늦게 이런 책을 내는 약간의 변명이 필요하겠다.

갑년 즈음에 제자들의 무슨 준비가 없지 않던 모양인데, 김명인·원종찬 두 교수가 협의하고 후일 그 이야기를 알게 된 나 역시 거들어 그 일은 간정이 되고, 정 섭섭하면 폐 덜 끼치게 내 평론집이나 하나 준비하면 어떠냐고 하였다. 논래가 그리로 돌아 그러구러 출판사도 정해졌다고 원교수가 귀띔하던 것이다. 내심 이를 기하여 정리하고 싶은 글뭉치가 있었으니, 바로 첫 평론집 『민족문학의 논리』(창작과비평사, 1982)와 두번째 평론집 『생산적 대화를 위하여』(창작과비평사, 1997) 사이다. 이 덩어리는 꼭지도 많을뿐더러 대개 컴퓨터로 글쓰기 전의 원고들인지라 엄두 내기가 어려운 상태였다. 나는 우선 잡지에 실린 평론 목록을 추려 그때 내 연구실을 지키던 최학송 군(현 북경 중앙민족대 조문계 교수)에게 넘겼다. 이 적지 않은 분량을 홀로 컴퓨터 문서로 바꾼 최 교수의 인내가 이 책의 바탕이다.

그 뒤 일은 거의 진척되지 않았다. 물론 내 탓이다. 잡무도 잡무지만 여러모로 새삼스러웠던 것이다. 그러다 작년에 마침 연구실에 놀러온 심진경 형에게 출판을 타진하니 자음과모음사에서 흔쾌히 허락한다는 전언이다. 비로소 마음먹고 정리한 신문 스크랩들을, 류수연 윤미란 권문경 장연연, 네 제자들이 타자 쳐 드디어 완성한 문서 더미를 넘겨받은 뒤 틈틈이 퇴고하였다. 대충 덩어리지어 나누어 보낸 원고 전체를 다시 5부로 제목 붙여 분류하고 순서까지 배치한 까다로운 일은 심진경 형이 맡아주었으니, 사실상 그는 편자다. 비로소 꼴을 갖춘 원고들을 정독하면서 부의 제목들 일부를 바꾸고 각 꼭지들의 제목도 정돈하였다. 담당자 임채혁 씨의 자상한 의견을 참고하여 문장들도 손질했다. 물론 논지를 바꿀 정도로 수정한 경우는 없다.

제1부 '한국현대문학사의 좌표들'에는 비교적 간편한 개론적 성격의 글을 모았다. 시대를 보는 전체적 시좌視座를 제시하는 것도 필요할 듯해서다. 그런데 심 형은 여성문학과『태백산맥』을 거론한 두 편의 실제비평 그리고『태백산맥』논쟁의 와중에서 쓰인 반론과 팔봉상 사양의 변을 여기에 배치했다. 일단 발표되면 독자의 몫이라고 여겨 심 형의 판단에 따랐다.

제2부 '문학과 꿈'에는 나의 실제비평 출발을 알리는『마당』의 월평들이 중심이다. 1972년『동아일보』로 얼떨결에 등단한 후 1977년부터 창비 기고가로 활동하면서 본 글쓰기에 진입했지만 현장에서 닦인 평론가로서는 미달이었다. 더구나 창비, 문지가 1980년 신군부에 의해 폐간된 암흑기였다. 이때 월간『마당』이 소설 월평을 청탁했다. 1981년 11월호

부터 이듬해 6월호까지 일곱 꼭지를 작성한바, 나로서는 소중한 수련의 기회였다. 이중 「예술가의 존재방식」과 「토지와 평화와 빵」은 첫 평론집에 수록했지만, 이번에 다시 실었다. 심 형은 여기에 박태순론과 송기원 서평을 더했다.

제3부 '역사, 현실 그리고 문학'에는 주로 해설들이 배치되었다. 시집, 소설집, 전집, 선집 등에 따르기 마련인 해설 아홉 편에, 잡지에 실린 서평적 성격의 평론 한 편을 추가했다. 고은 송기숙 황석영 송기원 김하기 등, 가까운 민족문학/민중문학 쪽 선후배들이 주 대상이다.

제4부 '전환기의 한국시'는 시에 대한 실제비평이다. 『현대문학』 1988년 4월부터 6월까지 시 월평란을 맡았을 때의 세 꼭지를 기본으로 월간종합지 월평 한 편과 계간지·대학신문에 기고한 서평 두 편을 추가로 배치했다.

제5부 '문학현장을 찾아서'는 대체로 신문의 월평 모음이다. 1984년 7월 『중앙일보』를 시작으로 『동아일보』 『한겨레신문』 『조선일보』 『한국일보』를 돌아 1997년 3월 『경향신문』으로 마감되는 이력은 이 시기 신문 월평의 추이를 보여준다. 언제부터 그리했는지는 몰라도 신문에는 으레 시와 소설을 각기 다른 월평란을 두었다. 통상적인 월평란에 슬그머니 변화가 일어난 게 아마도 1990년대 들어서인데, 두 평론가가 시와 소설에 대해 토론하는 방식으로 변화한 『동아일보』 월평 대담이 첫 징후가 아닐까? 나는 1991년 1월부터 4월까지 김흥규 선배와 이 대담을 진행한바, 형님의 허락을 얻어 이 네 꼭지를 여기 실었다. 김윤식 선생과 함께 한 월평 대담이 한 편 더 있는 걸 보니(「이달의 문학 대담」 『중앙일보』 1994. 6. 28.), 유구한 월평이 변신 속에 서서히 신문에서 사라지는 형국이 1990년대의 풍경이지 싶다.

이 밖에 잡지에 실린 서평 한 편과 선집에 얹은 짧은 해설 한 편을 추가했고, 인하대방송국에서 진행한, 시와 소설을 다룬 두 문학칼럼은 다행히 육필원고가 남아 이번에 수록할 수 있게 되었다. 5부의 끝을 고 한남철 선배 인터뷰 기사로 맺은 일도 짠하다.

이렇게 1981년 『마당』에서 1997년 『경향신문』까지 월평자로 활약한 16년간 내 비평역정의 핵이랄 실제비평의 흔적이 여러 분의 공덕으로 정리되었다. 고맙고 고마운 일이다. 갑년에 맞춘 책이 그래도 정년 전에 나오게 돼 더욱 기쁘다. 제자들의 노고야 일러 무삼하리요만, 전황한 시절 이 평론집을 허락한 황광수 대표를 비롯한 자음과모음사에 감사할 뿐이다. 더위에 책 만드노라 애쓴 심진경 형과 임채혁 씨에게도 각별히 고맙다.

이번에 읽어보니 참으로 끈질기게, 우리 작가와 작품 들에 대해 투덜거렸다. 그 불평불만을 너그럽게 용납한 문단의 선배 친구 후배 들께 가장 정중한 인사를 드리는 바이다. 변명 한마디 덧붙이자면, 나는 1970년대 민족문학/민중문학의 세례를 얼치기로 받은 막내로서 평단에 나와 10·26이 광주항쟁을 관통한 결과, 신군부의 폭력적 집권으로 귀결되는 1980년대를 비평의 현장으로 삼도록 호출된 세대다. 느닷없는 침묵 속으로 함몰된 민족문학/민중문학의 향방을 현실의 굴곡들 속에서 추적하는 임무가 자의반타의반自意半他意半인 양 내게 떨어졌다고 할까. 가장 비천한 곳에서도 가장 고귀한 인간적 진실을 길어 올리는 작품을 찾는 비평적 모험에 충성하려고 애쓰던 것인데, 다른 세상은 언제나 미끄러지곤 했다. 군부독재의 형식적 퇴장이 오히려 권력과 반권력의 문제에 대한 날카로운 자각을 일깨우는 역설이란 민주화가 문학의 위의에 적지 않은 균열을 낸 반어만큼 통렬하다면 통렬한 일이다. 문학은 역시 소수자의 옹호가 숙세宿世의 운명이 아닐까,라는 생각이 스치던 것이다. 물론 소수자를 꼭, 그 어떤 권력교체에도 침묵당하기 일쑤인 서발턴subaltern에 한정할 필요는 없다. 왕년의 민중도, 왕년의 소시민도, 심지어는 왕년의 부르주아도 미묘한 위치에서는 소수자로 될 수도 있을 터이니까. 내가 그 시절에 이미 그 기미를 눈치챈 것은 아닐지라도 어렴풋이나마 몸은 그리 움직인 것도 같다. 소수자야말로 문학의 화두다.

2014. 7. 15.
인하대 연구실에서 저자 삼가 씀

차례

제5부 문학현장을 찾아서

제1부 | 한국현대문학사의 좌표들

한국 근대/현대문학 100년
─근대적 기획과 탈근대적 기획의 병진竝進

격동의 20세기가 저물어간다. 전반기에는 일제의 식민지로, 후반기에는 분단국으로 그 20세기를 피 흘리며 통과한 한반도, 20세기 한국사는 근대 국민국가의 건설이라는 19세기에서 이월된 과제를 해결하려 한 고투의 역사였다. 이 명예로운 싸움에서 한국문학은 중추적 역할을 맡아왔다. 한국중세문학의 내발적 혁신이라기보다 서구근대문학의 외재적 이식이라는 충격 속에서 한국근대/현대문학은 내용과 형식 양면에서 근대성/현대성modernity을 획득하려는 힘겨운 노력을 집중하는 한편, 서구적 근대를 넘어 우리의 민족적 현실에 즉응한 창조적 모델을 탐색하는 탈근대적 기획을 동시에 밀고 나가려고 앨 쓴 균형을 아슬히 견지해나갔던 것이다.

한국근대문학은 계몽주의로부터 비롯된다. 유길준의 『서유견문』과 서재필의 『독립신문』을 두 근원으로 삼는 한국계몽주의문학은 중세적 백성을 근대적 국민nation으로 들어 올리려는 기획을 근간으로 새로운 문체와 형식을 실험하였다. 그런데 이 시기 문학은 새로운 형식을 창조하기보다는 낡은 형식을 개량하는 절충적 성격을 특징으로 삼는다. 가사체에 바탕을 둔 새로운 노래운동, 옛 소설을 개량한 신소설, 판소리를 연극화한 창극의 출현은 대표적인 것이다.

계몽주의의 거대한 종결점이자 새로운 운동의 시발점인 3·1운동(1919) 이후, '신문학운동'이 낭만주의 시운동과 자연주의 소설운동의 형태로 발진한다. 침묵하는 님 또는 부재하는 님에 대한 간곡한 사유를 최고의 언어로 노래한 만해卍海와 소월素月에 의해 한국근대 자유시는 고전적 전범을 얻게 되고, 일본유학생의 귀국여행을 통해 3·1운동 전야의 민족적·민중적 현실에 육박해가는 염상섭의 중편 「만세전」은 한국근대소설의 진정한 초석이 되었다. 신문학운동은 1920년대 중반 카프KAPF의 출현으로 분화한다. 민족해방운동의 방법을 둘러싼 카프, 국민문학파, 절충파 사이의 치열한 논쟁을 통해 한국근대문학의 민중성에 대한 고려가 진전하는 과정에서 근대비평이 탄생한다. 아울러 이 시기에 창극과 신파극을 넘어 근대극운동이 출범한다.

대공황(1929)을 기점으로 천황제 파시즘이 성립하면서 카프가 강제 해체되고, 도시화의 물결 속에서 20년대 문학을 '현대화'하려는 모더니즘의 기획이 대두한다. 근본적으로는 19세기식 낭만주의에 깊이 침윤된 20년대 문학을 20세기적으로 쇄신하려는 발랄한 운동으로 광범한 영향을 미친 한국 모더니즘은 식민지적 조건과 부딪치면서 주관과 객관의 분열을 넘어설 총체성에 대한 모색으로 들어선다. 카프계 작가들도 혁명적 낭만주의의 패배 이후 식민지적 조건에 대한 더 깊은 천착을 통해 리얼리즘의 이론과 실천을 다양하게 실험한다. 그러나 이 뜻 깊은 탐색들은 태평양전쟁의 발발과 함께 국책문학의 소용돌이 속으로 빨려 들어가고 만다.

해방 후, 카프의 자기반성과 모더니즘의 자기비판이 민족문학운동으로 합류하면서 20년대 이래의 이념적 대립을 넘어설 절호의 기회가 찾아오지만, 국제적 냉전의 예감 속에서 분단이 현실화하고 그 귀결로서 6·25(1950)가 발발하면서 합작은 파열하고 순수문학론이 남한문학의 주류 이데올로기로 부상한다.

6·25로 말미암은 인적·물적 훼손에도 불구하고 1950년대 중반 이후 전후복구기로 들어서면서 남한문학은 경직된 반공문학을 가로질러 새로운 모색기에 들어선다. 4월혁명(1960)을 계기로 현실비판적 참여문학이 본격 대두하니, 모더니즘의 전통을 혁신한 김수영과 리얼리즘의 전통을 쇄신한 신동엽이 대표적이다. 1970년대에 이르러 참여문학론이 자주·민주·통일이라는 사회적 과제에 대한 작가적 책임을 더욱 예민히 자각한 민족문학론으로 발전하면서 리얼리즘의 창조적 혁신이 다양하게 실험된다. 유신체제가 광주항쟁(1980)을 압살한 신군부의 등장으로 재편되면서 70년대 문학운동을 이끌었던 계간지들이 강제 폐간되는 등, 언론의 자유가 광범히 억압되자, 급진적 소집단운동들이 흥기하였다. 그런데 6월항쟁(1987)의 승리와 동구혁명(1989)의 파급이라는 국내외적 상황의 변화 속에서 1990년대 문학은 정치과잉의 1980년대에 대한 반동으로 사회로부터 개인으로, 현실로부터 내면으로 경사되어갔다. 아시아금융위기의 확산 과정에서 한국이 IMF관리 대상으로 포섭되자(1997), 90년대 문학에 대한 비판적 성찰이 제기되었다.

지금이야말로 20세기 한국문학의 역사적 경험을 먹이로 문학성과 예술성의 고도의 균형 또는 리얼리즘과 모더니즘의 회통會通을 근본적인 차원에서 실현할 구체적 방법을 진지하게 탐색할 바로 그때다. 그 작업은 또한 국가의 우상과 시장의 우상을 함께 넘어서는 창조적 모델의 구축이라는 새로운 세계관의 모색과 긴밀히 연관되는데, 바야흐로 한국문학은 두 세기의 갈림길에서 중대한 도전에 직면하고 있는 것이다.

[『국사』(하), 금호미술관, 2002. 2.]

광복 50년의 문학

1. 탈脫마녀사냥

문학인대회 조직위원회에서 제게 부여한 과업은 광복 이후 50년간의 우리 문학을 비판적으로 점검하라는 것입니다. 저로서는 너무나 버거운 주제입니다. 그것은 무엇보다, 미네르바의 부엉이를 거론할 필요도 없이, 이 시기가 완결된 과거가 아니라, 문학사적 평가를 감당할 만한 심리적 거리가 부족한, 너무나 생생하게 우리 속에 살아 있는 현재이기 때문입니다. 그러나 이 자리는 사적史的 엄밀성을 추구하는 무슨 국문학연구대회가 아니라, 우리 문학의 바로 어제를 돌아봄으로써 한국문학의 위대한 미래를 실천적으로 다짐하는 문인대회인 만큼 이러한 모험을 마냥 사양할 수만은 없으리라는 느낌이 듭니다.

그런데 더욱 큰 난점은 이 시기를 조망할 관점 또는 시각을 어떻게 조정하는가 하는 문제입니다. 아시다시피 우리 사회는 '반동'과 '빨갱이'라는 극단적 언사가 난무했던 혹독한 마녀사냥의 시대를 거쳐왔습니다. 저는 방금 '거쳐왔다'는 희망적인 표현을 썼습니다만, 국제적인 탈냉전의 흐름에도 불구하고 느닷없이 전쟁 위기가 고조되기도 하는 한반도의 유동적인 상황을 염두에 둘 때, 우리 사회가 진정으로 마녀사냥의 시대로부터 해방되었는지는 아직도 의문이기는 합니다. 이러한 대결적 사회 분위기 속에서 우리 문학도 그동안, 거칠게 도식화하자면, 좌파와 우파의 분열 또는 순수문학과 민중문학의 대립이라는 냉전적 구도로 대치해왔던 것입니다. 그런데 최근의 국내외적 흐름이 보여주듯이 세상은 하나의 거스를 수 없는 대세로 변화하고 있습니다. 이제야말로 우리 문단의 냉전적 구도를 해체함으로써 남한의 두 문학 진영이 '남에게는 너그럽고 자신에게는 엄격한' 자기비판 속에서 새로운 쇄신을 도모하고 그 바탕 위에서 남북 문학을 창조적으로 지양할 새로운 지표를 탐색하는 지적 모험을 더 이상 주저할 수 없는 바로 그때인 것입니다.

2. 해방 직후의 문학상황

우리 문단의 냉전구도는 대개 해방 직후의 상황에서 직접적으로 기원합니다. 당시 남한에는 대개 네 개의 문학단체—조선프로문학동맹(1945), 조선문학건설본부(1945), 전조선문필가협회(1946), 청년문학가협회(1946)—가 포진하고 있었습니다. 앞의 두 단체가 좌파적이라면 뒤의 두 단체는 우파적이라고 할 수 있는데, 좌우파 각기 내부의 독특한 분화分化는 우리의 주목을 끕니다.

　앞의 두 단체가 모두 민족문학의 건설을 핵심적인 명제로 삼았음에도 대립했던 것은 동맹 측이 프로문학의 독자성, 다시 말하면 좌파 헤게모

니의 관철을 표나게 내세운 반면, 문건 측은 프로문학의 인민문학으로의
해소를 들고 나왔기 때문입니다. 알다시피 문건의 이론가 임화는 일찍이
카프의 해체를 전후한 1930년대 중반에 계급문학론의 관념적 급진성을
자기비판하면서 '근대문학의 완성'으로 사유의 중심을 이동한바, 이 시
기에 그가 조심스럽게 추구했던 반反파시즘민주연합의 구도에 바탕한 좌
우 협동의 모색은 해방 직후, 비카프계, 예컨대 구인회와 '문장'파의 이태
준·정지용·김기림 등이 오히려 지도부를 구성하고 있는 문건의 조직에
서 구체화했던 것입니다. '카프 중심'을 여전히 고수한 동맹과 달리, 문건
은, 분단의 고착과 함께 오로지 좌파 조직으로 규정받기에 이르지만, 애
초에는 우리 문단 초유의 좌우 합작이라고 할 수 있습니다. 이 때문에 문
건과 동맹이 조선문학가동맹(1945)으로 통합에 성공한 이후에도 내부 파
쟁은 끊임이 없어, 동맹계가 일찍이 월북, 뒤늦게 부득이 월북했던 문건
계를 6·25 이후 일련의 숙청을 통해 제거하고 북한 문학계의 주도권을
장악해간 과정은 여기서 되풀이할 필요도 없는 것입니다.

앞의 두 단체가 그러했듯이, 뒤의 두 단체도 미묘한 대립을 보이고 있
습니다. 김광섭을 비롯한 해외문학파가 중심이 되어 범우파를 광범하게
결집한 문필협은 "인권이 존중되고 자유가 옹호되고 계급이 타파되고 빈
부가 없는 가장 진정하고 가장 민주적인 국가관·세계관"에 기초한 민족
문학론을 내세웠으니, 그 취지서에 의거하건대, 문건과의 거리가 그다지
먼 것은 아닙니다. 좌우합작노선을 걸었던 김규식·안재홍 등이 문필협
의 명예회원이었던 점을 보면 이 조직 또한 단순 우파와는 상거相距가 있
습니다. 이에 대해 김동리·조연현 등을 중심으로 한 청문협은 당시로서
는 매우 과감하게 순수문학을 내걸었습니다. 물론 당시의 순수문학론도
단순한 반공문학은 아니었습니다. "자본주의 사회의 모순과 결함을 근
본적으로 시정하는 일방, 마르크시즘 체계의 획일적·공식적 메커니즘을

지양하는 데서 새로운 고차원의 제3세계관을 확립"해야 한다는 김동리의 주장에서 알 수 있듯이, 청문협의 순수문학론은 매우 독특한 탈근대의 지향을 내장하고 있었던 것입니다. 그러나 이 요소가 정치적 상황의 격화 속에서 긍정적으로 발전하지 못하고 청문협은 반공의 전위대를 자처하면서 남한 문단의 우이牛耳를 장악하게 됩니다.

이처럼 협동의 가능성을 배제할 수 없는 문건과 문필협이 아니라, 가장 왼쪽에 있던 동맹과 가장 오른쪽에 자리한 청문협이 분단체제가 작동하면서 남북에서 각기 문학적 주도권을 쥐기에 이르렀으니, 이는 우리 문학의 발전을 위해서는 행복하지 못한 공격적 구도가 아닐 수 없습니다.

3. 순수문학·민족문학·중도파

남북문학의 대결적 구도는 6·25를 거쳐 더욱 경화되어, 북한의 경우 자본의 포위는 물론이고 중·소와의 갈등 속에서 주체사상이 확립된 1967년 이후, 문학의 봉쇄성은 보다 강화되고, 남한의 순수문학 역시 아이러니컬하게도 정치성을 노골화하기에 이릅니다. 이 점에서 4·19혁명의 의의는 지대합니다. 그것은 비록 5·16쿠데타에 의해 좌절되었음에도 불구하고 한국문학에 꺼지지 않는 소중한 불씨를 제공했던 것입니다. 그 불씨는 다만, 1950년대 문학이 보여준 어용성 또는 무기력함에 대한 반성에 그치는 것이 아니라, 문학이 근본적으로 무엇인가, 문학이 사회 속에서 어느 자리에 있어야 하는가 등등, 우리 문학인들에게 문학에 대한 일종의 존재론적 의문을 던지지 않을 수 없도록 강제했습니다. 진정한 문학은 자기 시대와 불화합니다. 문학은 자기 시대를 넘어서 '함께 자유로운 공동체'에 대한 억누를 수 없는 갈애渴愛를 꿈꾸기 때문입니다. 양羊의 동서를 막론하고 세계문학사는 진정한 문학의 길을 걷고자 다짐했던 문학인들의 피와 땀으로 얼룩진 고투의 흔적으로 임리합니다. 그것은 일찍이 식민지시대의 소월과 만해가 걸어갔던 길이기도 합니다. 이 점에서 1960년대 후반의 순수·참여 논쟁의 의의를 잊을 수 없습니다. 이 논쟁의 수준은 결코 높은 것이 아니었지만, 이를 통해 우리 문학은 남북의 두 공식문학과는 다른 새로운 길을 개척할 역사적 운명에 눈떴던 것입니다.

이 때문에 1970년대 이후 좁은 의미의 순수문학론은 하나의 깃발로는 남아 있어도 실제의 창작을 통어하는 힘은 약화된 것이 아닌가 싶습니다. 그렇다고 순수문학론을 부정하는 것은 아닙니다. "담배를 피운다는 것은 세계에 연막을 치는 것"이라고 나직이 신음했던 말라르메처럼, 산문적 부르주아 생활에 대한 혐오 속에서 하나의 말을 찾아 그야말로 예술의 성직에 자신의 영혼과 육체를 바쳤던 플로베르와 같이, 삶과 문학 양면에서 자기 순수성을 치열하게 지켜나간 순수 문인이 있다면 그분들에게 우리는 마땅히 깊은 경의를 표해야 할 것입니다. 솔직히 말해서 지금 그런 어른이 그립습니다. 노선에 관계없이 누구나 경복할 수 있는 문단의 어른─해방 직후의 분열의 원인을 순전히 문단 안에서 찾자면 그 가운데 하나가 바로 좌우를 아우를 문단 원로의 부재를 들 수 있습니다. 만약 육당六堂과 춘원春園이 그러한 역할을 할 수 있었다면 우리 문학은 훨씬 행복했을 것입니다. 그렇다고 저는 이분들을 무조건 비판하는 데도 반대합니다. 비판에 앞서 드문 재능을 제대로 꽃피우지 못하게 만드는 우리 역사의 간난함을 통탄합니다.

70년대 이후 우리 문학의 논쟁 구도는, 20년대에 겉으로는 국민문학·계급문학·절충파가 정립鼎立했지만 실제로는 계급문학과 절충파가 중심에 있었듯이, 4·19세대의 분화 속에서, 자유실천문인협의회(현 한국작가회의), 『창작과비평』『실천문학』 등을 주축으로 한 민족문학론과, 순

수문학론·민족문학론에 모두 일정한 거리를 두고 있는『문학과지성』(현
『문학과사회』),『세계의문학』등을 주축으로 한 중도파의 대립입니다. 물론
이 두 그룹의 대립은 이전 시대와 같이 가파른 것은 아니었습니다. 객관
적으로 돌아보건대, 70년대 문학은 아마도 그 가혹한 정치적 상황 속에
서도 30년대 문학에 버금할 만한 문학적 재능으로 빛났으니, 두 그룹의
대립은 소모적 측면이 아주 없었던 것은 아닐지라도 대체로 보아서 계
간지의 역할의 증대 속에서 일종의 생산적 긴장을 이루었다고 평가할 수
있을 터입니다. 그리 된 데는 이 시기의 핵심적 쟁점의 하나인 민족문학
론이, 일제시대나 해방 직후의 민족문학론들과 연속의 측면보다는 비연
속성이 두드러지기 때문입니다. 단적으로 말해서 우리 시대의 민족문학
론은 자본주의와 현존 사회주의를 동시에 넘어서고자 하는 열망에 바탕
하고 있어서, 당의 외곽에서 더욱 권력에의 욕망에 애태우며 수입이론에
의존했던 앞 시기와는 근본적으로 단절되고 있는 것입니다. 민족문학론
의 이러한 근본 지향은 전 지구적 자본이 사회주의권을 포함하여 나라와
민족의 경계를 빠르게 지워나가고 있는 오늘날 더욱 큰 실감으로 다가
오고 있습니다. 그렇다고 민족문학론이 다 옳다고 주장하는 것은 아닙니
다. 안팎에서 제기되는 의문들을 성심으로 받아들여 쇄신의 의무를 다해
야 할 터인데, 이는 1990년대, 아니 21세기를 앞둔 우리 문학 전체가 함
께 감당해야 할 난제 중의 난제입니다.

4. 문학의 위엄과 생산적 대화

이상에서 거칠게 개관했듯이 광복 50년의 한국문학은 세계사적 격동의
한복판을 가로지르면서 인적·물적 자산의 심각한 훼손 속에서도 오늘날

이만한 규모의 문학을 이룩했습니다. 그런데 이제 우리 문학의 수준을 나라 안의 수직적 비교를 넘어 수평적 비교의식 아래, 다시 말하면 세계문학의 눈으로 냉정히 바라볼 필요가 있습니다. 결론부터 조금 성급하게 얘기한다면, 많은 성과를 냈음에도 불구하고 우리 문학은 세계문학의 위대한 반열에 참여하기에는 아직 미달이라는 느낌을 지울 수 없습니다.

우리는 여기서 우리 문학을 향해 끊임없이 엄습해오는 정치성 또는 사회성에 대해서 다시 생각해야 합니다. "문학 속의 정치는 음악회 중간에 울리는 총소리"와 같다고 누구보다 정치에 민감했던 작가 스탕달이 갈파했거니와, 우리 문학을 둘러싼 상황의 가공할 정치성으로 말미암아 순수문학을 포함하여 한국문학, 아니 남북문학 전체가 그동안 현실정치와 지나치게 밀착했습니다. 이제 그동안 우리 문학을 마치 악귀와 같이 뒤에서 끊임없이 끌어당기는 '정치성'의 주박으로부터 해방됩시다. 그리하여 문학 본래의 위엄을 회복합시다. 정치성과 절연한 문학성의 추구도 아니고, 정치성의 기계적 번역으로서의 문학성도 아닌, 정치성·사회성·사상성의 통일로서의 문학성의 문제를 김수영의 유명한 표현을 빌리면 그야말로 온몸으로 밀어나갈 때입니다. 모든 노골적 또는 위장된 공리적 문학관의 극복이, 우리 문학의 새로운 쇄신을 모색해야 할 지금 절실히 요구되는 것입니다.

문학성의 문제를 제대로 추구하기 위해서는 역시 지성의 문제를 거론하지 않을 수 없습니다. 죄송한 말씀이지만 저를 포함해서 우리 문학에 부족한 것이 공부가 아닌가 합니다. 예컨대 우리 문학은 지식인을 그리는 데 서툽니다. 이 능력은 오히려 일제 때보다 퇴화된 것 같습니다. 우리 문학에 왜 그토록 근사한 장시와 장편소설이 드문가 하는 문제도 이와 연관된다는 것이 제 판단입니다. 더구나 우리는 지금 한 세기가 끝나고 새로운 세기가 동트는 세기말의 황혼에 서 있습니다. 이 엄중한 자리에서 우리가 얼마나 창조적으로 20세기와 인식론적 단절을 이루는가에 한국문학의 앞날이 달려 있다고 해도 지나친 말은 아닐 터인데 21세기를 여는 우리 문학의 공부길이 양양하기를 기대합니다.

이미 징후가 나타나고 있듯이 활자문화 이후에 대한 범문단적 대응도 필요합니다. 대응이라고 해서 활자문화에 대한 배타적 옹호로 가자는 것은 아닙니다. 저 자신도 활자중독증이지만 사실 활자문화야말로 근대성의 전형이라는 점에서 문인들에게 특유한 활자중독 또한 우리가 근대주의에 사로잡혀 있다는 증좌입니다. 따라서 활자문화 이후를 생각한다는 것은 근대를 완성하면서 근대 이후를 모색해야 하는 오늘날 우리가 성수해야 할 필수적인 과제의 하나가 아닐까 합니다.

이상으로 제 두서없는 말씀을 마칩니다. 모쪼록 오늘의 토론이 지난 시대의 자기 소모적 분열을 딛고 우리 문학의 새로운 도약을 위한 생산적 대화의 한 디딤돌이 된다면 무상의 영광입니다. 감사합니다.

[한국문학인대회 제1발제, 한국일보사, 1994. 7. 25.]

비로소 충만한
이 한국문학사를 웃지 마라

출판계가 출구 없는 불황에 허덕이는데도 책들은 쏟아져 나온다. 저 책들 가운데 과연 몇이나 시간의 경계를 넘어 고전의 반열에 오를 것인가? 일찍이 김부식은 『삼국사기』를 지어 바치는 표문表文에서, 이 책이 간장병 종이마개로 사용되지 않기를 기원했다. 그러고 보면 나 어렸을 때만해도 못 쓰는 책을 찢어 간장병 기름병 등등의 종이마개로 썼던 기억이 난다. 까마득한 고려시대에도 그랬다고 하니 절로 미소를 금치 못하겠다. 『삼국사기』는 비판받아 마땅한 부분도 적지 않지만 뭐라고 해도 불후의 고전이다. 이런 고전을 저술하고도 후대의 평가에 자신을 낮추는 옛 선비의 엄정한 마음! 아무렇게나 글 쓰고 마구잡이 책 내는 일이 횡행하는 최근의 부박한 출판 세태가 더욱 부끄러워진다. 옛날에는 종이마개일망정 못 쓰는 책도 쓰임새나 있었지, 요사이는 마개기술의 진보로 그 용도마저 없어져, 파지로 처분될 수밖에 없는 책의 운명이 안쓰러울 뿐이다. 아니 나무가 불쌍하다. 『뉴욕타임스』 일요판을 제작할 때마다 지구의 허파, 아마존 원시림이 한 뭉텅이씩 사라진다는데, 저 수많은 엉터리 책의 출판을 위해 마구 베이는 나무들은 무릇 얼마인가?

　문학의 위기론에도 불구하고 문학 출판도 홍수를 이루고 있다. 국가 경쟁력이란 말이 정치권에서 귀 따갑게 들려오더니, 문단 일각에서도 그에 화답하듯 우리도 이제는 경쟁력 있는 작품을 내놓아야 한다고 기염을 토하는 철없는 주장도 나온 바 있다. 외설을 문학이라고 우기는가 하면, 외국소설 베끼기가 혼성모방이라는 이름 아래 버젓이 옹호되고, 통속소설이 본격소설로 둔갑하는 마술도 판을 벌인다. 진작에 시가 비밀결사원 사이에 주고받는 고급의 암호로 퇴각한 선진 자본주의 나라들과 달리 시집이 대중적으로 팔리는 나라답게 시단도 다채롭다. 기초가 여물지 않은 언어감각이 새로운 수사학으로 칭송되고, 범상한 경구가 시적 예지로 찬양받고, 낙서 같은 감정노출증이 인간 정신의 깊숙한 열림으로 화려한 조명에 부각된다. '종족의 방언'(모국어)의 최후의 수호자라는 시인의 명예를 팽개치고 시인이 시정배의 모국어 학대를 따라잡기 바쁘다. 물론 최근 문학이 다 이처럼 낮은 취미에 물들어 있다는 것은 아니다. 1990년대 문학의 최량의 성과들은 1980년대와는 다른 방식으로, 모국어의 암흑면을 개척하면서 리얼리티에 직핍해간 우리 문학의 전통을 미쁘게 계승하고 있다. 사실 어느 시대에나 통속문학은 존재해왔다. 그럼에도 최근의 현상은 우려할 만한 구석이 없지 않다. 번연히 통속인데도 통속이 아닌 체 나대기 때문이다. 더 나아가서는 통속과 본격의 구분 자체를 거부한다. 이러한 거부가 꼭 나쁜 것만은 아니다. 대중문화와 고급문화의 양극화 현상은 한 사회의 문화적 불건강을 가늠하는 중요 지표이기 때문이다. 그러나 최근처럼 통속이 본격의 영역마저 통속화하려는 것은 대중문화와 고급문화의 불건강한 구분을 진정으로 넘어서는 작업과는 거의 무관하다고 해도 지나친 말은 아니다.

도대체 문학하는 일의 진지함 자체를 희화화하는 이런 방만한 경향은 어디에서 비롯된 것일까? 정명환은 1920년대에는 친카프적이었다가 카프 쇠퇴의 기미가 포착된 1930년대에는 성性과 자연으로 내달린 이효석의 급변을 분석하면서, 카프와 이효석의 관계를 시어머니와 약삭빠른 며느리에 비유한 바 있다.(「위장된 순응주의」(상), 『창작과비평』 1968년 겨울호) 이는 1990년대 문학의 한 현상을 해석할 수 있는 중요한 단서로 된다. 90년대 문인들의 시어머니는 군부독재에 대한 저항 속에 너무나 진지했던 1980년대의 급진문학이었다. 80년대 문학의 해체는 90년대 며느리 문인들에게 고대하고 고대하던 시어머니의 사망이라는 복음 노릇을 한 셈이다. 그런데 80년대의 급진문학이 정치에 대한 문학의 종속이라는 형태로 문학의 위기를 불러왔다면, 90년대적 문학 경향은 정치로부터의 문학의 탈각을 통해 거꾸로 문학의 위기를 자초하고 있는 셈이다. 더욱이 우려되는 점은 80년대에 대한 부정이 한국문학사의 정전正典 전체에 대한 의도적 무관심으로 연장되고 있지 않은가 하는 것이다. 그들은 우리 문단에 나타난 신인류처럼 자유롭다. 나는 우리의 간난한 역사적 도정에서 인간적 구원의 문제를 진지하게 사유하면서 진정한 문학적 위엄을 지키고자 고투하는 과정 속에서 순정醇正한 언어의 숲을 이룩한 우리 문학의 고전들을 비판적으로 학습하는 일이 90년대 문학의 갱신에 중요한 디딤돌의 하나가 될 것을 믿어 의심치 않는다. 90년대 문학이여, "비로소 충만한 이 한국문학사를 웃지 마라".(김수영)

[『한국일보』 1997. 10. 2.]

4·19혁명과 문학

1960년 봄에 타오른 민주화 싸움이 이승만 독재정권을 붕괴시키자, 잇달아 두 권의 기념시집이 간행되었다. 6월에 나온『항쟁의 광장: 4월혁명 기념시집』(신흥출판사)과『학생혁명기념시집』(효성문화사)이 그것이다. 여기에서 시인들은 다투어 4·19의 위대함을 찬양하고 이 싸움에서 죽어간 젊은 넋들을 탄식하고 있다.

> 우람한 정신이요.
> 자유를 불러올 정의의 폭풍이여.
> 눈부신 젊은 힘의
> 해일이여.
> 허나, 그들의 이름 하나하나가 아무리 청사에 빛나기로니
> 그것으로 부모들의 슬픔을 달래지 못하듯
> 내 무슨 말로써

그들을 찬양하라.

—박목월, 「죽어서 영원히 사는 분들을 위하여」 부분

세상과 초연히 절제된 언어로 자연을 읊조리던 목월까지 이러했으니 이 시집들의 열기는 미루어 알 수 있는 터이다.

그러나 이와 같은 열기에도 불구하고 대체로 공허하다. 왜 그런가? 순수시인들이 흔히 주장하듯이 기념시는 그럴 수밖에 없는 것인가? 그러나 그것은 꼭 그렇다고 얘기할 수 없다. 가령 이 시집들 속에서 거의 유일하게 성공한 작품으로 보이는 「아사녀」는 기념시로서도 손색이 없고 '기념'을 뺀 시로서도 훌륭하다.

4월 19일 그것은 우리들의 조상이 우랄 고원에서 풀을 뜯으며 양달진 동남아 하늘 고운 반도에 이주 오던 그날부터 삼한으로, 백제로, 고려로 흐르던 강물, 아름다운 치맛자락 매듭 고운 흰 허리들의 줄기가 3·1의 하늘로 솟았다가 또 다시 오늘 우리들의 눈앞에 솟구쳐 오른 아사달·아사녀의 몸부림, 빛나는 앙가슴과 물굽이의 찬란한 반항이었다.

—신동엽, 「아사녀」 부분

이처럼 신동엽의 시는, 4·19라는 역사적 대사건 앞에서 허둥대다가 그야말로 경직된 관념의 나열로 떨어진 다른 시인들의 일회용 기념시와는 달리, 높은 문학적 형상화에 다다랐다. 각박하고 초조한 다른 시들에 비해 그의 시가 어떤 느긋함까지 감쌀 수 있었던 것은 그에게 있어 4·19가 일방적으로 밖에서 주어진 것이 아니라는 데 말미암는다. 1959년에 발표된 그의 시 「이야기하는 쟁기꾼의 대지」 「진달래 산천」 「새로 열리는 땅」은 혁명기념시 「아사녀」와 자연스럽게 연결된다. 그는 이미 자기 안에 4·19를 준비하고 있었던 것이다. 바로 이 점이 중요하다. 자유롭고 평등한 사회에 이르기까지 그 흐름을 그치지 않을 민족사의 정당한 전개 과정 속에서 이승만 독재정권의 붕괴를 온몸으로 느끼고 노래하고 있던 극히 일부의 문인들을 빼고, 대부분의 문인들에게 있어 4·19는 뜻밖의 일이었던 것이다.

그리하여 어느 정직한 시인은 다음과 같이 탄식하고 있다.

> 밤늦게 집으로 돌아오는 나의 발길은 무거웠다.
> 나의 두 뺨을 적시는, 아 그것은 뉘우침이었다.
> (…)
> 그것은 정말 우리가 몰랐던 탓이다.
> 나라를 빼앗긴 땅에 자라 악을 쓰며 지켜왔어도
> 우리 머리에는 어쩔 수 없는 병든 그림자가 어리어 있는 것을
> 너희 그 청명한 하늘 같은 머리를 나무랐더란 말이다.
> ─조지훈, 「늬들 마음을 우리가 안다: 어느 스승의 뉘우침」 부분

대부분의 문인들이 4·19를 아무 준비 없이 뜻밖에 맞았다는 것은 곧 1950년대 문학에 큰 문제점이 있음을 뜻한다. 50년대 문학을 규정하는 역사적 조건은 말할 것도 없이 6·25다. 3년여에 걸친 이 불행한 전쟁으로 말미암아 우리의 민족적 역량은 극도로 약화되고 더욱이 냉전구조가 이 땅에 단단하게 정착함으로써 민족통일의 전망은 극히 어두워졌다. 이와 같은 상황 속에서 민주주의 역시 후퇴일로를 걸었음은 어쩌면 당연한 일인지도 모른다. 따라서 우리 민중의 열망이며 우리나라 근대사의 기본적 과제로 되어온 민족통일과 진정한 민주주의의 실현을 제약한 이 정권의 붕괴는 4·19가 웅변하듯 필연적인 것이다.

그런데 이 시기에 우리 문학은 어떠하였는가? 50년대 문학에 대한 본격적이고 전반적인 연구가 진행되어야 그 실상이 고스란히 밝혀지겠지만, 그 중요한 특징은 이 시기에 이르러 1930년대의 순수문학 또는 모더니즘이 재등장한다는 점이다. 시는 시인 묵객적 서정시와 난해한 모더니즘이 의연히 활개치고 소설에서는 리얼리즘의 전반적 퇴조가 이루어졌다. 그리하여 30년대 문학이 그러했듯이 50년대 문학도 민족현실의 심장부에서 멀리 벗어나 국민대중의 생활과 극도로 유리되었다. 이렇게 문학의 사회성을 스스로 벗어버린 50년대 문학이 무슨 높은 예술성을 획득했는가 하면 그것도 아니다. 어느 평론가의 지적에 의하면, 순수문학을 표방한 이 시기의 문학이 오히려 우리 문학사상 유례가 없을 정도로 저조했다는 것이다. 이처럼 이 시기 문학의 주류를 이룬 순수문학은 민족사의 모순을 올바로 파악하지 못한 채 자기도 모르게 냉전구조 속에 안주하였다.

일부 문인들은 여기에서 더 나아가 이 정권에 어용되었다. 이어령은 이 점을 다음과 같이 날카롭게 지적한 바 있다.

우리가 알고 있는 것은 자유당 입후보자의 선거연설에서 행한 저명한 예술인들의 강연내용들이며 「제4대 대통령 이승만 박사 5대 부통령 이기봉 선생 출마 환영 예술인 대회」에서 벌인 연예인들의 쇼이며, 그리고 「인간 만송晩松(이기붕의 호)」을 찬양한 시문들이었다. 4·19 전 문화의 동태를 보면 이렇게 새로운 혁명의 소리를 유도한 것이 아니라 거꾸로 그 소리를 말살하는 부패세력과 야합했다는 사실이다.

그리하여 4·19 직후 당시 문단의 원로 김팔봉은 이와 같은 문인의 작태를 침통하게 개탄하였다.

작금 일이 년 이래 더욱 이번 선거를 치르고서 내가 슬프게 생각하는 것은 문학하는 사람들의 정신이 문학 이하로 떨어져가고 있다는 현상이다. (…) 사회의 부정을 폭로하고 현실의 모순을 고발하고 어디까지나 정의와 자유와 진실과 인권을 부르짖으며 민중과 함께 웃고 울고 노래해야 할 예술인들의 본연적 자세는 어떻게 되었는가? (…) 젊은 학생들을 죽이기까지 한 이 나라의 현실에서 예술가니 문학가니 소설가니 시인이니 하는 위인들이 민중의 마음을 등지고 그들을 배반하고 가는 곳은 어딘가?

이처럼 문학의 순수성을 높이 치켜든 50년대 문학은 그 이름에 값하는 예술성도 획득하지 못했을 뿐만 아니라 일부는 독재정권에 이용당함으로써 그 순수성도 지켜내지 못하고 말았다. 대부분의 문인들에게 있어서 4·19가 뜻밖의 사건으로 받아들여진 근본 원인이 여기에 있으며, 4·19 이후 쏟아져 나온 혁명기념시가 어쩐지 물에 뜬 기름처럼 느껴지는 이유도 여기에 있는 것이다.

4·19는 꿈꾸던 우리 문학을 강타하였다. 이에 따라 기성 문인들의 자기비판과 자기혁신이 전개되고 이른바 4·19세대로 불리는 젊은 문인들이 대거 등장하여 우리 문학은 그야말로 거듭나는 것처럼 보였다. 그러나 4·19 직후에 나타난 우리 문학의 긍정적 변화의 조짐은 5·16쿠데타(1961)를 고비로 기대를 배반하고 말았다. 불안과 허탈과 환멸의 문학이 풍미하게 되었던 것이다. 이 시기 지식인들 사이에 팽배한 환멸을 어느 시인은 다음과 같이 노래하고 있다.

어린 4월의 피바람에

모두들 위대한

훈장을 달구

혁명을 모독하는구나.

이젠 진달래도 피면 무엇하리.

　　　　　　　—박봉우, 「이제 진달래도 피면 무엇하리」 부분

　1950년대 문학의 양태를 근본적으로 극복할 수 있는 계기를 부여한 4·19가 1960년대 문학의 전개 과정 속에서 그 빛이 급속히 바래버리고 만 이유는 무엇인가? 그것은 무엇보다도 4·19가 좌절된 혁명이라는 기본적 사실에 기인하는 것이지만, 한편 민족사의 정당한 흐름을 온몸으로 감당함으로써 문학의 진정성이 획득될 수 있다는 문학인의 자각이 아직도 튼튼하지 못하다는 데에도 있는 것이다.

　이런 점에서 1960년대 말에 제기되어 1970년대에 새로운 문학운동의 차원으로 발전한 순수·참여논쟁은 중대한 의의를 가진다. 이 논쟁을 통하여 우리 문학은 지금까지의 문학이 존재해왔던 양태를 근본적으로 반성하게 되었고, 4·19에서 제기된 민족통일과 민주주의의 진정한 실현이 문학 바깥의 문제가 아니라 문학 그 자신의 문제라는 차원 높은 인식에 도달하게 되었다. 이렇게 하여 4·19가 제기한 문제를 옳게 파악하고 정당하게 실천하는 작업은 그 이후 우리 문학의 핵심적 과제가 되고 말았던 것이다.

[『계명대학보』1980. 4. 22.]

광주항쟁 이후의 문학

어느덧 광주항쟁 10주년을 맞았다. 그럼에도 광주문제의 해결이 조금도 진전되지 못한 채 다시 항쟁 자체를 괄호 치려는 집권층의 노골적인 의도에 개탄을 금할 수 없다. 진상규명은커녕 대명천지 민주주의 국가에서 광주로의 여행마저 제한하는, 그럼으로써 한 젊은이가 검문을 피해 기차에서 뛰어내리다 사망한 불행한 사건*을 보고 있노라면 우리는 도대체 어느 시대에 살고 있는 것인지 아득해지고 만다.

20세기의 막바지에서 세계는 격동하고 있다. 분배의 정의에 기초한 생산적인 경제구조, 그 위에 구축된 진정으로 민주적인 정치체제를 보유·발전시킨 나라만이 21세기의 새로운 국제질서 속에 명예롭게 참여할 수 있을 터인데 우리 사회는 이처럼 도도한 세계의 대세를 거슬러 어디

---

* 1990년 5월 18일, 성남 대유공업전문학교 2학년에 재학 중이던 스무 살 신장호 학생이 광주 순례를 가던 중 열차에서 검문을 받아 밖으로 뛰어내렸으나 과다 출혈로 끝내 운명하였다.

로 가고 있는가? 국가이성의 적나라한 전시장으로 되고 있는 냉엄한 국제무대 속에서 우리 민족의 생존을 보위하기 위해서는 내부문제의 민주적 해결이 그 어느 때보다 절실하다. 이 점에서 광주문제의 명예로운 해결은 바로 그 초석이라는 점을 거듭 확인해둔다.

유신체제의 재편과정에서 광주항쟁을 폭력적으로 진압하면서 등장한 전두환 정권 초기에 우리 문학은 유례없는 침체의 늪으로 빠져들어간다. 광주항쟁을 괄호 치고 비통한 신음만 뿜어냈던 것이 1980년대 전반의 문학적 분위기였던 것이다. 그러나 후기에 들어 민주화투쟁의 고조 속에서 광주항쟁을 다룬 진지한 문학적 업적들이 속속 출현하였다.

여기서 광주항쟁을 다룰 때 부딪치게 되는 몇 가지 미묘한 쟁점을 지적하기로 하겠다.

첫째, 광주항쟁에 있어 지식인의 역할 문제이다. 수습위원으로 활동했던 김신부와, 시민군의 일원으로 항쟁에 참가했던 요섭이 최후의 결전기에 항쟁의 진상을 서울에 알리기 위해 광주를 탈출하면서 겪는 고뇌를 진지하게 그린 윤정모의 「밤길」(1985)이 보여주듯이, 광주항쟁에 대한 지식인의 부채의식은 침통하기 짝이 없다. 알다시피 초기 항쟁을 주도했던 청년 학생·지식인들은 무장투쟁기에 대거 이탈하였다. 이 때문에 지식인들을 개량주의 또는 투항주의로 매도하는 경향이 없지 않은데, 이것이 우리 운동의 현실적 요구를 심각히 고려하지 않은 탁상론일 때는 자칫 감상으로 떨어지기 쉬운 것이다. 사실 우리는 갑오농민전쟁 당시 남·북접 갈등에 있어 너무 쉽게 북접을 비판해왔다. 물론 수습위와 무장대의 관계를 곧바로 남·북접으로 비교할 수는 없지만 광주항쟁은 지식인들에게 역사적으로 존재했던 관념이 현실적 문제로 육박해왔던 고통스러운 경험이었던 것이다.

둘째, 광주항쟁에 있어 룸펜프롤레타리아트의 문제이다. 정도상이

「십오방 이야기」(1987)에서 지적하고 있듯이, 광주항쟁은 "첨엔 학생들이 시작했는디, 뒤에 갸들은 다 내빼고, 때밀이, 식당 종업원, 구두닦이, 운전수, 공돌이, 구멍가게 주인 같은 야들이 총을 잡고 광주를 지킨다고 싸웠다." 민중 구성에 있어 주변부를 이루는 룸펜프롤레타리아트가 광주항쟁에서 맡았던 적극적 역할과, 룸펜프롤레타리아트는 결국 황금과 권력에 맹종하는 변절한 무산계급이라는 고전적 이론은 어떻게 연관되는가? 무엇이 그들로 하여금 항쟁과 운명을 같이하게 만들었을까? 이것이 항쟁의 한계인가? 아니면 그 위대성의 징표인가?

셋째, 광주항쟁에 있어 노동자 계급의 문제이다. 홍희담의 「깃발」(1988)이 전형적으로 보여주듯이, 야학 선생 윤강일이 탈락하고 대신 여성 노동자 형자가 도청에서 총을 잡고 꽃처럼 산화하는 이야기를 통해 작가는 노동자의 눈으로 항쟁을 포착하였다. 이 점에서 「깃발」은 「십오방 이야기」와 선명히 대조된다. 과연 무장투쟁의 주체는 룸펜프롤레타리아트인가, 노동자 계급인가? 앞으로 더욱 과학적인 분석이 이루어져야 하겠지만 현재까지 밝혀진 바로는 「십오방 이야기」가 진실에 가까운 것 같다. 다시 말하면 「깃발」에는 광주항쟁에 대한 기계론적 파악의 징후가 없지 않다. 노동자들은 혁명적 계급이니까 무조건 그렇게 그려지고 지식인들은 부동하는 소시민이니까 무조건 흔들리고, 극단적으로 말하면 구체적인 인물이 일반원칙의 한 예증으로서 제출되었던 것이다. 이 경향은 최근 노동문학의 지배적 경향으로 자리 잡고 있는데, 우리는 운동의 형식에 있어서 변화의 일반법칙이 필연성의 기계적 과장이 아니라 생동하는 구체성 속에서 관철된다는 점을 확인해두자.

80년대 문학은 분명 광주항쟁을 어머니로 하여 태어났다. 그리하여 80년대에 등장한 젊은 문인들은 80년대 문학을 1970년대와는 독자적인 새로운 단계로 설정하였다. 이에 대해서 백낙청은 "우리 문학은 아직 그러한 새 단계에 올라서지는 못했고 바로 그 목전에까지 이르렀다"(「민중·민족문학의 새 단계」, 1985)고 함으로써 80년대 문학의 70년대적 연속성을 강조하였다. 그의 진단은 1985년에 행해진 것이지만 아직도 유효하다. 강만길이 지적하고 있듯이 광주항쟁은 4·19혁명과 부마항쟁을 계승한 반독재 민주화투쟁(『한겨레신문』 1990. 5. 15.)으로서 지금도 생생히 살아 있기 때문이다.

[광주5월민중항쟁 10주년 기념 전국학술대회 토론: 『광주5월민중항쟁』, 풀빛, 1990]

여성해방문학의 대두

『또 하나의 문화』 제3호가 『여성해방문학』이란 표제로 출간되었다.

여성해방운동이란 무엇인가? 권두좌담에서 김숙희는 여성문학·여류문학·여성해방문학을 다음과 같이 구분하였다. 여성이 생산한 일체의 문학을 지칭하는 여성문학은 일종의 생물학적 개념이고, 여류문학은 소위 여성적 가치·여성적 미덕을 내세우는 문학인 데 반해, 여성해방문학은 물론 여성이 주체가 되는 것이지만, 성性을 불문하고 여성해방적 의식을 자각적으로 표출한 문학이라는 것이다.

조혜정은 여기서 더 나아가 여성해방문학이 "기존체제 안에서 여성이 처한 불평등한 억압을 고백적으로, 그리고 경험적으로 철저히 폭로하고 증언"하는 고발문학의 단계, 지금까지 남성의 입장에서 설명되었던 세계에 대해서 여성적 시각에서 비판하는 재해석의 단계를 거쳐, "지구촌의 남성과 여성이 다 함께 자유와 평화 속에서 자기를 실현하는 세계"에 대한 해방의 비전을 제시하는 궁극적 단계로 발전한다고 하였다. 그리고 오늘날 우리나라의 여성해방문학은 이제 고발문학의 단계에 새롭게 서 있음을 천명하였다.

우리 문단에도 드디어 우먼파워가 상륙하였다. 물론 이 이전에도 우리에게 여성문학이 없었던 것은 아니나, 몇몇의 예외를 제외하고는 대체로 남성문학의 장식적 위치 속에 안주한 여류문학이었다. 그런데 이제 여성문학은 여류문학을 거부하고 여성의 주체성 위에 굳게 선 여성해방문학으로, 그것도 외로운 개인이 아니라 집단적 연대 속에 등장하였던 것이다.

이 점에서 고정희를 비롯한 시인 6명, 박완서를 비롯한 소설가 10명 그리고 극작가 엄인희 등 여성문인들이 대거 참여한 이 무크지는 "신문학 70년 사상 최초로 시도된 기획작품집"(「편집자의 말」)으로서 현 단계 여성해방문학의 가능성을 가늠할 수 있게 해준다는 점에 주목된다.

그러나 구체적인 작품의 성과는 그에 비해서는 아직 낮다. 시의 경우, 6명의 시인이 참가하고 있지만 그래도 흥미롭게 읽히는 시는 「여성사 연구」라는 부제를 내세운 고정희 정도다. 그런데 고정희조차도 그녀의 탁월한 시, 예컨대 「화육제별사化肉祭別詞」의 수준에 비하면 떨어진다. 이 점에서 여기 실린 고정희의 시 중에서 「반지뽑기부인회 취지문」이 가장 좋다는 것은 곰곰이 음미할 일이 아닐 수 없다.

대저 하늘 아래 사람은 남녀가 일반이나
우리는 조선의 여자로 태어나
학문과 나라일에 종사치 못하고
다만 방직과 가사에 골몰하여
나라의 의무를 알지 못하옵더니
근자에 들리는 소문에 의하면

국채 일천삼백만원에 나라의 흥망이 달려 있다 하오니

대범 이천만 중 여자가 일천만이요

여자 일천만 중 반지 있는 이가 오백만이라

반지 한 쌍에 이원씩 셈하여

부인 수중에 일천만원 들어 있다 할 것이외다

기우는 나라의 빛 갚고 보면

풍전등화 같은 국권회복 물론이요

여권의 재앙 말끔히 거둬내고

우리 여자의 힘 세상에 전파하여

남녀동등권을 찾을 것이니

대한의 여성들이여

반만년 기다려온 이 자유의 행진에

삼종지덕의 가락지 벗어던져

새로운 세상의 징검다리 괴시라

　1907년 국채보상운동에 참여했던 '반지뽑기회'의 취지서를 바탕으로 한 이 시는 그 무슨 수사적 장치도 없지만 아름답다. 행간과 행간 사이에 배어든 여성의 슬픔이 이처럼 투명한 논리를 획득하고 있다니! 여성해방과 민족해방을 탁월하게 결합시킨 이 취지서는 시대를 건너 우리를 감동시킨다. 그런데 이보다 더욱 중요한 일은 우리 시대의 여성해방문학의 창조에 있다는 점은 두말할 나위도 없을 터이다.

　희곡은 엄인희의 「작은할머니」 한 편밖에 없지만 흥미롭게 읽었다. 남편이 독립운동을 위해 중국으로 망명하는 바람에 입을 줄이려고 김씨 집안에 아들을 낳아주러 시앗으로 들어온 한 여인의 일생을 담담하게 그린 이 희곡은, 우선 사실적 전개가 마음에 들고 상투적이지 않아서 더욱 좋다. 이런 소재를 다룰 때 대개의 작가들은 감상 취미 또는 괴기 취미에 빠져버리기 때문이다.

그럼에도 이 작품의 주제적 초점은 약하다는 느낌이 든다. 이 작품은 결혼을 앞둔 손녀에게, "남편이 성을 내거든 무조건 수그러들지 말고 차근차근 따져보라"는 할머니의 충고로 끝나는데, 극의 결말치고는 너무 소박한 것이 아닌가? 그것은 아마도 이 작품이 극적이기보다는 서사적인 데서 비롯된 터이다.

작은할머니가 손녀에게 이야기하는 형식을 기본틀로 하고 있는 이 작품은 마치 채만식의 희곡 「제향祭饗 날」(1937)처럼 서사적인 것과 극적인 것이 절충되어 있다. 극적 긴장감을 팽팽하게 부풀어 올리기 위해서는 서사적 틀을 버리고 할머니의 일생에 초점을 맞추었더라면 하는 아쉬움이 남는다.

이 무크의 중심은 열 편의 단편이다. 그런데 양에 비해 주목할 만한 작품이 그리 많은 것은 아니다. 가장 빼어난 이야기꾼의 한 분인 박완서의 「저문 날의 삽화 2」는 과장이 지나치고, 강석경의 「낮달」은 개인적이고, 이혜숙의 「노래소리」는 어딘지 부자연스럽고, 임철우의 「둥지와 새」는 요령부득이다. 여성해방문학이라는 이념형을 너무 의식해서 힘이 들어간 탓일까?

오히려 나로서는 낯선 작가의 작품들—이경자의 「둘남이」, 하빈의 「학동댁」, 한림화의 「불턱」이 흥미로웠다.

1930년대의 여성 소설가 강경애나 백신애의 빈궁소설을 연상케 하는 「둘남이」는 우리를 섬뜩하게 한다. 요사이도 과연 이런 곳에서 이처럼 참담하게 살아가는 사람이 있을까 싶게 이 작가의 터치는 건조하다. 이 작품의 무대는 어촌이지만 결코 아름답지 않다.

애당초엔 펑퍼짐한 갯가일 뿐이었던 걸 방축을 쌓아 돋운 땅이 되었다. 무허가로 한 칸 방에 부엌 붙여 개미굴로 지어 이백 호쯤 사는 동네로 변했다. 그나마 처음에 터 잡은 사람이 대부분의 집을 차지하고 있어서, 그 주인은 세만 받아 먹고 살았다.

　둑은 쌓았어도 큰물만 나면 동네가 물에 잠겼다. 앞뒷집이 추녀를 맞대고 있어서 숨소리도 감출 수 없었다.

　이 황량한 어촌을 무대로 소설은 둘남이와 그녀의 포악한 남편 용호의 사랑 없는 성희로 시작되는데, 전생의 원수가 다시 만난 듯 용호에게 맞아 죽는 둘남이의 삶을 작가는 냉혹무비하게 그리고 있다.

　"딸만 내리 셋을 낳고 또 낳은 게 딸이어서 다음에 꼭 아들을 낳으라고 이름도 둘남이"로 붙여진 이 여성과 가난한 어부의 아들로 태어나 "아버지는 바다에서 죽었으며, 어머니는 그를 데리고 다른 어부와 살림을 차려" 씨 다른 여러 동생들 사이에서 춥게 자라난 용호의 비틀린 결합은 우리 사회에 깊이 뿌리박고 있는 성적 억압에 대한 가장 무서운 고발이 되는 것이다.

　하빈의 「학동댁」 또한 끔찍하다. '늑대이빨'이라는 별명으로 불리는 시어머니 부동댁과 딸만 내리 낳은 며느리 학동댁의 대립을 무서운 집중성으로 그려낸 이 짤막한 단편은, 여성에 의한 여성에 대한 억압의 형식을 취하고 있어서 일견 여성해방문학과 상관이 없는 듯이 보인다. 그러나 "열여섯 살에 귀밑머리 올리고 김씨 문중에 시집와서 소작농 닷 마지기에 생계를 걸어놓고 발길에 차이는 가난과 우환을 제치고" 살아온 여든 노인 부동댁이 출산의 고통으로 죽어가는 며느리 학동댁은 거들떠보지도 않고 오직 "김씨 문중에 고추가 나왔다!"고 흥분하는 데서 분명히 드러나듯이 부동댁은 여성이 아니라 남성의 충실한 대리자였다. 고부간의 갈등이란 기실 성적 억압의 왜곡된 표현이었던 것이다.

이 점에서 하빈의 「학동댁」은 이경자의 「둘남이」와 상통하니, 이 두 작품은 여성해방문학의 고발문학 단계를 전형적으로 보여준다.

한림화의 「불턱」(「불턱」이란 잠수潛嫂, 곧 해녀들이 물질하러 바닷가에 나갈 때 옷을 갈아입는 금남의 장소로 잠수 집단의 의회 역할을 한다고 함)은 아주 흥미로운 소설이다.

중편 「꽃 한 송이 숨겨놓고」(『문학과역사』 1987년 2월호)에서도 제주도 문제를 다룬 바 있던 이 작가가 여기서는 제주도 역사를 제주도 여성의 관점에서 재해석하였다.

이 작품은 제주도 잠수가 육지의 순덱이 어멈에게 보내는 다섯 통의 편지를 모은 서간체 소설의 형식을 취하고 있는데, 1601년 여름에 보낸 첫번째 편지는 허물어진 성을 보수하는 부역에 나갔다가 다리를 다친 남편을 대신해서 진陣에 파수 보러 갔던 맹부각시 사건을 계기로 잠수들의 등장等狀 모의를 서술하였다.

1901년 5월 5일 자 두번째 편지는 유명한 이재수란李在守亂의 끝판에 쓰였고, 1932년 2월 12일 자 세번째 편지는 제주도 잠수조합의 항일투쟁, 1948년 4월 30일 자 네번째 편지는 4·3제주도 '폭동'의 와중에서 띄운 것이다.

제주도 여성들이 주동적 역할을 했던 1601년 망부각시 사건과 1932년 잠수조합의 항일투쟁 그리고 그녀들이 독특한 역할을 담당했던 1901년 이재수란과 1948년 4·3'폭동'을 작가는 비판적으로 재해석하면서 소설은 다음과 같은 마지막 편지로 끝난다.

서기 1987년 3월 8일
순덱이 어멈 보게.

순덕이와 함께 우리를 만나러 온다니 얼마나 반가운지 믿기우지 않네. 자네 제의대로 큰 것이 작은 것을, 육지가 섬을, 남자가 여자를 짓밟아온 역사를 얘기하세. 그리고 색깔 문제를, 또 앞으로 우리의 딸과 아들들이 살아갈 세상에 대해 의논을 하세나. 우리 모두 모여 자네들을 기다릴걸세. 잔치상을 차려놓고 불턱에서 말일세.

이 소설은 고발문학의 단계를 한 걸음 넘어서서 여성해방의 새로운 새벽을 선언하고 있다. 물론 그 세계관이 어떠한 모습으로 구체화될지 아직은 어렴풋한 상태이지만 가능성은 항상 아름답다.

어찌 첫술에 배부르랴. 여성해방문학의 발전을 충심으로 기원한다.

[『월간조선』 1987년 6월호]

역사적 진실과 문학적 진실

—『태백산맥』을 읽고

1

조정래의 『태백산맥』 제1부 '한恨의 모닥불'(1~3권, 한길사, 1986)은 출간되자마자 독서계의 비상한 주목을 받아왔다. 알다시피 이 작품은 1948년 10월 중순에 폭발한 여순반란사건을 다루고 있다. 이 사건은 대한민국 정부가 수립된 직후에 일어난 최초의 대규모 반란이라는 점에서, 국군에 의해서 일주일 만에 진압되었지만 그 주력은 지리산을 비롯한 산악지대에 근거지를 구축하면서 장기적인 유격전으로 전환했다는 점에서, 그리고 그것이 마침내 제2차 세계대전 후 최초의 국제적 열전으로 된 6·25를 매개하고 있다는 점에서 우리 현대사에서 차지하는 의의는 엄중하다. 이 때문에, 더구나 냉전체제가 아직도 한반도의 허리를 조이며 관철되고 있는 분단시대 속에서 여순반란사건은 우리에게 너무나 예민하다. 그 예민함에 대해 작품 취재기에서 작가는 다음과 같이 털어놓고 있다.

지금도 그렇습니다. 여순사건에 대해 물으면 누구나 일단 지나간 일이라서 모른다는 것이 첫번째 대답이고, 한참 후에야 주위를 살피고 목소리를 낮춘 다음에 이야기를 시작하기 일쑤입니다.(「태백산맥을 말한다」, 『오늘의 책』1986년 겨울호, 149쪽)

여순반란사건의 상처는 이만큼 깊다. 이 사건에 대한 본격적인 연구 문헌은 물론 제대로 된 보고서조차 거의 공간되지 못했다는 사실은 그 예민성을 다시 한 번 반증하고 있는 것이다. 이러한 상황에서 풍문으로만 떠돌던 여순사건을 본격적으로 소설화한 『태백산맥』에 대한 독서계의 주목은 어쩌면 당연한 일인지도 모른다.

사실 15년 남짓 결코 짧지 않은 문단 경력에도 불구하고 화려한 각광을 받아온 소설가가 아니었기에, 조정래는 이 작품에 자신의 문학적 성공을 걸었던 것이다. 작가는 말한다.

매달 월말이면 보따리를 싸들고 열흘 정도씩 집을 비웠다. 그러다 보니 삼 년 세월이 흘러갔다. 그것은 태백산맥을 넘는 동반자 없는 등반이었다. 그 세월은 이제 사천오백 매의 원고로 쌓여 작품 『태백산맥』의 제1부가 되었다.(『태백산맥』1, 「작가의 말」)

작가의 끈질긴 집념에 의해 그동안 금기로 되었던 여순반란사건은 우리 눈앞에서 살아 움직이는 현실로 되었으니, 표현의 자유를 일보 전진시킨 점 하나로도 이 작품의 의의는 작지 않다.

물론 이 작품 이전에 여순반란사건을 다룬 작품이 없었던 것은 아니다.

필자가 아는 한 여순사건에 대한 최초의 문단적 반응은 '전국문화단체총연합회'에서 펴낸 『반란과 민족의 각오』(보성사, 1949)일 것이다. 김광섭이 서문을 쓰고 김영랑이 두 편의 시를, 박종화·이헌구·정비석·최영수·고영환·김송 등이 답사기를 기고한 이 소책자는 온통 영탄과 격분으로 가득하다. 가령 일제시대에는 그토록 얌전한 시를 썼던 김영랑의 여순 시는 당시 우익 문인들의 태도를 전형적으로 보여주는 것이다.

> 옥천玉川 긴 언덕에 쓰러진 주검 떼주검
> 생혈生血은 솟고 흘러 십리 강물이 붉었나이다
> 싸늘한 가을바람 사흘 불어 피강물은 얼었나이다.
> 이 무슨 악착한 죽음이오니까
> 이 무슨 전세前世에 못 본 참변이오니까
> 조국을 지켜주리라 믿은 우리 군병의 창 끝에
> 태극기는 갈가리 찢기고 불타고 있습니다
> 별 같은 청춘의 그 총총한 눈들은
> 악의 독주에 가득 취한 반도叛徒의 칼날에
> 모조리 도려빼이고 불타 죽었나이다
> 이 무슨 겨레의 슬픈 노릇이오니까

사건 자체에 압도되어 좌익을 매도하는 직정적 태도에서 벗어나 보다 객관적인 거리를 확보한 것이 전병순의 장편소설 『절망 뒤에 오는 것』(1961)이다. 『한국일보』 장편소설 공모에 입선한 이 작품에는 확실히 반란사건을 여수에서 직접 겪었던 작가의 체험이 절실하게 배어 있다.

이 작품은 진압군이 여수를 탈환한 직후부터 시작된다. 반란군의 주력은 모조리 탈출하고 "남은 건 어수룩한 시민들과 (…) 주책없이 부역한 무리뿐"인 이 텅 빈 도시 여수를 진압군이 장악하면서 겪게 되는 여수 사람들의 고통을 작가는 Y여중 영어교사 강서경의 눈을 통해 실감나게 떠올렸던 것이다. 강서경은 물론 반란군에 부역하지도 않았고 그렇다고 진압군의 편에 서서 "도시 재건을 위해 노력할 마음은 추호도 우러나지 않는" 일종의 정치적 허무주의자였으니, 그녀의 오직 하나의 소원은 "하루속히 서울로만 돌아가고 싶"을 뿐이었던 것이다. 그럼에도 그녀의 생활속에 느닷없이 틈입한 정치 또는 이데올로기의 악령은 그녀를 간단없이 짓누른다. 그것은 이 작품에는 자상히 그려져 있지 않지만 그녀가 Y여중 교사라는 사실 때문에 더욱 그러했다. Y여중은 아마도 여수여중을 지칭할 것인데, 반란사건 당시 여수여중 교장 송욱은 여수인민위원회 위원장이었고, 여수여중생들은 진압군이 여수로 진입하자 99식 소총을 가지고 100여 명이 저항하는가 하면, 진압군의 승리가 완연한 이후에는 환영을 가장하여 국군을 유인, 치마 속에 숨긴 권총으로 사살하는 등, 좌익세가 강한 학교였다.(『한국전쟁사』 제1권, 대한민국국방부전사편찬위원회, 1967, 470쪽) 또한 교사들 중에도 이 작품에 나오듯이 반란군에 가담하여 함께 여수를 탈출한 예가 여럿 있었던 것이다. 그러니 강서경을 비롯한 여수여중 교사들이 진압군의 삼엄한 눈초리에 시달릴 것은 불을 보듯 환한 일이다. 강서경은 결국 지옥과 같은 여수를 떠나 이 소설의 9장부터 무대는 서울로 바뀌니, 이 작품의 핵심적 메시지는 이데올로기에 대한 강한 염증에 다름 아니다. 요컨대 소시민적이다. 이 때문에 이 작품에는 좌익도 우익도 등장하지 않는 것인데, 소시민적 관점의 일정한 의의를 높이 평가하면서도 이 사건의 본질을 포착하는 데는 엄중한 한계가 있다는 점 또한 지나칠 수 없다.

　　그러면 여순반란사건에 대한 조정래의 관점은 무엇인가? 아직 완결되지 않은 상태이기 때문에 단정할 수는 없다. 우선 확실한 것은 좌익을 일방적으로 매도하는 보수적 관점은 아니다. 작가 자신이 소설 속의 "사회주의자들에게도 편견 없는 인격성을 부여"(『태백산맥을 말한다』, 144쪽)했다고 지적하고 있듯이, 좌익세력의 인물들에게 드물게 자상한 배려를 베풀었다. 그렇다고 작가의 관점이 좌익에 선 것은 물론 아니다. 그러면 좌우익을 포함한 일체의 이데올로기에 강한 염증을 표현하는 소시민적 관점에 서 있는가? 그런 경향도 없지 않지만 그것이 이 작품의 핵심적인 메시지는 또한 아니다. 그러면 무엇인가? 작중인물 김범우에 대한 작가의 유별난 관심에서 잘 보이듯, 일종의 중간파적 관점에 근사할 것이다. 작가는 말한다.

> 우리 근대사라는 것이 항상 중도세력을 용납하지 않았습니다. 그러나 저는 현실적으로는 회색이다, 기회주의다 하고 좌우익 양쪽에서 배격 받지만 오히려 그들이야말로 폭넓게 민중을 수렴할 수 있는 세력이라고 봅니다. 정치·경제 이념에서 사회주의와 자본주의가 양극화하는 한 우리가 당분간 기대를 걸어야 할 세력은 결국 그들이 아닐까 싶습니다.(「태백산맥을 말한다」, 149~150쪽)

중간파적 관점에 서서 여순반란사건을 조망하는 것, 이것이야말로 『태백산맥』의 새로움이다.

2

『태백산맥』은 1948년 10월 하순, 즉 벌교의 민간반란 세력이 산악지대로 퇴각하여 빨치산 투쟁으로 전환하는 시점에서 시작되고 있다. 그래 정작 반란군의 주력은 소설 속에서도 풍문으로만 등장하매, 여기서 간단히 여순반란사건의 개요를 기억해두자.

돌이켜보면 여순반란사건이 일어난 1948년은 우리 현대사에서 한 분수령이 되었던 해이다. 민주주의에 기초한 통일국가 건설에 대한 전 민족적 열망에도 불구하고 남과 북에 두 개의 정권이 차례로 성립되면서 설마설마하던 38선이 분단선으로 고착되었기 때문이다. 현실정치Realpolitik의 냉엄한 논리가 또다시 극적으로 관철되었던 이 역사적 반전은 지금 생각해도 뼈아프다. "1945년에 한국은 혁명이 성숙되어 있었다. 소련과 미국이 한국에 진주하지 않았더라도 혁명은 수개월 내에 전국을 휩쓸었을 것"(『한국전쟁의 기원』, 김자동 옮김, 일월서각, 1986, 20쪽)이라고 지적한 브루스 커밍스Bruce Cumings의 말을 빌리지 않더라도, 일본제국주의의 패망은 우리 근대사의 비원인 민주주의 민족국가의 건설에 절호의 기회를 제공하였다. 그 실패의 일차적 책임은 2차대전의 승리 후 반파시즘연합의 붕괴 곧 미·소 냉전체제의 본격적 진군에 있음은 물론이다. 그럼에도 우리는 모든 책임을 이와 같은 외부적 규정성에만 밀어버릴 수 없다. 외연이란 내인과 결합함으로써만 추동력을 얻기 때문이다. 그러면 우리 내부의 실패는 무엇인가? 그것은 말할 것도 없이 민족 역량의 총체적 합작의 실패에 있을 터이다. 물론 삼실같이 얽힌 당대의 정치현실 속에서 합작은 지난한 것이다. 그럼에도 문제의 핵심은 '민족적이냐 계급적이냐'에 있는 것이 아니라 '민족적이냐 비민족적이냐'에 있었기 때문에 해방 직후에 있어서 민족 역량의 총체적 결집은 지상의 요구가 아닐 수 없다. 또 하나 당대의 민족 세력은 친일 세력을 과소평가하였다. 과연 친일파는 잔재에 지나지 않았는가? 거대한 일제 식민지관료체제의 폐절이 아니라 그 부활을 통해서 통치를 수행했던 미군정의 기본 정책을 염두에 둘 때, 당시 친일 세력이야말로 어쩌면 가장 확실한 정치 세력이었는지도 모른다. 그럼에도 광범한 민족협동전선의 구축에 실패함으로써 친일 세력은 결정적으로 재기하였고 마침내 1948년 분단은 엄연한 현실로서 출현했던 것이다.

1948년은 반란의 해이다. 제주도 4·3'폭동'과 그것을 진압하기 위해 출동을 준비 중이던 여수 14연대의 반란으로 점화된 여순사건은 대표적인 것인데, 이미 비극적인 6·25를 예고하였던 터이다.

여순사건은 1948년 10월 19일 여수 주둔 14연대의 반란으로 시작되었다. 육군본부의 명령에 의해 1개 대대를 제주도 진압작전에 출동시키기 위한 준비 중, 남로당의 연대세포책 지창수 상사의 선동에 의해 14연대는 순식간에 반란군으로 돌변하였으니, 선동의 명분은 "동족상잔의 제주도 출동을 반대"(『한국전쟁사』 제1권, 453쪽)한다는 것이다. 그런데 연대 전체를 반란으로 몰아간 더 직접적 요인은 "지금 경찰이 우리한테 쳐들어온다"(『한국전쟁사』 제1권, 452쪽)는 지창수의 허위 선동이었다. 당시 군부와 경찰은 깊은 반목 상태에 있었다.

> 육군의 전신인 조선국방경비대의 병사들 중에는 일제하의 압정에 가장 많이 시달리던 계층으로서 농촌 출신이 압도적으로 다수를 차지하고 있었다. 그들은 해방 후 국립경찰이 일제하에 쓰던 잔인한 수업을 그대로 동포들에게 가하는 자들로 판단하고 경찰을 증오하였다. 사실 그 당시에 경비대에 입대한 자 중에는 그들의 고향에서 경찰과 충돌하거나 또는 경찰 당국의 주목을 받아 이를 피하기 위하여 경비대에 투신한 자들이 다수 있었다. 이로 말미암아 해방 후 도처에서 경비대와 경찰 간에는 대립과 충돌이 빈발하였던 것이다.(『한국전쟁사』 제1권, 141쪽)

> 경비대가 창설될 때 남조선국방경비대는 경찰예비대Constabulary Police Reserve란 간판을 달고 나왔기 때문에 경비대는 경찰의 보조기관의 하나로서 간주되었다. (⋯) 미군정에서는 경찰 우위로 모든 정책을 수행하였으

니 그 예로서 경찰에는 신제복과 칼빈소총을 지급하였는데 경비대에게는 일본군복을 지급하였고 무기도 일본군의 99식 또는 38식 소총이었다. 더구나 경비대의 최초의 계급장이 경찰 정모正帽의 귀단추를 떼어서 하나가 소위 계급장으로 하였으니 경비대를 경찰의 부속물로 취급하였다고 생각하게 되었다.(『한국전쟁사』 제1권, 408쪽)

1947년 6월 영암에서 발생한 군경충돌사건은 대표적인 것이었으니 지창수는 일반사병 속에 이처럼 뿌리 깊은 반경反警 감정을 격발하여 14연대는 순식간에 반란군으로 돌변하였던 것이다.

그러나 지창수를 대표로 하는 하사관집단의 주도는 곧 김지회 중위를 비롯한 장교집단으로 넘어간다. 남로당의 군대조직은 이원적이다. 곧 "장교의 공작은 중앙당 특수부 장교책이 담당부서이었으나 사병은 도당 군사부에서 전담"(김점곤, 『한국전쟁과 노동당전략』, 박영사, 1973, 181쪽)함으로써 두 집단은 비유기적이었다. 그리하여 초기에 장교집단은 하사관집단의 반란 확대에 강한 의문을 표시하였다. 남로당의 전면적 무장봉기의 시기가 아직 성숙하지 않았기 때문에 이 반란이 결국 고립·궤멸되리라는 우려에서였다. 그리고 실제로 당시 남로당 중앙은 군부대 당원들에게 극좌모험주의적 행동을 삼가라는 엄명을 내리고 있었던 것이다.(『한국전쟁과 노동당전략』, 182쪽) 그러나 이미 대세는 기울어 장교집단도 결국 참여하여 반란은 급속히 확대된다. 20일에는 여수를 장악하고 그날로 북상하여 순천을 점령한 반란군은 "1개대는 광양光陽·구례求禮·곡성谷城·남원南原을 경유하여 전주全州로 지향하고 다른 1개대는 순천에서 벌교·보성寶城·화순和順·광주光州·이리裡里로 진출을 기도하였다."(『한국전쟁사』, 459쪽)

이에 대한민국 육군총사령부는 10월 21일 반란군토벌전투사령부를 설치하여 진압에 착수, 22일에는 순천을 탈환하고 27일에는 반란의 뿌리 여수를 완전 장악함으로써 도시에서의 반란은 종식된다. 도시를 빠져나간 반란군의 주역은 1949년 4월 반란군의 수뇌 김지회가 사살되고 그해 가을의 대토벌 이후 급속히 궤멸하여 드디어 1950년 1월 지리산지구전투사령부가 해체되고 2월 5일에는 호남 일원에 선포되었던 계엄령이 해제되면서 여순반란사건은 실질적으로 종결된다.

여순반란사건의 가장 중요한 쟁점의 하나는, 이 사건이 남로당 중앙의 지령에 의한 계획적 봉기냐, 아니면 14연대의 사병조직의 독자적 봉기냐 하는 점이다. 특히 독자봉기설은 최근에 대두된 것으로 사사키 하루다카佐佐木春隆는 계획봉기설을 네 가지 점에서 비판하고 있다. 첫째, 제주도 4·3'폭동'을 지원하기 위해 남로당에서 여순반란을 지령했다는 계획봉기설은 본토가 주전장主戰場이어야 한다는 관점에서 논리적으로 모순이라는 점, 둘째 여순반란사건 직후 다른 지방의 조직적 호응이 이루어지지 않은 점, 셋째 아직 미 제24군단이 한국에 주둔하고 있었다는 점, 넷째 북한의 인민군이 아직 초기 확장단계에 있었다는 점에서 여순사건을 충동적 독자봉기로 보았던 것이다.(강운구 편역, 『한국전비사』, 병학사, 1977, 317~318쪽)

김점곤도 계획봉기설을 부정하였다.

14연대의 반란사건이 알려지자 남로당 전남도당에서는 긴급간부회의를 소집하고 도당으로서 이 사건에 어떻게 대처할 것인지를 숙의한 결과 대외적으로는 일단 "당의 거사"로서 받아들이는 태도를 취하기로 결정하였다. 그러나 그들의 기본태도는 여전히 부정적인 것이었으며 그 결과에 대해서는 극히 회의적이고 비관적인 것이었다. 결국 그들은 궁여지책으로 여수와 순천 지역에서의 당의 기본조직의 노출을 우려한 나머지 호응

봉기를 삼가게끔 주의를 환기시키는 동시에 우선 외곽단체만의 호응을 허용하는 신중한 배려를 하였던 것이다.(김점곤, 『한국전비사』, 191~192쪽)

직속상부인 전남도당의 태도가 이러할진대 남로당 중앙은 말할 나위도 없을 터이다. 당 중앙 군사부에서도 반란 직후 원인조사와 현지지도를 위해 군사지도위원을 여순으로 급파했으나 계엄령의 선포로 교통이 차단되어 반란세력과 접촉도 하지 못했다니(같은 책, 192쪽) 여순반란사건은 계획봉기가 아니었던 것이다.

더구나 지창수의 행방이 흥미롭다. 그는 반란 진행 중 "아무도 모르는 사이에 사라졌다."(佐佐木春隆, 『한국전비사』, 309쪽) 그는 어디로 갔는가?

여순반란사건의 영향은 심대하다. 1948년 12월 국가보안법이 제정 공포되고 1949년 7월까지 대규모의 숙군이 단행되고 1949년 10월 남로당은 정당등록이 취소됨으로써 불법화되었던 것이다. "남로당은 14연대 폭동으로 인해 군부 내 당조직이 수차에 걸치는 폭동으로 완전히 파괴됐을뿐더러 인민들로부터의 고립이 가속화됐다"(『남로당연구』, 돌베개, 1984, 389쪽)는 김남식의 지적은 여러모로 음미할 대목이 아닐 수 없다.

그러면 이처럼 비조직적 봉기였음에도 불구하고 여순반란이 인근 농촌 지역, 예컨대 벌교·보성·곡성·구례·광양 등으로 급속히 확대된 이유는 무엇일까? 그것은 대지주가 밀집되어 있는 이 지역에서 농민운동의 전통이 강고하다는 점에 말미암을 것이다. 가령 순천군의 경우, 소작농 자신이 주체가 되어 1922년 12월부터 면 단위 농민조합이 속속 결정되어 1923년 4월에는 순천농민대회연맹회로 발전, 1924년 말에는 회원수가 11,000명에 달하는 조선 최대의 조직으로 되었다. 순천군과 인접한 보성군 역시 일찍이 1922년에 소작인대회의 이름 아래 소작인의 요구를 군내의 지주들에게 똑똑히 제시했던 곳으로 소작쟁의 빈발지역이었다. 농민운동의 전통은 상황의 악화로 항일민중운동이 급속히 쇠퇴했던 1939년까지 이 지역에서 간단없이 지속되었던 것이다. 해방이 되자 전남의 농민운동은 다시 타올라 부산의 철도노동자의 총파업으로 점화된 1946년 추수봉기 때에는 무려 65,000명이 참가하였다. 물론 전남의 농민들이 추수봉기에 가담한 것은 "공산당의 선동 때문이 아니라 토지의 조건 및 관계, 공출의 불균형, 지주·관리 및 경찰의 유착에서 발생한 깊은 원한"(『한국전쟁의 기원』, 457쪽)에 더욱 크게 말미암는다. 이 점에서 전남에서의 추수봉기를 분석한 다음과 같은 견해는 흥미롭다.

　　경상도에서 도시노동자들의 파업과 농촌의 농민반란이 봉기에 상당한 힘을 주었으나, 그것이 전라남도로 파급되었을 때는 농민반란의 양상으로 변질되었던 것이다. (…) 공산당 지도하의 체계적인 혁명 대신 비체계적이고 경험에 의존하는, 자연발생적인 개개 농민전쟁의 집합을 이룬 것이었다. (…) 그러나 바로 그들이 지방적이며 자연발생적인 것이었기 때문에 일본인들에게서 전수받은 중앙의 통제기구에 의하여 진압될 수 있었던 것이다.(『한국전쟁의 기원』, 472쪽)

　　요컨대 당시의 공산주의자들은 대중 속에서 자기의 정치적 기반을 강화하지 못하고 지친 서울의 정치에 매달림으로써 지방에서 솟아오른 운동의 에네르기를 조직하는 데 실패하였다. 그로 말미암아 지방조직의 독자적 봉기는 빈발하고 진압의 결과 지방조직이 차례로 궤멸되었으니, 여순반란사건 또한 농민전쟁의 새로운 변형이었던 것이다.

3

『태백산맥』의 핵심무대는 벌교다. 벌교가 우리 문학 속에서 이처럼 집중적 조명을 받게 된 것은 아마도 처음일 터인데, 벌교 사람들은 벌교가 보성군에 속해 있으면서도 결코 보성 사람으로 행세하지 않을 만큼 독자성이 강하다고 한다.

그런데 근대 이전 벌교는 한미한 곳이다. 조선 전기에 편찬된『신증동국여지승람新增東國輿地勝覽』에는 그 지명조차 나오지 않는데, 19세기에 편찬된『대동여지도大東輿地圖』에 그 이름이 비로소 보인다.

원래 이 지역의 중심은 낙안과 보성의 두 군, 광양·화순·흥양·능성·동복 등 다섯 현을 거느린 순천도호부다. 지금은 이름조차 낯선 낙안군에 소속된 일개 포구였던 벌교는 식민지시대에 급속히 개발되었으니, 그 과정을 잠깐 살펴보자.

[벌교읍은] 군내郡內 유일의 상공업도시로서 (…) 1913년 낙안군이 폐지되어 보성군에 편입된 후 1914년 고상면古上面과 고하면古下面을 병합하여 고읍면古邑面이라 칭하였고 남상면南上面과 남하면南下面을 병합하여 남면南面이라 칭하였는데 동년 10월 다시 고읍면과 남면을 폐지하면서 면사무소를 벌교리에 신축하고 1915년 11월에는 벌교면이라 개칭할 때 당시 순천군 관내인 동초면東草面에 속하였던 연산·봉림·호동·장양·회정 등 5개 리를 벌교면에 편입시키는 등 일대 혁신하였다고 한다. 1930년 4월에 국철國鐵인 송려선松麗線(현 光州線)이 통과하면서부터 제반 기관이 정돈됨에 따라 발전상은 일익 활기를 띠자 1937년 7월 1일 읍으로 승격되었다.(『보성군세지寶城郡勢誌』, 1959, 65쪽)

군청소재지인 보성이 벌교보다 4년 뒤인 1941년에야 읍으로 승격되었으니까 벌교의 성장 속도는 놀라운 것이다. 벌교가 옛 토착중심지를 누르고 이처럼 빠르게 성장한 이유는 무엇일까? 그것은 작가가 벌교의 상징을 중도방둑과 소화다리로 삼는 데에서 잘 나타난다. 1932년부터 6년간, 일본인 중도에 의한 광대한 간척사업—그때 개통된 다리의 이름이 소화昭和다리요 그 방둑의 이름이 중도방둑이었다. 요컨대 벌교는 일제의 미곡 수탈의 거점으로서 급속히 성장하였던 것이다.

그리하여 느닷없이 근대사의 모순의 현장으로 떠오른 벌교도 여순반란사건의 와중으로 급속히 끌려들어간다. 그럼에도 우리는 벌교에서의 반란의 진전에 관한 정보를 거의 가지고 있지 못하다. 기존의 연구서가 모두 여수와 순천에만 중심을 두었기 때문이다. 이 점에서 벌교의 상황을 제시하고 있는 『태백산맥』은 여순사건의 새로운 국면을 보여주리라는 희망적 관측을 낳게 한다.

4

그러나 이 작품을 곰곰이 음미하노라면 리얼리티에 의문이 가는 점이 적지 않다. 물론 소설은 허구다. 그러나 그 허구라는 것이 현실에 바탕을 두어야 한다는 점은 상식이다. 더구나 이처럼 역사적 사건을 소설화할 때 현장에 대한 철저한 점검이 이루어져야 함은 두말할 나위도 없을 터이다. 초현실주의적 또는 마술적 리얼리즘을 지향한다면 문제가 다르지만 사실주의적 기율을 존중하는 소설을 창조하려 할 때 리얼리티의 문제는 그 튼튼한 바탕이 아닐 수 없다.

먼저 아주 사소한 착오부터 들어보자.

김범우의 아들 이름이 1권 3장에서는 경환이더니(54쪽), 1권 6장에서는 어느 틈에 경철이로 바뀌었다.(149쪽)

근무지가 바뀐 경우도 있다.

이지숙은 북국민학교 교사 안창민의 애인이다. 1권 10장에서 그녀는 안창민과 함께 근무하는 것으로 암시되었는데(293쪽), 3권 21장에서는 홀연 남국민학교로 출근을 한다.(7쪽)

연대가 맞지 않는 것도 있다.

소화素花의 어미 월녀月女는 1권 1장에는 1941년에 49살이었다.

> 그녀가 딸 소화에게 신내림굿을 장만한 것은 해방되기 사 년 전이었다. (…) 마흔아홉 살의 늙은 어미무당은 울며울며 신춤을 추었는데 (…) 신내림을 받은 열일곱 살 소화가 춤을 추기 시작했을 때(14쪽)

그런데 2권 12장에는 소화의 출생담이 소개되는데, 이때 이미 월녀의 나이 사십 줄이라고 했으니(59쪽), 앞뒤가 어긋난다.

이보다 더욱 중요한 착오도 있다.

이 작품에서 순천사범학교 출신은 벌교의 지식인 그룹의 핵심을 이루고 있다. 벌교 좌익 세력의 수뇌인 염상진이 순천사범 출신이고(1권 3장 76쪽), 염상진과 함께 입산한 안창민은 염상진의 사범학교 3년 후배(1권 5장 114쪽), 거기다 이들에게 깊은 영향을 미친 기독교 사회주의자 서민영은 순천매산학교를 마친 후 동경제대 영문과를 졸업하고 순천사범의 선생이었다는 것이다.(3권 25장 147쪽) 그런데 벌교 출신으로 해방 후 순천사범을 졸업한 백용덕 교수에 의하면, 순천사범은 해방 후(1946)에 설립되었다고 한다. 그리고 서민영이 다녔다는 기독교 계통의 순천매산학교 역시 해방 후에 설립되었다니, 작가의 현장 점검이 너무 허술하다.

이에 우리는 이 소설에 등장하는 핵심적인 인물들의 면모를 좀더 찬찬히 따져볼 필요를 느낀다.

우선 이 작품의 제1장에 나타나 소설적 흥미의 중추를 이루는 두 인물, 정하섭과 무당 소화의 설정을 검토해보자.

때는 10월 하순, 정하섭은 60리 길을 밤새워 달려와 벌교읍 외곽에 도착한다. 그는 벌교 읍내가 반란군에 장악되고 나서 얼핏 다녀갔을 뿐 벌교 좌익세력과 함께 등장하지 않는 것으로 보아(1권 37쪽), 여순반란 때 벌교에서 움직인 인물이 아니다. 아마도 벌교와 60리 상거인 순천에서 활약한 것 같다. 그러니까 그는 순천의 반란세력이 국군의 탈환 직전 탈출하여 빨치산투쟁으로 전환하는 데 필요한 자금을 구하러 순천인민위원회 위원장의 지령을 받아 순천에서 벌교로 온 것이다. 그런데 그는 서울에 유학 중, 반란 소식에 접한 서울당의 지령으로 야간열차를 타고 순천지구로 급파된 인물이다.(1권 104~105쪽)

여기서 우선 시간적 무리가 따른다. 순천이 반란군에 장악된 것은 10월 20일이고 국군에 의해 탈환된 것이 10월 22일인데, 순천의 핵심 반란세력은 적어도 21일 밤에는 도시를 빠져나갔어야 한다. 정하섭이 축지법을 쓰는 인물이 아닐진대 하루 사이에 서울에서 순천으로 와 순천에서 다시 벌교를 두 번씩이나 왕복할 수 있을까?

그것은 설령 그렇다 치더라도 남로당이 여순반란에 대해 극히 신중히 대처했다는 것은 이미 지적한 바다. 여기서 정하섭의 경력을 간단히 살펴보자. 그는 벌교의 지주자본가 정현동 사장의 아들로 여순사건 당시 서울ㄱ대학 법과에 재학 중인 이십대의 청년이다. 순천중학 시절 "아버지의 더러운 치부욕"(1권 104쪽)에 깊은 환멸에 빠져 있던 하섭은 염상진의 집중적 교양에 의해 "마른 볏단에 불붙듯 사회주의에 빠져들"(1권

103쪽)어, 순천중학 "좌익써클의 핵심인물"(1권 98쪽)로 활약한다. 서울 유학 중 염상진의 추천에 의해 중앙당의 당원예비교육을 성공적으로 통과, 정식 당원이 되었다.(1권 104쪽) 그런데 이처럼 세심한 배려를 통해 키운 정하섭을 서울당은 순천으로 급파했던 것이다.

> "정동무, 마침내 때가 왔소. 동무는 순천 지구로 내려가 혁명의 주체로 암약하라는 당의 명령이오. 장도를 축하하오."(1권 104~105쪽)

전남도당조차도 여순반란을 표면적으로는 당의 거사로 받아들였음에도 속으로는 극좌모험주의로 규정하여 기본조직의 노출을 삼가고 외곽조직의 소극적 호응만을 허용했는데, 서울당이 핵심당원으로 키우던 정하섭을 서울 일은 젖혀두고 순천으로 급파할 수 있을까?

정하섭이 벌교 출신으로 순천에서 중학시절을 보냈기 때문에 훈련 삼아 급파했다고 이해하더라도 또 하나의 의문은 있다. 이미 지적했듯이 남로당 중앙은 반란 직후 군사지도위원을 반란지구로 급파했지만, 계엄령 선포에 의한 엄중한 교통 차단에 막혀 군사지도위원이 반란지구에 접근도 하지 못한 채 귀환했다고 하는데, 정하섭은 어떻게 그 차단을 뚫고 침투하여, 그것도 하루 사이에 순천과 벌교를 두 번 왕래하며 신출귀몰할 수 있었을까? 여러모로 무리한 설정이 아닐 수 없다.

다시 제1장 정하섭이 벌교 외곽에 도착한 장면으로 돌아가자. 그는 우선 은신처로 어린 시절에 연모하던 무당 소화의 집을 선택하여 잠입한다. 그런데 병든 어미 무당 월녀와 함께 거처하는 소화의 집이 이상하다.

> 그 기와집들은 현 부자네 제각祭閣을 겸한 별장이었다. 그 자리는 더 이를 데 없는 명당으로 알려져 있었는데 (…) 현 부자네는 제각을 짓고 오

년이 다 못 되어 살림이 거덜나고 말았다. (…) 현 부자네가 망한 이유에 대해서 분분한 소문이 떠도는 가운데 (…) 호화로운 별장은 일시에 밤마다 귀신이 나오는 폐가로 변하고 말았다. 현 부자의 소실들이 거처했던 기와집들은 인적이 사라진 채 문이 꼭꼭 닫혔고 (…) 밤마다 온갖 귀신들이 나온다는 흉흉한 소문 같은 것이 아랑곳없이 두 여자가 거기서 줄곧 살고 있었다. 무당 모녀였다. 현 부자가 제각을 신축하면서 그들이 거처할 조그만 집을 마련해준 것이었다.(1권 12~14쪽)

작가는 제각과 별장을 혼동한 것인가? 제각이란 무덤 근처에 제청祭廳 소용으로 지은 집이니, 천하의 패륜아라도 제각을 별장으로 겸용하지는 않을 터이다. 유택幽宅용의 명당 옆에 고래등 같은 기와집들을 짓고 거기에 첩살림을 차리고 더구나 전속 무당까지 살게 한다는 것은 상식적으로 도저히 있을 수 없다. 그러면 작가는 왜 이런 무리한 설정을 했을까? 아마도 정하섭의 은신처로서 이 괴기한 폐가가 임시변통으로 꾸며진 것 같다.

소화가 사는 곳도 그렇지만 그녀의 무적巫的 성격에도 문제가 있다. 유명한 무당 월녀의 딸인 소화는 1941년, 그녀의 나이 17살 때 "신내림을 받아 무당이 되"(1권 14쪽)었다는데, 이는 전라도 단골의 전형이 아니다.

중부 이북의 무계계승巫系繼承은 신이 지핀 새 무녀인 신딸과 그 신딸을 가르치는 큰 무당인 신어머니 사이의 사제계승師弟繼承이다. 이에 비해서 전라도의 단골은 부가계내父家系內의 고부계승제姑婦繼承制이다. 시어머니·며느리 들, 여자가 무녀로서 가무사제歌舞司祭를 하면 남편들은 북·장고 등의 음악 반주를 한다. 결국 세습적으로 그 식구들은 모두 무업에 종사를 하게 되니, 단골은 씨가 따로 있다고 해서 더욱 천시를 받게 된다. (…) 고부계승제인 전라도 무속에는, 사제계승제인 중부 이북과 달라서 무당이 될 때에 소위 무병巫病이나 강신降神 현상이 없다. 굿을 할 때에도 (…) 빙신상태憑神狀態: ecstasy가 중부 이북에서는 뚜렷한데 여기에는 없는 것이다.(장주근, 『한국의 향토신앙』, 을유문화사, 1975, 205~207쪽)

천승세의 「신궁神弓」에 생생하게 묘파되었듯이 전라도의 단골은 샤먼 shaman이기보다는 일종의 사제priest다. 이 점에서 모녀계승의 강신무로 설정된 월녀와 소화의 모습은 전라도 단골의 전형과는 너무나 동떨어져 있다.

쫓기는 혁명가, 폐가에 사는 미모의 무당, 신당에서 이루어지는 정사―이 작품은 서두부터 전설적 분위기 속에서 엽기적이다.

엽기성은 2권 12장에서 소화가 정참봉의 사생아라는 사실이 밝혀지면서 더욱 강화된다. 정참봉은 바로 정하섭의 조부이니, 소화는 하섭의 서고모庶姑母다. 소화의 어미 월녀와 하섭의 조부 정참봉의 결연담(2권 12장) 역시 작위적인데, 이 예사롭지 않은 결연이, 더구나 딸까지 얻게 되는 지속적인 관계가 그처럼 감쪽같이 그 좁은 바닥에서 숨겨질 수 있을까? 그것이 다시 소화와 하섭, 곧 서고모와 조카 사이의 근친상간으로 이어지다니, 운명의 희롱치고는 끔찍하다.

그리고 연애를 그리는 데 미숙한 것이 우리 작가들의 통폐이긴 하지만, 하섭과 소화의 정사 장면은 왜 그리 우격다짐인지. 마치 심문하듯이 이루어지는 소화와 하섭의 대화는 도대체 부자연스럽다. 그가 소화의 집으로 처음 숨어들어가서 "당신은 빨갱이를 어찌 생각하시오?"(1권 19쪽)라고 소화에게 묻는다든가, 정사가 끝난 후, "나, 묻고 싶은 말이 한 가지 있소. 내 느낌으로는 소화가 나를 남다르게 생각하는 것 같은데, 그게 사실이라면 무슨 이유 때문이오?"(1권 82쪽)―하섭은 이렇게 소화에게 다그치는데, 소화가 묵묵부답일 때면 "난 같은 말 두 번씩 묻는 걸 젤 싫어하는 성미요"(1권 82쪽) 하니, 이런 남자도 있는가? 하섭의 회상과 독백은 더욱 가관이다.

> "여자를 세뇌로 심는 데 가장 빠른 방법은 몸을 섞는 일이다. 일단 몸을 섞게 되면 여자는 약해지게 마련이고, 정이 생기게 된다. 그게 여자들의 속성이다. 그러나 더러 예외인 경우도 있다. 그렇지만 염려할 게 없다. 처녀든 유부녀든 우리나라에선 몸 버린 소문에 떨지 않을 여자가 없다." (…) 서울에서 세뇌교육을 받을 때 임철수라는 중간간부가 전혀 감정이 섞이지 않은 낮고도 일정한 음향의 목소리로 한 말이었다. (…) 정하섭은 천천히 고개를 들었다. (…) 저 여자를 세뇌로 이용하기 위해서 겁탈할 수는 없다. (…) 저 여자를 우선 목적 없이 갖도록 하자.(1권 23쪽)

이것이 사실이라면 그는 정말 저질교육을 받은 것이다. 여하튼 극도의 육체적 피로 속에 놓여 있었을 정하섭이 은신처에 오자마자 줄곧 잠 대신에 성욕에 시달린다는 것이 부자연스럽지만, 그가 아직도 피가 더운 이십대 초의 청년이라는 점을 이해하기로 하자. 그래서 그런지 나로서는 하섭이 잠에 떨어진 후 소화가 아침을 준비하는 장면, 특히 꼬막 무치는 대목(1권 4장)이 가장 아름다웠다. 비로소 벌교의 냄새가 싱싱하던 것이다.

다음에는 2장에 등장하는 염상진(1948년 현재 29살). 벌교 좌익세력의 핵심인 그는 부르주아 출신인 정하섭과 달리 선대가 대지주 최씨네의 노비였다. 그의 아버지 염무칠은 노비제도가 폐지된 후에는 최씨네의 꼴머슴으로 얹혀 지내다가 한 살에 읍내 숯가게 배달원으로 시작한 숯장수였으니, 똑똑한 아들 염상진에게 거는 기대는 컸다. 그러나 염상진은 아버지의 기대와는 달리 공산주의자가 되었다.

그는 어떻게 공산주의자가 되었는가? "가난도 비천도 함께 면해보자고 사범학교를 선택"(1권 132쪽)했고, 그 선택도 "아버지의 강압"(1권 43쪽) 때문이었다고 하는 것을 보면 그의 좌경은 사범시절에 이루어진 것이다. 사범시절 그는 사회주의 서적을 탐독하면서 교사의 길을 버리고 졸업 후 적색농민운동에 투신한다. 직접 농사를 지으면서 소작회를 조직하고 그 지도자로서 1940년경에는 일본인 지주에 대한 소작쟁의를 주도하여 2년 간 징역을 살고 출감 후 자취를 감춰 해방이 되자 다시 벌교에 나타났던 것이다.(1권 44~45쪽)

이 경력에서 최대의 문제는 이미 지적했듯이 그의 좌경화의 단초를 열었던 순천사범이 일제시대에는 설립되지 않았던 점인데, 설령 순천사범이 그때 있었다고 하더라도 사범을 정상적으로 졸업하고 그대로 농민이 되었다는 것도 너무 단순하다. 사범 출신에게는 졸업 후 교사로서 봉직해야 할 의무가 있을 것이다. 일제시대에 대구사범을 졸업한 남광우南廣祐 교수에게 문의하니, 사범 출신의 의무기간은 2년이며 의무를 지키지 않으면 관비의 경우 그동안의 경비를 물어내야 한다고 술회하였다. 염상진의 경력에서 이 문제가 전혀 거론되지 않은 점은 의문이다. 더구나 염상진의 아비는 아들이 교사가 될 날을 얼마나 고대했던가. 가정 안에서도 분란이 심각했을 것이다.

그리고 염상진이 벌교에서 조직했다는 적색농민조합도 의심스럽다. 유세희 교수는 1930년대에 적색농민조합이 존재했던 지역을 일목요연하게 지도로 작성한바(『한국전쟁의 기원』, 367쪽), 벌교가 속한 보성군에는 적색농민조합이 없었다. 이 소설에 나타난 벌교소작회의 농민운동은 30년대에 고조됐던 적색농민운동의 전형적 모습이 아니라 20년대의 농민운동에 가까운 것이다. 알다시피 30년대의 적색농민운동은 20년대의 경제투쟁 중심의 소작쟁의가 아니라 정치투쟁으로 전개되었다. 곧 일본제국주의의 타도 없이는 농민의 해방도 이루어질 수 없다는 입장에서 무장투쟁을 포함한 반일투쟁을 강고하게 감행했으니, 대체로 1937년 명천 농민조합의 붕괴를 고비로 급속히 와해되었다.

해방 후에도 다시 1년간 징역을 산 염상진은 남로당 안에서 어떤 위치인가? 3권에 가서야 작가는 이 인물이 보성군책(83쪽)임을 밝힌다. 그런데 그의 핵심 조직원도 그렇고 그의 활동무대도 그렇고 너무 벌교 일색이다. 당시 벌교가 보성군 안에서 차지하는 상대적 우위를 인정한다고 하더라도, 보성군책이라면 군청소재지인 보성읍을 비롯한 군 안의 여러 지역에 대한 균형 있는 관심을 보여야 할 것이다. 당시 국무총리가「공산당 선동에 속지 말라」는 특별담화에서 "보성에도 반군이 들어가게 되매 인민위원회의 지휘로 시민 거의 전부가 기다린 듯이 환영하였다"(『반란과 민족의 각오』, 13쪽)고 지적했듯이, 보성읍 또한 반란 당시 좌익세력이 활발했던 곳이다. 그런데도 보성군책 염상진은 벌교에만 매달리고 있으니, 솔직히 말해서 그는 벌교책이 적임이 아닐까?

이미 지적했듯이 남로당은 여순반란 때 기간조직의 노출을 우려하여 외곽조직의 호응만 소극적으로 허용하였다. 보성군책이라면 염상진은 당의 중견간부다. 그런데도 그는 여순사건을 결정적인 봉기로 판단하고 (1권 110쪽), 기간조직을 모두 노출시켰던 것이다. 더욱이 그의 일반적 정세 판단은 문제다. 그는 말끝마다 '프롤레타리아혁명'(1권 51쪽)을 부르짖는데 이는 당의 입장과 배치되는 것이다. 공산당은 해방 직후 조선혁명을 부르주아민주주의혁명 단계로 규정하고, 사회주의혁명 운운하는 당내의 이견에 대해 가장 혁명적인 것처럼 대중을 기만하고 운동을 교란하는 극좌 종파분자로 규정, 엄중하게 경고한 바 있다. 그런데 "당은 언제나 위대하고, 현명하고, 신성한 것"(1권 111쪽)이라고 철석같이 믿는 염상진이 어떻게 이럴 수 있을까? 보성군책이라면 조직의 기반을 농민에 두어야 할 터인데, 토지문제의 민주적 해결을 핵심과제로 삼아야 할 당시 농촌의 실정에 비추어볼 때 프롤레타리아혁명을 외치는 것은 더구나 중견 간부로서의 그의 기본적 자질을 의심하게 한다.

이처럼 무리한 설정이, 노비 출신의 숯장수 아들로 태어나 순종적인 소년시절을 거쳐 인텔리 좌익으로 다시 농민운동 속에서 공산주의운동의 지역책으로 발전한 염상진을 진정으로 생동하는 성격으로 창조하는 데 장애로 되었던 것이다.

제3장에는 소위 중간파 지식인으로 이 작품의 또 다른 핵심인물의 하나인 김범우가 등장한다. 벌교의 지주 김사용의 아들이요, 독립운동을 위해 해외로 망명한 범준의 동생인 그는 2년 위인 염상진과는 20년이 넘게 교분을 지속하고 있다. 순천중학 시절 염상진과 함께 사회주의 서적을 탐독하면서 좌경하였으나, 일본 유학 중 일제의 압력으로 학병 지원을 결심하면서 염상진과 사이가 벌어지기 시작한다.

이 작품의 제3장에는 학병지원의 철회를 요구하는 염상진과 그것을 거부하는 김범우의 담판 장면이 나온다. 그런데 1943년 12월 그믐날로 설정된 이 담판 역시 무리다. 작가는 제2장에서 염상진이 소작쟁의 사건으로 2년간 투옥되어 출옥한 후 곧 금강산으로 피신하여 "해방이 되기까지 삼 년 가까운 세월 동안 그림자 한번 비치지 않았다"(1권 45쪽)고 했기 때문이다.

하여튼 김범우는 1944년 1월 학병에 끌려가 버마전선에 투입되는데, 1946년 1월 귀국하기까지의 행적을 작가는 다음과 같이 서술하고 있다.

(박두병은) 버마전선의 같은 소대에서 만나, 나흘 전 인천항에 귀국해서 헤어질 때까지 2년여를 그야말로 생사고락을 같이한 기막힌 사이였다. 그와 함께 일본군을 탈출해서 영국군에 투항했고, 일본군 포로가 아닌 한국인으로 연합군 편에서 무슨 일인가를 하고자 했던 요구가 받아들여져

두 사람은 미국으로 보내졌다. 그래서 그들은 그 혹독한 OSS첩보요원 훈련을 밤낮없이 3개월간을 받았고, 미지상군의 한반도 상륙을 위한 전초작업 임무를 띠고 침투하려는 즈음에 일본땅에 원자폭탄이 투하된 것이다. 일본의 항복과 더불어 훈련지 산타카탈리나 섬을 떠나면서 그들은 OSS첩보요원에서 포로 신세로 바뀌어 샌프란시스코 근교의 수용소에 갇히게 된 것이었다.(1권 72쪽)

이 흥미로운 삽화는 박순동의 수기 「모멸의 시대」(『신동아』 1965년 9월호)에서 끌어온 것이다. 순천 출신으로 일본 고마자와駒澤 대학에 재학 중 1944년 1월 학병으로 입대하여 버마 전선에 투입, 일본군의 패색이 짙어진 1945년 3월 중부 버마 쿠메에서 영국군에 투항한 박순동은 인도의 뉴델리에 있는 CBI(중국·버마·인도 방면 연합군 본부)에서 한 달여간 심문을 받은 후 카라치·카이로·카사블랑카·워싱턴·로스앤젤레스를 경유하여 OSS훈련소가 있던 산타카탈리나 섬에서 호남 출신 세 명이 한 조가 되어 국내침투훈련을 받았다. 이 섬의 다른 곳에는 "함경도와 황해도로 침입하기 위한 훈련을 받는 다른 두 개의 그룹이 있었"(379쪽)다고 하니, 이 수기는 매우 귀중한 기록적 가치를 지니고 있다. OSS는 미국의 전략첩보대로서, 중국에서의 OSS활동은 장준하의 『돌베개』(화다출판사, 1971)에 의해 널리 알려진 터이다. 그런데 미군의 한반도 상륙을 위한 OSS활동이 산타카탈리나에서도 준비되었던 것이다. 이 기록에서 특히 주목되는 부분은 4부, 즉 일본의 항복으로 OSS대원에서 다시 일본군 포로 신분으로 환원된 이후의 귀국 여행기이다. 온갖 수모 속에서 인천에 상륙한 그는 수기의 마지막을 다음과 같이 마무리하고 있다.

인천에 상륙했을 때 (…) 소지품을 광장에 나열해두고 완전한 나체로 다른 지점까지 뛰어가서 거기 쌓여 있는 일군의 누더기를 한 벌씩 골라 입게 되었다. 1월 달 인천의 추위보다도 그 모욕적인 처사는 참기 어려웠으나 우리의 불평에 대답하는 건 헌병의 곤봉뿐이었고 (…) 우리를 인계받을 기관도 우리를 거들떠보는 사람도 없었다. (…) 이날은 1946년 1월 11일이었다. 우리가 용산의 26부대에 입대한 것이 1월 20일이었으니 그로부터 약 2년이 된다. 우리는 무척 고된 세계일주를 한 셈이었다.(385쪽)

작가는 바로 박순동의 비통한 경험을 김범우의 삶에 삽입함으로써 좌경지식인 김범우의 사상적 변모를 기도하였다. 김범우는 말한다.

"미국이다, 소련이다, 민주주의다, 공산주의다. 자본주의다, 사회주의다, 우리에게 지금 필요한 건 그런 정치적 택일이 아닙니다. 그건 한민족이 국가를 세운 다음에나 필요한 생활의 방편일 뿐입니다. 지금 우리에게 필요한 건 민족의 발전입니다. 그 단합이 모든 것에 우선해야 해요."(1권 76쪽)

포로생활에서 나라 없는 설움을 뼈저리게 인지한 그가 민족정권의 출현을 무엇보다 먼저 열망했다는 것은 당연한 일이다. 특히 식민지에서 해방된 나라에 있어서 민족문제는 중대하다. 그러나 그의 프로그램은 '뭉치면 살고 헤어지면 죽는다' 식으로 원칙이 없다.

이 점에서 '민족의 발견'이란 용어가 부적절하다. 민족은 이미 주어진 대상으로 존재하는 것이 아니기 때문이다. 그는 다른 장면에서 "민족이라는 추상개념이 혈연과 동일하다는 구체개념"(1권 152쪽)이라고 밝히고 있는데, 이와 같은 등식의 바탕에는 민족을 초역사적 범주로 설정하는 소박한 혈연주의가 있다. 민족은 발견하여 귀의해야 할 대상이 아니라 통일국가운동을 통해서 창출되는 것이다. 이 때문에 그가 남한단독정부

수립에 반대하고 남북협상을 통한 통일국가운동을 전개했던 김구의 노선을 지지하고 있음에도, 중도세력의 주체라기보다는 끊임없이 고뇌하는 양심적 지식인의 전형으로서 다가온다.

이와 같은 지식인 그룹의 인물들에 비해서 우익계 인물들은 리얼하다. 정하섭의 아버지 정현동 사장, "한민당 계열의 전형적 모리배"(1권 224쪽) 출신의 보성·벌교 지구 국회의원 최익승, 벌교경찰서장 남인태, 경찰토벌대장 임만수, 특히 염상진의 친동생으로 청년단장 자리에 앉아 설치는 염상구는 이 작품에서 작가가 창조한 가장 탁월한 성격이다.

이 작품에는 여성들의 수난사가 매우 중요한 부분을 이루고 있다. 염상진과 염상구 사이에서 부접을 못하고 괴로워하는 어머니 호산댁, 염상진의 아내로 진돗개라는 별명으로 유명한 대찬 여성 죽산댁, 염상진의 오른팔 하대치의 아내 들몰댁, 회정리와 장양리의 총책 강동식의 아내 외서댁, 안창민의 어머니 신 씨—이 여성들의 수난기는 놀라운 생동성으로 독자를 사로잡는 것이다.

참으로 흥미로운 대조다.

왜 작가가 긍정하는 인물보다 부정하는 인물이 더 생동할까? 표현의 자유가 매우 제한된 상황 속에서 우리 작가들은 긍정적 인물을 당당하게 제시하기보다는 부정을 통해 긍정을 암시하는 궁핍한 리얼리즘에 더 익숙해왔다. 가령『태평천하』의 친일지주 윤직원은 우리 문학이 창조한 가장 탁월한 성격의 하나인데, 긍정적 인물을 내세울 때 채만식의 붓끝은 문득 어색해진다.

왜 작품 속에 나타나는 지식인들은 부자연스러운데 지식인이 아닌 인물들은 자연스러울까? 우리 작가들은 대체로 관념을 다루는 데 미숙하다. 관념이 그 사람과 분리되어 작품 속에서 혼자 동동 떠다니는 경우가 흔하다. 이 때문에 우리 문학에는 관념과 생활의 통일이 이루어지지 않은 설익은 지식인상은 많아도 진정으로 생동하는 지식인상이 매우 드물었던 것이다.

관념을 능숙하게 다루는 지적인 훈련을 통해 긍정적인 인물을 살아 생동하게 하는 것은 오늘날 우리 소설이 돌파해야 할 가장 중요한 과제의 하나다. 『태백산맥』은 이 점에서 분명히 일정한 전진을 이룩했다. 그럼에도 이미 분석했듯이 이 문제를 시원하게 극복했다고는 하기 어렵다. 작가가 다루는 대상에 대한 철저한 현장검증과 그 시대의 본질을 꿰뚫는 날카로운 지성이 결합될 때 상상력 또한 그 위에서 살아 움직일 것이다. 상상력은 방종한 공상이 아니라 복잡다기한 감각적 인지를 통합하는 적극적 능력이기 때문이다. 문학적 진실과 역사적 진실의 차별성을 섬세하게 변별하면서도 그 궁극적 일치를 치열하게 탐구해나갈 때 위대한 문학이 탄생한다는 사실을 다시 한 번 확인해두자.

[『창비 1987』(부정기 간행물), 1987. 7.]

『태백산맥』논쟁
—작가 조정래 씨 반론에 대한 최원식 씨의 반론*

이 글을 쓰는 필자의 마음은 무겁다. 졸고 「역사적 진실과 문학적 진실」이 발표되고 난 후 작가 조정래 씨의 반론이 나온다면, 그것이 필자의 문제제기에 대한 진지하고도 날카로운 반론이 되기를 필자는 충심으로 바랐다. 그러나 작가의 반론은 필자의 기대와 어긋났다. 필자는 작가의 반론을 읽으면서 우리나라의 대표적 지식인 집단인 문인들 사이에서도 진정한 토론이 이루어지지 않는다는 점에서 슬픔을 느꼈다. 토론이야말로 민주주의의 꽃이 아닌가?

　작품은 일단 출간되면 이미 작가의 소유물이 아니라 독자의 것이다. 작품에 대한 독자들의 자유로운 토론을 통해서 작품과 독자는 살아 있는 관계로 발전하는데 이 당대적 관계가 세대를 넘어설 때 그 작품은 민족

---

* 　무크지 『창비 1987』에 「역사적 진실과 문학적 진실—『태백산맥』을 읽고」(이 글 앞에 수록)란 글을 게재한 후 『한국일보』에 기사화되자(7월 3일 자) 작가 조정래 씨가 이에 반론적 성격의 글을 썼고(『한국일보』 7월 4일 자), 이에 대한 답으로 다시 재반론을 펼친 글이다.

문학의 고전으로, 그것이 다시 종족의 방언적 경계를 넘어설 때 세계문학의 고전으로 솟아오를 터이다. 이 과정에서 독자들의 자유로운 토론은 필수적이다. 그런데 조정래 씨는 어찌하여 오히려 환영해야 할 자기 작품에 대한 토론을 오로지 격정으로 응답하는가?

비평가란 도대체 무엇인가? 평단의 말석에 있는 필자로서 감히 말한다면 비평가는 일종의 전문적인 독자이다. 그러니까 비평가는 독자를 대신해서 작품에 대한 토론을 제기해야 할 의무가 있는 것이다. 비평은 끊임없이 쏟아져 나오는 문학 생산의 현장에서 우선 논의할 만한 가치가 있는 작품을 선정하고 그 작품을 찬찬히 따져 읽고 그 긍정적 의의와 한계를 지적함으로써 작가와 독자의 창조적 대화를 매개한다.

논리적 절차에 바탕해서 자신의 주장을 당당하게 제시하고 민주적 토론의 결과에 의해서 진리에 한 걸음 더욱 다가서는 합리적 정신이 부족하다는 점을 우리 모두 깊이 반성해야 한다. "남이 내 뜻대로 순종해주기를 바라지 마라. 남이 내 뜻대로 순종해주면 마음이 교만해지나니 그래서 성인이 말씀하시되 '내 뜻에 맞지 않는 사람들로써 원림園林을 삼으라' 하셨느니라." 일찍이 아시아의 지혜로운 말씀이 이처럼 갈파하지 않았던가? 작가가 비평의 감시기능을 원림으로 삼을 때, 우리 문학은 더욱 튼튼해질 것이고, 비평의 감시기능에 작가가 창조적으로 대응할 때, 우리 비평 또한 더 높은 수준으로 발전될 것이다.

필자는 여기서 다시 조정래 씨의 반론을 조목조목 따지려고 하지 않겠다. 이미 그 문제들은 졸고 「역사적 진실과 문학적 진실」에서 나름대로 소신을 밝혔기 때문이다. 관심 있는 분들은 필자의 글을 작가의 반박과 비교해서 읽어주시길 바란다.

물론 필자는 작가의 반론을 전적으로 수긍할 수 없다. 설령 백보를 양보해서 작가가 반론에서 제시한 것들이 모두 사실이라 하더라도 그 사실들이 그대로 문학적 진실로 전환되는 것은 아니다. 문학이 다루는 특수한 체험이 독자들에게 강한 호소력을 가지기 위해서는 그 특수성에 강한 보편성을 불어넣음으로써 가능할진대, 여기에 문학적 형상화가 문제되는 것이다. 두 가지 예만 검토해보자. 작중인물 김범우의 OSS 경력을 처음 읽었을 때 필자는 황당무계하다고 느꼈다. 그러다가 문헌을 섭렵하면서 그 모델인 박순동 씨의 수기 「모멸의 시대」를 읽고 이것이 정말 사실이라는 점을 알게 되었다. 그럼에도 소설 속에서는 OSS 경력과 김범우란 성격과는 자연스럽게 어울리지 않는다는 느낌을 떨칠 수 없다. 그것은 이 특수한 체험이 그야말로 생생하게 형상화되지 못하여 그냥 특수한 경우로 머물러버렸기 때문이다. 염상진의 경우, 있지도 않은 순천사범에서 좌경화되어 소작운동 같은 적색농조를 조직하고 벌교에만 매달리는 보성군책 염상진의 성격도 부자연스럽기는 마찬가지다.

두 예를 들었지만 여순사건 당시 그렇게 행동할 수밖에 없었던 핵심인물들의 내적인 발전과정도 설명이 충분치 않다. 그것은 여순사건을 다룬다고 하면서도 정작 사건의 퇴각기에서 시작된 기본설정에도 크게 말미암을 것이다. 요컨대 총체성의 문제는 차치하고라도 핵심적인 인물들에 대한 형상화의 정도가 치밀하지 않기 때문에 『태백산맥』 제1부는 인물들이 사건에 종속된 파란만장한 사건소설事件小說을 탈피하지 못한 것이다.

가장 무서운 비평가는 누구인가? 그것은 시간이다. 시간 앞에서 작가도 비평가도 겸허해야 한다. 『태백산맥』이 완성될 때는 시간의 무서운 채찍을 뚫고 솟아오르는 작품으로 되기를 독자의 한 사람으로서 기원한다.

[『한국일보』 1987. 7. 8.]

제9회 팔봉비평문학상 수상을 사양하며

제9회 팔봉비평문학상 수상자로 결정되었다는 통보를 받고 심사숙고 끝에 수상을 부득이 사양하기로 결심하면서 제 마음은 착잡하기 이를 데 없습니다. 먼저 제 부실한 평론집 『생산적 대화를 위하여』(창작과비평사, 1997)를 평가해주신 심사위원 선생님들께 송구스럽습니다. 그분들의 글을 읽고 자란 후배 평론가로서 그분들의 심사에 의해 수상자로 뽑혔다는 사실은 참으로 생광生光스런 일이 아닐 수 없기 때문입니다. 우리 비평의 발전을 위해 기금을 쾌척하여 이 상을 제정한 팔봉 선생 유족들께 본의 아니게 누를 끼친 점 죄송할 뿐입니다. 아울러 이 상을 공정하게 관리하여 가장 권위있는 비평문학상의 하나로 자리 잡게 한 한국일보사에도 물의를 일으켜 유감입니다.

한국근대비평은 팔봉 선생에서 시작되었다고 해도 지나친 말은 아닙니다. 3·1운동 직후 울분 속에 방황하던 우리 신문학新文學은 팔봉의 비평적 개입을 통해 문학의 사회성을 한층 자각하게 됩니다. 아다시피 팔봉은 '백조白潮' 후반기 동인으로 참여, '백조' 낭만주의를 KAPF로 가는 중요한 징검다리로 변화시킴으로써 1920년대 신문학운동의 물줄기를 돌려놓았으니, 이는 대단한 일입니다. 팔봉 비평은 그야말로 한 시대를 연 에포크메이커epoch-maker였던 것입니다. 그런데 흥미로운 것은 정작 카프 시대에는 팔봉 비평이 비주류로 떨어진다는 점입니다. 좌익 교조주의자들이 판을 잡음으로써 문학의 사회성을 기계적으로 강조하다 보니 문학이 실종 위기에 처하게 되었던 것입니다. 이런 상황에 직면하여 팔봉은 현실대중과 점점 유리되어가는 카프의 방향을 교정하려고 고군분투하였습니다. 이 점에서 이 시절 팔봉 비평이 비주류라면 그것은 불명예가 아니라 명예입니다. 그러나 1930년대에 들어서 상황은 더욱 악화합니다. 카프는 총붕괴하고 우리 문학은 일제 말의 총동원체제에 강제징집되었던 것입니다. 이 시기의 친일문학은 가장 예민한 한국문학의 원죄근처原罪近處입니다. 저는 이 시기 친일문학이 본격적 탐구의 대상이 되어야 한다고 믿습니다, 폭로하고 고발하기 위해서가 아니라 이해하고 용서하기 위해서. 이 불행한 역사를 아프게 포용하지 않으면 우리는 영원히 이 원죄로부터 해방될 수 없기 때문입니다.

우리 역사를 침략과 저항, 억압과 항의로만 파악하는 단선성單線性은 극복해야 합니다. 그렇다고 제가 저항과 항의를 포기하자는 것은 아닙니다. 그러나 역시 뛰어난 문학은 저항과 항의에만 머물러 있지 않습니다. 함께 살아 있음의 눈부신 기쁨에 바탕하여 시대를 넘어 우리에게 강렬한 희망을 주는 것, 여기에 문학의 위대성이 숨쉴 것입니다. 팔봉비평문학상을 부득이 사양하는 약간은 비켜난 자리에 저를 두는 것이 한국근대비평의 개척자 팔봉 선생의 유업遺業을 계승하면서 넘어서는 일이 될지도 모른다는 저의 충정을 유족, 심사위원회 그리고 한국일보사에서 널리 이해

해주시기 바랍니다. 감사합니다.

[『한국일보』 1998. 5. 13.]

제2부 | 문학과 꿈

문학과 꿈

1980년대 문학은 어떻게 전개될 것인가? 1970년대 문학의 전개 과정을 눈여겨본 사람이라면 이러한 의문을 한번쯤 가져보았을 것이다.

70년대 문학은, 아마도 후세의 문학사가들에 의해서 각별한 주목을 받을 터인데, 그것은 이 시기의 우리 문학이 놀랄 만한 변화를 보여주었기 때문이다. 민족주의와 민주주의를 어떻게 높은 단계에서 통일하느냐 하는 문제는 70년대 문학이 몸으로 부딪치면서 얻어낸 가장 소중한 질문인데, 그 원칙적 정당성은 80년대에도 부인되지 않으리라는 것을 나는 믿는다. 그 과정에서 다양한 비평적 쟁점이 제기되고 토론되었는데, 그 핵심은 우리 문학을 무엇보다 나라의 주체적 생존과 다수 민중의 인간적 삶의 고양에 이바지하는 문학으로 더욱 다가서게 하자는 것이었다. 이른바 민족문학론이었다.

그것은 무슨 정치 구호가 아니라 우리 문학을 고전적 걸작의 빽빽한 숲으로 만들자는 것이었다. 외국문학의 고전에서나 맛볼 수 있다고 생각했던 높은 감동을 모국어 문학 속에서 체험하고 싶다는 요구, 다시 말하면 독자적 방식으로 우리 문학을 선진적 수준으로 들어 올리려는 노력이 70년대 문학운동의 본질이라고 나는 생각한다. 우리의 현실이 탁월한 창조적 역량의 빛을 받아 가장 절실하고 심오한 인간 경험으로 전환되는 기적을 우리는 얼마나 바랐던가. 그리고 그것은, 충분히 만족할 수는 없지만 꽤 풍성한 열매를 얻었던 것이 사실이다. 문학이라는 것이 무슨 귀족 취미가 아니라 인간적 활동의 생생하게 살아 있는 형식의 하나라는 점을 진지하게 인식한 것만 해도 큰 보람이었다. 걸작의 시대가 도래할 가장 중요한 기초가 닦인 셈이다.

그러면 70년대 문학의 발랄한 전개를 가능하게 한 것은 무엇인가? 그것은, 우리 문학을 우리의 현실 위에 든든하게 발 디디게 함으로써 새롭게 출발시켰던 작가들의 열의에 무엇보다 말미암는다. 이것이 결국 독자층의 발전을 가져왔고 침체했던 비평을 신선하게 자극했던 바, 작품다운 작품을 만나지 못하는 비평이란 얼마나 쓸쓸한 일인가? 또한 여기서 계간지의 역할을 들지 않을 수 없다. 그 역할을 긍정하든 부정하든, 동시대 문학의 복판에서 다양한 지향을 일정하게 수렴했던 계간지가 70년대 문학운동의 구심적 역할을 감당했던 것은 널리 인정되는 것이다.

그러나 문학사상 유례가 없었던 계간지 시대는 70년대와 함께 실질적으로 끝났다. 많은 사람들이 문학의 침체를 우려했다. 그것을 반증이라도 하듯 많은 작가들이 침묵했다.

80년대 문학은 어떻게 전개될 것인가? 지금 누구도 그것을 장담할 수 없다. 더구나 문학의 현장으로부터 멀리 떨어져 있었던 나로서는 더욱 난감한 일이다. 하나 확실한 것은 70년대 문학이 그대로 80년대로 이행되지는 않으리란 점이다. 그렇다면 길은 두 가지다. '70년대 문학을 완전히 부정해버리고 새로운 지점에서 출발하느냐, 아니면 70년대 문학을 부분적으로 수선하느냐'인데 그중 어느 것도 옳은 해결은 아닐 것이다. 나는 80년대 문학이, 70년대 문학이 가지고 있었던 발랄성을 신선하게 확보하면서도 그 때문에 범했던 미숙성을 올바르게 극복하고 70년대와는 다른 성숙한 모습으로 등장할 것을 조심스럽게 기대해본다.

그러나 지금 이러한 기대가 꼭 실현된다고 낙관할 수 없다. 작금의 소설을 보건대, 이것이 나의 착각이기를 진심으로 바라지만, 안으로 푹 잠긴 듯한 인상을 받게 된다. 물론 작가는 안으로 침잠해야 한다. 그리하여 우리의 가슴 저 밑바닥에서 쿵쿵 울리는 그 어떤 것을 끌어올리지 않으면 안 된다. 그러나 그것이 자기 폐쇄로 끝나는 것을 경계해야 한다. 왜냐하면 위대한 문학은 개인과 사회를 하나의 분해할 수 없는 통일적 과정으로 파악하는 성숙한 관점에 근거하기 때문이다. 이와 함께 노골적으로 재등장한 대중문학 바람이 눈에 띄는 바, 결국 순문학의 위축은 대중문학의 번성을 초래하는 법이다. 독자 대중은 문학에서 삶의 문제에 대한 일정한 답을 요구한다. 작가가 이와 같은 독자의 요구를 외면할 때 그것은 독자들을 그릇된 질문과 그릇된 답이 무성한 대중문학 쪽으로 스스로 쫓는 것이니, 대중문학 번성의 책임은 순문학의 직무 유기에 귀결하는 터이다. 70년대의 문학운동이 극복하고자 했던 것이 바로 순문학과 대중문학의 양극화 현상이었으니, 80년대 초반의 이와 같은 징후는 우리를 착잡하게 하는 바가 없지 않다.

나는 이런 관점에서 유재용의 「관계」(『한국문학』 1980년 8월호)를 문제 삼고자 한다. 1980년 말 문학상을 수상함으로써 더욱 유명해진 이 작품을 지금 거론한다는 일이 새삼스러운 것은 사실이지만, 이 작품이 최근 문학의 한 징후를 드러낸다는 점에서 보다 자상한 검토가 요구된다고 하겠다.

소설은 다음과 같이 시작된다.

나만큼 일자리를 많이 옮겨 다닌 사람도 드물 것이다. 열 손가락과 열 발가락을 합해 가지고도 그 수를 다 헤아릴 수가 없을 지경이니 말이다. 그러자니 이상한 일, 어처구니없는 일, 엉뚱한 일을 적지 않게 겪어보았다. 장현삼 씨 집에 들어가서 겪은 일만 해도 그랬다.(159쪽)

주인공이 겪은 기이한 체험을 독자에게 이야기하는 투로 시작되고 있는 이 서두는 현대 소설적이기보다 고풍이다. 산문적 시민사회의 서사시라고 규정하듯이, 근대소설은 비일상적 경험의 부정에서 비롯되었기 때문이다. 그래서 이 서두는 지괴적志怪的이다. 작가는 서두에서부터 독자들이 체험하게 될 이 작품의 세계가 일상적 문맥으로부터 자유롭다는 것을 대놓고 시작하고 있는 것이다.

그러면 뜨내기 노동자 이만복이 겪은 기이한 체험은 무엇인가? 사건은 그가 복덕방의 소개로 두 다리를 못 쓰는 장현삼의 시중꾼으로 채용되면서 일어난다. 작가는 이 부분에서 주인을 새벽에 오줌 누이는 것에서 시작하여 잠재우는 것으로 끝나는 이만복의 하루 일과를 꼬치꼬치 묘사하고 있다. 이른바 자연주의 취향이다. 그러나 여기까지는 그렇게 기이하다고 할 수는 없다. 보수가 두둑하니까 이러한 주종관계가 있을 수 있기 때문이다. 그러나 사건은 이 충실한 주종관계가 지속되면서 일어나는 동일화 현상으로 기이하게 전개된다. 장현삼을 대리하면서 이만복이 서서히 장현삼으로 화하게 되는 것이다. 이것은 동시에 장현삼이 이만복으로 화하는 과정이기도 하다. 이 동일화 현상은 몇 단계를 거치는데 그 단초는 "우리는 전생에 한 사람이었는지도 모르지"(166쪽)라는 주인의 말로부터 비롯된다. 이것은 불교적 발상이다. 현상은 실체가 아니라 현상 사이의 인과관계에 의해서 생성·소멸한다는 것이 불교의 근본 원리인 바, 주인은 인연설을 끌어들임으로써 현상에서의 이 불편한 주종관계를 그

럴듯하게 만들어버린다. 주인은 동일화를 더욱 밀고 나간다. 그것은 대리 충족이다. 주인은 이 만복에게 맛있는 것을 먹게 하기도 하고 자전거를 대신 타게 하거나 자동차를 운전시키기도 한다. 음식을 먹게 하고 나누는 다음과 같은 대화를 보자.

"오래간만에 닭고기 한번 먹은가 싶게 먹은 것 같은 걸."

장현삼 씨가 입맛을 다시며 말했다. "잡수시지도 않구서 잘 잡수셨다고 하세요."

나는 농담 받아 넘기듯 말했다. "농담이 아니오, 만복 씨가 맛있게 먹는 모습을 바라보고 있자니까 꼭 내가 먹구 있는 느낌이 들더란 말이오. 맛두 느껴지구 배두 불러오는 느낌이 들더란 말이오."(167쪽)

이처럼 단순히 정신적인 것이 아니라 육체적인 데까지 이르니 주인의 대리 충족은 극치에 달한 셈이다. 드디어 이 기묘한 주종 관계는 완전한 동일화 단계로 발전한다. 주인은 이만복에게 대신 선을 보게 하고 결혼하여 애까지 낳게 하는 것이다. 그리고 이야기는 급속히 파국을 맞는다. 결혼한 여자가 아들을 낳고 죽자 주인은 이만복에게 긴 휴가를 준다.

한 달 뒤에 돌아와 보니 장현삼 씨 일가족은 이사를 하고 없었다. 그동안 내 월급으로 부어가던 적금통장과 이 집을 내 앞으로 등기 이전했다는 편지가 나를 기다리고 있었다. 울컥 외로움이 치밀어 올랐다. 그 외로움 속에서 내 아들에 대한 사무친 그리움이 내 몸을 휘감아 잡았다. 이사한 곳쯤 쉽사리 찾아낼 수 있을 것이었다. 하지만 나는 마루 창가 장현삼 씨가 앉아 정원을 내다보곤 하던 안락의자에 몸을 파묻으며 떠나간 사람들을 찾아 나서고 싶은 생각을 눌러 앉혔다. 정원에는 여름이 무르녹고 있었다.(169쪽)

이제 모든 것이 명백해졌다. 주인은 만복이에게서 자식을 얻으려고 했던 것이다. 이 단편은 결국 현대판 씨내리 이야기이다. 그러나 여기에는 흔히 야담에 나오는 씨내리 이야기의 비극성이 없다. 이것은 이 단편이 단순한 씨내리 이야기 이상을 겨누고 있음을 드러내는 바, 가령 이 작가의 다른 단편 「이야기감」(『창작과비평』 1980년 봄호)을 보자. 이 단편도 「관계」처럼 씨내리 이야기이다. 그러나 떠돌이 고리장이의 씨를 빌려 혈통을 이음으로써 발단하는 어느 반가의 파탄 과정을 그리고 있는 「이야기감」은 「관계」보다 훨씬 사실적이고 그 때문에 제목 그대로 야담의 모습에 근사하다. 「이야기감」은 역시 좋은 작품이라고도 할 수 없지만, 씨내리 이야기가 대개 그러하듯이, 양반 계급의 부도덕성에 대한 강한 반발이 이 작품에 드러난다. 그러나 「관계」에는 그러한 양상이 드러나지 않는다. 「관계」는 극히 치밀한 묘사에도 불구하고 근본적으로 비현실적인 이야기이다. 일종의 우화이다.

이 우화의 의도는 무엇일까? 우리는 여기서 작가가 왜 씨내리 이야기에 깊은 관심을 가지고 있는가에 주목해야 한다. 사람들은 외부 세계에 대하여 자기를 보존하려는 본능을 가진다고 한다. 특히 외부 세계가 광포할 때 더욱 강화될 터인데, 그것은 말하자면 난세의 심리다. 그래서 우리는 씨내리 이야기에서 극심한 위기에 직면하고 있었던, 몰락하는 양반 계급의 심리, 즉 자기 보존의 병적 징후를 간파할 수 있다. 그러나 작가는 이야기의 역사적·사회적 의미를 떠나서 오히려 생명의 계속성 또는 자기 보존의 치열성에 깊은 감명을 받은 것 같다. 그리하여 작가는 「관계」에서 씨내리 이야기라는 특수한 소재를 순수한 심리적 드라마로 전환시키고 있는 것이다.

「관계」는 무섭도록 치밀한 계산 아래 한 인간을 조작하는 장현삼을 핵으로 전개되고 있다. 그러나 작품의 시점은 장현삼에 있지 아니하고 바로 이만복에 있다. 이 작품은 이만복이 자기가 겪은 기이한 경험을 회상하는 형식으로 전달되고 있는데, 이것은 장현삼에 대한 이만복의 태도와 해석이 그 요점임을 알려준다. 이만복은 장현삼의 행동에 어떻게 반응하고 있는가? 이미 인용한 마지막 장면에서 드러나듯 그의 태도는 애매모호하다. 그러나 가만히 살펴보면 장현삼을 찾는 것을 억누르는 데서 암시되듯 이만복은 장현삼을 용서하고 이해하는 것이다. 우리는 여기서 이만복의 심리 상태를 해명할 필요가 있다. 그것이 작가가 이 우화를 통해 이야기하고 싶은 핵심이기 때문이다.

『삼국유사』에 유명한 조신 설화가 있다. 다소 장황하지만 독자의 편의를 위해 인용하기로 하자.

옛날 신라 시대에 세달사의 장원이 영월군에 있었는데 본사에서 중 조신을 보내 지장(장원의 관리인)을 삼았다. 조신이 장원에 와서 태수 김흔공의 딸을 좋아하여 깊이 혹한 바 누차 낙산대비(관음보살) 전에 가서 그 아가씨와 상관하게 해주기를 몰래 빌었다. 몇 년 후 그 아가씨는 출가해버리고 그는 당전에 가서 대비 앞에 소원이 이루어지지 않은 것을 원망하며 날이 저물도록 슬피 울다가 그리운 정에 지쳐 잠깐 졸았다. 갑자기 꿈을 꾸니 그 아가씨가 문을 들어와 반가이 웃으며 말하기를 '(…) 지금 동혈의 짝이 되고자 왔다'고 하였다. 조신은 매우 기뻐 같이 향리로 돌아가 40년을 살았는데 자식을 다섯 두었다. 집은 네 벽뿐이요, 거친 음식조차 대지 못하고 마침내 영락하여 서로 이끌고 사방으로 다니며 호구하였다. 십 년을 이와 같이 하는 사이에 초야에 두루 유랑하여 옷이 해져 몸을 가리지 못하였다. 마침내 해현령을 넘을 때 15세 된 큰아이가 돌연히 굶주려 죽었다. 통곡하다가 길가에 묻고 네 자녀를 데리고 우곡현에 이르러 길가에 띠집을 짓고 살았다. 부부가 늙고 병들고 굶주려서 일어나지 못하여 열 살짜리 딸이 두루 빌어다 먹었는데 마을 개에게 물리어 아픔을 부르짖으며 앞에 와 눕자 부부가 탄식하며 눈물을 흘렸다. 부인이 눈물을 씻고 창졸히 말하되, '(…) 홍안교소는 풀 위의 이슬이요, 지란과 같은 약속은 바람에 불리는 버들꽃 같아라. 그대는 나 때문에 누가 되고 나는 그대 때문에 근심이 되니 옛날의 기쁨을 곰곰이 생각하니 바로 우환의 섬돌이러라. (…) 행하고 그침은 사람의 뜻대로 되는 것이 아니며 떠남과 만남에는 운수가 있는 것이니 청컨대 내 말을 좇아 헤어집시다.' 조신이 이 말을 듣고 크게 기뻐하여 (…) 막 길을 떠나려 할 때에 잠이 깨었다. 쇠잔한 등불은 어스름한데 밤기운이 장차 깊었다. 아침이 되니 수염과 두발이 모두 세고 망연히 이 세상에 뜻이 없어졌다.

조신은 살림중이다. 세상 물정에 밝은 살림중의 부류인 그에게는 애초부터 해탈에 이르고자 하는 종교적 정열은 없었던 셈이다. 무난하게 살 수 있었던 그에게 심각한 갈등을 가져다준 사건이 태수의 딸에 대한 짝사랑이다. 고승대덕도 아닌 일개 살림중에 불과한 조신이 태수의 딸과 결합될 수 있는 길은 현실에서는 언감생심 불가능한 것이다. 그는 이제 극심한 좌절에 빠진다. 만약 이런 상태의 그를 그대로 방치한다면 조신은 자기파괴 또는 외부로의 공격의 길로 들어설 것이다. 여기에서 관음보살이 개입하게 된다. 그는 태수의 딸과 출분하여 불행하게 살아가는 긴 꿈을 꾸게 된다. 이 꿈의 의의는 무엇인가? 조신의 꿈은 두 가지 기능을 한다. 하나는 억압된 욕망의 상상적 충족인 바, 그것은 꿈에서 그리던 태수의 딸과 출분하는 것으로 나타난다. 또 하나는 그녀와의 불행한 세상살이를 통해서 이루어지는, 욕망으로부터의 해방이다. 이 긴 꿈을 통해 조신은 현실적 좌절과 그 정신적 외상으로부터 해방되고 그리하여 그는 다시 현실로 돌아와 자기의 현실에 안분하는 것이다. 이 이야기에 나타난 불교의 기능은 무엇인가? 지상에서 영원히 위로받지 못하는 하층민을 일시적으로 위안하고 그렇게 함으로써 현실을 그대로 수락하도록 하는 것―그것이 이 이야기에 나타난 불교의 모습이다.

「관계」는 이런 의미에서 불교적이다. 뜨내기 노동자 이만복이 현실에서는 꿈도 꿀 수 없는 체험이 여기에 전개되어 있다. 예쁜 색시를 얻어 사는 짧고 행복한, 그러면서도 허탈한 꿈같은 이야기이다. 장현삼에 의해 조종되는 이 꿈의 끝에서 이만복은 완전히 넋이 나가버리고 작가는 이것이 인간이 인간과 관계를 맺으면서 이 생사유전의 바다에서 살아가는 모습이라고 얘기한다. 그러나 그것이 과연 그럴까―우리는 반문하지 않을 수 없다.

위대한 문학은 꿈을 꾼다. 그 어떠한 질곡 속에서도 아니 그 때문에 더욱 꿈을 꾼다. 그것은 한바탕의 어지러운 봄꿈이 아니라 순결한 땅의 도래에 대한 오랜 약속의 실현을 꿈꾸는 것이다. 70년대 문학은 참으로 오랜만에 꿈을 회복하였다. 그런데 이제 와서 그 꿈이 허황한 것이었다고 일축해야 할 것인가? 이제 중요한 것은 이 꿈에 어떻게 현실적 구조를 부여하느냐 하는 문제일 터인데, 우리 시대의 고전을 생산하려는 열의를 포기하지 않은 작가라면 누구나 깊이깊이 생각해야 할 일이다.

[『마당』 1981년 11월호]

현실을 보는 시각

1

참으로 오래간만에 잡지에 실린 소설들을 통독했다. 가을에는 계간지까지 나와서 연재소설을 제외하고도 중편이 대여섯 편에 단편이 20여 편이니 작품의 양은 제법 풍성한 편이다. 그러나 작품을 읽어나가면서 실망을 금치 못했다.

10월의 소설을 읽으면서 내가 느꼈던 실망을 조금 구체적으로 지적하면, 그것은 현실이 증발해버렸다는 사실에 있다. 많은 소설의 주인공들이 과거의 망령에 지펴 방황한다. 과거로의 여행기─이런 이야기가 범람하게 된 데는 나름의 이유가 없지 않겠지만, 그 망령과의 전면적 승부를 거는 치열성이 전제되지 않는 한, 그것은 안이한 회상기로 떨어지기 쉬울 뿐이다. 1970년대에도 이러한 경향이 존재하지 않은 것은 아니지만, 옛날이야기는 이제 그만했으면 좋겠다. 나는 우리 문학이 옛날이야기나 하고 있을 만큼 늙었다고 생각하지 않는데, 이것은 결국 우리 작가들이 어떤 외부적 충격에서 아직도 벗어나지 못하고 있음을 반증하는 것 같아 안타까웠다.

그러나 진실에 이르고자 고투하는 예술가이기를 포기하지 않는다면, 작가들은 또한 우리의 현실과 고투하는 작업을 회피할 수 없는 것이다. 물론 여기서 말하는 현실이 눈앞에 방금 전개되고 있는 현상만을 뜻하는 것이 결코 아닌 바, 현실이란 때로는 현상의 표면에 떠올라 분명하게 드러나기도 하고 때로는 현상의 저 밑바닥에 잠겨서 좀체 모습을 드러내지 않기도 하지만 결코 그 존재를 부정할 수 없는 어떤 것이다. 다시 말하면 그것은 현상을 관통하는 본질이며 현상 속에 운동하는 역사를 이름인데, 그것은 우리들이 역사적 미래에 대한 궁극적 신뢰를 고통 속에서 회복할 때 비로소 확연하게 보일 터이다. 이 때문에 소설가가 어떤 현상을 어떤 각도에서 드러내는가 하는 문제는 소설의 미학적 문제와 그대로 연결된다. 최근 소설이 형식적인 면에서도 단단함을 상실하고 지리멸렬한 인상을 주는 것도 바로 현실을 바라보는 시각의 혼란에 근본적으로 말미암을 터인데 현실을 겹겹이 싸고 있는 외피를 찢고 진실의 알맹이를 드러내는 것이 진정한 소설가의 고귀한 임무임을 생각할 때, 우리는 다시 한 번 우리 작가들이 차근차근, 날카롭게 그리고 섬세하게 자신의 시각을 조정할 것을 요구한다.

2

나는 이 달에 세 편의 단편소설─이주홍의 「미옥이」(『현대문학』 1981년 10월호), 하근찬의 「고도행古都行」(『세계의문학』 1981년 가을호), 오정희의 「밤비」(『문학사상』 1981년 10월호)에 주목하고자 한다.

이주홍은 문단의 원로이다. 70고개를 훨씬 넘고도 노작가의 시선이 아직도 팽팽하게 긴장되어 있음을 보는 것은 즐거운 일인데, 「미옥이」에서 작가는 열두 살 먹은 어느 여자아이의 운명을 그리고 있다. 그 아이는 식모다. 여덟 살부터 남의집살이를 시작해서 여섯 번이나 주인을 갈았으니 그 아이의 고통이 어떠했을까마는 작가는 처음부터 끝까지 냉정하다. 그 냉정함은 그 아이를 분석적 관찰의 대상으로만 보는 데서 오는 것이 아니다. 오히려 값싼 감상주의로 그 아이의 비참한 운명을 과장하는 것이야말로 문제의 본질을 흐려놓을 수 있다는 자각에 기초한 바, 작가는 이 아이의 운명 속에서 무슨 자선사업으로 도저히 해결할 수 없는 사회적인 문제—빈궁의 문제를 보고 있는 것이다.

그래서 이 작품은 지금까지의 주인들과는 비교할 수 없을 만큼 따뜻한 여섯번째 주인집에서 일어난다. 주인집은 단란한 소시민 가정이다. 할아버지는 동양화가요 가장은 회사원이고 더구나 집안이 모두 독실한 기독교 신자라 이 아이를 마치 자식처럼 대해준다. 그러나 이와 같은 박애주의가 결코 문제를 근본적으로 해결할 수 없음을 작가는 날카롭게 드러낸다. 미옥이를 모두 식구인 것처럼 대하는 데 반해 이 집의 여섯 살배기 막내는 미옥이에게 "넌 식모란 말이야!"(8쪽) 하고 외친다. 이 말은 진실이다. 주인집 할머니가 "참으로 좋은 세상에 태어났"(4쪽)다고 아무리 이야기해도, 그리고 그것을 미옥이가 진심으로 믿고 있더라도, 고된 가사노동에 시달리는 이 아이의 직능은 나쁜 주인 밑에 있었던 때와 하등 변화하지 않는다.

그래서 이 집안사람들은 막내를 나무라고 미옥이의 가릴 수 없는 한심한 신세를 모두 그 아비의 책임으로 돌린다. 과연 주인집에서 이야기한 대로 고칠 수 없는 주정뱅이인 아이의 아비는 딱한 인간이다. 이 아이를 여덟 살 때부터 남의집살이를 내보내고 상습적으로 월급을 선불해가고 그것도 모자라서 월급을 올려주지 않으면 다른 집으로 끌고 가고 하니 아이의 신세는 딸이나 팔아먹는 못난 아비가 모두 책임져야 할 것처럼 보인다. 그러나 작가는 주인집의 비난에 그대로 동조하지 않는다. 물론 작가는 섣부르게 작중 현실에 개입하여 이 아비를 결코 옹호하지는 않지만, 가령 주인집을 찾아와 한바탕 야로를 부리고 비칠비칠 골목길을 빠져나가는 아비를 바라보는 아이의 언짢아하는 시선에서 이 인물을 고통스럽게 응시하는 것이다. 그 때문에 우리는 미옥이가 아비를 연민하듯이 이 인물을 결코 미워할 수 없다.

작품은 이 아이가 여섯번째 만난 이 따뜻한 주인집을 아비를 따라 끌려 나오는 것으로 끝난다. 그러나 우리는 이 아이가 이미 생각하기 시작했다는 점에 주목해야 한다. 집을 나오기 직전 주인집 할아버지가 그린 신선도를 보면서 아이는 드디어 주인집 "할머니는 이 세상을 살기 좋은 세상이라고 말했는데 이 세상 아닌 곳에서도 또 그러한 세상이 있었던가"(17쪽)라고 최초의 물음을 자기 자신에게 던진다. 이것은 즉자 상태에 있었던 아이의 의식이 눈을 뜨는 최초의 징후인데, 이 때문에 작품의 끝은 더욱 고통스러운 것이다. 아이의 의식이 어떻게 발전할 것인가, 과연 이 아이가 운명의 희롱에서 벗어나 자기 운명의 주체가 되는 높이에까지 다다를 것인가, 그 때문에 더욱 커질 고통을 어떻게 감당할 것인가―미옥이의 장래가 진실로 염려스럽다.

이와 같은 소재는 다루기에 꽤 까다로운 것이다. 그것은 우리와 너무나 가까이 있기 때문에 불편함은 더욱 커지는 것인데 작가는 추호의 흔들림이 없는 시선으로 자칫 자질구레하게 빠져들 소재를 훌륭하게 처리하였다. 그러나 끝까지 어떤 평면성을 벗어나지는 못한 것 같다. 그것은 작가가 이 소재가 끌어당기는 감상주의적 요소를 너무 의식한 나머지 중

립적 위치를 고수하려는 데에서 기본적으로 연유하는 것인데 그 때문에
인물들의 실감이 모자랐다. 특히 미옥이의 아버지가 그렇다. 이 인물의
비중은 무거운 것임에도 불구하고 그 성격이 뚜렷이 형상화되지 못해 그
는 무정한 아비 이상이 되지 못했으니 애석하다.

3

젊은 작가 못지않은 견고함을 보여준 노작가 이주홍과는 달리, 하근찬의
「고도행」은 매우 노성한 문학이다. 작품은 그 내용에 알맞은 속도를 적절
하게 유지하고 있으며 이야기의 전개도 축 처짐이나 숨참이 없이 순리로
우니 큰 욕심 없이 써낸 담담한 단편이다.
　작품은 신문 연재소설 현장답사 차 '나'가 20년 만에 경주 불국사를 찾
아오면서 시작된다. 그는 너무나 달라진 불국사를 돌아본 인상을 다음과
같이 토로하고 있다.

　　그러나 경내를 고루 돌아보고 나오는 나의 기분은 썩 신통한 것은 못
　되는 듯했다. 어쩐지 20여 년 전에 보았던 그 불국사보다 오히려 못한 것
　같은 느낌이었다. 조락한 듯한 분위기 속에 약간은 을씨년스럽기도 한 그
　런 퇴색한 모습은 육중히 가라앉아 있던 20여 년 전 그 때의 불국사가 그
　립게 느껴졌다. 유서 깊은 고적으로서의 불국사라는 그런 맛은 이제 거의
　찾아볼 길 없고, 훤하게 으리으리하게 단장을 한 새 관광명소로 불국사가
　탈바꿈을 했구나 하는 느낌이었다. 더러 이끼도 끼고 단청도 바래어 어딘
　지 모르게 쓸쓸하면서도 장중하게 가라앉아 보이던 그런 고찰로서의 적
　요한 분위기를 시멘트와 화강암, 그리고 새 단청으로 온통 뒤덮어버렸다

고나 할까.(24쪽)

　다분히 감상적이다. 그러나 감상으로 단순히 치부하기에는 절실한 일면이 여기에 담겨 있다. 최근 경주를 다녀온 사람이라면 누구나 이 옛 도읍지의 흘러넘치는 경박한 분위기에 어떤 부끄러움까지 느끼게 되는데, 이 도시의 시선은 밖으로만 열려 있다. 그것이 내적 충실의 자연스러운 외향적 발로가 아니라 내부의 공허감을 이기지 못해 기우뚱거리는 것 같아 차라리 비현실적이다. 이것이 어찌 이 옛 도읍에만 국한된 것일까마는, 의존 경제체제가 그 안에 사는 사람들에게 주는 가장 우려할 만한 해독은 자신의 운명을 스스로의 결단에 의해 선택하지 못하게 이끌어가는 것이듯이, 아직도 광범한 농촌사회 속에 떠 있는 외로운 섬과 같은 한국의 도시들은 그 양적 팽창에도 불구하고 그 때문에 더욱 안으로 수척해지고 있는 것은 아닌지, 그래서 말끔하게 단장된 불국사에서 '전혀 생소한' 곳에 온 듯한 착각에 빠지는 그의 모습에서 우리는 1970년대의 급격한 산업화의 추진과 함께 이 땅 곳곳에 우뚝우뚝 솟아난 기념비적 외관에 압도당하면서도 더욱 전전긍긍하게 되는 소시민의 당혹감을 보게 된다.

　환경만이 아니라 인간도 변했다. 그의 당혹감은 20년 만에 만난 친구의 변모로 더욱 커진다. 20년 전에는 불상을 토대로 새로운 조각예술을 창조하겠다는 열의로 가득 찼던 무명의 청년 조각가가 이제는 토산품 조각으로 치부하는 중년의 신사로 변모한 것을 확인하는 대목에서 독자들도 가벼운 실소를 금치 못할 것인데, 민족의 문화적 유산이 오늘날 우리 문화의 살아 있는 형식으로 재창조되기는커녕 장삿속으로 일그러져버린 것이다.

　이 작품은 오늘날 세태의 한 면을 일정하게 반영하고 있다. 그러나 세태소설 이상이 되지는 못했다. 그것은 작가의 정신이 극히 피로해 있다는 데 연유할 것인데, 모든 것을 상품화하지 않고는 배기지 못하는 시장 경제의 운동 원리, 그리고 그것에 결박되어 서서히 생명적 존엄에 대한 외경을 상실해가는 자기 소모적 삶의 양태의 편만함—작가는 이것을 다만 사라져버린 것에 대한 애틋한 시선으로 바라보고 있다. 그러나 예스러움을 그리워한다고 오늘날 이 세상이 미동이나 할 것인가?「수난이대」를 비롯한 초기작에서 받은 감동을 아직도 또렷이 기억하고 있는 나로서는 이 쓸쓸한 작품을 읽고 결코 유쾌하지만은 않았다.

4

오정희의 작품은 거의 태작이 없다. 그것은 작품을 대하는 그녀의 유별난 태도에 말미암을 터인데 하나의 기예에 자신의 삶을 아낌없이 걸 수 있었던 전통적 장인 예술가의 철저성을 연상시키는 바가 있다.「밤비」도 예외가 아니다.

이 작품을 읽고 나면, 겨울에서 봄으로 접어드는 어느 비 내리는 저녁, 침울한 중년의 약사 민자의 눈에 포착된 약국 주변의 풍경이 무슨 영화의 한 장면같이 떠오른다. 작가는 이 소도시를 싸고도는 숨 막힐 듯한 분위기와 그 안에서 꿈틀거리며 서서히 부패해가는 인간의 모습을 무자비한 냉정성으로 그려내고 있는 것이다. 한 치의 환상도 용허하지 않는 작가의 시선이 지나치게 야박스러운 것이라고, 그래서 이 작품에 드러난 현실이 왜곡되고 과정된 것이라고 우리는 비난할 수 없다.(물론 이 작품에 과장이 없는 것이 아니다. 가령 이 작품의 배면에서 끊임없이 움직이는 흰색 상의의 남자, 즉 금이를 찾아 돌아다니는 병사의 설정은 확실히 억지이고 그래서 병사와 약사가 7년 전의 일을 서로 확인하는 마지막 장면은 어색하다.) 이 작품은 우리 시대의 한 역사적 풍경화이다.

　민자는 무심히 조제실의 유리를 통해 공중전화에 매달린 흰색 상의 입은 남자의, 마치 수족관의 붕어와도 같은 소리 없는 부르짖음을 바라보았다.(164쪽)

　한 단씩 낮아지는 음계처럼 짙어지는 어둠 속에 가라앉은 거리에는 여전히 비가 뿌리고 불빛이 취기처럼 곳곳에서 돋아나고 있었다.(165쪽)

　자신이 형광등의 찬 불빛 아래 유리 상자 속의 인형처럼 무생물적으로 드러나 보이리라는 것에 거의 가학적인 쾌감을 느꼈던 것이다.(166쪽)

　민자는 아침마다 유리병 속의 연하고 가냘픈 음지식물과 그 연두의 작은 이파리들이 밤새 있는 힘을 다해 뿜어낸 숨결들, 유리병 안쪽 병에 맺힌 작은 물방울들을 보았다.(168쪽)

세련된 도시적 감각이다. 그러나 그것은 해사한 감각이 아니다. 우리는 이 작품에 편만한, 온통 번쩍거리는 차가운 광물적 이미지를 눈여겨보아야 하는데, 그것은 우리 시대에 생명이 존재하는 양태에 대한 근본적 고발을 포함하고 있는 것이다. 이 도시에도 곧 빛이 올 것이다.

　그러나 이곳에서의 봄이란 할아버지 지게에 꽂힌 노란 개나리 꽃가지는 아니었다. 먼지와 대륙으로부터의 바람이 몰아온 끝없는 황사 현상이었다. 부연 모래 바람에 도시를 에워싼 산은 한층 멀어지고 때로 미친 듯한 회오리를 일으켰다.(169~170쪽)

생태계 전체가 뒤틀려 있다. 인간이 만든 환경이 마술적 힘으로 인간을 압도하고 그 힘에 대한 불투명한 열망으로 꿈틀거리지만 인간은 드디어 파괴된다. 작가는 생명의 대합창이 폭발하는 봄의 도래를 결코 낙관하지 않는 것이다. 물론 차가운 밤비에 하염없이 잦아드는 이 시대를 이처럼 치밀하게 묘사한다는 것 자체가 대상을 보다 정확하게 이해하려는 정열에 기초한다는 점을 인정해야 하지만 살아남은 자는 또한 살 차비를 차려야 하지 않는가? 생각해보면, 우리 시대의 한 분위기를 섬뜩하게 재현함으로써 드물게 성공한 이 작품도 결국 풍경화 이상은 되지 못했으니, 오늘날 소설다운 소설을 쓴다는 일이 얼마나 어려운 일인가를 실감하게 된다.

5

평면적 사실주의 또는 자연주의의 한계가 이제 뚜렷해진 것 같다. 주관과 객관을 근본적으로 분리하고 있는 전통적 소설 문법에 의지하는 한, 작가는 모순이 복잡다기하게 얽힌 우리의 현실을 총체적으로 드러낼 수 있는 형식을 획득할 수 없을 터인데, 새로운 방법적 모험이 절실히 요구된다. 이제야말로 단순한 기법의 차용으로서가 아니라 현실의 총체적 대응으로서 민족 형식의 문제가 진지하게 논의되어야 할 것이다.

이런 점에서 나는 김성동의 「둔주遁走」(『문예중앙』 1981년 가을호)를 주의 깊게 읽었다. 이 작가는 여기서 새로운 형식을 실험하고 있는데, 그것을 작가 노트에 다음과 같이 밝히고 있다.

일인칭에서 일인칭을 포함한 삼인칭의 바다로, 개인사 중심으로부터 개인사를 포함한 민중사의 바다로, 주관 일변도의 시각으로부터 주관 객관이 무상히 넘나들며 자연·초자연·현실·환상이 매개나 해명 없이 혼융하는 살아 있는 화엄華嚴의 바다로 확장해나갈 것.(446쪽)

전통적 소설 문법의 혁신을 선언하는 중대한 발언이다. 그러나 작품의 성과는 아직 미지수이니 더 두고 보아야 할 일이다.

또 한 해가 저물고 있다. 저무는 것들은 저물어야 하는 것이지만 한 조각의 초조를 어찌할 수가 없다. 우리들의 조는 의식을 일격에 후려칠 사자후를 기다린다.

[『마당』 1981년 12월호]

이야기꾼과 역사가

— 박태순론

우리 시대의 이야기꾼

박태순의 소설, 그것도 거의 20년에 걸쳐 창작된 그의 소설의 대부분을 집중적으로 통독하고 나서 처음 떠오르는 생각은 그가 대단한 이야기꾼이라는 것이다. 나는 분명히 그의 소설들을 읽었는데도 불구하고 읽었다는 느낌은 들지 않고, 마치 천 일 동안 셰에라자드의 이야기에서 헤어나지 못한 어느 아라비아의 왕처럼 귀가 먹먹할 지경이다. 작중인물들 또한 소설가를 닮아 이야기하기에 정신이 없으니, 그의 소설에는 묘사가 드물다는 점도 뒤늦게 깨닫게 된다. 어느 단편에서 그가 얘기한 그대로다.

> 있을까? (…) 이야기를 찾아서…… 나는 실로 많은 사람을 만나왔다. (…) 이야기를 찾아서…… 나는 떠돌아다니기도 했었다. 버스간에서, 완행열차 안에서, 다방에서, 대합실에서, 이발소에서, 공중변소 속에서, 경

찰서 보호실에서, 향군 훈련장에서, 백운대 등산 코스에서, 여수 부둣가에서, 상동 중석광산에서, (…) 나는 무심하게 흘러나오는 한두 마디 이야기라도 놓친 적이 없다.(『정든 땅 언덕 위』, 65쪽)

17세기의 청나라 소설가 포송령蒲松齡은 매일 아침 차를 끓여 넣은 물통과 담배 한 포를 준비하여 큰길가에 나가 삿방석에 앉아 행인들을 붙들어 차와 담배를 권하며 이야기 듣기를, 20년을 한결같이 하였다더니, 우리의 소설가 박태순 씨도 우리 시대의 이야기를 찾아 20년 가까이 떠돌았던 것이다.

잘 알다시피 20세기 현대소설은 소설의 설화성說話性을 예술적 낙후의 표징으로 낙인찍고 그것으로부터 벗어나고자 온갖 기괴한 실험에 몰두해왔음을 염두에 둘 때, 이야기로서의 소설을 완강하게 고집해온 그는 정통파다.

소설은 이야기다. 우리는 이 점을 새삼 다짐해두어야겠다. 할머니 무릎을 베고 겨운 잠을 쫓으며 듣던 이야기들, 그 꿈같고 아름답고 무시무시하고 신나는 이야기들, 그러한 이야기판에서 자연스럽게 형성되는 공생적共生的 연대의 감정은 현대소설이 버려야 할 것이 아니라 새로운 형식으로 확보하고 확장시켜야 할 바로 그것이기 때문이다.

마지막까지 남을 4·19세대

그러나 박태순은 재미있는 이야기꾼은 아니다. 판소리 광대들의 절묘한 표현을 빌리면, 소리를 맛있게 찍어가는 것이 아니라, 우정 '시끄럽고 껄끄러운 소리'를 내어 독자들을 곤혹에 빠뜨리곤 한다. 왜 그런가? 거기에는 그의 도덕성 또는 역사의식이 깊이 가로놓여 있다.

작가 자신이 작성한 연보에 의하면 그는 대학에 입학한 지 며칠 안 되어 4·19를 맞이했고, 그 혁명의 전개 속에서 친구의 죽음까지 목격하게 되는데, '4·19는 내 인생 속으로 느닷없이 달려들어' 그의 삶을 변경시켰던 것이다.

그를 포함한 4·19세대의 문학, 이른바 1960년대 작가들의 문학은 혁명의 승리와 좌절이 가져다준 기묘한 활력과 암울한 절망이 혼합된 사회적 분위기 속에서 솟아난 것이다. 그러나 4·19는 그 혁명이 승리하는 순간부터 이미 좌절되기 시작했으며, 급기야 한 접시의 추억으로 우리들 의식의 밑바닥으로 침강하였다.

이 때문에 60년대 작가들의 작품 속에서 4·19는 그 밑바닥에서 때때로 불쑥 표면에 떠오르지 않는 것은 아니로되 대체로 내면화되어 있다는 점에 주목해야 할 것인데, 4·19가 다시 우리 문학인의 의식 속에서 한갓 추억이 아니라 역사적으로 구조화되는 한 단서가 된 것은 60년대 말에 문단을 흔들었던 순수·참여논쟁이 아니었던가 싶다.

이쯤에서 60년대 작가는 드디어 분해되기 시작하니, 박태순은 일종의 역사가로서의 면모를 확고히 갖추게 된다. 그의 시선은 결코 과거에 곁눈을 줌이 없이 동시대로 곧바로 던져지고 있으니, 작가는 4·19를 축으로 한 동시대의 역사를 어떻게 이해할 것인가라는 이 한 문제에 끈질기게 몰두해왔다. 그는 마지막까지 남을 4·19세대다. 4·19의 순수성·미덕 그리고 그 한계까지 모두 갖춘 채.

이와 같은 의식의 순결성이 그의 작품을 재미없게 만들지라도, 한편 우리 시대의 진정한 이야기를 탐구하는 것을 자기의 고귀한 의무로 삼는 소설가라면 자신에게 부과된 역사적 책무에서 결코 도망갈 수 없을 터인데, 이 순결한 의식을 어떻게 자신의 무진장한 이야기의 세계 속에서 창조적으로 통일시키느냐, 문제는 여기에 있을 것이다.

　이제부터 그의 문학세계를 점검해보자.

근원적 고향상실감―「서울의 방」

60년대에 발표된 단편들을 모은 첫 창작집『무너진 극장』(1972)은 여러모로 흥미롭다. 많은 독자들에게 박태순은 외촌동外村洞 연작의 작가로만 알려진 것인데, 이 작품집에서 나는 또 다른 일군의 작품들을 발견하였다.

　작품집 머리에 실린 「서울의 방」(1966)은 작가 자신의 그 후기에서 엉성한 것이라고 겸손하고 있지만, 그 차분하고 깔끔한 맛이 사랑스럽다. 이야기는 별것이 아니다. 고생스런 과거를 가진 어느 시골 출신의 청년이 안정된 직장을 얻어 양옥에서 한옥으로 하숙집을 이사해가는 이야기다.

　그러나 이 별것 아닌 이야기가 무서운 생활의 실감으로 독자를 압도하니, 하숙집의 이야기 특히 자기 시골집의 변소가 얼마나 더러운 것인가를 기를 쓰고 설명하면서 말끔히 치운 양식 변소를 자랑하는 하숙집 식모 윤실이의 삽화는, 바야흐로 가공할 물신物神의 폭력이 서서히 잠을 깨어 사람들을 휘몰아치기 시작하는 한 시대의 분위기를 날카롭고도 생생하게 드러내고 있다.

　한 가난한 농민의 아들이 대통령이 되었던 시대, 그 보나파르트시대의 분위기를 작가는 그 어떠한 군더더기 설명도 없이 별것 아닌 이야기 속에서 포착하고 있는 것이다.

　밤에 높은 지대에 올라가 시내를 굽어보는 때가 늘었다. 도깨비불 같은 수천 수만 개의 등불이 빛을 발하면서 그곳에 지쳐빠진 영혼들이 허덕이고 있음을 속삭여준다. (…) 나는 그 불빛에서 아주 강력한 적을 보게 되고, 가장 무서운 애정을 그 불빛에 보내기도 한다. 그 불빛은 저 밤하늘을 수놓은 별들의 불빛보다도 더 까물대고 허덕인다.(11쪽)

특히 마지막 장면, 애인 지온이와 두고 온 거울을 찾으러 바로 전에 이사한 옛 하숙집을 찾아갔을 때 그를 엄습한 참담함—이 거대한 도시가 그의 지친 영혼에게 허여한 이 작은 공간의 실상에 접해, 그가 자신의 삶을 시인해주는 '어떤 따뜻한 특혜'라고 생각했던 '방'으로 상징되는 어떤 것이 얼마나 허구에 찬 것인가를 발견하는 장면은 의미심장한 것이다.

개인과 공동체가 빛나는 통합에 성공하지 않는 한, 그 갈망의 절실함에도 불구하고 소시민적 안정이란 것이 얼마나 불가능한 것인가를 드러낸 것인데, 이 작품을 싸고도는 근원적인 고향상실감Heimatlosigkeit은 그의 전 문학의 기초라는 점을 주목해야 할 터이다.

나는 「뜨거운 물」(1967)이란 단편도 흥미롭게 읽었거니와, 특히 「하얀 하늘」(1967)에 주목하고 싶다. 신혼여행 다녀온 후 별거한 젊은 부부가 다시 결합하는 이야기인데, 다시 '방'이란 상징이 나타나는 점을 눈여겨볼 것이다. 형편없는 건달이지만 결코 미워할 수 없는 사내인 임섭이 하월곡동에 방을 얻어놓고 그녀를 짐짓 끌고 갔을 때, 채정자는 한 차례 정사를 치르고 난 후 다음과 같이 독백한다.

이제는 아무렇지도 않다. 얼마든지 견딜 수 있다. 초조하지도 않고 불안스럽지도 않다. 시간이 흘러간다는 것이 무섭지도 않다. 임섭이라는 사내가 어떻든 무슨 상관인가? (…) 어린애를 하나 낳고 싶구나. 그녀는 다시한 번 하품을 했으며, 그리고는 똑바로 정신을 차렸다. 이대로 잠들어버리기는 싫었다. (…) 그녀는 일어서서 방문을 열고 바깥으로 나왔다. 한결

정신이 맑아지고 그녀는 차가운 공기에서 흥분을 느꼈다. 얼마든지 오래 살아도 괜찮을 것만 같은 그러한 힘이 무럭무럭 솟구쳤다. 그녀는 눈시울을 촉촉이 적시면서 신흥주택단지를 조망하고 있었다.(182~183쪽)

여기서 '방'은 소시민적 안정의 상징이 아니다. 그것은 이 세상의 근원적 동요 또는 비애를 버팅기고 그럼으로써 그것마저 받아들이는 생명력 자체이다. 「서울의 방」에서 그 비애에 전율하는 주인공의 포옹을 거부했던 순결한 아가씨 지온이는 이 작품에서 무한한 포용력으로 모든 것을 받아들이는 모성으로 전환되었음을 유의할 것인데, 이렇게 하면 하월곡동이란 지명도 단순한 고유명사가 아니라 여성적인 것, 즉 대지의 생산력과 연관된다. 작가는 이 작품을 통해서 혁명이 좌절된 후 60년대 사회를 덮고 있던 암울한 절망과 무력감에서 해방되고 있는 것이다.

4·19의 변질 묘파

솔직히 말해서 나는 이 세 작품을 보면서 박태순의 문학에 이런 면이 있었구나 하는 찬탄을 금할 수 없었다.

예민한 감수성으로 60년대를 살아가는 소시민의 모습을 포착하던 그는 서서히 이 초기 소설의 세계를 의식적으로 부정하기 시작한다.

그것은 4·19세대의 변질과정을 경쾌하게 묘파한 일종의 후일담소설 「이륙」(1967)을 거쳐 「삼두마차」 연작에 이르러 보다 분명해진다. 이 연작들은 그 제목이 가리키듯이 세 개의 이야기를 모은 옴니버스 양식으로 당대 사회를 입체적으로 조명하려는 왕성한 사회의식의 산물이다.

「삼두마차 1」(1968)은 18세기 소설 「허생전」의 패러디다. 첫째 이야기

「김씨신문金氏新聞」의 주인공 허술은 4·19 이후 빈발했던 학생운동을 주모했던 룸펜 지식인이다. 이 이야기는 그가 어느 날 마누라의 바가지에 오연히 자리를 떨치고 나서 정상배政商輩 김오천의 비서로 들어가 세상을 한바탕 휘젓는다는 것이다. 작가는 4·19의 변질을 시니컬하게 야유하고 있다. 둘째 이야기 「쥐꼬리장사」는 예비역 군인 허중령이 무일푼으로 고향에 내려가 땅장사로 한몫 잡는 과정을 실감나게 그리고 있다. 작가는 5·16의 변질을 차갑게 냉소하는 것이다.

셋째 이야기 「팔금산八金山으로 가자」는 외촌동 노인 허 씨의 이야기다. 일제시대 때는 간도에서 농토를 사 농민들에게 무상으로 나누어준 적도 있는 이 공상적 유토피아주의자인 허 씨는 버림받은 외촌동 주민 속에서 우리 역사를 밑바닥에서 받치고 있는 민중의 생명력을 발견한다. 『정감록鄭鑑錄』을 '고난의 땅덩어리에서 사는 사람들의 불안한 마음' 또는 '무어라 말할 수 없는 (…) 생명의 의지'로 파악하는 노인의 말이 절실하다.

민족적 자존심의 문제

생각해보면 지금까지 우리의 역사는 무엇이었던가? 지배층의 교체사에 다름 아니었다. 광범한 농민반란의 물결을 타고 떠올라 집권한 후 그들을 떨쳐버리는 것이 우리 왕조사의 근간이었으니, 그 간단없는 윤회의 사슬로부터 우리가 어떻게 해방되느냐가 문제인 것이다. 작가는 이처럼 세 명의 허생을 재창조하여 60년대 사회를 분석하고 있는데, 그것이 아직 관념적 차원에 머무르고 있음을 기억하자.

「삼두마차 2」(1969)에서 작가는 또 다른 각도에서 한국사회를 분석하고 있다. 첫째 이야기 「점잖은 중국인」은 세 젊은이가 여행 중에 어느 중국 음식점에서 만난 중국인과 일본인의 삽화다. 대국주의적 냄새를 물씬 풍기는 이 두 외국인에 대한 세 젊은이, 특히 황종택의 반발이 비록 심정적이고 충동적인 성격을 넘어서지 못한다 할지라도 작가는 이 작품에서 동아시아 국제사회 속에서 우리의 위치를 다시금 반성하고 있다.

형식적일망정 오랫동안 중국에 대한 종속관계를 유지해왔고, 20세기에 들어서는 일본에 대한 완전한 예속을 경험했던 우리로서는 그 열등의식에서 해방되어 민족적 존엄을 회복하는 문제는 단순한 정치·경제 문제를 넘어서는 근원적인 것의 하나다. 이와 같은 민족적 자존심의 문제가 이 작가의 작품에 처음으로 등장한다는 점에 유의해야 할 것이다.

둘째 이야기 「무식한 몬타냐인」은 오랜만에 만난 친구 홍청석의 삽화다. 막 베트남에서 귀국한 이 맹호부대 참전용사는 충격 속에 깊은 무기력과 소심증에 시달리고 있다. 그가 취해서 들려주는 몬타냐족 출신 베트콩의 삽화, 그리고 끝내 그 몬타냐족을 이해하지 못하고 깊은 당혹감에 빠져 귀국한 후, '어느 시골에라도 내려가 구멍가게 장사 같은 것으로부터 새출발을 하고 싶다'는 홍청석의 삽화를 통해 작가는 우리가 개입한 베트남전의 의미를 스스로 반문한다.

'이담에 죽더라도 나는 지옥에 가지 않을 것이다. 왜냐하면 살아 있을 때, 사이공에서 지옥을 체험했으니까.' 나는 언젠가 이런 문장을 쓴 유니폼을 입고 지나간 사람을 본 생각을 했다. 그런데 그 사람은 자기가 입고 있는 유니폼에 씌어져 있는 그 말이 월남민들이 당하고 있는 고통에 대해서 얼마나 무관심한 증오를 나타내고 있는 것인 줄 조차 모르고 걷고 있는 것 같다. 아니 도리어 그 사람은 월남 전쟁터에서 벗어났다는 것 때문인지 쾌활하게 지나갔었다. 한국이 월남과 다르기 때문이었을까?(『단씨段氏의 형제들』, 284쪽)

셋째 이야기 「콜 디스카스」에서 작가는 20세기 중반 이후 미국 문명의 심각한 영향 아래 놓인 우리의 의식에 대해 생각한다. 이야기는 황당한 것이다. 정신대挺身隊로 끌려간 조순자라는 한국 여인과 미국 흑인 사이에서 태어난 콜 디스카스가 미국에서 재즈 가수로 명성을 날리다가 잠적한다는 것인데, 이것은 일종의 우화다.

작가는 물신의 지배 아래 황폐한 미국문명에 대해 전면적인 환멸을 표시하고 있는데, '아, 이 참담한 문명의 세계로부터 한반도가 잠적해버릴 수는 없을까'라고 반문하는 작가의 말이 공상적이지만 각별히 절실하다. 우리가 그토록 편입되기를 안달했던 유럽 문명에 대한 작가의 거절은 단순한 민족적 자존심의 문제를 넘어서는 것으로 인간이 인간답게 살기 위해서 우리가 어떠한 문명을 가져야 할지를 심각하게 반성하게 하는 것이다.

이처럼 작가는 「삼두마차 1」에서는 우리 사회 내부의 문제를 점검하고, 「삼두마차 2」에서는 국제사회 속에서의 우리의 위치를 반성하는데, 두 편의 중편소설을 통해, 위의 연작에서 드러난 역사관의 구상화를 시도하니, 그것이 「정처定處」(1969)와 「낮에 나온 반달」(1969)이다.

일종의 가족사 소설인 「정처」는 가족적 결합이 철저히 파탄에 이르는 어느 월남한 가족의 이야기를 통해, 유종호의 말을 빌리면, '인간관계의 비정함과 근원적인 차가움' 그리고 그 사회적 기원을 집요하게 추구하니, 그 제목은 반어였던 것이다.

「낮에 나온 반달」은 피카레스크다. 작가가 이 작품에서 변동기 사회의 근원적인 동요감을 표현하는 데 적합한 피카레스크 양식을 택한 것은 「정처」의 자연스러운 발전일 것이다. 세일즈맨으로 한반도를 세 바퀴쯤 돌다 상경한 주인공 구자석은 서울을 떠돌아 다니며 이 기괴한 대도시와 그 속에서 부동하는 인간들의 생태를 다양하게 보여준다.

이 작품 이후 그의 소설의 주인공으로 세일즈맨이 곧잘 등장하는데, 그것은 현대 한국사회의 역사적 공간 안에서 어느 곳에도 안주하지 못하고 떠도는 한국인의 삶을 상징하는 것이다. 그러나 두 작품 모두 앞부분의 팽팽한 긴장이 중반부터 풀어져서 일종의 만화경으로 떨어져버렸다.

고귀한 무질서―「무너진 극장」

이 시기의 작품으로 나는 「무너진 극장」(1968)을 주목하고 싶다. 이 작품은 작가의 자기갱신과정에서 태어난 가장 우수한 작품의 하나일 터인데, 여기서 그는 문학적 상상력의 근원인 4·19의 한 국면을 날카롭게 포착하고 있다. 때는 1960년 4월 25일. 작가는 여기서 4월 19일의 시위가 승리로 끝날 것인지, 또는 참담한 패배로 끝날 것인지 그 어느 것도 확실하지 않은 역사적 현장으로 독자들을 인도한다.

4월 19일에 경미한 부상을 입은 '나'는 마포형무소에서 출감하는 친구를 맞이하고, 망우리로 죽은 친구의 무덤을 찾고, 서울대병원으로 부상한 친구들을 위문하고, 대학교수단 시위를 목격하고, 이 스산한 도시에 밤이 내리자 어느 싸구려 막걸리집에서 술을 마신다.

여기까지 보면 이 소설도 그 무슨 현장소설이 아닌가 하는 느낌이 들기 마련인데, 그들이 술집을 나와 한 무리의 분노하는 군중에 섞여 임화수의 평화극장을 공격하는 데 이르러 이야기는 긴장감에 휩싸인다. 그리하여 그들이 극장 안으로 어지러이 들어가 파괴하고 방황하는 군중 장면은 비상하게 독자들을 압도하는 바가 있다.

그러나 나는 이 장면 중에 뛰어든 인근 주민에 더욱 큰 당혹감을 느꼈다. '이 개새끼들아 불을 지르지 말아'라고 외치며 극장 안에 뛰어들어 방화군중과 충돌하는 인근 주민들—그들은 자유당에 매수된 테러단이 아니라, 그들의 동네가 불바다가 되는 것을 보위하기 위해서 그리 했으니, 우리는 이 주민들을 전폭적으로 지지할 수 없지만 또한 그만큼 그들을 결코 비난할 수만은 없다.

드디어 계엄군이 진입하고 군중들은 썰물 빠지듯 한다. 깊은 허탈감 속에 남은 '나'는 무너진 극장 안에서 공포의 밤을 새우곤 잠든 군인들 틈 사이로 신새벽에 빠져나오는데, 그날은 바로 4월 26일, 이승만 정권이 붕괴되는 날이었던 것이다.

혁명에 있어서 폭력의 문제 또는 이 신비로운 군중 현상을 이 작품만큼 흥미롭게 다룬 것은 드문바, 솔직히 나는 이 작품을 적절히 해명할 수 없다. 작가가 '고귀한 무질서'라고 명명한 분노한 군중들의 폭력적 현상은 과연 무엇인가?

이것은 단순히 군중심리의 못난 발현 또는 인간의 의식 밑바닥에 굴종된 억압심리의 발작적 폭발로 몰아붙일 수 없거니와 그렇다고 그것이 혁명의 대의에 떳떳한 폭력, 다시 말하면 그 행사를 통해 전제정치가 가한 의식의 비꼬임으로부터 해방되어 진정한 인간적 존엄을 회복하고 그럼으로써 사람과 사람 사이의 진정한 연대를 가능하게 하는 그런 폭력적 현상이라고는 할 수 없는 것이다.

루쉰魯迅은 언젠가 전제군주 아래 오래 굴종하고 있던 백성은 그 군주를 닮는다는 요지의 말을 한 적이 있는데, 이 작품에 드러난 군중 현상에 그와 같은 측면이 없지 않은 것이다. 이것이 과연 4·19의 본질적인 국면인지, 아니면 그 와중에서 파생한 작은 갈래인지는 4·19에 대한 본격적 연구가 축적된 이후에 판단 가능한 것이지만, 결국 4·19가 미완의 혁명으로 끝난 사실 자체가 어쩌면 이 작품을 통해서 극적으로 드러나는 것인지도 모른다. 두고두고 토론되어야 할 문제를 제기한 작품인데, 작가

개인적으로 보면 60년대를 마감하는 작품으로서도 기억될 것이다.

농촌과 도시 사이―외촌동 연작들

1970년대에 들어와서 작가는 외촌동 연작에 몰두하게 된다. 5·16 이후 바짝 분 근대화 바람의 이면을 전형적으로 상징하는 비촌비도非村非都의 세계, 대규모의 농촌분해로 서울로 유입되었다가 다시 쫓겨 농촌으로 돌아가지 못하고 변두리에 급조된 이 외촌동을 작가는 집요하게 탐색해나간다. 농촌과 도시 사이에 끼여, 한편으로는 도시를 포위하고 또 한편으로는 농촌을 잠식해가는 이 기묘한 세계를 자신의 문학적 공간으로 설정하면서 작가는 자기 문학의 확장을 시도하는 것이다.

그러나 주목할 것은 이 연작의 머리 격인 「정든 땅 언덕 위」가 이미 1966년에 나왔다는 점이다. 60년대 문학의 전반적인 흐름 속에서 매우 예외적인 이 작품은 그 이후의 박태순의 인간적·문학적 전개를 이미 암시해주는 것 같아 흥미로운데, 더구나 이 연작 중에서도 매우 우수한 것이 아닌가 싶다.

이 작품에는 딱히 주인공이 없다. 단편으로는 넘칠 정도로 많은 인물이 등장하는데, 그럼에도 그 인물들이 모두 생생하게 살아 있다. 그것은 작가의 특이한 애정의 소치로, 그는 이 뿌리 뽑힌 현대판 천민들을 지식인이 흔히 빠지기 쉬운 감상주의로 접근하지 않음으로써 오히려 실감나게 떠올린 것이다. 이 작품이 암담한 현실을 다루고 있으면서도 건강한 활력을 잃지 않고 있다는 점에 주목해야 할 것인데, 작가는 그들과의 거리를 정직하게 받아들임으로써, 터무니없이 이상화하거나 악의적으로 비하하지 않을 수 있는 시각을 확보하게 된 것이 아닌지 모르겠다.

「정든 땅 언덕 위」가 나온 지 4년 만에 이 연작의 두번째 작품 「옥숭이의 가출」(1970)이 나왔는데, 이 작품은 장황하고 암담하여 앞 작품에 비해 활기가 현저히 쇠약해졌다. 이 두 작품과는 달리 한 인물을 꼼꼼하게 추적한 「걸신乞神」(1971)은 노걸대영감을 떠올리는 데는 어느 정도 성공하고 있으나, 모델에 작가가 너무 압도된 듯 그냥 천덕꾸러기 영감이 되고 말았다.

「한 오백년」(1971)과 「재채기」(1972)도 역시 그렇고, 1971년 우리 사회에 깊은 충격을 준 광주단지廣州團地 사건을 반영하고 있는 「무너지는 산」(1972)이나 그 후일담 소설인 「이야기, 이야기, 이야기」(1973)도 그 절실함을 드러내는 데 미흡한 것이었다. 요컨대 이 시기에 작가는 그가 발견한 이 엄청난 외촌동의 현실에 압도되어버렸다.

오히려, 「하얀 하늘」에 나오는 채정자를 연상시키는 강금옥을 주인공으로 한 「모기떼」(1973) 같은 작품은 외촌동 사람들의 삶을 근본에서 받치고 있는 민중의 생명력을 보여주는 데 성공한 작품인데, 아무래도 이 시기의 작품으로는 「최씨가의 우울」(1974)을 눈여겨보아야 할 것이다. 이 작가가 즐겨 다루는 가족사 소설과 외촌동 연작을 결합한 이 작품에서 작가는 숲거리라는 어느 농촌을 무대로 삼고 있다. 작가는 드디어 서울에서 외촌동으로, 더 나아가 외촌동과 맞닿아 있는 농촌에 도달하였다.

외촌동 연작이 비슷비슷한 이야기의 반복으로 떨어지는 중요한 이유의 하나는 바로 외촌동을 싸고 있는 광범한 농촌의 세계가 배제되어 있음에 말미암은 바 클 것인데, 우리 사회를 구조적으로 파악하기 위해서는 불평등한 관계로 묶여 있는, 도시와 그 변두리와 다시 그것을 싸고 있는 농촌이라는 세 세계를 유기적으로 파악하지 않으면 안 되기 때문이다. 이런 점에서 철저히 도시적인 이 작가가 농촌을 새로운 눈으로 바라보기 시작했다는 것은 의미심장한 바 있다. 그러나 이 작품에서 농촌은 아직 배경에 지나지 않고 제목이 가리키듯이 작품은 우울하다.

박태순 문학의 새로운 지평

이 작품 이후 작가는 약 2년간 침묵하게 된다. 당시 그는 매우 심각한 정신적 위기를 맞이하고 있었다. 돌이켜보면 70년대는 그 벽두부터 충격적인 사건이 잇달았으며, 그에 따라 시국은 더욱 경화되기만 했다. 특히 1974년에 결성된 자유실천문인협의회自由實踐文人協議會의 중요한 일원으로 참여하면서 작가는 자신의 문학을 다시 한 번 고통스럽게 부정했던 것이다.

1977년 창작 일선으로 복귀한 박태순은 다시 외촌동 연작을 내놓게 되는데, 그 첫 작품이 「벌거숭이산의 하룻밤」이다. 그 초반부의 팽팽한 긴장에 비하면 후반부 특히 두 인물이 이야기를 시작하면서 작품은 축 처지고 마니, 이보다는 「독가촌풍경獨家村風景」(1977)이 흥미롭다.

휴전협정 체결 때 여기저기 흩어진 두메집을 집결하여 급조된 이 마을은 60년대 중반에 외촌동 주민들이 황무지 개간을 위해 몰려오면서 한국사회 속에 구조화된다. 작품은 개간지를 빼앗으려는 허명두라는 돌팔이 치과쟁이와 그에 맞서는 온 씨 사이의 대결을 축으로 전개되는데, 토지를 둘러싼 갈등이 실감나게 그려지고 있다.

이와 같은 외촌동 연작의 흥미로운 변모는 「발괄白活」(1979)에서 보다 분명한 모습으로 나타난다. 이 작품에서 「최씨가의 우울」이 배경으로 한 숲거리가 이제는 그 중심무대가 된다. 소품이지만, 장날에 모여든 숲거리 농민들의 모습이 교활함과 음흉함 그리고 구수함까지 다 갖춘 채 아주 리얼하다. 문체도 그 이야기에 걸맞게 변해 있어 농민들의 대화도 생생하게 살아나니, 외촌동과 숲거리를 하나로 통일할 때 박태순 씨의 문학적 전개의 새로운 지평이 열릴 것이란 느낌이 든다.

이 연작 이외에, 「우스꽝스런 정밀精密」(1971)이나 「작가지망作家志望」(1974)도 훌륭한 작품이지만 특히 「홍역紅疫」(1972)을 감명 깊게 읽었다. 이 작품은 아마도 박태순 씨만이 쓸 수 있는 이야기로 보이는데, 마산댁은 그가 창조한 가장 탁월한 인물로 꼽힐 것이다. 38선이 오망골을 횡단함으로써 일어나는 여러 삽화들은 해방 직후의 실상을 그 어떤 정치사보다도 구체적인 생활의 실감으로 전달해준다. 이 작품에 드러난 세계는 감동적인 이야기를 무진장하게 감추고 있는 것 같은데, 왜 작가가 이 광맥을 그대로 방치해두는지, 앞으로의 업적을 기대해본다.

현대사를 종횡으로

70년대의 박태순 씨의 소설 속에서 우리는 두 편의 장편소설을 빠뜨릴 수 없다. 지금까지 검토한 그의 단편이 주로 4·19 이후 우리 역사의 전개 과정과 밀착되어 있다면, 그의 장편은 4·19 이전의 우리 사회를 분석함으로써 우리 현대사를 종횡으로 엮어 포괄하려는 그의 야심적 작업의 근간을 드러내고 있다.

『가슴 속에 남아 있는 미처 하지 못한 말』(1977)에서 작가는 그의 유년 시절, 즉 해방 직후사에 직핍한다. 이 작품에는 황해도에서 밤배를 타고 38선을 넘었던 작가의 유년기의 체험이 짙게 깔려 있어 「홍역」과 연결되는 면이 있다. 아름다운 제목이 암시하듯이, 이 작품에서 그는 축축한 정서마저 회피하지 않으니, 그것이 이 작품에 싱싱한 생기를 불어넣어주고 있다.

사실 이 작가만큼 자신의 이야기를 기피하는 소설가도 드물 것이다. 너저분한 신변잡기를 늘어놓는 사소설을 혐오하는 그의 소설가로서의 엄격한 태도가 믿음직하지 않은 것은 아니로되, 한편 자신의 이야기를 보편적 차원으로 들어 올릴 수만 있다면, 그의 결벽은 오히려 장애가 될지도 모르겠다.

이 작품의 무대는 이 월남한 가족이 터를 잡은 난민촌이다. 이 난민촌의 생태를 작가는 생생하게 재현한다. 이걸 보면 외촌동 연작이 결코 우연의 산물이 아님을 알게 된다. 뿌리 뽑힌 사람들에 대한 그의 애정이 의식의 차원을 넘어서는 데가 있음을 알려주는데, 난민촌은 그의 고향이었던 것이다.

작가는 이 난민촌을 정치의 무대로 만들어버린다. 평안도 용강 출신의 허 노인, 「삼두마차 1」에 등장했던 노인을 연상시키는 이 침쟁이 영감은 김구노선을 따른다. 황해도 안악 출신의 채목사, 그는 미국식 민주주의의 신봉자다. 반장인 정갑두, 이 현실주의자는 이승만의 지지자다. 국민학교 교원 용식이 이모, 그녀는 박헌영 노선에 서 있다.(아무리 정치의 계절이긴 하지만, 작위적이란 느낌이 드는데 특히 허 노인의 아버지를 1894년의 동학당 출신으로, 그 아들을 여운형의 지지자로 설정한 것이 그렇다. 왜 우리 작가들은 자신이 공감하는 인물이기만 하면 그 가계를 전부 혁명가족으로 만드는지 모르겠다.)

그러나 승부는 곧 결정된다. 용식이 이모는 삐라사건으로 체포되고 허 노인과 채 목사는 절망 속에 동네를 떠나버리고 난민촌 사람들은 구경만 한다. 우리의 민족적 고통 그리고 그 때문에 가중되는 민중의 수난을 각인한 분단시대의 단초를 연 해방 직후의 역사적 실패를 작가는 이 작품에서 거듭 확인하는 것이다.

이 작품의 끝 장면은 뭉클한 것이다. 설마 설마 하던 분단시대가 이제 뚜렷이 그 모습을 드러내는 1948년 여름, 할머니가 쌀자루를 지고 월남한 자식들을 보러 홀연히 이 난민촌에 나타난다.

"그거 삼팔선 넘나드는 거 걱정 없다. 아무러면 이 에미가 그깟 삼팔선 때문에 보고 싶은 자식놈 못 보며 어리숙하게 살아갈 줄 아네?"

이 할머니는 다시 영감이 있는 북으로 가는데, 이것이 아마 마지막 상봉일 것이니, 제4장의 제목은 「사랑하던 그 사람이여」였다.

1977년 『세대』에 연재되었던 「어느 사학도의 젊은 시절」에서 작가는 이어서 1950년대 사회를 세 주인공의 이야기를 통해 분석하고 있다.

의도적으로 『삼국지』의 도원결의에 빗대고 있는 이 작품의 제1부 「세 소년」은 그 이야기의 흥미진진함이 참으로 뛰어나다. 특히 자기 고향이 6·25의 전쟁터가 되면서 기막힌 삶을 살아가게 되는 고왕만이나 최만택을 둘러싼 상이군인의 이야기는 6·25와 전후사회의 한 모습을 절묘하게 떠올려주는 것이다.

그러나 제3부와 제4부에 이르면 정치적 사건에 대한 지루한 서술과 세 주인공의 그 이후의 행적을 기계적으로 나열·반복하고 있어 두서없는 작품으로 떨어지고 말았다.

침묵에 대한 기대

일찍이 발자크는 '프랑스 사회는 역사가가 되어가고 있었으며, 나는 비서에 지나지 않았다'고 했다지만, 우리 작가들 중 아마도 박태순만큼 작가와 대상 사이의 긴장된 거리를 의도적으로 제거하는 작가는 드물 것이다. 60년대 문학을 자기부정하면서 강화된 이러한 경향이 이 작품에서 극도로 확대되어 나타난 것이니, 도덕의식과 역사의식의 개입이 이야기의 풍요로운 현실성에 상처를 주고 있다는 점에서 또 한차례의 비약이 요구된다고 하겠다. 최근 아주 감명 깊게 읽은 책, 앨버트 놀런의『그리스도교 이전의 예수』라는 책에 다음과 같은 대목이 나온다.

요한의 분위기는 장례식의 장송곡 같다면 예수의 분위기는 결혼식의 무도곡 같다. 요한의 행동이 단식이 특징이라면 예수의 행동은 잔치가 특징이다. (…) 요한의 때는 그야말로 통곡해야 할 때였고 예수의 때는 그야말로 환호해야 할 때였다. (…) 요한은 하느님의 심판을, 예수는 하느님의 구원을 예언했다. 요한은 큰 파국을, 예수는 큰 왕국을 내다보며 살았다. 요한은 비운의 예언자였고 예수는 복음의 전령사였다.(130~131쪽)

지금까지의 박태순의 문학은 증언하고 탄식하고 분노하는 요한의 분위기는 아니었는지, 이것은 아마도 1970년대 문학의 한 흐름과 관련될 터인데, 이제 우리 문학은 상처받은 민중의 혼과 육체를 기쁘게 구원하는 진정한 인간해방의 문학으로 솟아올라야 할 것이다. 1977년 이후 다시 깊은 침묵에 빠져든 박태순 씨의 문학이 새로운 역사적 과업 앞에 직면한 1980년대에 어떤 모습으로 동참할지 기대가 자못 크다.

[『정경문화』1983년 1월호]

허망감의 극복

비록 가벼운 소품이지만 이문구의 「남의 여자」(『한국문학』 1981년 11월호)
는 이야기꾼으로서의 작가의 솜씨가 여전함을 다시 확인시켜주는 작품
이었다. 그의 소설이 우리 소설사에서 차지하는 위치가 매우 독특하다는
것은 널리 인정되는 바인데, 나는 그것이 이야기를 끌고 나가는 작가의
굳센 힘에도 크게 말미암는다고 생각해본다.

　최근 소설을 보건대 문장의 깔끔함이나 그 날카로운 감각에는 확실히
경탄할 만한 점이 있다. 그리고자 하는 대상을 보다 정확하게 이해하고
자 하는 예술적 고투의 결과라는 점에서 이와 같은 묘사력의 진보는 매
우 경하해야 할 현상이지만, 한편 그것이 소설을 소설답게 하는 산문정
신의 빈곤을 촉진할 수도 있다는 점에도 유의해야 할 것이다. 최근 소설
은 소설의 설화적 성격에 대해 너무 지나친 결벽증에 사로잡힌 것 같다.
대범하게 말해서, 작가가 작중 현실에 좀 개입하면 어떤가? 우리는 자연
주의의 순수 객관이라는 환상에 꼭 붙들려서 작가나 독자나 모두 작품

앞에서 너무 긴장하고 그 때문에 주눅이 들어 있으니, 이런 점에서 모든 종류의 이야기의 문법을 종횡으로 결합하고 있는 판소리와 같은 예술을 소설가들이 눈여겨보아야 할 것이다.

이문구는 드물게도 자연주의의 세례를 덜 받은 작가이다. 이것이 때로는 그 용장함 때문에 독자들의 접근을 저해하는 요소로 되기도 하지만 오히려 그의 소설의 정통성을 더욱 보장하는 것인데 이번 작품을 읽고 나는 그의 골력이 예전보다 약화되지 않았나 하는 생각이 들었다. 그러나 오랜 침묵 끝에 그가 다시 소설을 쓰게 되었으니 다음 작업이 비상히 기대된다.

이병주의 중편 「허망의 정열」(『한국문학』 1981년 11월호)은 독자로 하여금 무언가를 생각하게 하는 소설이었다. 한 좌익 지식인의 고민과 방황을 통해 해방 직후의 현실을 보는 독특한 시각을 제시한 근래의 문제작이다.

해방 직후의 현실을 자기 소설의 대상으로 확정할 때 작가들은 까다로운 문제에 봉착하게 된다. 그것은 무엇보다 분단된 조국의 현실이 작가에게 가하는 종종의 제약, 아무리 냉전체제가 붕괴되고 있다고 해도 현실적으로는 서로 대립하는 두 체제가 엄연히 존재하고 있다는 사실, 우리가 조국의 통일을 절실히 바라고 있으면서도 이 남한 땅에 살고 있기 때문에 저절로 가지게 되는 어떤 편향—작가들은 이러한 현실적 제약으로부터 결코 자유로울 수 없기 때문이다.

그래서 작가들은 해방 이후 6·25가 나기 전 약 5년간의 현실을 다루기를 기피해왔다. 그것은 마치 아물지 않은 상처와 같아서 이 민감한 부분을 직시하기에는 아직도 우리의 정신적 준비가 덜 되어 있는 것이다. 그래서 어떤 이는 통일이 되는 날 비로소 이 시기의 역사를 진실로 자유로운 입장에서 기술할 수 있으리라고 말한다. 말인즉 옳다. 그러나 통일이란 것이 기다린다고 주어지는 것도 아니고 그날까지 이 시기의 문제를 그대로 방치할 수도 없는 것이 아닌가? 1970년대의 여러 운동을 통해 우리가 얻은 가장 소중한 결론은 민족의 통일만이 우리 민족이 겪고 있는 현실적 고통을 근본적으로 해결할 수 있는 길임을 인식하게 된 것인데, 더구나 분단 시대를 끝장내고 통일을 준비하려는 결의를 우리 스스로 다짐할 때, 분단 시대의 단초가 열린 해방 직후의 현실을 엄정한 입장에서 평가한다는 것은 오늘날 하나의 중대한 실천적 과제로 되는 것이다. 이 때문에 우리가 이른바 일제 말의 암흑기의 부끄러운 기억을 직시해야 하듯이, 해방 직후의 역사도 용기와 정열과 양심을 가지고 옳게 이해하려는 작업을 밀고 가지 않을 수 없다.

해방 직후의 역사를 이해하려고 할 때 우리는 어떤 입장의 선택을 강요받게 된다. 그것은 흔히 하는 말로 '우익이냐, 좌익이냐'이다. 우익에 선 사람들은 좌익을 무조건 비난하고 그 반대로 좌익에 선 사람은 우익을 모두 반동으로 몰아붙였다. 그러나 시대는 달라졌다. 우리 민족의 분단을 규정했던 미·소의 냉전체제는 아직도 영향력이 막강한 것이 사실이지만 이제 제3세계의 등장과 함께 새로운 국면에 접어들었음을 인정하지 않을 수 없게 되었다. 이와 같은 세계사적 규정성의 변화는 우리로 하여금 진실로 우리의 입장에서 현실을 인식하기를 요구하고 있다. 이 때문에 오늘날 해방 직후의 현실을 바라볼 때 중요한 것은 '우익이냐, 좌익이냐' 식의 양분론이 아니라 누가 이 시기에 일각일각 죄어오는 냉전 시대의 진군을 꿰뚫어보고 설령 정치적으로는 패배했더라도 예언자적 목소리로 진정으로 민족적 이익을 대변했는가를 변별하는 일이다.

이병주는 이 작품에서 박태영이라는 한 지식인의 관점을 빌려 해방 직후의 현실을 조망하고 있다. 여기서 주인공의 특이한 이력을 잠깐 살펴보자. 그는 일제 말 학병을 거부하고 개관산을 근거지로 하준규(일명 남도부)와 더불어 항일운동을 했던 경력을 가진 인물이다. 국내에서는 일체의 항일운동이 파괴된 해방 직전의 그 엄중한 상황 속에서 그들의 활동이 가진 민족적 가치는 드물게 귀한 것인데, 산 속에서 해방을 맞은 그들의 감회가 어떠했을 것인가는 상상하기 어렵지 않다. 그러나 해방된 지 1년 만에 그의 옛 동지들은 다시 입산하여 지리산 야산대가 된다. 그들이 왜 다시 입산하게 되는지, 이 작품에 그 자세한 사정은 설명되어 있지 않은데 해방된 조국에서 그들이 선택한 운명적 길은 단순한 이념 투쟁의 차원을 넘어서는 의미가 포함되어 있음을 우리는 짐작할 수 있다. 그것은 누차 지적된 바와 같이 남한에 있어서 친일파의 강력한 재등장이다. 우리가 해방 후의 좌·우익 투쟁에서 가장 가슴 아프게 느끼는 것은 이 시기에도 왜 민족적 양심 세력의 일대 결집에 실패했는가 하는 점이다. 우리는 일제시대에도 수차의 시도가 없는 것은 아니었지만, 이념을 초월한 민족해방운동의 통일적 조직을 결성하는 데 대개 실패하였다. 그 책임은 양측이 함께 져야 할 터인데 그 실패를 해방 후에도 다시 반복함으로써 민족적 재난을 스스로 부른 면이 없다.

그러나 박태영은 옛 동지를 따라 입산하지 않았다. 그 때문인지 자세하지는 않지만 그는 남로당으로부터 제명처분을 당한다. 그렇다고 그가 자기 신념을 포기하고 전향자가 된 것은 결코 아니다. 그는 "남로당을 구제 불능의 조직"(46쪽)이라고 판단하면서도 여전히 좌익 지식인인 것이다.

소설은 남한에 단독정부가 선포됨으로써 분단의 예감이 불행하게 적중되어가는 1948년 8월 어느 날, 박태영이 철학 교수 이동식을 따라 김경주라는 시골 고등학교 교사를 만나면서 시작된다. 소설의 앞부분은 이들이 벌이는 긴 토론으로 거의 채워져 있는데, 박태영은 처음에는 반발하다가 서서히 김경주란 인물을 새롭게 보게 된다.

김경주는 매우 특이한 인물이다. 그는 영미식 자유민주주의를 신봉하면서도 당시 좌익계 인사들을 높이 평가한다. 그러나 학생들을 지리산 야산대로 데려가려는 좌익의 선동과는 헌신적으로 싸워 반동이란 비난을 받기도 하는데, 그의 안목은 날카로운 바 있다.

지금 수립된 이승만 정권은 순전히 공산당이 세운 정권이나 다를 바가 없습니다. (…) 좌익의 탄압은 공산당이 자초한 것 아닙니까? 남한만의 단독 선거가 불가피하다고 생각하면 공산당은 왜 참가하지 않는 겁니까. 공산당이 보이코트함으로써 왜 송두리째 정부를 우익에만 넘겨주게 했느냐, 이 말입니다. 두고 보시오. 5일 전에 수립된 이 정부는 철두철미한 반공 정권으로 행세할 것입니다. 앞으로 공산당이 발붙일 곳이 없게 될 겁니다. 그런 사정을 번연히 알면서 왜 의석 전부를 포기하는 겁니까.(59쪽)

지금은 냉전의 시대가 아닙니까. 미국이나 소련은 각기의 세력을 팽창시키기 위해 안간힘을 쓰고 있지 않습니까. 바로 그 의도에 의해 남한엔 우익 정권이 서지 않았습니까. 북한엔 좌익 정권이 곧 설 것이고요. (…) 정권은 날로 강화되어가고 이와 반비례해서 좌익은 약화되어갈 것이 필지의 사실입니다. 정치는 바로 현실입니다. 오늘의 현실은 공산당 즉 죽음을 의미하게 되었습니다. (…) 나는 지리산에 있는 빨치산들, 전국 각지에 산재해 있는 야산대들이 안타까워 정말 견딜 수가 없습니다. 그들은 지금 몰살될 운명에 놓여 있는데 그들의 죽음이 무엇을 의미할까요. (…) 내가 지금 하준규 형을 만날 수만 있다면 그야말로 간청을 하겠어요. 살아놓고 보자고.(62쪽)

6·25의 발발을 예언하기도 하는 김경주의 판단은 그 편향에도 불구하고 매우 정확한 바가 있다. 그러나 박태영은 아직 그의 판단에 완전히 승복하지는 않는다. 4·3제주도 '폭동'은 진행 중이고 군부 내의 좌익 세력에 아직도 기대를 걸고 있기 때문이다. 그러나 폭동은 진압되고 그 후 터진 여순반란도 실패로 끝났다. 박태영은 이제 완전한 절망에 빠진다.

> 이쪽저쪽으로 원혼들이 공기를 어둡게 하고 있는 상황에선 활달한 정치가 이루어질 수 없다. 증오가 미만해 있는 땅에서 어떻게 화합을 이룩할 수가 있겠는가. (…) 그런데도 그러한 폭동과 반란이 혁명의 대세를 일보 전진시킨 것이었으면 또 모른다. (…) 바로 이 점이 박태영을 분노케 했다. 그만한 반란을 일으킬 수 있도록 군부 내에 좌익이 침투해 있었다면 어떻게 해서 전국 각처에서의 일시 봉기로 가져가지 못했는가.(68쪽)

박태영은 올드 볼셰비키가 지배하는 남로당의 모험주의에 대해 맹렬한 분노를 표시한다. 상황은 점점 침중하게 가라앉는다. 김태준과 유진오가 처형되고 옛 동지 노동식도 지리산에서 죽었다는 소문도 들리는 속에 깊은 회의에 빠진 그 자신도 드디어 체포된다. 소설은 전향을 결심한 박태영이 옥중에서 '허망의 정열'이라고 절규하며 끝난다. 때는 1950년 6월 24일이었다.

박태영은 그 후 어떻게 되었는가? 우리는 작가가 창조한 이 인물 속에서 불안한 예감으로 가득 찬 시대를 고통스럽게 살아갔던 한 지식인의 전형적 모습을 보게 되는 바, 어느 곳에도 안주하지 못하고 떠도는 이 상처받은 영혼의 슬픔은 그의 불행이요 이 나라의 불행이었던 것이다. 그러면서도 우리는 그가 도달한 허무주의에 동의할 수는 없다.

과연 해방 직후의 역사는 헛되고 헛된 한갓 망상이었던가? 물론 우리 민족이 그처럼 오래 열망했던 통일된 민족국가 건설에 실패했다는 점에서 이 시기의 역사가 근본적으로 민족적 패배의 역사임을 원칙적으로 승인한다. 그러나 그 때문에 더욱 그 실패의 역사 앞에서 이름 없이 죽어간 생명들이 계시하는 진실을 외면할 수 없다. 과거를 기억하는 것은 과거의 실패를 반복하지 않으려는 결의를 다짐하는 것인데, 우리가 해방 직후의 역사에서 배워야 할 교훈은 무엇일까? 그것은 물론 역사에 대한 허망감은 아닐 것이다. 사실 이 작품에서는 이와 같은 허망감이 너무 강조됨으로써 작품에 적지 않은 손상이 가해졌는데 애석한 일이다.

최근 소설을 읽으면서 느낀 것이지만 우리 문학이 시급히 해결해야 할 과제의 하나는 허망감의 극복 또는 낙천성의 회복이라고 나는 생각한다. 그것은 현실을 밝게 그린다고 이루어지는 것이 아님은 너무나 자명한데, 해방 직후의 역사적 실패가 우리에게 계시하고 있듯이, 세계사의 보편적 관련을 포기하지 않으면서 우리 현실에 대한 과학적 분석 위에 토대한 진정으로 독자적인 이념의 창조, 그리하여 민족적 정열을 자연스럽게 하나로 통합할 수 있는 이념의 창출이 바로 문제의 핵심이다. 지난한 작업이다. 그러나 실패를 반복하지 않기 위해서 그리고 허무주의에 빠지지 않기 위해서 우리가 해내지 않으면 안 될 최대의 과제이다.

이번에는 마침 『문학사상』에서 1981년에 신춘문예로 등단한 신인들의 특집을 내고 『월간문학』에서도 새로운 소설가가 탄생하여 신인들의 작품을 주의 깊게 읽어보았다. 그중 윤영근의 「상쇠」(『월간문학』 1981년 11월호), 이삼교의 「그 목선木船의 계절」(『문학사상』 1981년 11월호) 그리고 임철우의 「뒤안의 바람소리」(『문학사상』 1981년 11월호)가 눈에 띄었다. 이야기를 끌고 나가는 힘들이 단단해서 앞으로 기대할 만하다.

그러면서도 아쉬운 느낌이 드는 것은 이 작품들이 어디서 본 듯한 인상을 준다는 점이다. 그것은 이 작품들이 기성 작품을 직접적으로 모방

했다는 뜻이 아니라 무언가 새로움이 부족하다는 데 연유할 터인데, 신인이 신인되는 까닭은 우리 문학에 새로운 자산을 더함으로써 기성 문학의 세계를 확장하고 심화시키는 데 있을 것이다. 좀 미숙하더라도 칼날같은 서원을 세우고 뱃심 좋게 밀어붙이는 싱싱한 목소리―그런 신인이 탄생할 때가 이제 되지 않았는가?

새해에는 침체한 우리 문학을 신선하게 들어 올릴 그런 신인들이 많이 나오기를 골똘히 염원해본다.

[『마당』 1982년 2월호]

예술가의 존재 방식

1

이문열은 중편 「금시조金翅鳥」(『현대문학』 1981년 12월호)에서 '예술이란 무엇인가'라는 해묵은 그러나 끊임없이 되물어져야 할 문제를 약간은 고풍스럽게 제기하고 있다. 고풍스럽다는 것은 이 작품에 등장하는 예술가들이 근대적 의미의 예술가가 아니란 점만을 포괄하는 것은 아닌데 그러나, 작가는 붓 한 자루에 자신의 삶을 걸었던 이 전통적 예술가들을, 사라져버린 것에 대한 향수 어린 시선으로 접근하지 않음으로써 오히려 어떤 보편화에 성공하고 있다.

이 작품은 일종의 '예술가소설'이다. '교양소설'의 특수한 장르로 인식되는 이러한 종류의 소설은 대개 한 인간의 사회화 과정, 즉 울분에 찬 방황기를 거쳐 '철이 들었다'고 얘기되는 기존 사회와의 애매한 타협 과정으로 끝나기 마련인데, 이 작품도 순차적으로 재구성하면 크게 이 틀에서 벗어나지 않을 것이다. 그러나 작가는 이 작품에서 이와 같은 교양소설의 구조를 뒤집어 보이고 있다. 이 작품은 죽음을 예감한 주인공이 자신의 삶과 예술을 준엄하게 반성하는 것으로 끌어나감으로써 교양소설에서 살짝 비켜선 것이란 말이다.

이 작품의 중심적 갈등은 고죽古竹과 그의 스승 석담石潭을 축으로 전개된다. 그들의 갈등을 집약해서 보여주는 한 문답을 보자.

석담의 대나무와 매화는 원래 잎과 꽃이 무성하고 힘차게 뻗은 것이었으나 그때부터(대한 제국의 멸망—필자) 점차 시들고 메마르고 뒤틀리기 시작한 것이었다. (…) 고죽에게는 그것이 불만이었다. "선생님께서는 어째서 대나무의 잎을 따고 매화의 꽃을 훑어버리십니까?"(…)

"망국의 대나무가 무슨 흥으로 그 잎이 무성하며, 부끄럽게 살아남은 유신의 붓에서 무슨 힘이 남아 매화를 피우겠느냐?"

"정소남(所南=정사초)은 난의 노근露根을 드러내어 망송의 한을 그렸고 조맹부는 훼절하여 원에 출사했지만 정소남의 난초만 홀로 향기롭고 조맹부의 송설체松雪体가 비천하다는 말은 듣지 못했습니다."

"서화는 심화心畵니라. 물物을 빌려 내 마음을 그리는 것인즉 반드시 물의 실상에 얽매일 필요는 없다."

"(…) 나라가 그토록 소중한 것이라면 그 흔한 창의倡義에라도 끼어들어 한 명의 적이라도 치고 죽는 것이 더욱 떳떳할 것입니다. 그런데도 가만히 서실에 앉아 대나무 잎이나 떼어내고 매화나 훑는 것은 나를 속이고 물을 속이는 일입니다."(16~17쪽)

아주 난처한 질문이다. 고죽은 스승 석담을 정소남에 비기고 있는데, 석담이란 인물 자체가 정소남의 이미지를 따라 창조된 것 같다. 정소남은 송의 유신으로 송이 멸망하자 은둔하여 이름을 사초思肖(송을 생각한다는 뜻)로 호를 소남所南(원을 섬기지 않는다는 뜻)으로 갈고 매일 일기 쓰듯 난을 쳤다는 인물이다. 나는 우연히 정사초의 난 한 폭을 본 일이 있는데, 내 눈이 무딘 탓이겠지만, 참으로 기묘했다는 느낌을 떨칠 수가 없었다. 그 난은 허공 속에 떠 있었다. 난이 뿌리 내리고 있는 땅을 그리지 않음으로써 망국을 상징했다고 하는데, 그 난은 허공중에서 기묘할 만큼 완벽한 균형을 취하고 있었다. 나는 거기서 이민족 통치 아래 신음하는 한족의 고통도 볼 수 없었고 원대의 문인화를 휩쓸었던 처연한 허무주의도 볼 수 없었다. 몽골 지배에 반대하는 혁명운동에도 참여할 수 없고 그렇다고 훼절할 수도 없는 그의 처지를 이해하지 못하는 바는 아니지만 그의 묵란을 본 나의 인상은 썩 유쾌한 것이 아니었다. 이런 점에서 고죽의 석담에 대한 반발은 일리가 있다. 사실 송의 유신으로 훼절한 조맹부가 서화동원론書畫同源論을 주장함으로써 원대 회화를 고답적 문인화풍으로 이끈 선도적 역할을 담당했다고 하니 크게 보면 장사초나 조맹부는 동일한 작업을 했다고도 볼 수 있는 것이다. 결국 원대 회화를 풍미하는 추상화 또는 내면화의 경향은 현실로부터의 예술의 일대 퇴각의 결과이며 그것은 지식인의 현실에 대한 철저한 무력감 또는 정신적 피로를 전형적으로 상징하고 있다.

우리나라의 경우 이와 같은 고답적 경향은 추사秋史를 고비로 한다고들 이른다. 실제로 이 작품에서도 석담은 정사초의 이미지와 함께 추사를 계승하고 있으니, 석담의 메마른 화풍은 추사의 「세한도歲寒圖」를 연상시키기도 한다. 고죽은 추사도 비판한다. 그러나 그 비판은 석담에 대한 것만큼 설득력이 있는 것이 아니다. 가령 "예술은 예술로서만 파악되어야 한다고 보는 고죽의 입장에서 보면 추사의 예술관은 학문과 예술의 혼동"(27쪽)이라는 지적도 그렇다. 이 지적을 보면 마치 추사의 예술관이 공리주의적인 것처럼 보이는데 내가 보기에는 이들 고답적 문인화가들은 자신들의 예술이 상품이 되는 것까지 거부했으니 어떤 의미에서 서구의 것보다 더욱 철저한 예술지상주의라고 할 수도 있을 터이다. 또 추사의 예술이 "겨우 움트기 시작한 국풍에 그대로 된서리가 되고 말았다"(27쪽)는 지적도, 국풍이란 말이 눈에 거슬리기도 하지만, 19세기의 고급 예술이 겪었던 편향을 추사라는 한 개인으로부터 연역하는 것이니 이것도 적절한 설명 방법이 아닐 성싶다. 하여튼 이 부분은 뒤에 동서양 예술의 대비하는 부분(31쪽)과 함께 평지돌출의 느낌을 준다.

그러면 정사초와 추사의 이미지를 아울러 가진 스승 석담을 거부한 고죽은 어떠한 길을 걷는가? 그는 결코 격이 낮은 예술가는 아니었지만 그렇다고 존경할 만한 예술가도 아니었다. 일제 말, 해방, 6·25 등과 같은 역사적 격동에 조금도 아랑곳없이 오로지 예술을 위해 부잣집 사랑방을 전전하며 자신의 예술을 팔며 전국을 떠도는 고죽을 작가도 결코 미화하지만은 않는다.

작품은 죽음을 앞두고 자신이 일생을 바쳐 그린 서화를 불태움으로써 끝난다. 어릴 때 읽었던 헤세의 수법을 연상시키는 이 결말은 무엇을 의미하는가? 고죽을 부정하는 것인가? 그렇지도 않다. 석담을 긍정하는 것인가? 그것도 아니다. 작가는 고죽과 석담이 서로 그러하듯이 두 예술가의 어느 편으로도 기울지 않으니 그의 중도적 입장은 이 작품에서 다시 확인되는 것이다.

오늘날 이 척박한 나라의 예술가들은 어디에 발 디디고 서야 할 것인가? 석담은 자신의 품위는 개결히 지켰지만 그의 예술은 허공중에 둥실 떠서 메말라갔으며, 그것을 거부한 고죽도 결국 자기 부정에 빠지고 말았다. 그러면 어디 중도적 입장은 있단 말인가? 1980년대 문학이 당면한 고민이 여기 있을 터인데, 발 디디고 설 튼튼한 토대를 발견하지 못하는 작가의 운명은 자명한 것이다.

2

현기영의 단편 「길」(『실천문학』 2호, 1981. 11.)은 최근에 본 작품 중 가장 우수한 것의 하나였다. 4·3 제주도 '폭동'에서 취재한 이 작품은 「순이삼촌」(1978), 「도령마루의 까마귀」(1979)와 연작을 이루는 바, 우리는 여기에서 현대사의 한 비극적 단면을 인식할 뿐 아니라 제주도라는 한 지역을 바라보는 우리들 시각의 상투성까지 교정 받게 된다.

　나는 언젠가 문화인류학대회에서 어느 제주도 설화 연구자의 발표를 인상 깊게 들은 적이 있었다. 제주도에 고종달 설화가 있는데, 육지에서 온 고종달이 제주도 곳곳에 혈을 질러 제주도에서 왕이 나오는 것을 막았다는 얘기이다. 나는 이 발표를 들으면서 새삼스럽게 제주도가 한때는 독립된 왕국이었음을 깨닫고 제주 사람들의 비원을 보는 듯했던 것이다. 이런 형의 이야기는 육지에도 조금 다른 형태로 존재한다. 설화 조사를 나가지 않더라도 주변에서 흔히 듣는 것인데 우리나라에서 장수가 나지 못하도록 중국인과 일본인이 사방을 다니며 혈을 질렀다는 것이다. 그중에는 심지어 임진왜란 때 우리나라를 도우러 왔다는 이여송이란 자도 한몫을 단단히 하니 참으로 백성이란 무서운 존재이다. 이러한 이야기를 관류하는 것은 바로 어떠한 형태의 외세의 개입에도 반대하는 이 나라 민중의 마음인데, 제주도의 고종달 설화에서 외세는 육지 사람인 것이다.

　현기영의 소설을 읽을 때마다 나는 고종달 이야기를 연상하곤 하는데, 이것은 그의 문학이 지방주의로 떨어졌음을 의미하는 것은 아니다. 그는 제주도 문제를 민족 내부의 종속 지역에 대한 문제로 보면서도 그것을 민족사의 심장부로 끌어들임으로써 보편적 차원으로 들어 올리고 있는 것이다. 그의 문학이 제주도의 것일 뿐 아니라 우리 민족 문학의 중대한 자산이 되는 이유가 여기에 있을 터이다.

이 작품은 4·3 때 아버지를 잃은 '나'와 토벌대의 한 사람이었던 박춘보를 축으로 전개된다. 아버지를 잃고 홀어머니 밑에서 고학으로 학교를 마치고 지금은 제주도 어느 고등학교의 교사로 근무하는 '나'는 자기 담임반 학생의 아버지인 박춘보 노인을 만나곤 그 노인이 바로 자신의 아버지를 끌고 간 토벌대의 한 사람임을 깨닫게 되는데, '나'의 고통스러운 회상 속에 드러나는, 아버지가 끌려가는 장면은 이 작품에서 가장 훌륭한 것 중의 하나이다.

아버지와 내가 마을 밖을 벗어나서, 마소 물 먹이는 연못 근처의 우리 밭에 닿았을 때도 해는 아직 떠오르지 않고 있었다. 주위가 상당히 밝아졌는데도 길에는 아직 들일 나온 사람이 보이지 않았다. 우리 밭은 길가에 있었다. 아버지는 밭담을 한 귀퉁이 조금 허물고 밭 안으로 들어가 쟁기를 부렸다. 보습날에 은은한 새벽빛이 떠올라 있었다. 아버지는 소등에 지운 거름 망태를 마저 다 부리고 나서 담배를 붙여 물었을 때 마을 쪽에서 두 남자가 걸어 올라오는 것이 보였다. (…) 그들이 가까이 다가왔을 때 문득 키 큰 사내의 왼팔 소매 밖으로 총부리가 삐죽이 나와 있는 것이 눈에 띄었다. 가슴이 덜컹했다. 그러니까 앞의 사내는 붙잡혀가는 것이었다. 아버지가 무섭게 속삭였다.

"거기 보지 말라."(103~104쪽)

이 장면에서 보습날과 총부리는 선명한 대비를 이루고 있다. 이른 새벽 아버지와 아들이 들일을 나온 모습에서 우리는 시적인 아름다움까지 느끼게 되는데 작가는 노동으로 대지와 단단히 결합되어 있는 농민적 삶을 은은한 새벽빛에 물든 보습날에서 보고 있다. 그러나 그 위태로운 평화는 총부리로 일거에 파괴된다. '나'의 아버지는 폭도가 아니었다. 그러나 그는 "어쩌다 공교롭게도 어느 처형 사건의 증인이 되어버린 것이고"(105쪽) 그 때문에 덤으로 끌려가고 만 것이다.

그러나 이 장면은 이 작품의 진정한 주제가 아니다. 세월은 흘렀다. 한때는 살벌했던 박춘보는 이제 바싹 늙은 노인이 되었고 작품은 이 노인과 '나'와의 우연한 해후에서 전개된다. 노여움과 미움으로 접근하던 '나'는 서서히 이 노인을 이해하기 시작한다.

박춘보는 왜 살기등등한 토벌대가 되었는가?

> 온 섬이 난리 터져 북새통으로 변했던 시절, 인명은 물론이거니와 한라산에 방목 중이던 마소들도 큰 피해를 입고 있었다. (…) 방목 중이던 마소는 폭도들이 전화줄 덫을 놓아 잡아먹고 토벌대는 토벌대대로 폭도의 양식이 된다고 쏘아 죽여 그 씨를 말리고 있었다. 이럴 때 박춘보 씨는 겁 없이 소를 찾아 헤매다가 폭도 용의자로 몰려 붙잡힌 것인데 요행히 한라산 지리를 잘 안다는 이용 가치 때문에 무사할 수 있었다. (…) 그래서 그는 가족을 저당 잡히고 귀순 형식을 밟고 난 즉시 토벌대의 산 안내인이 되었다.(96~97쪽)

그러니까 이 우직한 농민 박춘보가 정식 대원이 아니기 때문에 원호 대상 혜택도 받지 못하는 산 안내인이 된 것은 결코 자의가 아니었다. 그럼에도 불구하고 그는 자신의 비꼬인 운명으로부터 조금도 벗어날 수 없었으니 기막힌 노릇이다.

더구나 산 폭도들의 계략에 걸려 토벌 대원들을 크게 궁지에 몰아넣게 한 사건이 난 후 적과 내통한 혐의를 받아 호된 조사를 받게 되고 이 때를 고비로 그는 서서히 미쳐간다. "전향자라는 꼬리표를 떼내"(99쪽)기 위해 그는 눈에 쌍심지를 켜고 폭도를 찾아 나섰으니, '나'의 아버지가 애 매하게 당한 것도 바로 그때였던 것이다.

그러나 광기의 세월이 지난 지금, 살벌한 토벌 대원 박춘보는 깊은 회 한 속에 몸과 마음이 함께 사그라지고 있는 것이다.

> "난 죄 많은 사람이우다. 이것 봅서. 이 뼈다귀만 남은 몸, 죄값으로 천 벌을 받는 겁쥬. 사람들이 내 뒷전에서 죄져서 그렇다고 속닥거립네다." 순간 나는 눈물이 핑 돌았다. (…) 폭동과 진압의 악순환 속에서 사람 목 숨이 초개 같던 그 난리 속, 육지에서 들어온 토벌대들이 섬바닥 젊은 것 이라면 유식군이건 무식군이건 일단 폭도 용의자로 간주했으니, 자기의 결백을 강변하기 위해 과잉 행동으로 과잉 충성을 보인 사람들이 적지 않 았음은 당연한 일이었다. (…) 나는 노인의 잔뜩 오그린 가슴팍에서 그 무 서운 시절을 꿰뚫고 지나간 큰 공동을 눈으로 보는 듯했다. 갓 서른의 젊 은 나이에 죽은 아버지보다는 차라리 육포처럼 말라 비틀린 이 육십 난 노인이 더 불행한 것이 아닐까?(100쪽)

이것이야말로 이 작품의 진정한 주제이다. 작가는 "삼십여 년 안착 못 해 허공중에 떠돌아다니는"(105쪽) 아버지의 혼백과 회한 속에 죽어가는 이 노인의 영혼까지 함께 껴안는 것이니, 현기영의 문학은 이제 단순한 증언문학을 넘어서서 이 나라 사람들의 비원의 깊은 뿌리에 단단히 매어 지게 된 것이다. 그것은 이 척박한 나라의 예술가들이 진정으로 토대해 야 할 바로 그곳이기도 하다.

[『마당』 1982년 3월호]

토지와 평화와 빵

송기숙의 장편소설 『암태도岩泰島』(창작과비평사, 1981)를 읽으면서 나는 몇 번인가 눈시울이 뜨거워짐을 어찌하지 못했다. 꼭 눈시울이 뜨거워져야 좋은 소설이라고 할 수 없지만 최근에 적지 않은 작품들을 읽어왔던 나로서는 이것이 매우 드문 경험이었음을 이야기하지 않을 수 없다.

이 작품은 그 제목이 가리키듯이 1920년대의 대표적 농민운동의 하나였던 이른바 암태도 소작쟁의(1923~24)에서 취재한 것이다. 소작쟁의란 소작농민들이 그들의 경제적 이익을 옹호하기 위하여 지주와 싸우는 것을 가리키는 바, 그것이 식민지시대에 있어서 우리나라 민족운동의 농민적 전개의 한 중요한 형식이었음은 널리 알려진 터이다. 1919년 11월 황해도 흑교 농장에서 비롯된 소작쟁의는 암태도 소작쟁의가 개시된 1923년에 급격히 증가하였으니, 총독부 통계에 의하더라도 1922년 쟁의 건수 24건에서 1923년에는 1백 76건으로 폭증하였던 것이다. 더구나 암태도 소작쟁의는 토지문제의 모순이 가장 첨예하였고 그 때문에 경상남도와 함께 쟁의가 가장 빈발하였던 전라남도의 농민운동이 지역적 분산성을 넘어서서 잘 조직된 운동으로 전개되기 시작하는 한 고비였던 1922년 순천 소작쟁의와 연결된다는 점에서 주목된다. 조영건 교수는 순천 소작쟁의의 성격을 다음과 같이 지적한 바 있다.

> 이 운동이 규모에 있어서 1천 6백 명의 면민을 동원했던 것이고 처음에는 지주와 대항하다가 다음 단계에서는 면사무소와 주재소로 나아가 군에 진정을 들이대었다는 점에서, 그 쟁의 방법이 비록 완곡하나마 일제 기관에까지 운동을 필연적으로 비화시켰다는 점에서, 그리고 그 요구의 내용이 소작료 감하, 지세 공과금의 지주 부담, 소작권의 무리 이동 금지, 소작료 운반 조건의 완화 등을 내걸고 있었다는 점에서 이는 본격적 소작운동의 효시일 뿐만 아니라 일제통치 전 기간을 관통하는 한국 소작농민의 경제 투쟁의 내용으로 되는 것이다.
>
> 이 투쟁은 단순한 1회 봉기로서 끝나는 것이 아니고 이듬해 1923년에 들어서의 2차·3차 투쟁에까지 연장 반복되는 바, 이는 당시 농민운동의 또 하나의 특성으로서의 농민운동의 분출지역에서 해를 두고 거듭하여 농민운동이 확대 발전해 간 양상의 징표로도 되는 것이다. 그리고 여기에서 우리가 주시해야 할 것은 사회단체가 사회운동의 실천적 투쟁을 통하여 생성하는 일반적 법칙이 여기에서도 나타나는 바, 순천 소작쟁의를 통하여 순천 소작인 상조회, 더 나아가 순천 농민대회를 탄생시키며 농민을 조직 속으로 집결하여 보다 큰 운동을 전개하여 나가는 것이다.(「1920년대의 한국 농민운동」, 『건대사학』제2집, 1972, 102쪽)

암태도 소작쟁의는 순천 소작쟁의에서 비롯된 농민운동의 새로운 전진과 관련되는 바, 이 시기에 이르러 소작쟁의는 특정한 지주와 그에 예속된 특정한 소작농민 집단 사이의 경제적 투쟁이라는 제한된 성격을 넘어서 우리나라 봉건적 농업 경제를 식민지 농업 경제로 강압적으로 재편성한 결과로서 나타난 반봉건적 지주제 자체에 반대하는 싸움, 나아가서 식민지 지배에 반대하는 민족해방운동의 중요한 일익을 담당하게 된 것이다.

사실 3·1운동을 기점으로 식민지 지배가 끝장나는 날까지 열악한 조건 속에서 가혹한 희생을 감수하며 지속적으로 전개되었던 우리나라 농민운동사를 보노라면 숙연함을 금할 수가 없는데, 우리는 지금까지 식민지 시대의 농민운동에 대해 무지했다는 느낌을 떨칠 수 없다. 일본 유학생을 주축으로 한 당시 민족운동의 지도부, 심지어 농민운동의 중요성을 인식한 사람들조차도 농민운동을 과소평가했으니, 그들은 농민을 소생산자의 대표로 규정함으로써 그 분산성과 낙후성으로 말미암아 노동계급의 지도를 받아야만 농민이 자기 운명의 주체가 될 수 있다는 교조적 해석에 근거를 두었던 것이다. 그러나 그것이 과연 그러한가? 우리나라 인구의 대부분을 점유하고 있던 농민은 1920년대에 이르러 소생산자가 아니라 거의 대부분 무산화했고 그 때문에 농민운동은 단순히 다른 운동의 동반자가 아니라 오히려 더 중요한 운동 형태였던 것이니 그 속에서 야말로 창조적 이론이 구성될 수 있는 중대한 터전이었다. 더구나 우리나라는 봉건주의의 장구한 지속성 때문에 농민전쟁의 오랜 전통을 가지고 있었으니, 식민지시대의 인텔리겐차들이 농민전쟁의 전통을 새롭게 계승하고 있는 식민지시대의 농민운동과 진정으로 살아 있는 관계를 맺지 못한 것은 중대한 오류가 아닐 수 없다.

이런 점에서 최근 러시아혁명의 평가에 대한 새로운 반성이 제기되고 있는 것은 매우 흥미롭다. 러시아혁명에 대한 기존 평가는 볼셰비키·노동자·도시 중심이었고 그 때문에 토지와 평화와 빵을 요구하며 혁명에 참여했던 농민 대중의 자발적이고 광범한 운동이 제대로 드러나지 못했다는 것이다. 특히 농민 대중에 깊은 뿌리를 가지고 있었던 SR이 혁명 성공 후 볼셰비키에 의해 괴멸되면서 소비에트 정권은 오히려 농민 대중과 유리되고 그것이 농민의 의사와는 반하여 20년대 말 강제적 농업집단화 정책으로 귀결되었다는 것은 우리에게 풍부한 시사를 던져준다. 오늘날 소련이 제3세계에 의해 거부되는 먼 원인이 이런 데서도 나타나는 것인데, 결국 볼셰비키와 농민 사이의 불평등한 관계에 근거한 농민운동에 대한 편견이 일제시대 우리나라 지식인 사이에 교조적으로 수용되면서 이런 결과에 이른 것이 아닌가 싶다. 따라서 우리나라 농민문제에 대한 근본적 시각의 재조정은 식민지시대의 농민운동을 올바로 인식하기 위해서뿐만 아니라 인간해방의 궁극적 차원을 모색하고 있는 오늘날에 있어 더욱 중대한 과제의 하나가 될 것이다.

암태도 소작쟁의가 다시 세간의 관심의 대상이 된 것은 박순동의 기록이 나오고 나서인데(『신동아』 1969년 9월호) 그 후 일제시대 농민운동사를 연구하는 학자들에게 중요한 문헌으로 취급되고 있는 이 기록을 오늘날 다시 읽어볼 때, 그 선구적 의의를 평가하는 데 인색할 수 없음에도 불구하고 뭔가 불만스런 느낌을 받게 되는 것이다. 특히 문지주의 후일담을 적어놓은 끝 장면이 그렇다. 문지주가 쟁의가 끝난 후 개과천선하여 고등학교를 설립하고 상하이임시정부에 정치 자금까지 댔다는 마지막 장면은 마치 송강이 양산박 호걸들을 이끌고 관군에 투항한 후의 『수호지』를 읽을 때 맥 빠지는 느낌을 연상시키는 바가 없지 않다. 그러나 그보다도 더욱 큰 문제는 암태도 소작쟁의를 박복영을 축으로 전개시켰다는 데 있을 것이다.

박순동의 기록에 의거해서 박복영의 행적의 대강을 정리하면 다음과 같다.

1890년: 미국인 명현리 목사가 지도하는 목포 성경학원 입학. '한일합병' 후 기독교 전도에 투신.

1919년: 목포에서 3·1운동에 참가하여 6개월간 목포형무소 수감. 출감 후 윤성덕 목사와 중국 망명길에 검문에 걸려 3개월 구류.

1920년: 상하이임시정부에서 이시영 선생을 모심.

1921년: 이시영 선생의 밀서를 가지고 귀국. 정치자금 조달차 윤치호를 수행하다가 체포되어 목포형무소에 6개월 수감. 출감 후 암태도에 들어가 암태청년회를 조직하고 회장이 되어 물산장려운동·금주금연운동 전개.

1923~24년: 암태도 소작쟁의 중재역.

1926년: 암태 남녀학원 설립. 『동아일보』 목포 지국 운영.

1927년: 자은도 소작쟁의 배후 조종 혐의로 광주형무소에서 1년 징역. 출감 후 신간회에 관여. 상하이임시정부 비밀모금운동 계속.

이런 경력만 보아도 그가 대단한 인물임을 알 수가 있다. 그러나 바로 그 때문에 그와 소작농민 사이에는 일정한 거리가 있었음을 인정해야 할 것이다. 그는 본래 부농 출신이며 가세가 기울기는 했지만 소작쟁의 당시에도 아직 자작농이었으니, 이 쟁의에 소작농민만큼 절실한 이해관계는 없었다. 이 때문에 박복영이 암태도 소작쟁의를 시종일관 지도한 것으로 그린 박순동의 기록을 읽을 때 독자들은 이 쟁의를 마치 박복영과 문지주 사이의 머리싸움처럼 보게 될 우려가 없지 않은 것이다. 쟁의의 주체가 어디까지나 소작농민들 자신이라는 기본적 인식에 투철하지 못했다는 아쉬움을 금할 수가 없는 것이다.

송기숙의 『암태도』는 박순동의 기록이 가진 이와 같은 한계를 넘어서고 있다는 점에서 우선 미덥다. 그는 이 쟁의를 서태석(1885~1943)을 축으로 파악하고 있는데, 그의 경력은 매우 흥미롭다. 3·1운동 전까지는 그는 암태도에서 7년 동안 면장을 지낸 인물인데, 크게 배운 바도 없는 소작농민인 그가 어떻게 해서 면장을 했는지 궁금한 바가 있는데, 3·1운동의 충격 속에서 그는 극적인 변모를 겪게 된다. 3·1운동으로 3년의 징역을 살고 나온 그는 1922년 암태도 소작회를 조직하여 그 회장으로서 소작쟁의를 지도하여 옥중에서 쟁의를 승리로 이끌었던 것이다. 그 후 그는 도초도·자은도·하의도 소작쟁의에 관여한 바, 이 세 소작쟁의는 더욱 격렬한 항쟁으로 발전한 사건이었다. 조영건 교수의 말을 다시 빌려보자.

(1925년 9월에) 무안군 도초도에서 천여 소작인이 집달리와 경찰을 반대하여 시위 투쟁을 벌였는데 이로 말미암아 목포 전 서원이 동원되고 소작회 간부 20여 명이 검거되었다. 그러나 도초도 소작농민들도 이에 굴하지 않고 광주까지 압송되어가는 그들의 간부의 석방 투쟁을 벌이는 일방 계속 검거의 선풍 아래에서 남은 사람들끼리 소작인회를 재생시켜 작료 불납운동을 견지해갔다. (…) 1926년이 밝자 무안군 자은면에서 또 소작쟁의의 봉화가 올랐다. 목포에서 출동한 1백 50명의 경관과 1천여 소작농민간에는 대난투가 벌어지고 도민 전부는 강제 차압의 비운을 겪었다.(104쪽)

자은도 소작쟁의는 경찰과의 충돌로 40명의 중경상자가 날 정도로 격렬한 것이었으니 이 시기에 이르러 소작쟁의의 반일투쟁적 성격은 더욱 강화되었던 것이다. 특히 1천 5백 정보의 토지를 가진 일본인 지주 도쿠다德田가 당시 악명 높은 정치깡패 박춘금 일당을 시켜 농민조합을 파괴하려는 책동에 반대하여 1928년에 쟁의로 돌입한 하의도 소작쟁의는 쟁의가 전개되면서 구한국 시대 궁장토였던 것을 조선 총독 야마나시 한

조山梨半造가 도쿠다에 팔아 넘긴 하의도 땅을 반환하라는 투쟁으로까지 발전하였으니 일본인 지주를 대상으로 할 때 민족적 모순에 보다 직접적으로 결합되었기 때문에 일단의 정치 투쟁으로 발전해가는 한 전형적 농민운동을 여기에서 보게 되는 바이다. 그러나 이 쟁의의 배후로 지목되어 서태석은 체포되고 3년형을 선고받는다. 출감 후 그는 고문으로 거의 폐인이 되다시피 하여 누이동생에게 의탁해 있다가 해방을 보지 못하고 1943년에 눈을 감았다고 하니, 그가 '지금도 암태도 사람들뿐만 아니라 신안군의 여러 섬에서는 전설적인 인물'로 영웅화되어 있다는 송기숙의 말이 결코 지나친 말이 아닐 것이다.

그러면 소설 『암태도』의 주인공은 서태석인가? 만약 그렇다면 이 소설은 기껏 박순동의 기록을 그 주인공만 바꾼 셈이 되는데, 그것은 마치 이광수의 『단종애사』를 김동인이 『대수양』으로 비꼰 것과 크게 다르지 않을 것이다. 그러나 『암태도』의 주인공은 바로 소작농민들 자신이라는 점에 이 소설의 진정한 미덕이 있다.

이 소설 3장에 서태석과 박복영의 흥미로운 토론 장면이 나온다. 토론의 요점은 '쟁의의 주체를 소작농민들에 둘 것이냐, 지도부에 둘 것이냐'로 요약할 수 있겠는데 이 토론에서 두 사람은 만만찮은 이견을 내보이고 있다. 이 토론을 이해하기 위해서 우리는 이 토론이 나오게 된 사정을 알아둘 필요가 있을 것이다. 암태도 소작쟁의는 서태석과 박복영의 강력한 지도 아래 개시되었고 그 때문에 지도부와 소작농민들은 일종의 불평등한 관계로 묶여 있었으니 지도부에서 내려오는 행동 지침에 농민들은 그대로 복종하였다. 가령 소작료를 4할로 끌어내리는 것을 요구하고 쟁의에 돌입했을 때 지도부는 지주가 거부할 경우 나락을 거두지 않고 소작료 불납운동을 전개하기로 결정하였던 것인데, 담판이 결렬되고 지지부진해지자, 추수기를 지난 벼가 고스라지는 것을 보다 못한 농민들은 벼를 거두고도 싸울 수 있다고 지도부에 머뭇머뭇 건의하게 된다. 이 건의를 서태석은 흔쾌히 받아들이고 애초의 결정을 고수하자는 박복영에게 자기비판을 겸하여 다음과 같이 설득한다.

"이 일은 처음부터 우리들 생각이 너무 짧았습니다. 농사짓는 사람들 곡식에 대한 애착이라는 것이 자식 죽는 것은 봐도 곡식 타는 것은 못 본다는 것 아닙니까? (…) 나락이 저렇게 고스라져가는 것에 애닳은 심정은 직접 손에 흙을 묻혀 농사짓지 않는 우리는 모릅니다. 봄부터 논 갈고 씨 뿌리고 자기들 손으로 매만져온 곡식이 고스라져가는 꼴을 보는 저 사람들의 심정은 꼭 병난 자식을 보는 심정일 것입니다. 그에 비하면 우리는 남의 자식 앓는 것을 구경하는 꼴이라 할까요?"(65~66쪽)

물론 지도부의 입장에서 보면 벼를 베지 않고 쟁의를 전개하는 것이 훨씬 효과적이다. 그러나 그는 농민들의 창조적 역량의 해방을 억압하는 비민주적 기능주의를 즉각 포기하고 민주적 집중의 원리를 새로운 방법으로 선택한다. 그는 농민들이 '승리를 자기들의 것으로 가지게' 하기 위해 소작회장에서 물러날 것까지 결심하니 암태도 소작쟁의는 이 토론을 고비로 쟁의의 주체가 소작농민들 그 자신이라는 새로운 국면에 접어드는 것이다. 서태석의 판단은 옳았다. 지금까지는 쟁의라고 해도 소작 회장인 서태석과 중재역을 맡은 박복영이 지주 측과 만나 담판하는 형식이었으니, 소작농민들의 활동이란 그리 쟁의하지 않은 때와 크게 다름이 없었다. 그러나 쟁의가 장기화될 전망에 있고 지주 측의 공격도 만만치 않을 것이니 소작농민들 하나하나가 모두 나서야 될 때가 온 것이다. 사실 암태도 소작쟁의가 1년을 계속한 쟁의의 지구성이나 아사 동맹을 결성한 그 격렬성이나 끝내는 승리를 쟁취한 점에 비추어볼 때 이와 같은 내부 문제의 민주적인 해결을 겪지 않고서는 그와 같은 에네르기의 집중이 어우러질 수가 없을 터이다.

그리하여 4장에서 우리는 훈훈하게 감동적인 장면을 만나게 된다. 벼 베는 날 와촌 농민들은 새벽같이 들로 나오고 점심까지 싸들고 신석리 농민들이 가을걷이를 도우러 몰려들고, 노동으로 대지와 단단히 결합되어 있는 이 나라 농민의 삶이 건강하게 그려진 아름다운 장면인데, 작가는 이 소설에서 이런 군중 장면을 그리는 데 탁월한 솜씨를 보여주고 있다. 이제 소작농민들은 피동적 객체에서 자기 운명의 주체로 떠오르는 바 그들은 싱싱한 물고기처럼 살아 움직인다.

이쯤에서 작가는 만석이라는 허구적 인물을 발전시킨다. 만석이는 소설이 전개되면 될수록 더욱 큰 역할을 맡게 되는 인물인데 작가는 이 인물에 범상치 않은 애정을 기울이고 있다. 2장에서 작가의 해설로 짤막하게 소개된 만석이는 4장의 벼 베는 장면에 흥청거리고 나타나 『춘향가』 중의 「사랑가」 대목을 멋들어지게 뽑아낸다. 여기에서 작가는 이 인물을 본격적으로 소개한다. 그는 원래 남사당패 소리꾼이었다. 남사당패를 따라다니다가 장수의 어느 부잣집 막내딸과 눈이 맞아 야반도주를 하여 보성에서 농민으로 정착한다. 의병전쟁이 치열해지자 의병에 참여하려다 실패하고 이목을 피해 암태도에 숨어들게 된 것이다. 이러한 설정은 '동학란'에 농민군으로 참여했다 이 섬에 숨어들어온 춘보 영감과 함께 식민지 시대 농민운동의 깊은 뿌리를 드러내려는 작가의 역사적 안목에 말미암은 것이기는 하지만 무리가 보인다. 가령 남사당패를 부잣집 사랑에 묵히는 일도 없으려니와 만석이가 의병에 참가하는 동기도 뚜렷하지 못해 작가의 의도가 앙상하게 튀어나오고 말았다. 그러나 이러한 무리에도 불구하고 일하는 농민들 속에서 천의무봉으로 나대는 만석이란 인물은 신선한 생명감으로 우리를 매료시킨다.

이 인물은 6장, 기습적인 소작료 탈취를 감행하는 지주 측 마름 일당과 그것에 대항하는 소작농민들의 싸움의 긴장된 현장에 난데없이 북을 치고 등장하여 판을 잡는다. 한판의 마당극을 보는 듯한 기발한 장면이다. 만석이가 나타나기 전 이 판은 지주 측 마름 일당과 소작농민들이 조금도 기움이 없는 긴장으로 맞서고 있었다. 마름 일당이 그 수적 열세에도 불구하고 맞설 수 있는 것은 그 뒤를 받치고 있는 제국주의 지배에 힘입은 것인데, "뚜루루 돌아왔오. 땅, 각설이라 먹설이라 동서리를 짊어지고, 땅, 구름 같은 댁에 신선 같은 나그네 왔오. 꿍그랑꿍, 헤페, 땅, 땅, 땅"(152쪽) 하며 나타난 만석이는 양측으로부터 의아의 눈길을 받게 된다. 그러나 그의 사설이 "귀신은 경문으로 떼고 도둑은 몽둥이로 쫓는 것이니, 땅, 내가 이 집에 든 도둑을 몽둥이로 쫓겠오, 땅"(153쪽)으로 발전하자 소작농민들은 폭소를 터뜨리고 판의 균형은 깨어진다. 소작농민들의 힘은 이제 분출의 꼭짓점을 얻게 되었으니 싸움의 형세는 기운 것이다. 마름 일당이 도망질을 치고 농민들은 만석이를 전위로 파도처럼 압도해가는데, 농민들의 추임새 속에 만석이의 배송 타령이 흐드러졌다.

"이놈들아, 여기까지 왔다가 빈 지게로 갈 것이 아니라, 땅, 이 동네 골골 샅샅이 박혀 있는 살이나 잔뜩 지고 가거라, 땅."(154쪽)

광대 예술가 만석이는 암태도 소작쟁의가 고조되는 9장, 농민들이 7척의 돛배를 띄우고 목포로 쇄도하는 장면에 다시 황홀하게 등장한다. 출항을 앞둔 뱃머리에서 그는 숙연하게 고사 사설을 엮어나간다.

"유세차 갑자년 오월 초사흘 해동 조선 전라남도 무안군 암태면 암태 소작인 4백여 명이 오늘 길일을 택하여 옥에 갇힌 소작회 간부 열세 명을 풀어 보려고 일곱 척의 배를 내어 목포로 가는 길이오니, 이물의 대감 선왕, 고물의 장군 선왕, 허릿간의 화장 선왕, 본당의 각시 선왕, (…) 오량 남천 갑순풍에 평반에 물 실은 듯 바다를 잠잠하게 해주시고 우리의 뜻이 이루어져서 열세 명의 간부들을 이 배에 같이 태우고 돌아올 수 있도록 돌봐주시기를 열에 열성 각성 자손이 정성을 모아 축원을 드리오니, 그동 안 누구하나 눈도 티도 보지 마시고 손톱눈 하나 틴 사람이 없이 무사하 도록 보살피어주옵소서."(216쪽)

광대 예술가 만석이는 이 비나리 사설을 통해 민중의 전위로 떠오르 니 그의 모습은 자기 운명의 주체가 된 사람만이 가질 수 있는 진정한 위 엄으로 빛난다. 항해 동안 내내 만석이는 타령과 재담으로 농민들을 위 안하고 그들의 의식을 첨예화하니, 운동의 현장에서 마당놀이가 가지는 의미를 눈에 보는 듯한 장면이다. 그리하여 목포에 내린 농민들이 제국 주의의 강포한 위협 앞에서 어떻게 투쟁하여 그들의 요구를 관철했는지 는 여기에서 다시 얘기할 필요가 없다.

소설은 석방된 소작회의 간부를 맞이하는 농민들의 승리의 축제 소리 를 뒤로하고 죽은 아내의 무덤 곁에 앉아 진양조 가락을 뽑고 있는 만석 이의 인상적 묘사로 끝난다. 승리의 축제에 어울리지 않는 이 상서롭지 못한 장면은 무엇을 뜻하는가? 작가의 감상 취미인가? 그렇지는 않다. 이 장면을 통해 작가는 소작료를 4할로 끌어내린 암태도 소작쟁의가 거둔 승리가 제한된 것이었음을, 이제 소작운동은 식민주의 그 자체에 중대한 타격을 주는 새로운 농민운동으로 전개되어야 함을 암시하는 것인데, 토 지와 빵의 분배가 평등하게 실현되어 이 땅에 진정한 평화가 이루어질 때까지 농민문제의 근본적 해결이란 있을 수 없는 것이다.

그러나 소설 『암태도』가 거둔 성과가 완전히 긍정적인 것만은 아니다.

나는 앞에서 이 작품의 군중 장면 처리가 탁월하다고 지적한 바 있는데 그것과 대비해서 이 작품에 등장하는 인물들 개개인의 형상화는 매우 소홀하다는 느낌을 받았다. 사실 작가에 의해 섬세한 배려를 받고 있는 만석이조차도 군중 장면 속에서는 빛나지만 군중 장면에서 나올 때 특히 집에 돌아와 아내와 마주할 때 어색하기 짝이 없다. 이 작품 속에 나오는 인물들은 작가의 손아귀에 꽉 잡혀서 조금도 기를 펴지 못하니 작가와 인물과의 관계도 서태석과 소작 농민들의 관계가 그러하듯이 민주적이어야 할 것이다. 이 때문에 암태도의 농민들은 생활이 모자라서 소설 전체가 대지로부터 한 걸음 떠 있다는 느낌을 떨칠 수 없으니 이 점에서 농민적 생활의 실감으로 풍요한 『자랏골의 비가』에 비해 떨어지는 바가 있다. 소설 속에 간간이 보이는 작가의 부적절한 역사적 배경 설명이나 특히 후반부에 대량으로 삽입된 당시 신문기사도 앞뒤가 도드라지게 튀는 느낌을 준다. 이러한 문제들은 아마도 역사적 사건을 소설화할 때 작가가 부딪치는 가장 곤란한 문제의 하나일 것인데, 한편 진정한 농민문학 건설을 위해서 회피할 수 없는 것이기도 하다.

송기숙의 『암태도』는 우리나라 농촌소설이 농민문학으로 발전해가는 한 전기를 획하는 바, 작가가 제출한 이 농민문학의 모형에 대한 진지한 토론이 요구되는 터이다. 현재 송기숙 씨가 연재하는 장편 『녹두장군』이 『자랏골의 비가』의 풍부한 실감과 『암태도』의 농민문학적 지향을 올바로 통일하여 우리 시대의 기념비적 업적으로 될 것을 충심으로 기원해본다.

[『마당』 1982년 5월호]

그리운 얼굴

1

긴 침묵을 깨고 이호철이 다시 창작 일선으로 복귀하였다. 기쁜 일이다. 단편 「결별」(『정경문화』 1982년 2월호)은 일종의 액자소설이다. 이 액자의 겉이야기外話는 인간관계의 미묘한 심리적 드라마에 흥미의 초점을 두고 있다. 감방에서 만난 두 전과자가 출옥 후 부동산 투기를 이용한 사기 행각에 나서면서 친숙했던 의형제 관계가 이해에 얽혀 서서히 고용인과 피고용인의 관계로 변모한다는 것이다. 흔히 경험할 수 있는 일이다. 이 이야기에는 진정한 인간관계의 수립이 곧잘 파괴되고 마는 우리 사회의 한 세태를 바라보는 작가의 풍자적 시선이 드러나고 있다.

그러나 이 겉이야기는 이 작품의 진정한 주제가 아니다. 중요한 것은 속이야기이다. 두 사기꾼은 그들이 매입한 땅에서 철거를 거부하는 한 완고한 노인을 만난다. 그 노인은 6·25 후 소식이 끊어져버린, 이 땅의

원 소유자 당주동 성 참판 댁의 마름이었다. 결국 "이 땅은 정작 그곳에서 농사를 짓는 현지 사람들과는 그다지 깊은 상관이 없이 경중 떠서 부동산이라는 재산권으로만 돌아갔"(338쪽)던 것이니, 여기에 우리나라에 있어서 토지문제의 모순이 한 단면으로 드러나는 바이다. 토지문제의 근대적 해결이 철저하게 이루어지지 않음으로써 더구나 급격한 산업화의 추진과 함께 농업의 중요성이 상대적으로 약화되면서 토지의 순결성은 깊숙이 훼손되었다. 토지와 사람 사이의 소외는 양자를 맺어주었던 친밀한 유대감을 파괴했으니, 그것은 일하는 농민이 토지에서 명예롭게 경작하는 길을 막는 한편 토지도 또한 도시인의 거짓 욕망에 견인된 기묘한 물신으로 전락했던 것이다.

이와 같은 토지에 대한 '비인간적' 관계의 수립은 인간관계 자체에도 중대한 영향을 미치는 것이니, 두 사기꾼 사이에서 일어나는 관계의 파탄이 그것을 웅변한다. 이 소설은 결국 인간관계의 왜곡과 파탄을 극복할 수 있는 길이 우리가 딛고 사는 토지와의 진정으로 올바른 '인간적' 관계를 회복할 때 이루어질 수 있음을 넌지시 암시하고 있는 것이다.

이 주제는 이호철이 발견한 새로운 광맥이다. 이 작품이 이 작가가 지금까지 써온 작품 수준에 미치지 못함을 인정하면서도 내가 이 작품에 주목하는 이유가 여기에 있다. 이 작가는 이 작품에서 그가 친숙해 있던 세계로부터 탈락을 시도하고 있다. 그야말로 과거에 대한 결별 선언이다. 앞으로의 작업이 비상히 주목된다.

2

정한숙의 「성북구 성북동」(『한국문학』 1982년 2월호)은 매우 특이한 작품이다. 이 작품은 서울시로 편입되기 전 성북동이 고양군에 속해 있던 시절의 사철 묘사로 시작된다. 그중 한 대목을 보자.

알을 품은 산꿩과 뻐꾸기의 울음소리가 깊은 그늘에서 낮잠을 재촉하면 벌써 한여름이다. 문안에 사는 아낙네들이 함지박과 풍로를 갖고 와 계곡 물에 발을 담그고 밀전병을 부쳐 점심 요기를 대신하여 하루를 즐기는 모습이 푸른 숲 속에 백로가 내려앉은 것같이 한가롭고 아름다웠다. 머리 위에 이글거리던 태양이 (…) 삼선동 쪽으로 기울어지기 시작하면 산 속에 부는 바람은 물기가 빠져 칼칼해진다. (…) 계곡의 물은 하루하루 차가워지며 물줄기가 줄어들었다. 상현달이 올라앉은 산봉우리 위로 (…) 기러기 떼가 울며 북으로 날면 가을은 깊어간다. 그러던 어느 날 밤 낙엽 구르는 소리를 내며 싸락눈이 뿌리면 겨울이 시작되었다. 산 속을 헤매는 것은 바람 소리뿐이다. 술에 취해 밤늦게까지 돌아오지 않는 주인을 기다리다 지쳐버린 허리가 긴 누렁이라 불리는 수캐가 이런 밤엔 유달리 슬피 짖었다.(87쪽)

이 인상적인 서두는 잃어버린 낙원에 대한 인류의 오랜 꿈처럼 간절하다. 고양군 시절에 태어난 성북동 토박이 노인이 당당히 자신의 일생을 회상하는 형식을 취하고 있는 이 작품에서 작가는 고양군의 산골 마을이었던 성북동이 그 후 어떻게 파괴되고 훼손되었는가를 연대기적 구성 속에서 드러내고 있다. 따라서 앞에 인용한 아름다운 서두는 도시화의 물결 속에 변모된 성북동의 모습과 대비되어 작품 전체에 끊임없이 그림자를 드리우는 상징이다.

소멸해가는 것에 대한 쓸쓸한 애수―이 주제는 우리에게 꽤 익숙한 것이다. 식민지적 근대화가 추진되었던 1930년대 문학에서도 우리가 보아왔고 급격한 산업화가 추진되었던 1970년대 문학, 예컨대 만년의 오영수의 소설에서도 일관된 주제가 된 바 있다.

그러나 이 작품은 현실에 대한 부정을 과거의 미화 속에 일방적으로 해소시켜버리는 회고조 소설로 떨어지지는 않았다. 그것은 작가가 이 작품 전체를 토박이 노인 스스로 이야기하게 하는 것으로 끌어간 데 크게 의지할 것이다.

공사판 잡역부의 아들로 태어나 보통학교를 졸업한 후 주물 공장의 화부火夫로 취직하여 자신의 운명을 저주하기도 했고, 해방 후에도 어쩌다 노회한 정치가 이승만의 돈암장을 경비하는 자위대의 일원이기도 했고, 그 때문에 6·25 때는 인민군에 체포되어 납북 중 탈출하기도 한 이 인물은 그야말로 서울특별시에 사는 보통 시민이다.

그러는 사이 '근대화'되었다. 그러나 성북동 토박이의 눈에 그것은 무엇으로 비칠까?

어두운 뒷거리엔 노점이 있고 선술집이 있고 아직도 펄럭이는 카바이트 불빛이 지나간 옛날들을 되살려주고 있다. (…) 나는 가끔 번잡한 교통을 피하여 성북동 뒷골목을 걷는다. (…) 무인도에 표박한 것 같은 불안을 안고 별이 보이지 않는 하늘을 바라다본다. (…) 나와 내 어린 친구들이 하늘의 별을 세어보며 성북동 골짜구니를 걸었듯이 소리 내어 별을 세어보지만 어느 하늘에도 별은 보이지 않는다.(101쪽)

이 마지막 대목은 아름다운 서두와 극명히 대비된다. 별이 보이지 않는 하늘―발전이 그 지역 더 나아가서 한 민족 사회의 내발적 요구에 밀착되지 않을 때 그것이 과연 발전일 것인가? 군데군데 감상적인 것이 노출되고 직설적인 대목들이 튀기는 해도 나는 이 작품을 읽고 고 김광섭 시인의 「성북동 비둘기」를 떠올렸다.

3

이순李箱은 「문 뒤로 사라진 것」(『현대문학』 1982년 1월호)에서 4·19 직후 어느 여학교에서 일어났던 스트라이크를 다루고 있다.

그의 소설들을 읽어본 독자라면 누구나 느끼는 것이지만 그의 작품은 탄탄하다. 생기 있는 문체에서 짜임새 있는 구성에 이르기까지 빈틈 없이 완벽하다. 이 작품도 예외가 아니다. 이 작품을 읽으면 여학생들의 독특한 생태가 그림같이 떠오른다. 더구나 여학교에 재직한 경험을 가진 독자라면 그 풍부한 실감에 감탄을 금치 못할 것이다.

이 작품은 여중 1학년생의 관점을 빌려 이야기되고 있다. 이 여중 1학년생은 바로 어린 시절의 작가의 모습이라고 해도 무방할 것인데, 정치적 상상력이 특별히 발달되어 있지 않았던 우리 또래의 대부분의 사람들에게 있어 어린 시절에 맞은 4·19는 참으로 아슴푸레한 것이었다. 작가는 4·19의 역사적 의미를 명백히 인식한 성년의 나이에 서서 '고마우신 이대통령' 노래나 부르다가 갑자기 맞은 4·19시대를 꼼꼼히 점검한다. 이 때문에 이 작품은 회상기의 형식이 아니라, 여중 1학년생의 미숙한 관점을 의식적으로 선택하여 이 시대를 그녀의 느낌의 현재에서 고스란히 재현하고 있는 것이다.

4·19 직후 '서울의 봄'이 한창일 때, ㅊ여중고에서 '구정권의 잔당 교장은 물러가라'(108쪽)를 외치면서 스트라이크가 터졌다. 이 학교는 선교사가 설립한 기독교 계통이다. 사건은 착잡하게 얽힌다. 선교사는 교장을 지지하고 동창회는 스트라이크를 지지하고 교사들은 두 파로 갈린다. 그러나 동창회 측이 교장 측과 타협함으로써 스트라이크는 실패로 돌아가고 "노교장은 흑흑 흐느껴 울며"(121쪽) 기도한다.

"주여, 간절히 구하옵노니 그들이 우리에게 무슨 짓을 했는지 잊게 하소서. 또 원하옵노니 그들의 죄를 사하소서. 그들은 그들이 무슨 짓을 하고 있는지 몰랐던 것이나이다. 그리고 주여, 우리에게 충만한 은혜를 내리셔서, 우리로 하여금 그들을 벌하거나 원망하지 않게 하소서."(121쪽)

노교장은 B사감을 연상시킨다. 현진건은 B사감을 희화화하면서도 일말의 동정을 금치 못했는데 노교장을 바라보는 이 작가의 시선은 통렬하다.

문 뒤로 사라진 것은 무엇인가? 그것은 스트라이크의 주동자로 제적당한 손연희이다. "흥분은 이미 물로 씻은 듯이 사라지고 없었고 다만 여름 방학이 없어진 것에 대한 불평만이 무성"(121쪽)한 때, 그녀의 의미는 무엇인가를 작가는 묻고 있다. 요컨대 작가는 이 나라 민주주의 기반이 얼마나 허약한 것인가를 날카롭게 드러내고 있는 셈이다.

이순의 관점은 투명하다. 티 한 점 없이 깨끗한 유리와 같아 사건의 세밀한 기미까지 말갛게 비치기 마련이다. 이것은 그의 장점이자 단점이 될 수도 있는 것인데, 이 때문에 독자들을 깊은 감동으로 이끌어가는 힘은 약화되는 것이 아닌가 싶다. 이 같은 주제를 이처럼 깔끔하게 다룰 수 있는 재능은 귀한 것이지만 실감과 감동을 통일할 수 있는 힘이 새롭게 요청된다고 하겠다.

4

김성동이 깔끔한 소품을 썼다. 「오막살이집 한 채」(『현대문학』 1982년 2월호). 일찍부터 그의 문학활동의 전개과정을 지켜보았던 나로서는 이 작품이 한 획기가 되리라는 예감이다.

처녀작이자 출세작인 「만다라」로 너무 유명해져버린 그에게 나는 일말의 불안을 가지고 있었다. 언젠가 어느 글에서 거사居士라고 했더니 실소를 금치 못하던데 그는 아직도 산승山僧의 태깔을 벗지 못했다. 그는 젊은 나이에 걸맞지 않게 한恨이 많은 작가다. 이 때문에 그의 문학은 열에 떠 있어 마구 어지러워질까 우려했던 것이다. 물론 순수하게 뜨거운 마음을 상실한 작가는 이미 작가가 아니다. 그러나 상투적인 이야기지만 이 뜨거운 마음을 통어할 수 있는 정신의 훈련 또한 중요한 것이 아닐 수 없다. 사실 이러한 우려는 「만다라」 이후 뜻깊은 변모를 보인 「잔월殘月」 연작을 읽으면서도 끝내 떨쳐버릴 수 없었거니와, 드디어 이 작품에서 그는 그의 문학의 씨앗인 한에 엄정한 질서를 부여하는 데 성공했다.

이 작품은 서로 충돌하는 세 개의 장면으로 이루어져 있다.

첫 장면 '행기行碁'에서 우리는 산골 오막살이에 사는 한 소년과 이제 먼 길을 떠나는 어느 중년 사내가 바둑 두는 장면을 만나게 된다. 행기란 무엇인가? 그것은 작별의 예식이다. 차마 떨치고 가야 하는 중년 사내와 뒤에 남아야 하는 소년 사이의 안타까운 쓸쓸함 속에서 행기의 의식은 엄격하게 치러진다.

둘째 장면 '높은 산 먼 길'에서 작가는 노망 난 할머니와 어머니와 소년이 살아가는 오막살이 장면을 보여준다. 그들은 마을에서 쫓겨난 사람들이다. 이 작가의 소설이 다 그렇지만 이 작품에서도 아버지는 부재중이다. 이때 높은 산에서 지친 걸음으로 나그네가 찾아든다. 이 나그네가 바로 첫 장면의 중년 사내인 것이다.

셋째 장면 '흰돌 하나'는 다시 첫째 장면으로 이어진다. 드디어 행기는 끝나고 소년은 자기 어머니가 떠나는 사내에게 아버지의 생사를 간절히 묻는 소리를 듣는다.

훌륭한 뜻을 품은 사람은 (…) 그렇게 쉽게 죽는 법이 아닙니다. (…) 지금까지도 훌륭하게 기다리시지 않았습니까.(130쪽)

이 말을 남겨놓고 중년 사내는 체포된다. 아마도 6·25 직후에 일어났음 직한 삽화이리라.

이 소품에서 작가는 세 개의 독립적인 장면들을 아무런 매개 없이 병치함으로써 날카로운 효과를 거두고 있다. 한 편의 시다. 이 작품의 서두에 작가가 인용한 이시영의 시는 이 작품의 주제를 그대로 웅변하고 있다.

어서 오라 그리운 얼굴
산 넘고 물 건너 발 디디러 간 사람아
댓잎만 살랑여도 너 기다리는 얼굴들
봉창 열고 슬픈 눈동자 태우는데
이 밤이 새기 전에 땅을 울리며 오라.
어서 어머님의 긴 이야기를 듣자

—이시영, 「서시」 전문

얼마나 많은 이 땅의 사내들이 사라졌는가? 우리들의 그리움은 언제 끝날 것인가?

[『마당』 1982년 6월호]

수난기의 한계

이 난을 맡은 지도 벌써 반년이 넘었다. 월평같이 까다로운 작업을 맡았을 때, 나는 나름대로 계산이 있었다. 위대한 장편의 시대가 도래하리란 예감이 여지없이 빗나간 1980년대 초의 문단은 암울하게 가라앉았다. 나는 이 암울한 분위기 속에서 뜨겁게 살아 있는 부분—새롭게 솟구치는 창조적 역량들을 직접 확인하고 싶었던 것이다. 그런데 최근 나는 약간 지쳐 있다.

현길언의 「귀향」(『현대문학』 1982년 1월호)을 흥미롭게 읽었다. 이 작가의 작품을 제대로 읽기는 이번이 처음인데, 현기영의 문학을 연상시키는 바가 없지 않다.

작가는 이 작품에서 아버지 세대의 의미를 묻고 있다. 식민지 시대·해방 직후의 좌우익 투쟁기·6·25와 같은 역사적 격동기를 몸으로 겪은 아버지 세대—이 격동 속에서 어떤 이는 승리했고, 어떤 이는 패배하여 사라져갔으며, 또 어떤 이들은 명철보신으로 살아남았다. 진정한 평화에 대한 갈망에도 불구하고 싸움은 아직도 끝나지 않았으니, 우리가 유산으로 물려받은 분단시대의 역사는 이제 퇴장을 바로 앞둔 아버지 세대의 활동의 잔존물이다. 따라서 오늘날 아버지 세대의 역사적 의미를 묻는 작업은 우리 세대가 역사 앞에서 어떤 선택을 할 것인가를 묻는 실천적 자기 성찰의 작업이 아닐 수 없다.

이 작품에는 한 집안 5대의 가족사가 요약되어 있다. 고조부가 한라산 기슭으로 옮겨와 목축으로 크게 치부한다. 증조부가 허랑방탕하게 재산을 탕진한다. 조부가 다시 재산을 일으킨다.

> 할아버지의 꿈은 아들을 경성제국대학에 보내는 일이었는데 그 일은 이뤄졌다. (…) 방학이 되어 아들이 귀향한다는 연락을 받으면 한라산 남쪽에서 말을 타고 한 필은 끌고 산중턱 평원을 가로질러 제주읍 산지포山地浦까지 마중을 나갔다. 그리고는 부자는 같이 말을 타고 산중턱을 내달아 집으로 돌아왔다.(176쪽)

나는 이 대목을 읽으면서, 타라스 불리바를 연상했는데, 해방이 되고 아버지에 대한 조부의 기대는 빗나간다. 4·3'폭동'이 제주도를 휩쓸고 아버지는 "새 세상이 되면 돌아오겠소"(177쪽)라는 말을 남기고 산으로 가버린 것이다.

폭도의 가족이 되어버린 이 집안에 고난이 중첩된다. 산폭도의 아랫마을 공격 속에서 오히려 할머니가 죽고, 갓 태어난 '나'의 누이도 죽고 만다. 그러나 가장 무서운 일은 삼촌의 죽음이다. 폭도 가족을 바라보는 마을 사람들의 따가운 시선에 주눅이 든 어린 삼촌은 폭도토벌에 자원함으로써 무섭게 변해간다. 이 무슨 비꼬임인가? 더욱이 6·25가 터지자 제일 먼저 지원하여 의기양양하게 출정하는 이 청년을 보노라면 그 증오의 논리에 섬뜩할 뿐이다. 그의 죽음은 무엇인가? 그것은 국가와 개인 사이에 있을 수 있는 가장 극심한 소외의 한 예일 터인데, 맏자식은 폭도로 행방불명되고 작은 자식은 국군으로 전사하는 것을 보아야 하는 그 아비의 심정은 또 어떨 것인가.

이 작품의 화자인 '나'는 유복자처럼 태어나 조부의 유일한 손자로서 집안을 파멸시킨 '아버지의 유산에 대한 증오' 속에 자라난다. 그는 일체의 이데올로기를 기피하는데, 그것은 아버지로부터의 탈주였다. 드디어 그는 외국 유학 티켓을 따낸다. 그러나 아버지의 망령은 다시 나타난다. 아버지가 4·3'폭동' 좌절 후 일본으로 밀항하여 조총련의 거물로 활약하고 있다는 사실이 드러나면서 외국 유학은 좌절되는데, 이 사실을 접한 조부의 모습은 이 작품에서 가장 인상 깊은 장면일 것이다.

"그놈은 내 아들이 아닙네다."
며칠 후 집안 식구들 몰래 할아버지는 읍내 경찰 서장을 찾아가 딱 한마디하고 돌아와서는 자리에 눕고 말았다. (…) 그 자리에 눕고서 나흘 만에 숨을 거두셨다. 그건 일종의 자살이었다. 누운 후 일체의 식음을 전폐하셨다. (…) 운명하시기 직전에 할아버지는 봉투 하나를 내게 주시면서
"내가 눈을 감거든 곧 이것을 이행한 후에 나를 묻어라."
유언을 남기시고 운명하셨다. 그 마지막이 너무나 엄숙하였기에 난 슬픔을 느낄 경황도 없었다. 봉투 속엔 아버지의 호적 정리에 관한 제반 서류가 들어 있었다. 집을 나간 후 23년간 생사가 확인되지 않아서 사망 신고를 한다는 내용의 서류가 첨부된 복잡한 서류들이었다. 나는 즉시 그것을 면사무소에 제출하고 일주일 후 다시 할아버지 사망 신고를 하였다. 할아버지 죽음으로 아버지는 네 사람을 죽인 셈이 된다.(180~181쪽)

이 사건을 계기로 그는 더욱 맹렬히 아버지로부터 도망한다. 세월이 지난 후 어느 날 아버지로부터 귀향을 알리는 전보가 날아드니, 작품은 바로 여기서 시작되고, 아버지는 드디어 유골로서 돌아온다는 것이 결말이다. 죽어서밖에는 고국에 돌아올 수 없었던 아버지의 귀향은 무엇인가? 의식적으로 순응주의를 선택했던 '나'는 이제야 아버지 세대의 문제로부터 도망칠 수 없음을 깨달았을까? 이 작품은 여기에서 아슬아슬하게 단순한 수난기受難記에서 벗어나고 있다.

아버지 세대는 지금 무책임하게 퇴장하고 있다. 그들이 일으킨 싸움에 어떠한 해결의 실마리도 제공하지 못한 채 싸움 속에 승리한 자이건 패배한 자이건 아버지 세대는 역사 앞에서 실패했다. 그들의 실패를 반복하지 않기 위해서 우리는 무엇을 해야 할 것인가? 철저히 따져보아야 할 일이다.

작품의 앞과 뒤를 단편처럼 아귀를 맞추고 있으나 이 이야기는 사실 장편감이다. 이 때문에 작품 전개에 무리가 생기고 인물들이 생동하지 못하고 있다.

최근 단편다운 단편이 매우 드물다는 사실은 우려할 만한 현상이다. 단편감을 마구 잡아 늘인 중편이 횡행하고 있고, 줄거리만 듬성듬성 따낸 단편이 성행하고 있다. 무어라고 해도 단편소설은 소설문학의 기초이다. 이 기초마저 흔들릴 때 어떻게 훌륭한 장편소설이 나올 것인가?

전상국의 연작소설 『길』도 일종의 가족사소설이다. 이 연작의 머리 격인 중편 「출향出鄕」(『문예중앙』 1982년 봄호)은 작가도 인정하고 있듯이 신파로 기울어지고 말았으니, 이야기가 도무지 어우러지질 않고 있다. 그 속편인 「술래 눈 뜨다」(『현대문학』 1982년 3월호)도 억지스럽다. 이 두 작품이 이렇게 된 데는 아마도 아버지 세대인 태혁이란 인물을 그 후의 작품 전개를 위해서 대강대강 처리한 점에 말미암을 것 같다. 일제 말 학병을 거부하고 산에서 일종의 게릴라 활동을 하다 체포된 그는 해방 후 북한에서 가족마저 부정해버리고 공산주의운동에 참가하다 결국 출신 성분 때문에 월남해버린다. 이 상투적 설정 속에서 이 인물은 극도로 경박하게 희화화되고 마는 것이니, 작가는 이 인물을 차가운 냉소로 바라보고 있다.

나는 「이산離散」(『세계의문학』 1982년 봄호)을 흥미롭게 읽었다. 전황이 다시 바뀌는 1·4후퇴 즈음 할아버지는 전부 월남하자는 삼촌의 말을 꺾고 가족을 분산할 것을 결심하는데, 그것은 난세에 살아남기 위한 깊은 배려에서 나온 것이다. 그리하여 할아버지와 삼촌 가족은 북한에 남고, 어머니·누나·나는 먼저 떠난 아버지를 찾아 월남하게 된다. 대단한 노인이다. 대대로 이 마을에서 행세하며 살아온 이 노인이 그 생애의 마지막 고비에 부딪친 이 고통 앞에서도 그는 단호하게 일을 처리해나간다. 까부라져가는 몸을 추스르며 차마 떠나보내는 가족들을 일일이 채근하는 노인의 모습은 차라리 눈물겹다.

"그리고 지금부터 내가 하는 얘길 잘 들어두도록 해야 한다. 사람 일이란 한 치 앞도 알 수 없기 때문에 하는 얘기니라. 뭔 얘긴고 하면 너희들이 피난을 나가다가 무슨 일이라도 생겨가지고 서로가 뿔뿔이 헤어질 수도 있지 않겠느냔 그런 말이다. 그런 일이 있어선 안 되겠지만서두 사람 일이란 정말 모르는거여. (…) 그래서 내가 이런 걸 생각해봤다. (…) 덕수, 쟈 생일이 삼월 초사흘이니께 만약 서로 헤어졌다 하면 어느 해고 삼월 초사흘, 3월 3일이여, 그날 의정부역으로 나가 보란 말이다. 그것도 역전에서 가장 가까운 데 있는 전봇대 밑에서 서 있으란 말이여. (…) 그렇게 해서도 못 만나거들랑 그다음 해에 다시 나가보는 거여. (…) 적어도 십 년까진 그렇게 해야 하느니라. 십 년이 넘어서두 못 만나게 되면 그땐 죽은 걸루 생각하면 될 것이지."(262쪽)

우리 근대사의 격동 속에서 많은 사람들이 죽어가고, 그 죽음의 뒤에는 그 때문에 더욱 숨죽이며 살아남은 고통스런 생명들이 있어왔다. 작가는 이 노인을 우리 역사를 밑에서 떠받쳐왔던 엄숙한 생명력의 전형으로 완벽하게 그려내는 데 성공했다. 작가의 깊은 애정의 소치일 것인데, 이 노인에 대한 애정은 태혁에 대한 냉소적인 어조와 선명한 대비를 이루고 있음을 주목해야 할 것이다.

이 작가의 시선은 살아남은 자기 고통을 그릴 때 빛난다. 세 모자의 피난길을 실감나게 그린 후반부, 특히 군인들에 의해 밤중에 어머니와 누이와 어디론지 끌려나간 것도 모른 채 아침에 깨어 기함을 하는 마지막 장면을 읽고 나도 그 아이처럼 아득한 절망에 빠져들고 말았던 것이다.

그러나 한편 생각해보면 작가의 관심이 편중되어 있다는 느낌이 든다. 우리 민족이 6·25로 말미암아 어떻게 고통받았는가를 강조하는 것은 그것을 동족상잔의 비극식으로 파악하는 것만큼이나 지극히 피상적인 태도에 그치고 말 것이다. 수난기가 가지는 결함은 역사에 대한 피동성의 은밀한 확인으로 떨어지기 쉽다는 데 있을 것인데, 역사란 바깥에 있어 사람을 일방적으로 눌러대는 중압만은 아닐 터이다. 이 작품을 읽고 아쉬웠던 점이 이것이다. 노인을 그려낸 작가의 범상치 않은 형상력이 그 아들 태혁에게는 전혀 작용하지 않는다는 점도 이 이야기를 수난기로 끌어가려고만 하는 작가의 제한된 시선에 말미암은 것은 아닐지 모르겠다. 요컨대 아버지 세대의 문제에 정면으로 육박해야 할 것이다.

이 연작소설이 어디로 전개되어갈지 궁금한데, 여기서 하나 지적할 점은 최근 연작소설이 남발되고 있다는 사실이다. 우리 소설문학이 로망으로 발전해가는 데 있어서 연작소설이 감당한 역할을 인정해야 하는 것이지만, 아무 이야기나 연작소설이 될 수는 없다. 연작소설에 값하려면 확고한 주제의식이 일관되어야 한다는 점을 염두에 두어야 한다. 같은 얘기를 자꾸 되풀이하거나 줄거리를 편의상 토막낸 것 같은 이야기를 연작이란 이름으로 발표할진대, 차라리 탄탄한 단편을 쓰는 것이 나을 것이다.

김중태의 「벌바람」(『소설문학』 1982년 3월호)—몇 달 전 「가대기」란 작품을 처음 접하고 깊은 흥미를 가진 바 있는데, 1980년대 소설로서는 매우 드물게도 이 작가는 가난한 사람들의 세계를 탐구하고 있다.

어느 학생이 언젠가 '왜 우리 소설은 가난 얘기만 쓰는가'고 항의 비슷이 질문한 적이 있는데, 그때 나는 문학가는 가장 비천한 곳에서도 살아 움직이는 인간적 진실을 발견할 줄 알아야 한다고 대답하고 만 적이 있다. 민중에 대한 인식이 새로워졌던 1970년대 문학에 이러한 지향이 일단 구체적으로 전개되기는 했지만, 우리는 아직도 충분히 가난 얘기를 쓰지 못했다. 그나마 80년대에 들어와서 이러한 문학적 지향은 희한하게도 사라지고 말았으니, 민중의 고통 위에서 촉진되었던 70년대의 급격한 산업화가 우리 사회의 도처에 남긴 상처는 이미 해결되었단 말인가? 최근 작가들은 이 문제를 기피하고 있으니, 가난한 사람들의 문제를 자기 문학의 일관된 주제로 삼고 있는 김중태의 작품을 읽고 나는 우선 반가웠다.

이 작품의 무대는 공단을 중심으로 생겨난 어느 신흥 도시이다. 이 도시는 높다란 철망으로 둘로 나뉘어 있으니, 철망 안으로는 시청 청사와 공단 입주 기업의 간부 사원들의 사택이 있고, 그 밖에는 공단의 말단 직원 "대도시의 고지대 판자촌에서 에멜무지로 흘러든 철거민"(209쪽)이 살고 있는 회색 아파트군이 널려 있다. 황량한 벌판에 느닷없이 솟아난 이 신흥 도시는 이 나라에서 추진되었던 산업화의 노골적인 전시장인데, 기괴하게 비인간화된 이 도시의 모습은 우리를 답답하게 만든다. 이 속에서 어떻게 사람이 사람답게 살 수 있을 것인가?

갈등은 두 방향으로 전개된다. 하나는 아파트 안의 종합시장 사장과 가설시장 노점상인 사이의 갈등이다. 갑자기 이 신흥 도시로 쫓겨난 철거민들은 아파트 주변에 노점을 벌이기 시작했고 그것이 가설시장으로 번성하게 되자, 최 사장의 압박이 시작된다. 여러 수단으로 가설시장을 방해하던 최 사장은 드디어 싸구려 횡포로 노점 상인을 구축한다.

그러나 이와 같은 직접적 갈등보다 더욱 고약한 것이 이 도시가 높다란 철망으로 분단되어 있다는 점이다. 철망으로 둘러싸인 사택 동네는 경비원들이 지키고 있는데 그것은 철망의 안과 밖을 마치 식민지 사회에 있어서 이주민과 원주민 사이처럼 적대적 관계로 몰아가는 것이다. 이 내면화된 갈등이 한 사회 속에 어울려 사는 사람들의 공생적 관계를 어떻게 은밀히 파괴하는가는 이 소설에서 가장 인상 깊은 삽화인, 경비원 곰보 박 씨와 생선 행상 가천댁 사이의 안쓰러운 싸움에서 특징적으로 드러나고 있다.

최 사장의 압박을 견디는 한편 철망 안의 사회와의 내밀한 갈등까지 곱씹고 살아가야 하는 어느 행상의 괴로운 하루를 그리고 있는 이 작품은 그 미덕에도 불구하고 우수한 소설이라고 선뜻 내세울 수는 없다. 훌륭한 의도를 작품이 감당하지 못하고 있는데, 우선 인물의 초점이 모호하고, 결말의 처리도 지나치게 안이하고 상투적이다. 그런데 가장 큰 문제는 이 작품이 오늘의 현실을 다루고 있으면서도 어쩐지 요새 소설 같지 않다는 느낌이 드는 점이다. 그것은 유행에 뒤졌다거나 덜 세련되었다는 뜻이 아니라, 이 문제를 보다 포괄적인 사회적 전망 속에서 파악하는 데 미흡하지 않은가 하는 것이다. 요컨대 이 소설이 70년대 초의 우리 소설계를 신선하게 강타했던 황석영의 『객지』보다 낮은 지점에서 출발하고 있다는 것인데 70년대 소설을 비판적으로 극복하기 위해서는 이제 민중의 고통을 사례별로 점검하는 수난기로서는 더 이상 성취될 수 없다고 하겠다. 수난기의 한계는 이제 뚜렷한 것이다.

[『마당』 1982년 7월호]

문제는 다시 줄리앙 소렐이다

—송기원의 장편소설『너에게 가마 나에게 오라』를 읽고

나는 작년에 스탕달M. Stendhal의『적과 흑』을 다시 읽었다, 국역본 영역본 불어본을 다 갖다 놓고. 왜 갑자기 이처럼 열심히 이 소설을 다시 읽고 싶어졌는지는 나도 모르겠다. 서양 소설들을 남독했던 어린 시절, 나는『적과 흑』보다는『파르므의 승원僧院』을 훨씬 좋아했다. 솔직히 말해서 줄리앙 소렐Julien Sorel의 그 끈덕진 신분상승에의 투지에 나는 조금 끔찍해졌다가, 세상 돌아가는 게임의 규칙들을 조곤조곤히 일러주는 후자에서 어떤 구원을 맛보았던 것이다.

　나중에 하우저A. Hauser의『문학과 예술의 사회사』에서 스탕달의 이 두 작품을 분석한 대목을 읽으면서, 나는 전자보다 후자를 더 좋아했던 당시 내 내면풍경을 들여다보게 되었다. 하우저 가로되, "『적과 흑』이 아직도 뿌리 뽑힌 반항아의 고백이라면,『파르므의 승원』은 이미 체념 속에서 내면적 평화와 고요한 힘을 발견한 사람의 작품이다." 새삼 어린 보수주의자의 면모를 들키고 만 셈인데, 그러다가는 대학원 입학 이후 우리나라 소설 읽기에 급급해서 외국 소설과는 거의 담을 쌓다시피 하고 살아왔던 것이다.

아마도 작년에 나를 다시 『적과 흑』으로 돌아가게 만든 건 작금의 나라 안팎의 상황 변화 속에서 민족문학운동이 일종의 조정기로 접어든 탓도 작용했을 터이다. 이 작품을 다시 읽으면서 나는 스탕달에 감탄했고, 우리가 아직도 줄리앙 소렐의 시대 안에 있음을 실감하였다. 하우저가 지적했듯이, "줄리앙 소렐은 그의 하층계급적 출생을 끊임없이 의식함으로써, 모든 성공을 지배계급에 대한 승리로, 모든 패배를 굴욕으로 간주하는 최초의 소설적 주인공"이었던 것이다. 이제 와서 더욱 분명해졌지만, 우리 민족문학은 그간 줄리앙 소렐의 문제를 괄호 치고, 『수호지』류의 사해四海형제주의로 치달은 측면이 없지 않았다. 현존 사회주의가 모더니티에 대한 안이한 성찰로 자본주의를 건너뛰는 데 실패한 것처럼 자본주의 사회를 움직이는 근본적인 심리기제의 하나인 줄리앙 소렐의 문제를 새로운 수준에서 집요하게 물고 늘어지는 작업을 생략하고는 우리 민족문학의 비약은 있을 수 없다고 단언해도 좋다.

줄리앙 소렐의 문제는 우리 문학의 약한 고리의 하나이다. 웬일인지 한국근현대문학은 이런 유형의 인간을 단지 도덕적 염결성의 관점에서만 접근해온 감이 없지 않다. 자본주의가 충분히 성숙하지 않은 상태에서 강제적으로 자본주의 세계체제에 편입된 이후 일찍이 사회주의의 세례를 받아서인지, 소렐형의 인간을 부정의 대상으로만 삼았지 본격적 탐구의 대상으로 설정하지 않았던 것이다.

이 점에서도 「춘향전」은 흥미로운 작품이다. 이 작품의 핵심은 천민 춘향이의 신분해방에 대한 내밀한 열망이다. 그런데 이 작품은 춘향이와 이도령을 고난 끝에 결연시킴으로써 노블novel적 주제를 로맨스romance적으로 해결하고 말았던 것이다. 대개 판소리계 소설이 그렇듯이 이 소설도 오리정에서 이별하는 대목을 획기로 두 과정으로 나뉜다. 말하자면 앞과정이 현실 또는 노블이라면 뒷과정은 꿈 또는 로맨스인데, 한국근대소설의 길은 바로 이 뒷과정의 해체과정으로 되는 것이다.

그럼에도 이광수의 『무정』은 주인공 이형식의 신분상승을 축복함으로써, 채만식의 『태평천하』는 윤직원의 승리를 저주함으로써, 한국판 『적과 흑』은 아직도 절실히 살아 있는 문학적 과제의 하나로 이월되었다.

송기원의 장편 『너에게 가마 나에게 오라』는 성장소설적 외피에도 불구하고 이 미완의 과제에 대한 흥미로운 도전으로 나에게 다가온다. 작가는 자신의 성장의 비밀이 고스란히 숨어 있는 아랫녘의 새재[鳥城] 장터를 때로는 살가운 그리움으로, 때로는 가차 없이 냉혹한 시선으로 복원하고 있다. 우리 문학은 아마도 처음으로 장터의 리얼리즘에 도달한 것 같다. 양洋의 동서를 막론하고 소설은 본디 저자거리에서 떠도는 유언비어를 기록하는 데에서 출발했거늘, 어찌된 셈인지 우리 소설은 장터를 제대로 파악해간 작업이 영성하다. 고전소설에는 그런대로 「허생전」을 비롯한 한문 단편들이 조선 후기 상업자본의 면모를 직·간접적으로 추구했는데, 오히려 근대 이후 그러한 전통이 발전하기는커녕 거의 망실되었으니, 이것도 한국근대문학의 이식적 성격에 말미암은 것일까? 이효석의 「메밀꽃 필 무렵」에 배경으로 흐릿하게 모습을 비쳤던 장터의 세계가 1990년대의 송기원의 작업에서 하나의 중심적인 공간으로 떠오른다는 것은 이 점에서 주목할 일이다. 송기원이 오랜 침묵 끝에 발표한 중편 「아름다운 얼굴」에도 장터가 등장한다. 그런데 이 작품은 작가의 의식 저 깊숙이 금기의 영역 속으로 처음 발을 디디는 사람이 갖게 되는 머뭇거림, 그로 말미암은 자기폭로와 자기연민이 묘하게 복합되어서 작품의 초점을 무의식적으로 흐리게 한 바가 있었는데, 작가는 이 장편에서 그 금기로부터 훨씬 자유롭다. 새로운 전진이 아닐 수 없다.

작가에게 장터는 어떤 의미인가?

　전쟁이 끝난 지 얼마 되지 않은 당시의 시골장터는 너나없이 더 이상 갈
데가 없는 밑바닥 사람들이 몰려든 곳이었다. 서른에서 마흔을 전후한 나
이의 장터 아낙네들은 흔히 남편이 없거나, 남편이 있더라도 전혀 생활에
무능한 병자이기 십상이었다. (…) 아낙네들은 장터에 흘러들기가 무섭
게 바로 고리장수에게 체곗돈을 빚내어 가까운 항구에서 갈치며 고등어
따위 생선을 떼다가 장바닥 에 좌판을 벌였다. 그렇게 장똘뱅이가 된 아낙
네들은, 반년이나 일년쯤 버티다가 끝내 병든 남편이 죽으면 어쩔 수 없이
어린 자식들이 올망졸망 딸린 과부가 되고, 과부가 된 얼마 후에는 쉽게
개가해갔다.

　굶주림에 대한 거의 동물적인 공포가 지배하는 장터의 세계는 바로
모계제 사회였던 것이다. 모성 원리가 적나라하게 관철되는 장터의 묘사
를 읽어나가면서 나는 송기원이 왜 비천한 목숨들에 대해 거의 피붙이에
가까운 친연성을 느끼는지를 새삼 실감하게 된다. 이 작품의 주인공 윤
호는 작가의 분신으로 짐작되는데, 첫 결혼에 실패하고 해방 무렵 장터
에 흘러들어와 노름꾼에 걸려 윤호를 낳고 윤호 생부가 감옥에 가자 해
산물 도매업자에게 개가한 윤호 어머니도 평균적인 장터 아낙의 간난한
행보를 그대로 요약하고 있다.
　그렇다고 장터가 마냥 황량하고 우울한 세계만은 아니다.

　장똘뱅이들에게 있어서, 닷새마다 한 번씩 돌아오는 장날이란 어른 아
이 막론하고 축제일 수밖에 없었다. 장날이 돌아오는 나흘 내내 기껏해야
휴지 나부랭이나 회오리바람에 날리곤 하던 쓸쓸한 빈터와 기둥만 앙상

하던 빈 가게 들이, 장날이 되면 하루아침에 갑자기 사람들이 들끓는 싸전이며 어물전, 포목전, 유기전, 옹기전, 잡화전, 철물전 등으로 변하고, 노점 음식점들마다 돼지머리와 순대, 국수가 산더미처럼 쌓이거나 가마솥이 넘치도록 팥죽이 끓어대는 요술 같은 일이 벌어지는 것이었다. (…) 어른들은 어른들대로 목이 쉬도록 시골 사람들을 불러 하루 벌어 닷새 먹고살 돈을 마련하고, 아이들은 아이들대로 장터의 이곳저곳을 헤집고 다니면서 물건을 훔치거나 아니면 혹시 길에 떨어진 동전 한 닢이라도 줍기 위하여 해종일 악머구리 끓듯 하였다.

장터의 세계는 그 바깥의 세상을 규제하는 계서제階序制와 결합되어 있는 공포·외경·경건·예의의 형식이 제거된, 바흐친M. Bakhtin의 말을 빌리면, "양명한 분규상태" 또는 "카니발적 세계감각"이 숨 쉬는 민중적 연대의 공간이다. 윤호 자신도 "어린 시절의 기억 속에는 자신의 출신성분이나 어머니를 위시한 장똘뱅이들에 대해서 부끄러워한 적은 단 한번도 없다"고 소설 속에서 고백하고 있듯이, 그 세계는 「메밀꽃 필 무렵」에서 허생원과 그의 나귀를 골리는 어린 악동들의 즐거운 놀이터였던 것이다.

이 소설에서 가장 인상적인 장면의 하나는 윤호와 함께 또 하나의 축을 이루는 양아치 박춘근이 서울에서 귀향하여 역 광장에서 "장터 풍경을 하나씩 하나씩 머리 속에 떠올"리는 대목이다. 박춘근의 회상 속에 마치 요술처럼 복원된 새재 장터를 함께 순례하노라면, 우리는 문득 거기서 작가의 따듯한 애무의 시선을 눈치채게 되는 것이다. 그것은 한때 그 세계에 속했으나 이제는 그 세계로부터 벗어난 자가 다시 그 세계를 향해 팔을 뻗어 감싸안은 귀향의 예식인 것을!

장터는 이 작가에게 있어 양가적兩價的이다. 그것은, 악몽처럼 그곳에서 도망치고자 할수록 매혹을 이길 수 없고, 매혹 속에 그곳을 포옹할수록

필사적으로 그곳에서 도망치고 싶은 이 작가의 원체험의 세계이니, 송기원 문학의 비밀은 그 영혼 속에서 경련처럼 일어나는 장터와의 치열한 투쟁에 있는 것은 아닐까?

그럼 윤호의 영혼 속에서 장터와의 싸움이 시작되는 것은 언제일까? "새 교복을 입고 그렇게 새 모표와 배지, 명찰을 단 바로 그 순간", 곧 장터의 양아치로 남거나 또는 도시로 흘러가 부랑아로 떠도는 다른 장똘뱅이 아이들과 달리, 광주의 고등학교로 유학을 떠나고부터이다. 광주에서의 문화적 충격 속에서 그는 장터로부터의 탈출을 열망하는 것이니, 마침내 그 안에서 줄리앙 소렐이 눈을 떴다.

이 소설은 윤호가 광주 유학생활을 스스로 포기하고 장터로 귀환하면서 시작된다. 그는 소렐의 길을 거절하고 민중적 연대로 복귀하기를 결단한 것인가? 물론 아니다. 아무리 박춘근의 똘마니 노릇을 자청해도 그는 이미 다른 세상을 본 자이니, 그에게 장터는 "서서히 자신을 죽여가는 일종의 죽음과도 같은 폐쇄공간"일 뿐이다. 다시 말하면 윤호의 귀향은 "스무 살도 채 안 되어 이미 인생을 포기한" 절망의 몸짓에 다름 아니었던 것이다.

그런데 흥미로운 것은 어머니를 비롯한 장터 사람들이 그를 온몸으로 받아들이지 않는다는 점이다.

어머니뿐만 아니라 장똘뱅이 아낙네들도 어쩌다 장터에서 윤호를 만나면 드러내놓고 쯧쯧, 혀를 차댔다.

"핵교를 안 댕기면 우따가 쓰까? 농꾼들처럼 폴힘이 좋아 농사를 질 수도 없고 근다고 수완이 있어 장사를 할 수도 없고. 암짝에도 쓸모가 없제잉. 반거치기밖에 더 되까."

'반거치기'

아낙네들의 표현대로 윤호는 반거치기였을 뿐, 더 이상 장똘뱅이 세계의 사람이 아니었다.

생활에 뿌리박은 민중의 논리가 엄숙하기조차 하다. 두 세계의 경계에 끼어 끝없이 추락하던 윤호가 민중적 논리를 자기화하는 일련의 고된 학습과정이 바로 이 소설의 기둥을 이루고 있는바, 그의 의식은 마침내 죽은 혼들의 나라에서 부활하는 것이다. 그리하여 선봉이를 따라 자살한 현숙이를 장터 친구들과 함께 묻고 나서 다음과 같은 묘비명을 바친다. "너에게 가마, 나에게 오라." 이 작품의 제목이기도 한 이 묘비명은 발자크Balzac의 『고리오 영감』의 마지막 장면, 고리오 영감을 묻고 축축한 황혼에 젖어 있는 파리를 내려다보며, "파리야, 이제 너와 대결이다!"라고 외쳤던 라스티냐크Rastignac의 인상적인 울림을 강력히 환기한다. 윤호는 그가 도망쳐왔던 세상으로 나갈 새로운 결의를 다짐하는 것이다. 그것은 자신의 태생을 부정하면서 세상을 무조건 동경하는 것도 아닌, 그렇다고 세상과 대결하기를 회피하고 유년의 장터로 퇴행하는 것도 아닌, 양자를 동시에 넘어설 가능성을 내포한 그 무엇임은 물론이다. 그의 다음 행보가 더욱 궁금해진다.

마지막으로 한 가지 지적한다면, 부분적으로 작품의 결이 고르지 않다는 점이다. 특히 옥희와 서연희의 변모가 그렇다. 그리고 광주생활이 너무 추상적으로 처리되었다. 요컨대 좀 더 냉정해져야 할 것이다.

[『창작과비평』 1994년 여름호]

제3부 | 역사, 현실 그리고 문학

민중성의 회복

― 송기숙론

1

우연히 옛날 잡지를 뒤적이다가 송기숙의 데뷔작 「대리복무」(1966)를 읽게 되었다. 매우 단단한 단편이어서 새삼 그의 초기 문학이 그동안 너무 주목되지 못했음을 깨달았다. 물론 이 작품의 경향은 1970년대 중반 이후 「자랏골의 비가」(1977)와 「암태도」(1981)로 대표되는 세계, 곧 거침없이 소방疏放한 선으로 농민생활과 농민저항을 그리고 있는 후기 문학과는 확실히 구별된다. 가령 그 문체도 촘촘한 것이어서 그 특유의 질탕한 문체에 익숙해 있던 독자들에게는 낯설 것인데, 대리 입대한 한 젊은 병사가 겪는 갈등을 그리고 있는 이 작품은 특히 심리적인 점이 두드러진다.

제대한 지 며칠 만에 아버지의 강제로 형의 이름으로 다시 입대하여 정체성의 위기에 시달리던 주인공이 우연히 아버지의 이름과 같은 신참 졸병이 내무반에 들어온 날 형의 편지를 받고 그날 밤 잠 못 들어 뒤척이다가 사고를 내는 과정을 정밀하게 묘파하고 있는 이 작품은 분명히 프로이트의 '아버지 살해' 또는 '오이디푸스 콤플렉스'를 암시하고 있다. 그러나 주목할 것은 이러한 심리적 갈등이 단순한 심리주의로 떨어지지 않고 강력한 사회적 의미를 함축하고 있다는 점이다.

아버지는 왜 주인공에게 재입대를 강요했는가? 본명 대신 필승必勝이란 가명을 사용하고 있는 형이란 자는 '고등학교 때부터 법학총론이니 형법총론 따위의 법률서적을 옆구리에 끼고 다니며 설쳤'던 인간으로 고등고시에 7년째 도전하고 있고 '식구들에게는 멸치 꼬리 하나 구경시키는 법이 없'는 인색한 아버지는 형의 합격을 위해서는 논밭을 팔아가며 집념을 불태우고 있으니 이 부자의 모습에는 1960년대 사회의 한 광기가 번득인다.

집안에 사람이 하나 나야 한다. 사람이 나야 우리가 사람 구실을 한다. 나도 그렇고, 너도 그렇고, 네가 새끼를 낳아도, 그 새끼들까지 사람 구실을 하자면 집안에 사람이 나야 해, 사람이!

이처럼 무섭게 다그치는 이 아버지에서 우리는 특히 5·16 이후 우리 사회를 도도하게 휩쓸었던 보나파르티즘 곧 신분상승을 향한 저 끝없는 욕망의 질주를 보게 되는 것인데, 필승을 다짐하는 그 형은 말하자면 작은 줄리앙 소렐인 셈이다. 그러니까 고등학교 진학보다는 닭을 치겠다고 했다가 호통을 당한 주인공이 아버지와 형의 광기를 증오하면서도 결국 자포적 심정으로 끌려들어가 파멸하는 이 이야기는 그대로 60년대 사회에 대한 날카로운 비판으로 되는 것이다.

이 작품이 가지고 있는 양면성, 즉 심리적이면서 사회적인 성격은 송기숙 문학이 60년대적이면서도 이미 70년대적 발전을 그 단초부터 내포하고 있었음을 분명히 해준다.

　분단문제를 독특한 시각에서 포착하고 있는 「어떤 완충지대」(1968) 또한 흥미롭다.(이 작품은 최근에 나온 소설집 『개는 왜 짖는가?』(1984)에 개작하여 재수록되었는데 나로서는 원작이 낫다.) 어린 아들을 두고, 월남한 남편을 포섭하기 위해 남파된 한 여인이 체포되어 남편으로 위장한 강 대위와 다시 북송되는 극적인 상황 설정 속에서 남북 어디에도 발붙이지 못하고 떠돌다가 자살하고 마는 한 여신의 심리적 갈등을 밀도 있게 그림으로써 분단체제의 비극을 한 단면에서 날카롭게 제시하여 이 방면의 선구적 작품인 이호철의 「판문점」(1961)을 잇고 있다.

　물론 이 여인이 교양 있는 인텔리이기 때문에 분단체제에 대한 비판에는 일정한 한계가 있다. 가령 이 작품은,

　　지금 라디오에서는 쇼팽의 즉흥환상곡이 어느 먼 이국의 전파에 실려 오고 있습니다. 저에게 여러 가지 기억을 불러일으키는 노래입니다. 이 노래가 끝나기 전에 잠들고 싶습니다.

로 끝나는데 감미롭기조차 하다. 그럼에도 우리는 이 여인의 자살이 단순히 감미로운 허무주의에 그치는 것이 아니고 아들과 남편 그리고 강 대위 등 자신 때문에 피해를 받을 수 있는 사람들을 보호하려는 일종의 실존적 결단에서 비롯된 행동이라는 점을 인식해야 할 것이다.

　그러나 작품의 초점은 자살을 통해 분단체제를 거절하는 이 여인이 아니라 이 여인의 비극을 바라보는 남편 아닌 남편 강 대위에 있고, 그럼으로써 앞의 「대리복무」와 일맥상통하고 있다. 그것은 바로 정체성의 위기다. 이처럼 두 작품이 모두 정체성의 위기를 밑바닥에 깔고 있다는 것은 당시 작가가 60년대 사회의 광기와 분단체제의 비극에 대해 새로운

눈을 떠가고 있다는 움직일 수 없는 증좌일 것이다.

이 두 작품에서 예감되었던 그의 문학적 진로는 이후 보다 자각된 형태로 추구된다. 그러나 의식의 치열성이 그에 상응하는 현실을 획득하지 못함으로써 파탄을 보이는 경우가 없지 않다. 가령 그의 첫 단편집의 표제작이기도 한 「백의민족 1968」(1969)은 60년대 말기의 우리 사회를 상징적으로 조망하려고 하였지만 초점이 흩어진 채 방만하게 흘러버렸고, 6·25의 상흔 속에서 심신이 황폐해진 한 인간의 초상을 통해 자학적이면서도 동시에 가학적인 분단체제의 파멸 심리를 그리고 있는 「전설의 시대」(1973)도 윤수의 이야기와 엇갈려서 아귀가 맞물리지 않은 채로 흩어졌고, 문제의식이 두드러진 「추적」(1975)은 힘이 너무 들어간 데다가 이야기 자체가 황당해서 활극처럼 되어버렸으니, 당시 작가는 거듭나기 위한 격심한 진통기에 들어섰던 것이다.

이 시기의 작품 중에 나는 「휴전선 소식」(1971)과 「어느 해 봄」(1972)에 주목하고 싶다.

「어느 해 봄」은 지방도시의 공무원인 '나'가 낚시 가는 체 위장하여 자기 고향으로 선거운동을 위한 출장여행을 떠나는 데서 시작되니 그 제목처럼 가볍고 나른하다. 고향에 가서 야당 운동원을 하는 동창을 만나고 여당운동 이책吏責으로 뛰는 동생을 만나고 시골 유지로 행세하는 친구들과 술을 마시고 그리고 1년 벌어 간호보조원 양성소를 나와 서독에 가겠다는 다방 아가씨 임 양과 만나고 하는 등의 삽화를 담담한 필치로 그리고 있다. 농촌도 아니고 도시도 아닌 이 엇진 소읍의 풍경을 유행가의 아른한 감각으로 재현하고 있는데 고요히 안으로 썩어가는 한 지방사회의 모습이 김승옥의 「무진기행」(1964)처럼 묘한 실감으로 다가온다. 그러니까 70년대 초의 정치적 격동과는 전혀 무관하게 나른히 가라앉은 이 소읍의 풍경은 유신체제를 전후하여 한국 사회를 휩쌌던 끝 모를 무력감을 전형적으로 보여주고 있는 것이다. 물론 이 작품을 감싸고 있는 권태는 아직도 이 작가가 소시민적 또는 지식인적 한계로부터 자유롭지 않다는 흔적이기도 하다.

이 점에서 주목해야 할 작품이 「휴전선 소식」이다. '이 소설은 남해안 지방 어느 외딴 섬 어린이의 작문에 기초를 두고 있다'고 밝히고 있듯이 작가는 아마도 처음으로 민중사로 시각을 돌리고 있다. 고적한 꽃섬花島을 무대로 벌어지는 이 작품은 우리가 흔히 보아왔던 섬 이야기와는 사뭇 다르다. 섬 이야기가 적지 않지만 그것들은 대개 무슨 이국 취미적 호기심으로 접근하든가 아니면 토속이란 미명 아래 섬사람들을 괴기하게 신비화하는 것들이었는데 송기숙은 희화화하거나 미화함이 없이 꽃섬 사람들과 단단한 연대를 구축하는 것이다. 특히 일제 때 북선北鮮으로 징용 나갔다가 분단으로 막힌 남편을 기다리는 평식이 할머니는 빼어난 성격이다.

사건은 별게 아니다. 남자들은 줄창 목포 사람들의 중선배를 타고 바깥으로 나돌고 아이와 여자들만 사는 이 섬에 분교실分教室이 생기면서 젊은 강사가 부임하고 남자들과 갈등이 생기고 소위 취약 지구의 감시역까지 맡는 강사가 남자들을 간첩으로 무고하는 웃지 못할 사단이 벌어져 결국 강사가 도망가고 분교실이 폐지된다는 이야기다. 작가는 이 이야기를 어른들의 갈등을 안타깝게 바라보는 아이의 순진한 관점을 통해 드러냄으로써 이 작은 섬의 생활에서조차 냉전적 사고가 사람과 사람 사이의 교류에 어떻게 파괴적으로 가능하는가를 역설적으로 보여주는 것이다.

2

송기숙 문학의 전개과정 속에서 한 획을 긋는 작품이 그의 첫 장편『자랏골의 비가』다.(이 작품은 원래『현대문학』에 1974년 2월부터 1975년 6월까지 연재되었던 것인데 후반부를 크게 개작하여 1977년과 2012년 창작과비평사에서 단행본으로 출간되었다.) 작가는 어느 좌담회에서 당시 심경을 다음과 같이 밝히고 있다.

> 저는 이『자랏골의 비가』를 쓰면서 그동안 제가 자신과는 먼 엉뚱한 추상적 문제를 잡고 있었지 않으냐 하는 것을 절실히 느꼈어요. 고향의 생활 감정이 새롭게 실감이 됐어요. (…) 과거에는 솔직히 말씀드려서 제가 가장 읽지 않은 것이 농촌문학이었어요. (…) 내가 진짜 실감할 수 있는 것임에도 불구하고 왜 그랬을까 생각해보면 제가 실제 농촌에서 살고 있기 때문에 뭔가 뒤떨어진 문학 같다는 편견을 가졌던 것 같아요. (…) 농촌문학을 하는 것이 당대 사회현실의 가장 중요한 문제와 대결하는 것임을 강조함으로써 앞으로 제가 보다 참된 농민문학을 해야겠다는 작가적 각오를 밝힌 셈입니다.(「농촌소설과 농민생활」,『창작과비평』1977년 겨울호)

그러니까 양심적 지식인 문학을 벗어나서 명확하게 민중 지향을 추구하려는 그의 자각은 세계시민적 환상 속에서 부유하던 과거 문학을 거절하고 민중적 민족문학 건설을 당면과제로 인식한 1970년대의 광범한 문학사적 각성을 반영하는 것이다. 더구나 이 작업이 자신의 고향, 곧 농촌과 농민 속으로 복귀함으로써 이루어졌다는 것은 의미심장하다. 사실 고질적인 서구병자인 이효석의 거의 유일하게 성공적인 작품도 자기 고향에서 취재한 「메밀꽃 필 무렵」이었으니 자신의 뿌리를 존중한다는 것은 개인은 물론 한 민족이 자신의 존엄을 회복하는 근원으로 되는 것이다. 작가가 이 작품을 쓰면서 '여태 잊고 있던 고향을 찾은 것 같고 내 의식과 감정, 그리고 호흡에서 고향이 되살아나면서 글이 풀려나가기 시작'(『창작과비평』 1977년 겨울호)했다는 술회는 그의 초기 문학에 강하게 드러났던 정체성의 위기가 민중성의 회복을 통해 어떻게 극복됐는가를 극적으로 드러낸다. 또한 그가 이 작품에서 비로소 속어와 속담을 종횡무진으로 구사하는 그 특유의 생기 있는 구어체를 확립했다는 것도 이와 같은 세계관의 변모와 짝을 이루고 있는 것이다. 물론 한계는 있다. 가령 사건이 주로 묏자리를 둘러싸고 벌어지기 때문에 농민생활의 핵심이 되는 토지문제가 잘 드러나지 않았다거나 묏등을 폭파하는 결말이 활극적인 점, 그리고 대체로 수난기의 성격이 강하다는 점 등등 진정한 농민문학으로서 넘어야 할 결점은 이미 지적된 터이다.

이와 같은 한계를 극복하려는 새로운 시도가 그의 두번째 장편『암태도』다.(이 작품은『창작과비평』 1979년 겨울호부터 이듬해 여름호까지 분재되었다가 더 보충해서 1981년 창작과비평사에서 단행본으로 간행되었다.) 1920년대의 대표적 농민운동의 하나였던 암태도 소작쟁의(1923~1924)에서 취재한 이 작품에서 작가는 당시의 문헌은 물론이고 현지답사를 통해 이 쟁의의 전모를 끈질긴 열정으로 복원함으로써 일종의 민중사학자로 변모한다. 특히 중재역을 맡았던 박복영朴福永을 지도자로 한 기존의 기록과 달리 농민적 성격이 보다 강한 서태석徐邰晳을 축으로 파악한 것은 앞으로 농민운동사를 연구하는 학자들에게도 이 작품이 필독의 참고서로 될 것이다. 그러나 더욱 중요한 성과는 이 쟁의의 주체를 소작농민들 자신에 둠으로써 70년대의 농촌소설을 농민문학으로 전진시키는 데 한 이정표를 세웠다는 점이다. 소작농민들이 자신의 굴욕을 딛고 투쟁을 통해서 민중의 전위로 떠오르는 과정을 감동적으로 그리고 있는 이 작품에 이르러『자랏골의 비가』가 가진 한계는 여지없이 깨뜨려졌던 것이다.

그러나 이 사건을 너무 정사正史의 관점에서만 접근한 데서 무리가 생겼다. 작품 속에 대량 삽입된 당시의 신문기사나 작가의 장황한 배경 설명 같은 것이 작품 속에 아우러지지를 못하고 그럼으로써 소설과 역사가 통일되지 못했던 것이다. 말하자면 역사가적 관심이 소설을 압도하여 소설을 일종의 르포르타주로 떨어뜨린 위험이 있다는 얘기다.(이 작품에 대한 보다 상세한 검토는 졸고, 「토지와 평화와 빵」을 참고할 것.)

70년대 중반 이후 보다 자각적으로 추구된 민중문학적 지향은 그의 단편에도 뚜렷이 반영되었다. 항상 학대받으면서도 타고난 마음씨를 잃지 않는 인간상을 그린 「만복이」(1978)와, 해방 후 식민지 잔재의 청산 작업을 방치함으로써 친일파의 후예가 오히려 횡행하는 현실을 풍자하고 있는 「도깨비 잔치」(1978)는 대표적인 작품이다. 그러면서도 「만복이」에는 김 과장을 통해서 드러나는 소시민적 감상주의가, 「도깨비 잔치」에는 할아버지의 철저한 반일과 아버지의 현실주의 사이에서 방황하는 성호의 머뭇거림이 이 작품들에 상처를 주고 있어 진정한 민중문학의 성취가 얼마나 지난한 작업인가를 새삼 깨닫게 한다.

그런데 이 작가는 80년대 벽두의 격변을 온몸으로 겪은 후 새로운 전진을 이룩하고 있다. 「개는 왜 짖는가」(1983) 「당제堂祭」(1983) 「어머니의 깃발」(1984) 그리고 필생의 대작으로 혼신의 힘을 기울이고 있는 그의 세 번째 장편 「녹두장군」 연재가 모두 그렇다.

여기서는 「당제」를 중심으로 그의 최근 문학의 경향을 잠깐 보기로 하자. 이 작품은 그야말로 천의무봉이다. 그런데 그 천의무봉이 너무나 완벽해서 사람을 주눅 들게 하는 그런 것이 아니라 사람의 억색臆塞한 가슴을 풀고 신운神韻을 생동하게 하는 그런 생생력生生力이라고 할까. 나는 황석영으로부터 흥미로운 얘기를 들었다. 어느 농민회 모임이 끝나고 옛날

머슴들 사랑방에서 고담책 읽듯이 이 작품을 돌림치기로 낭송을 했더니 거기 모인 사람들이 배를 잡고 데굴데굴 굴렀다는 것이다. 이처럼 이 작품에는 농민적 호흡이 신선하게 관류하고 있다. 그러나 주목할 것은 이 민중적 낙천성이 고통을 외면함으로써 얻어진 것이 아니라 오히려 미칠 듯한 고통과 비애를 뚫고 획득됐다는 점이다.

6·25 때 의용군으로 끌려나간 아들을 기다리는 한몰 영감의 끈질긴 힘 앞에서 나는 우리 역사를 근본적으로 버텨온 기다림의 원리를 다시 생각하게 되었다. 운동의 고조기에는 저항의 원천으로 되고 그 퇴조기에는 깨어진 혼과 육체를 추살러서 다시 누리 속의 삶을 세우는 기다림의 힘—그것은 수동적이면서 적극적이고 비장하면서도 낙천적인 통일원리인 것이니, 작가는 이 작품에서 민중성의 핵심에 도달하였던 것이다.

[『현대의 한국문학』19 해설, 범한출판사, 1984]

비순응주의와 민중적 연대

―황석영론

새삼스러운 얘기지만 황석영은 빼어난 소설가다. 어느 주제 어느 소재를 택하든지 이 작가는 높은 예술적 수준을 고르게 유지한다.

세련된 감수성은 근본적으로 체제적인 것이라고 누군가가 말했다. 물론 이 말은 과장이기는 하지만 일면의 진실을 포함하고 있으니, 예술사를 돌아보건대 신흥하는 예술은 항상 거칠고 소란하게 등장했던 것이다. 기성예술을 특징짓는 화사하고 세련된 감수성에는 몰락하는 계급의 나른한 권태와 피로가 배어 있으며, 그 기술적으로 완숙한 경지에서 비롯되는 완벽함에는 뭇사람들을 압도하려는 권위주의가 도사리고 있는 법이다.

황석영의 예술세계는 도시적이다. 이 작가에게 농촌을 다룬 작품이 매우 드물다는 점에서뿐만 아니라, 가령 탈영병을 다룬 「철길」(1976)에서 잘 드러나듯이 동적인 감각이 넘치는 상황을 다룰 때 작가의 재능은 빛난다. 날카롭지만 신경질적인 문체의 리듬, 말을 꼭꼭 집어내는 정교한 상황묘사, 그리고 완벽한 짜임새―가뭇없이 유전하는 외부세계의 인상에 예민하게 신경을 곤두세운 도시적 감수성이 번득이고 있는 것이다.

도시적인 것은 병적이라고 단정한다면 그것 또한 추상이다. 그러나 식민지에서 해방된 후 다시 파행적 근대화의 물결에 휩쓸렸던 우리나라의 경우, 도시는 그것을 둘러싸고 있는 농촌사회의 협동적 중심이 아니라 오히려 농촌사회의 정신적·물질적 역량을 무자비하게 빨아들여 파괴하는 일종의 빨판과 같은 역할을 수행해왔으니, 세련된 도시적 감수성이란 현상의 근처에 육박하는 총체적 시각을 마모하고 자칫 감미로운 허무주의로 떨어지기 쉬운 것이다.

그러니까 황석영의 예술세계의 바탕을 이루는 세련된 도시적 감수성은 1960년대적이다. 십대의 작품이라고 믿어지지 않을 정도인 그의 데뷔작 「입석 부근」(1962)에는 집과 학교와 사회로부터 길들여지기를 거부한 조숙한 소년들의 우정과 용기가, 전문적인 등산용어가 남발되어 읽어나가는 데 적지 않은 불편을 주기는 하지만, 싱싱하게 그려져 있는데 그럼에도 작품 서두에 인용된 알베르 카뮈의 말에서 암시되듯이 순응주의의 거부가 형이상학으로 떨어질 위험을 다분히 안고 있다.

그러나 황석영은 그러한 위험을 뚫고 중편 「객지」(1971)로 1970년대 초반의 문단을 강타하면서 민중적 민족문학 건설의 새로운 시대를 여는 데 중대한 역할을 했으며 그것은 지금까지 변함이 없다.

어떻게 하여 이와 같은 변신이 이루어졌을까?

나는 여기서 자전적 성격이 강한 단편 「잡초」와 「아우를 위하여」에서 한 단서를 찾으려 한다. 물론 이 작품들은 매우 뛰어난 것은 아니다. 특히 「아우를 위하여」는 이야기 속에 이야기가 있는 액자소설인데 입대한 아우에게 형이 보내는 편지의 형식을 취하고 있는 겉이야기가 영 부자연스럽다. 이 겉이야기를 떼어내고 속이야기만 보면―미군 부대 하우스보이 출신의 아이가 들어와서 학급을 제멋대로 휘두르는 작태를 아이들이 힘을 합해 막아내는 이 이야기는 문학적으로 거의 방치 상태에 놓여 있었던 소년의 세계를 순결하게 포착한 가작이다. 이처럼 어린이 상태에서 벗어나 삶과 현실에 새로운 눈을 떠가는 예민한 소년기를 그린 「아우를 위하여」나, 식모로 들어왔던 태금이 누나가 좌익노동운동을 하는 뚝발이의 큰형과 연애하다가 6·25의 와중에서 미쳐가는 이야기를 아이의 안타까운 눈으로 포착하고 있는 「잡초」는, 그러나 과거를 회상할 때 흔히 빠져드는 달콤한 감상주의에 물들어서 결국은 이 작품들을 더 높은 수준으로 끌어올리는 것을 막고 있다.

그런데 내가 이 자전적인 작품들에서 주목하는 것은 그 무대가 영등포라는 사실이다.

너 영등포의 먼지 나는 공장 뒷길들이 생각나니, 생각날 거야, 너두 그 학교를 다녔으니까. 아침마다 군복이나 물 빠진 푸른 작업복 상의를 걸친 아저씨들이 한쪽 손에 반찬 국물의 얼룩이 밴 도시락 보자기를 들고 공장 담 아래를 줄지어 밀려가곤 했지. 우리 아버지두 그 틈에 있었을 거야. (…) 사택 앞에 쓸쓸한 가로를 따라서 가죽나무가 서 있고, 나뭇가지에는 하늘소벌레가 살았고, 벽돌 벽의 어지러운 선전문 자죽들, 창고의 탄환 흔적, 그리고 인가 끝에 상둣도가가 있었고 실개천을 가로지르며 노깡들이 엇갈려 길게 누워 있었지. 노깡 속엔 우리가 그 무렵에 눈이 삘개서 찾아다니던 총알이 많이 나오군 했었다.(「아우를 위하여」)

물기 어린 눈 속에서 되살아난 영등포의 풍경이 생생하다. 팔도의 떠돌이들이 모여들어 형성된 서울의 거대한 외곽지대—황석영의 문학적 고향은 바로 이곳이었다. 이 작가의 가족은 어떻게 이곳으로 흘러들게 되었는가?

　　해방 전에 아버지는 일본 사람들 덕으로 돈깨나 만졌던 모양인데, 무일
푼으로 만주에서 평양으로 들어오면서부터 어머니가 점령군 가족들을 상
대로 양장점을 경영해서 살림을 꾸려나갔었다. 남쪽에 내려와서도 어머
니는 방직공장에 사무원으로 취직을 했으며, 아버지는 사업을 벌인다며
지방에 내려가서 며칠씩 돌아오지 않곤 했었다.(「잡초」)

　　월남한 가족으로서 이 떠돌이들과 함께 어울려 살았던 영등포의 체험
은 이 작가에게 있어 한 뿌리 깊은 체질을 이루었으니 권위주의에 대한
철저한 비순응주의와 가난하고 학대받는 사람들에 대한 끈끈한 연대로
발전하였던 것이다.

　　황석영의 문학을 밑바탕에서 떠받들고 있는 이 떠돌이 정신은 베트
남 전쟁의 체험을 통해서 보다 확고한 사회적 성격을 부여받는다. 「입석
부근」 이후 8년 만에 본격적 창작시대를 연 「탑」을 비롯하여 「낙타누깔」
「몰개월의 새」 「돛」이 모두 베트남 전쟁 참전 전후의 체험을 소재로 한
것이다.

　　단편이라는 제약이 있기는 하지만 베트남 전쟁을 다양한 각도에서 포
착하고 있는 이 작품들은 반전소설反戰小說의 중요한 성과로 된다. 외국 침
략자의 도발이 끊임없었던 우리의 역사적 현실에서는 애국적 전쟁문학
의 전통은 면면하되 반전소설이 나올 토양은 척박한 곳이다. 소위 군담
소설軍談小說이 봉건시대에도 크게 유행하였고 『삼국지』 같은 작품은 지금
도 애독되고 있는 실정이다. 더구나 2차대전 후 냉전시대의 모순이 최초
의 열전으로 폭발한 6·25의 역사적 상흔 속에서 반전은 우리 사회에서
일종의 금기로 되었던 것이다.

이로 말미암아 우리에게는 반전소설의 전통이 미약하다. 물론 예외도 있어 가령 「적벽가」가 그렇다. 판소리 광대들은 『삼국지』의 적벽대전을 민중적 관점에서 재해석함으로써 뛰어난 반전문학으로 재창조하였으니, 조조曹操 군사들이 대전 전야에 신세타령하는 대목, 화공으로 불에 타서 죽어가는 병사들을 잦은몰이로 섬기는 대목 그리고 죽은 병사들이 원조寃鳥가 되어 도망하는 조조를 꾸짖는 「적벽가」 새타령은 절창이 아닐 수 없다.

그러므로 황석영의 이 단편들은 우리 소설사에서 매우 독특한 위치를 차지한다. 일찍이 일본 제국주의의 전면적 위협에 직면해 있었던 대한제국 말기, 프랑스 제국주의에 의해 멸망한 베트남의 망명객 판 보이차우의 「월남망국사」가 우리 독서계에 비상한 충격을 준 바 있었는데, 우리는 1960년대의 파병을 통해서 구한말과는 달리 비틀린 관계로 베트남과 맺어지게 되었으니 이 단편들은 우리가 개입한 베트남 전쟁의 실상을 병사의 눈을 통해 생생하게 보여주고 있다.

게릴라의 공격 속에서 탑을 지켜내는 전투장면을 박진감 있게 그린 「탑」은 결국 미군이 진주하여 탑을 불도저로 밀어버리는 결말을 통해 강력한 의문을 제기한다.

남의 땅, 남의 어둠 속에 있는 우리는 뭐냐. 도대체 우리는 무엇이냐.

이과 같은 정체성의 위기는 「낙타누깔」에서 더욱 심화된다. 가난으로 진학을 포기하고 간부 후보생으로 입대하여 베트남 전쟁에 소대장으로 참전한 주인공은 결국 전투 부적격자로 진단되어 조기 귀국 조처를 받게 되는데 주인공의 헛구역질로 끝나는 이 작품의 결말은 극히 상징적이다. 그것은 '군인의 명예'에 대해 추호도 의심하지 않았던 주인공의 즉자적 의식이 한순간에 집중적으로 파괴되는 일종의 존재론적 구토에 다름 아니다.

「돛」에서 작가는 각도를 달리하여 전쟁을 바라본다. 경기관총 부사수 출신으로 장군의 당번병으로 근무하는 주인공은 작전을 위해 1개 중대의 수색대를 게릴라의 반격에 그대로 방치하는 냉엄한 지휘부의 모습을 목격하고 "죽지 않을 테다. 그리고 속지는 더욱 않을 테다"라고 부르짖는다. 그러니까 병사의 의식은 이 작품에서 더욱 발전한 것인데 이 작가의 뛰어난 점은 이처럼 한 현상을 여러 각도에서 조명함으로써 총체적 인식으로 재구성한다는 것이다.

그럼에도 전체적으로는 메마르다는 인상을 지울 수 없다. 일찍이 비공설非攻說을 주창한 묵자墨子의 반전사상이 신흥 지주권력에 대해서 노예의 신분에서 해방된 소농·공인 상인 등의 중간층의 입장을 반영한 것처럼 그의 소설에 나타나는 반전의식도 근본적으로 민중적인 것에는 미치지 아니한다는 말이다. 『사기』의 「오기열전鳴起列傳」에 나오는 빼어난 삽화를 잊을 수 없다. 손자孫子와 병칭되는 병학兵學의 천재 오기가 위魏의 장군으로 명성을 날릴 때다.

어느 병졸이 종기를 앓자 장군이 그 고름을 빨았다. 병졸의 어미가 소문을 듣고 곡을 하였다. 사람들이 가로되, "당신 아들은 병졸로 장군께서 친히 그 종기를 빨았는데 왜 곡을 하는지요?" 어미 가로되, "그렇지가 않아요. 지난해에 오장군께서 그 아비의 종기를 빨아주었는데 싸움터에서 도망치지 않아 끝내 적에게 죽고 말았거든. 오장군께서 지금 그 아들의 종기를 빨았으니 나는 그 아이가 죽는 곳을 모를 것이요. 그래서 웁니다."

참으로 통렬하다. 이 삽화나 앞의 「적벽가」에 나타나는 근본적인 관점에 비하면 황석영의 작품들에 나타나는 의식은 중간층의 부동하는 의식 또는 실존주의적 취향에 가까운 것이다.

이런 점에서 나는 「몰개월의 새」를 좋아한다. 초가만 몇 채 있던 외진 곳에 파월병사들을 위한 특교대가 생기는 바람에 주막거리로 변한 몰개월에서 작부들과 병사들이 맺는 이 끈끈한 연대는 감동적이다. 이 작품 끝에 '몰개월 여자들이 달마다 연출하던 이별의 연극은 살아가는 게 얼마나 소중한가를 아는 자들의 자기표현임을 내가 눈치챈 것은 훨씬 뒤의 일이다'라고 고백하고 있듯이, 이 작가는 베트남 전쟁의 체험을 거쳐 삶을 바라보는 깊고 중후한 관점을 획득하였던 것이다.

드디어 그의 문학은, 떠돌이 특유의 개인주의를 극복하고, 뜨내기 노동자들의 저항을 감동적으로 묘파한 중편 「객지」와 분단체제 속에서 남북 어디에도 뿌리내리지 못하고 마치 고리오 영감처럼 사그러지는 한영덕의 삶을 부각하고 있는 「한씨 연대기」를 통해 70년대 초에 눈부시게 개화하였다.

물론 「심판의 집」 같은 태작이 없지 않고, 여대생과 일꾼 사이의 기묘한 관계를 통해 중간층의 허구성을 여실하게 폭로한 「섬섬옥수」 같은 일종의 사회심리학적 수작도 있지만, 이후 그의 문학은 뚜렷이 민중사를 지향한다.

그중 도시 변두리의 하층민의 삶을 그린 「돼지꿈」은 자칫 세태소설적인 가난타령으로 떨어지기 쉬운 소재임에도 불구하고 가출했다가 아이를 배고 돌아온 미순이와 노총각 재건대 대장의 전격적인 약혼과 개고기 잔치를 축으로 하여 민중적 낙천성을 포착하는 데 성공하였다.

특히 이 일련의 작품들 속에서 「삼포 가는 길」은 빼어난 수작이다. 청주댁과 사통하다가 들켜서 정처 없이 길을 나선 뜨내기 노동자 노영달, 출옥한 후 귀향길에 오른 정 씨 그리고 「몰개월의 새」에 나오는 미자를 연상시키는 도망친 작부 백화—이 세 사람의 우연한 동행에서 빚어지는 드라마는 고귀하다. 버림받은 사람들끼리 서로를 위무하면서 자신의 상처로부터 치유되어 본디 타고난 아이와 같은 마음씨를 회복하는 과정을 보노라면 이 작가의 드물게 따뜻하고 착한 시선을 문득 깨닫게 된다. 특히 감천 읍내에서 백화와 헤어지게 되었을 때 개찰구로 나갔던 그녀가 다시 돌아와, "내 이름은 백화가 아니에요. 본명은요…… 이점례예요"라고 외치고 돌아서는 장면은 뭉클하다. 이점례—이 흔한 이름이 여기서는 마치 누더기 속의 깨끗한 피부처럼 빛나고 있으니 우리는 자신의 굴욕을 딛고 일어서려는 민중의 비원悲願과 만나게 된다. 이 때문에 삼포는 상징으로 떠오른다.

한 열 집 될까? 정말 아름다운 섬이오. 비옥한 땅은 남아돌아가구, 고기두 얼마든지 잡을 수 있구 말이지.

삼포는 바로 낙토樂土인데, 더구나 '남쪽 끝'에 있다는 점에 주목해야 할 것이다. 작가는 최근 「미륵의 세상·사람의 세상」(『일하는 하늘님』, 1984)에서 이 남南에 대해 흥미로운 해석을 한 바 있다.

우리 옛말에 남쪽을 앒이라 했다. 남산을 시골에서도 지금도 흔히 앞산이라고 한다. 미륵불도 물론 남면南面한다. 그러므로 남조선은 앞조선, 앞으로 실현되고야 말 이상세계의 조선이란 뜻이겠다.

그러니까 이 떠돌이들의 남쪽을 향한 여행은 곧 낙토에 대한 민중적 염원에 다름 아니다.

그러나 이 작품은 이처럼 단순한 낭만주의로 끝나지 않는다. 끝에 어느 노인을 통해 확인되고 있듯이 삼포도 이미 도시화의 물결에 밀려 깨어지고 말았으니 귀의해서 도달할 수 있는 낙토란 이미 낭만적 허위라는 점을 작가는 강력히 암시하고 있는 것이다.

이제 문제는 인류의 오랜 비원인 낙토를 대내외적 모순이 다기하게 얽힌 우리 땅에서 어떻게 현실화하느냐 하는 일일 터인데, 10년에 걸쳐 몰두한 『장길산張吉山』을 완성한 황석영의 새로운 문학적 전개에 거는 기대가 바로 여기에 있을 터이다.

[『현대의 한국문학』12 해설, 범한출판사, 1984]

시인 기질의 극복

—송기원론

송기원은 소설가다. 그런데 그는 무엇보다 시인이다.

사실, 그가 소설 쓰기 전에 시를 썼다는 말을 누군가에게 들었을 때, 그리고 시집 한 권을 묶고 시를 청산하겠다는 고백 비슷한 그의 말을 들었을 때, 나는 가볍게 흘리고 말았다. 솔직히 말해서 소설가가 쓴 시가 오죽하랴 싶었던 것이다. 실제로 소설가가 쓴 시치고 신통한 걸 본 적도 없었다.

그런데 그의 시집 『그대 언 살이 터져 시詩가 빛날 때』를 받아 읽고 나는 놀랐다. 한마디로 비범했다. 이 시집에는 그의 20대 초반의 시들도 과감하게 실려 있는데 도대체가 치졸한 구석이 없으니 미당未堂의 탄식이 실감났던 것이다.

> 모든 죽은 것들은 바람 끝에 매달려
> 살아오는 숲 속의 변화.
>
> —「불면의 밤에」 부분

내 어릴 쩍 오동나무 가지 위에 황금의 노을 길게 띠 두른 하늘 수천 개 내려앉고, 이파리마다 황이黃伊 니 얼굴 반짝였지야.

—「빛깔 초抄」 부분

이것이 어찌 스무 살짜리의 시일까? 마치 스물에 이미 마음이 늙었다는 당唐의 시인 이하李賀를 읽은 듯 귀기鬼氣가 서려 있었다. 나는 뛰어난 시인을 많이 봤지만 송기원만큼 비범한 시인은 본 적이 드물었음을 고백하지 않을 수 없으니, 이러한 시적 재능 때문에 그는 단편 소설가로서는 단연 빼어난 면모를 보이고 있다.

여기에 수록된 「월행月行」 「배소配所의 꽃」 「다시 월문리月門里에서」는 그의 대표작이다.

「월행」은 단편소설로서 완벽하다. 만월滿月이 가득한 초겨울의 깊은 밤, 한실 마을로 20여 년 만에 어린 자식을 데리고 귀향하는 한 사내(이갑득)의 이야기를 아름다운 문체로 그리고 있는 이 작품에서 작가는 화해의 문제를 다루고 있다. 갑득은 6·25 때 좌익으로 활동하였다. 물론 작가는 6·25 당시의 이야기를 친절하게 보고해주지는 않는다. 그러나 대화와 행간을 통해서 짐작하건대 국군에 의해 수복된 후 갑득은 고향을 탈출하고 그 때문에 마을의 일가들이 대신 크게 화를 입었던 것이다. 복수를 꿈꾸며 탈출했던 갑득은 그러나 타관으로 떠돌며 이제는 사그라져서 죽음을 예감하며 귀향하기에 이르렀다. 작품은 바로 여기서 시작된다. 공동체에 귀의했을 때 사내의 마음을 달빛처럼 적셨던 따뜻함은 아버지 이용만 씨의 뜻밖의 냉대로 깨진다. 그리하여 마침내 아버지가 어린 손자만 거두고 비통한 마음으로 사내를 떠미는 결말에 이르면 우리는 작가의 연출 솜씨에 감탄을 금치 못할 것이다.

이 작품은 확실히 획기적이어서 사실 지금도 이 비슷한 유형의 이야기들이 이리저리 모양만 바꾸어서 생산되고 있다. 그러나 우리는 이제 6·25소설의 큰 틀로 되어버린 이런 이야기의 진실성을 곰곰 따지지 않으면 안 된다. 이 작품의 초점은 화해의 드라마다.

그러나 이 드라마의 근본 원인을 이루는 6·25이야기는 물론 단편의 제약이 있기는 하지만 지나치게 추상화되어 있다. 가령 갑득이는 당시를 다음과 같이 회상한다.

미쳤지요. 지가 미쳤지요. 세상에 지 여편네가 그런 꼴을 당하고 안 미칠 놈 있답디여.

그러니까 갑득이는 비참하게 살해당한 아내 때문에 복수의 화신이 되었다는 것인데 6·25를 보는 작가의 관점이 너무 소박하다. 그 때문에 나는 이 작품이 비록 3인칭 관점을 선택하고 있음에도 작가의 머리에서 구성된 하나의 심리적 드라마가 아닌가 생각한다. 요컨대 이 작품에서 시인 송기원이 소설가 송기원을 압도하고 있었던 것이다.

역시 화해의 문제를 다루고 있는 중편 「배소의 꽃」도 여순반란(1948) 때 살해당한 임종수의 아들 임진섭이 그 아버지를 죽게 한 월곡댁—여순 때는 여맹면 당위원장, 6·25 때는 여맹군 당위원장을 지낸 노파를 만나기 위해 귀향하는 이야기다.

5장으로 이루어진 이 작품은 우리나라 중편의 기념비적 초석을 놓은 염상섭의 「만세전」처럼 주인공의 여행을 짜임새의 축으로 삼는 구성을 취하고 있다. 그런데 각 장은 현실과 과거의 교묘한 교직으로 이루어졌으니 가령 3장의 서두를 보자.

열차에서 내리자, 나는 맨 먼저 모구산을 바라보았다. (…) 모구산을 바라본 순간 나는 어쩔 수 없이 지난 삼십 년의 세월을 의식했다.

모구산을 통해 과거로 인도되는 짜임새가 자연스럽다. 이처럼 주인공의 여행을 축으로 삼으면서 현재에서 과거로 이행하는 각 장의 삽화가 축적됨으로써 이 작품은 확장을 포함한 집중을 통해서 압축의 효과를 거두는 중편의 모범을 보이고 있다. 마구잡이 중편이 횡행하는 작금의 작단을 볼 때 「만세전」의 규모보다 축소되었지만 가편佳篇이 아닐 수 없다.

이 작품의 주제적 초점은 무엇인가? 이 작품은 물론 월곡댁과 '나'의 화해에 바쳐지고 있지만 화해에 이르게 되는 과정에 더욱 큰 비중을 두고 있다. '나'(임진섭)는 결코 떠올리고 싶지 않았던 어린 시절의 충격적 경험을 고통스럽게 회상함으로써 그리고 장이 거듭될수록 그 의미를 곰곰 사유함으로써 6·25의 실상을 한 국면에서 생생하게 재현하는 것이다. 이 점이 바로 「월행」의 추상성에서 발전한 면모이다. 짐작건대, 이 작품은 그냥 작가의 관념에서 꾸며진 것이 아니라 실제 모델이 있을 것이다. 이 작품의 풍부한 현실성은 바로 살아 있는 인간과 그들이 부딪치면서 엮어낸 역사적 체험에 건실하게 뿌리박은 데서 획득된 것이다. 이런 점에서 이 작품이 「월행」처럼 3인칭이 아니라 1인칭 관점을 선택한 것은 결코 우연이 아니다.

「다시 월문리에서」가 발표되었을 때 나는 깊은 충격을 받았다. 이 작품에서 작가는 일체의 허구적 조작을 중지하고, 1980년 초의 정치적 격변 속에서 그가 영어의 몸이 되었을 때 돌아가신 어머니 최 씨의 상처받은 영혼과 온몸으로 대결한다. 그리고 그 대결의 끝에서 그는 해방되는데, 이제 화해의 작업은 완성되었다. 평론가가 아무리 따지는 것을 업으로 삼고 있지만 나는 이 작품을 따질 생각이 추호도 없다. 나는 그 깨끗한 마음씨를 외경할밖에.

다만 한마디, 그의 최근작은 거의가 1인칭이라는 점이다. 그것은 소설을 자칫 작가의 체험 안에 가두어버릴 위험이 다분한 것인데, 작가 송기원의 시인 기질과 기맥을 상통하고 있다. 진정한 3인칭 소설을 쓰기 위해서 그의 시인 기질은 당분간 철저히 해체되지 않으면 안 될 것이다.

끝으로 내가 좋아하는 송기원의 시 한 편을 적음으로써 또다시 옥중에 갇힌 그에 대한 마음에 대신한다.

> 갈꽃이 피면 어이하리
> 함성도 없이 갈채도 없이, 산등성이에
> 너희들 방 눈부시면 어이하리
> 눈멀고 귀멀어, 하얗게 표백되어
> 너희들만 나부끼면 어이하리
> 아랫녘 강어귀에는 기다리는 처녀,
> 여지껏 붉은 입술로 기다리는 처녀

—「갈꽃이 피면」 전문

[『우리 시대의 한국문학』 18 해설, 계몽사, 1986]

살림의 본뜻

— 이순론

나의 고등학교 은사 최승렬崔承烈 선생님이 최근에, 자신의 흥미로운 어원 연구 결과를 정리한 작은 책자를 한 권 보내주셨다. 나는 이 책자를 읽으면서 말을 다루는 사람으로서 우리말에 대해 너무 무지했다는 자책을 금치 못했다. 그중에 특히 살림의 어원을 설명한 대목은 감명 깊었다. 사전을 찾아보면 살림은 '한집을 이루어 살아나가는 일 또는 그 형편'이라고 정의되어 있는데 그 어원이 '살리다'라는 것이다. 그러니까 한국인은 사는 활동의 핵심을 남을 살리는 일 곧 살림에 두었으니, 일본과 흥미로운 대조를 보인다.

한국인이 '살림'이라 하는 것을 일본인은 '구라시暮らし'라 한다. 暮는 '저물다'의 뜻이다. 해가 뜨고 저무는 것을 저들은 생활이라 한 것이다.

그러니까 한국인이 생활을 단순한 생존이 아니라 살림으로 인식했다는 것은 나날의 삶에 대한 기본적 존중심을 끝까지 포기하지 않았다는 뜻이다. 포기는커녕 이것은 적극적 낙관주의다. 이 낙관주의가 중첩되는 역사적 고난에도 불구하고 견지되었다는 점이야말로 우리를 숙연하게 한다.

이순의 문학을 그 기저에서 받쳐주는 힘이 바로 이 살림의 정신이다. 환상적인 처녀 시절에서 문득 한 지어미가 되어 현실적인 고난과 갈등 속에서 저절로 우러나온 성숙—이순의 문학에는 우리나라 여성들의 살림살이가 그대로 주제가 되고 있다. 나는 염상섭이 늘그막에 그의 고조모가 쓴 「종송기사種松記辭」를 읽으며 눈물을 글썽였다는 일화를 기억한다. 「종송기사」는 일찍이 과부가 되어 유복자를 키우던 그의 고조모가 남긴 회고록인데, 사실 영남 지방에서는 부인네들이 아들 딸을 다 출가시킨 뒤 자신의 일생을 가사체로 적어두는 전통이 아직도 남아 있다. 이순의 문학은 이처럼 우리나라 여성 문학의 맥맥한 전통을 계승하고 있는 것이다.

이 때문에 이순의 문학은 매우 자전적이다. 그러나 그렇다고 해서 그녀의 소설을 온통 사실이라고 믿어서는 안 된다. 만약 그렇다면 그건 소설이 아니라 새마을 주부 수기에 지나지 않을 것이기 때문이다. 또한 그녀의 소설에서 어디까지가 사실이고 어디가 허구라는 것을 따지는 일도 우스운 노릇이다. 소설은 어디까지나 소설이고 또한 그로 말미암아 보편성을 획득하는 것이기 때문에 그녀의 문학을 접할 때 우리가 따져야 할 것은 그 속에 그려진 우리나라 소시민층의 삶이 가지는 사회적 의미이다.

여기에 수록된 「병어회」와 「아기천사」는 그녀의 첫 단편집 『우리들의 아이』에 실려 있는데 이는 연작소설이다. 연작이란 서로 긴밀하게 연관된 단편소설의 모음이다. 70년대에는 이문구의 『관촌수필』을 비롯해서 연작소설 분야에서 우수한 업적을 얻었던 바 이는 현실을 보다 엄정하게 보려는 끈질긴 산문정신의 발전적 징후였음은 이미 잘 알려진 터이다. 따라서 이 두 단편도 연작소설 전체의 구도 안에서 보아야 그 의미가 확연할 것이지만 또한 연작을 이루는 각 단편은 그 자체로서는 독립된 것이기 때문에 여기서는 따로 떼어서 보아도 무방할 듯싶다.

이 연작 속에서 가장 우수한 편에 속하는 「병어회」는 '시아버지를 처음 대면하던 일을 잊을 수 없다'로 시작된다. 이 인상적인 서두는 그녀가 애용하는 수법으로 '첫 출근의 흥분을 잊을 수 없다'로 시작되는 「아기천사」에서도 반복되는데, 느낌의 현재에서 바로 붓을 일으킨다는 정석을 충실히 따르고 있다. 남편 될 사람이 아니라 시아버지를 처음 만나는 이 장면은 관념에서 현실의 문턱을 넘어섰을 때 젊은이가 느끼게 되는 날카로운 첫 충격을 선명하게 부각시킨다. 작중의 화자 '나'는 물론 여자다. '체신부 만년 과장의 장녀'로서 '오래된 한옥이나마 해마다 가을이면 집손질을 거르지 않아 현관의 색무늬 타일이 깔끔하고 기둥에서는 언제나 윤이 나는, 방 다섯 개와 간이 온실을 들인 앞마당이 있는 집에서 자란 나'는 전형적인 소시민 출신이다. 이 아가씨가 서울 변두리 빈민촌에 사는 늙은 뱃사람을 시아버지로서 대면할 때 그 감회란 착잡할 것인데, 작가는 이 장면 사이사이에 대학원 진학을 꿈꾸었던 남편과의 연애 시절, 그리고 아홉 식구를 먹여 살리기 위해 남편이 진학을 포기하고 무역 회사에 취직한 경위 등등, 이 대면이 있기까지의 내력을 솜씨 있게 끼워 넣었다.

이 발단 이후 작가는 보다 큰 집으로 이사 가기까지 '나'는 여중 영어 선생으로, 남편은 밤에 아르바이트까지 하는 무역 회사 직원으로서 집안을 꾸려나가는 결혼 후의 생활을 꼼꼼하게 재현하고 있다. 그러나 이 작품이 '보다 급수 높은 생활층을 향해 일로 매진'하는 데서 그쳤다면 정말

새마을 수기감이다.

이 작품은 전형적인 3단 구성을 취하고 있는데 여기서 작가는 반전을 준비한다. 승진에서 누락된 남편의 사표. 남편이 승진하면 학교도 그만두고 아기를 낳을 '분홍 홈드레스의 환상'에 자지러져 있던 '나'는 깊은 낙담 속에 빠진다. 그런데 작가는 다시 역전을 시도한다. 지금까지 보호의 대상으로 격하되었던 시부모와 시동생들의 따뜻한 격려로 '나'는 오히려 생명력을 회복하는 것이다. 이러한 깜짝 끝내기surprising ending는 또한 이 작가가 애용하는 수법인데 모파상처럼 작위적이고 음울하지 않다. 시집 식구들 속에서 싱싱한 민중기질을 포착함으로써 얻어진 인간에 대한 따뜻한 연대의식에 기초하고 있기 때문이다.

이 작품을 감싸고 있는 생명력에는 시부모의 병어회 뜨는 장면이 중요한 역할을 한다. 이 작품에는 병어회 장면이 세 번—처음 시아버지를 대면하는 서두와 큰 집으로 이사 간 대목과 남편이 실직한 사실이 식구들에게 알려진 마지막 장면에서 반복되고 있다. 고급 횟집에서는 팔지 않는 병어는 값이 싼 데다 그 얕은 맛이 고소해서 아는 사람은 아는 생선이거니와, 이 작품에서 병어회 뜨는 장면은 얼마나 싱싱한가?

시어머니는 썩썩 소리도 시원하게 몇 분 만에 식칼을 시퍼렇게 갈아냈다. 그 날선 칼을 쥐고 이번엔 시아버지가 자배기에서 그 손바닥만큼씩 한 생선을 한 마리씩 칼도마 위에 올려놓고는 대가리와 꼬리지느러미를 따고 내장을 긁어냈다. 그러고는 한숨 쉬었다가 이번엔 한결 긴장된 손짓으로 살코기만 남은 그것을 얇싹얇싹 저며냈다. 그때의 그 하얀 빛이 튀던 칼날과 시아버지의 손짓처럼 눈부신 것을 나는 아직 본 일이 없다. 나는 댓돌 앞에 선 채로 숨을 죽이고 그 나이 지긋한 부부의 공동 작업을 바라다보고 있었다.

의식을 진행하듯 이루어지는 이 장면에서 우리는 먹이는 일의 엄숙성—밥이 곧 하늘임을 깨닫게 된다.

「병어회」에서 전형적으로 드러난 이순의 문학정신은 관점이 시동생으로 바뀐 「아기천사」에서도 비슷한 짜임새로 반복되는바 이 연작소설에서 아쉬운 점은 작가의 관심이 가족에만 한정되고 있다는 점이다. 가령 「병어회」에서도 '나'가 영어 선생으로 재직하는데도 학교생활이 전혀 나타나지 않는다. 남편이 승진하면 그만둘 작정이라는 데서 나타나듯이 교사 생활은 완전히 생존수단으로 전락하는데, 살림의 대상이 어찌 가족으로만 그칠 것인가? '나'의 소시민적 이기주의가 가족과의 연대 속에서 극복되었듯이 가족 이기주의는 사회와의 연대 속에서 극복되지 않으면 안 되기 때문이다. 가족을 넘어서서 사회로 확산되는 것이 살림 정신의 본뜻임에랴.

[『우리 시대의 한국문학』 16 해설, 계몽사, 1986]

허무주의의 극복

―김민숙 소론

이 작품집은 등단 10여 년 만에 김민숙이 펴내는 첫 창작집이다. 최근의 작품들, 특히 「봉숭아 꽃물」(1987)을 읽고 깊은 감명을 받았던 나로서는 그녀가 그동안 어떤 작업을 해왔는지 궁금하지 않을 수 없었다. 그래서 나는 김민숙의 작품들을 굳이 연대순으로 통독했다. 연대순으로 읽는다는 것은 일종의 역사적 접근인데, 이 작가의 작품세계를 이해하는 데 있어서 그것은 부질없는 일임을 깨닫게 된다. 시종일관 이 작가는 그녀가 속해 있는 소시민적 삶의 막막함에 지쳐 있기 때문이다.

처녀작 「바다와 나비병」(1976)은 그녀의 소설작업의 원형을 고스란히 담고 있다. 물론 신춘문예 당선 소설의 병폐를 고루 갖춘 이 작품은 썩 우수한 것은 아니다. 시점을 의도적으로 혼란시킨다든가, 회상 속에 회상을 삽입하여 매우 복잡한 시간의 교직으로 이야기를 짜나간다든가, 한마디로 실험적이다. 그런데 그 실험을 제거하고 나면 거기서 끊임없이 울려 나오는 것은 소시민적 삶의 막막함에 대한 낭만적 탄식이다. 근원을 알 수 없는 공허감 속에서 가출과 귀가를 거듭하는 아내 정희는 외친다.

　　아무리 참으려 해도 안 돼요. 숨이 막혀서, ……왜 그런지 몰라요. ……
다른 사람들은 이럴 때가 없을까요. 이렇게 죽도록 숨이 막힐 때가, 모두
들 정말 너무 말짱해요. 너무 말짱한 얼굴들로 사는걸요. 나는 왜 그렇지
못할까요.

　그러나 이 외침은 어디까지나 즉자적 의식의 벽 속에 갇혀 있다. 다시
말하면 소시민적 삶의 무의미성이 사회적 관계 속에서 파악되는 것이 아
니고 인간의 본질적인 조건인 양 치환되어버린 것이다. 이 때문에 이 작
품에 드러난 비순응주의는 결국 암담한 순응주의로 귀결된다. 유신독재
아래 만연되었던 환멸감이 이 작품을 어둡게 물들이고 있는 것이다.
　「여느 날의 실종」(1977)도 비슷하다. 사건은 「바다와 나비병」보다 구
체화되었지만 그럼에도 사회적인 것을 심리적인 것으로 치환하는 기본
적인 시각은 변함이 없던 것이다.
　이 계열 중에서는 「천왕성으로 간 영래」(1977)가 가작이다. 아파트에
사는 여섯 살짜리 꼬마의 시점을 빈 이 작품은 제목에서부터 동화적 분
위기가 물씬 풍기는데, 결코 동화가 아니다. 꼬마의 시점에 포착된 어른
의 세계는 고요히 부패했다.

　　아침이면 나는 미술원엘 갔고, 엄마는 여전히 선생님을 못마땅해하고
있었습니다. 아빠는 걸핏하면 술에 취해서 밤이 늦어야 돌아오셨고, 엄마
는 모기약을 뿌리고는 텔레비전 앞에 앉아 하품을 하며 연속극을 보시곤
했습니다.

그런데 더욱 충격적인 것은 어른의 세계 못지않게 아이들의 세계 역시 부패했다는 점이다.

　나의 친구 영래는 우주비행사가 되는 것이 꿈이었습니다. 하늘에서 떠도는 수많은 별을 정복하기 위해 우주비행을 하다 사고가 나면 틀림없이 두 다리와 오른팔과 한쪽 눈을 다쳐, 시속 60마일의 속력을 가진 6백만불의 사나이가 되겠다고 했습니다.

아파트에 갇힌 도시의 아이들은 싱싱한 호기심과 진정한 모험을 잃어버리고 할리우드가 조작해낸 가짜 영웅주의에 빠져 반듯반듯하게 깜찍하다. 작가는 이 작품에서 섣부른 예단을 거두고 엄격한 절제 속에서 소시민적 삶의 섬찟한 풍속도를 극명하게 드러냈던 것이다.

　구원의 출구가 보이지 않을 때 사람은 흔히 종교적 위안에 유혹된다. 「저승꽃」(1977)은 이 점에서 흥미롭다. 여름휴가를 이용해 남자의 부모님을 뵙고 결혼준비를 하기 위해 신도안에 내려온 수현은, 이승에서는 정남貞男, 정녀貞女로 불법을 닦고 내세에 결혼하자는 남자의 요지부동을 깨기 위해 육체적 유혹마저 삼가하지 않는다. 그 최후의 시도가 깨졌을 때, 수현은 언젠가 자신도 그의 법신불에 동의하게 될지도 모른다는 위험한 예감을 떨치고 인간세계로 복귀한다.

　나는 진저리가 났다. 그에 대해서, 이곳 신도안에 대해서, 인간 이외의 것을 믿고자 하는 이 세상 모든 종교에 대해서.

신도안으로 출발하는 데서 시작하여 신도안을 탈출하는 데서 끝나는 이 작품은 당시 작가를 엄습했던 정신적 위기를 절실하게 환기시킨다.

「저승꽃」 이후 그녀의 작품세계는 약간의 변화를 보이고 있으니, 1970년대 말의 암울한 정치적 상황을 우화적으로 접근한 「이민선」(1978) 과, 거리의 양아치를 생동감 있게 그려낸 「남대문」(1978)이 그렇다. 그러 나 전자는 우화가 매양 그렇듯이 도식으로 빠졌고, 후자는 정신과 의사 가 등장하는 대목을 전후해서 전반부의 싱싱함으로부터 문득 멀어져 요 령부득의 작품으로 되었다.

사실 「남대문」의 전반부는 얼마나 뛰어난가? 새벽에 남대문 근처를 휩쓸면서 시골에서 갓 올라온 아이들(상송)을 주워다가 중국집에 소개해 주고 구문을 받아먹고 사는 준식이란 인물은, 그 타락한 생존 방식에도 불구하고 마치 등푸른 생선처럼 싱싱해서 새벽 거리의 탁월한 묘사와 함 께 그녀의 암울한 작품세계 속에서 단연 이해를 발하고 있다.

그런데 「남대문」의 전반부가 그 후 더욱 발전되지 아니하고, 「비린내」 (1979), 「관세음보살」(1982), 「적막강산」(1982) 등에서 작가가 다시 소시민 의 답답하고 쓸쓸한 세계로 퇴각한 점이 안타깝다. 물론 「적막강산」 같은 작품은 가작이지만 잿빛으로 겉늙은 중년의 문학이다.

「송영달의 정처」(1983)에서 작가는 소시민적 일상의 단조로움 속으로 틈입한 한 괴짜를 뛰어나게 그리고 있다. 물론 청와대 민원실에 편지질 이나 하는 이 위인은 진정한 괴짜가 아니라 가괴假怪에 지나지 않는다. 비 록 가괴일망정 이 인물에 대한 꼼꼼한 묘사를 통해서 작가는 소시민이 괴짜에게 느끼는 복합적 감정—괴짜의 무책임성에 대한 경멸과 그 자유 로움에 대한 선망—을 분석하고 있다. 스스로 적막강산 속에 갇힌 이 작 가의 내면 깊숙한 곳으로부터 자유로운 예술가의 혼이 서서히 준동하고 있었던 것이다.

「시간을 위한 진혼곡」(1986)에서부터 김민숙의 문학은 분명히 변화한 다. 이 작가는 소시민적 삶의 막막함을 근본적으로 규정하는 역사적 근원에 대한 고통스러운 응시를 시작한 것이다.

이 작품의 주인공은 마흔 살의 독신으로 직장 여성이다. 여기서도 남녀관계는, 이 작가의 작품이 대개 그렇듯이, 참담하게 비틀려 있으니, 그녀의 애인 영치는 남성적 폭력의 상징으로 떠오른다.

친구들과 함께 벌인 술자리에서 여자는 대개 마지막까지 남아 있을 수가 없었다. 그는 으레 눈치를 줘서 여자를 쫓아버리기 일쑤였다. 그때마다 그가 마지막까지 남아 있기를 원하는 여자가 누구라는 걸 그 여자는 불보듯이 알 수 있었고, 그의 험악한 눈초리에 질려 중간에 자리를 뜨지 않을 수 없었다. 어쩌다가 두어 달에 한번쯤 요행히 여자가 마지막까지 자리를 함께할 때가 있어도 그는……결혼 신청 같은 건 해오지 않았고 여자를 여관으로 끌고 가는 게 고작이었다. 그리고는 성급하고 짧게 여자를 탐하고는 여자의 몸 위에서 채 내려오기도 전에 화를 내며 소리 지르곤 했다.

제발 어디든 시집 좀 가버려.

그럴 때마다 여자는 노여움으로 뻣뻣하게 굳은 몸으로 천장을 바라보며 배반을 꿈꾸었다. 그래, 언젠가는 너 없이 사는 날이 오겠지.

영치뿐만 아니라 그녀 자신까지도 병들게 하는, 남성에 대한 이 속수무책의 수동성은 어디에서 연원하는가? 물론 영치를 이른바 운동권으로 설정한 데에 나로서 동의할 수 없는 점이 많다. 만약 그것이 사실이라면 영치는 일종의 타락분자에 지나지 않을 터이다. 그런데 이 작품에서 운동권의 모습이 올바로 반영되었는지 여부를 따지는 것은 핵심적인 문제는 아니다. 영치는 일종의 상징이기 때문이다. 그렇다면 영치는 무엇을 의미하는가? 여주인공이 "어릴 때부터 목청 드높은 구호라든가, 집단이라는 이름의 수상쩍은 열기 따위에 대해 이유가 분명찮은 의심과 거의 본능적이라 해도 좋을 혐오를 가지고 있었다"고 솔직하게 고백하고 있듯이, 영치는 남성의 세계, 또는 개인을 파멸시키는 세계의 폭력성을 강하게 환기시킨다. 이 땅의 남성들이 역사적 격동 속에서 찬란하게 사라진 뒤 살아남은 여성들, 가부장적 봉건유제 속에서 느닷없이 폭력적 세계에 직면한 여성들은, 마치 고분 속에 밀폐된 유물들이 갑자기 바깥 공기를 쏘이면 급속히 부패하듯이, 깊은 상처를 앓게 마련이다. 남성에 대한 한없는 수동성은 세계와의 진정한 관계 수립에 대한 여주인공의 두려움 또는 망설임에 기초하고 있는 것이다.

그러면 여주인공의 자폐증의 역사적 근원은 무엇인가? 그것은 6·25이다. 작가는 여주인공으로 하여금 동작동 국립묘지에 묻힌 오빠 김춘식 소위의 무덤을 처음으로 확인하게 함으로써 그녀를 마침내 역사 앞에 마주 세운다. 그 속에서 떠오른, 오빠 잃은 어머니의 모습은 얼마나 간절한 것인가. 어머니는 아들의 전사통지서를 받고도 시신을 거두지 못했다는 일루의 희망에 아들의 전사를 인정하지 않고, 54살이면 아들을 만날 수 있다는 박도사의 말에 끝없는 집심執心으로 매달리다가 결국 54살에 이승을 뜨고 말았던 것이다.

어머니는 걸핏하면, 내가 쉰네 살이 되면 통일이 될까? 하고 질문 아닌 질문을 했다. (…) 쉰넷이면 춘식이를 만난대, 박도사가 그러더라. (…) 십년이 지나도록 이사도 하지 않고 같은 집에 살면서 기다려도 돌아오지 않으니 낙오한 게 아니라 이북에 포로로 잡혀간 게 틀림없다. 그러나 통일이 되면 만날 게 아니겠느냐, (…) 아들을 만나기 위해 통일을 기다리던 어머니는 쉰넷에 이승을 떴고, 그로부터 20년이 지나도 아직 통일은 요원하기만 하다.

오빠의 전사, 어머니의 집심 그리고 이 속에서 첫 키스의 추억처럼 날카롭게 각인된 유년의 상처를 안고 살아가는 딸. 그녀는 비로소 자신의 삶을 그처럼 막막하게 만든 근원인 가족사의 상처를 정면으로 응시했던 것이다. 이러한 인식을 통해 그토록 완강하게 닫혀 있던 여주인공의 마음은 조심스럽게 그러나 따뜻하게 열리고 있으니, 그것은 한편 작가의 것이기도 하다.

「시간을 위한 진혼곡」에서 「난파하는 아침」(1987)을 거쳐 「봉숭아 꽃물」에 이르러 김민숙 씨의 작업은 한 정점에 이르렀는데, 「봉숭아 꽃물」은 최근 우리 문학이 거둔 가장 중요한 수확의 하나로 꼽힐 것이다.

이 작품에서 작가는 「시간을 위한 진혼곡」 끝에 암시되었던, 6·25 때 실종된 아버지의 이야기를 추적함으로써 분단문제를 새로운 시각에서 절실하게 제기하였던 것이다.

실종된 아버지는 놀랍게도 남파간첩으로 체포되어 전향을 거부한 채 무기수로 대전교도소에서 20년째 복역하고 있으니, 어린 시절 어머니로부터 아버지는 납북되었다고 끊임없이 주입을 받았던 여주인공 호정이 엄마의 마음이 어떠했을까. 「시간을 위한 진혼곡」의 모녀가 보였던 병적인 뒤틀림의 역사적 근원은 기실 아버지의 월북에 있었던 것이다. 천석지기 지주의 아들로 태어나 좌익에 가담한 아버지로 말미암아 모녀뿐 아니라 온 집안이 유형·무형의 상처로 짓물렀으니, 명절날 사람들이 모인 자리에서 술 취한 작은아버지의 당부가 그 어떤 정연한 논리보다 분단국가의 비극을 절실하게 울려주고 있다.

내 너거들한테 꼭 하나만 부탁하자. 요새는 세상이 하도 험악하고 복잡해서 너거가 살다 보면 무슨 짓을 하고 어째 될라는지 짐작도 못하겠다. 다만 하나 반공법 위반만 하지 마라. 인자 누구 하나 걸려들면 우리 집안은 완전히 망하는 기다. 알겠제. 딴 죄는 다 몰라도 반공법 위반은 안 된다.

작품은 이 아버지가 옥중에서 육순을 맞이하여 교도소 측의 특별배려로 화곡동 큰댁으로 나오게 되면서 겪게 되는 호정이 엄마의 심리적 갈등을 축으로 전개되는데, 화해로 끝나는 그 과정이 빈틈없이 생생하다. 특히 봉숭아 꽃물을 들인 늙은 어머니가 아파트의 경로당에 나가 죽은 영감님의 육순이라고 동네 노인과 잔치를 벌이는 마지막 장면은 뭉클하기조차 하다. "손톱에 든 봉숭아 꽃물이 첫눈 올 때까지 남아 있으면 첫사랑이 이루어진다." — 결혼한 지 3년 만에 헤어져 생 홀어미로 한평생을 살아왔던 어머니를 생각할 때 봉숭아 꽃물에 밴 이 믿음은 얼마나 슬프게 아름다운 것인가!

나는 김민숙이 10여 년간의 작업 끝에 도달한 「봉숭아 꽃물」의 낙관주의에 진정으로 주목한다. 그것은 체념과 회의와 허무에 깊이 물들었던 그녀의 작품세계가 인간에 대한 신뢰와 역사적 진보에 대한 강렬한 희망을 회복했다는 움직일 수 없는 징표이기 때문이다.

김민숙 문학의 진정한 출발을 진심으로 축하한다.

[『시간을 위한 진혼곡』, 책세상, 1988]

한 늦깎이의 처녀장편

— 이원규 소론

    최근 나는 그동안 게으름 때문에 밀어두었던 장편소설 여러 권을 읽었다. 그중에서 『훈장과 굴레』(현대문학사, 1987)의 이원규는 주목할 신인작가의 하나가 아닌가 생각되었다. 언젠가 그가 쓴 베트남전에 관한 소품을 흥미롭게 읽기는 했지만 그렇다고 이제 경력이 이삼 년 된 신인의 처녀장편에 크게 기대를 걸지 않았던 것이 나의 솔직한 심정이다.

    요사이는 장편소설 또는 대하소설이 쏟아지고 있다. 이 현상은 우수한 장편의 출현을 고대했던 우리 독서계의 요구에 비추어볼 때 일단 긍정적이지만, 실제의 작품성과들을 냉정하게 따져볼 때 과연 그중에서 몇 편이나 우리 소설문학의 위대한 전통에 참여할 수 있을지 의문을 가지지 않을 수 없다.

    우수한 장편은 쉽게 나오는 것이 아니다. 광증과 같은 감각의 혼돈, 그것을 통어할 수 있는 기하학적 정신 그리고 무엇보다도 우리 조국의 역사적 운명에 대한 고뇌에 찬 모색―이 모든 자질이 한 작가의 창조적 재능 속에서 고도로 통합될 때 위대한 장편은 탄생할 것이다.

한때는 단편만 중시해서 탈이더니 요사이는 장편으로만 몰리니 병통이다. 단편은 장편의 아버지다. 단편은 물론 총체성을 담아낼 수 없는 근본적 제약을 가지는 형식이지만, 단편 하나 제대로 못 쓰는 작가가 우수한 장편을 쓸 수는 없을 것이다. 단편에 대한 철저한 훈련이야말로 소설가의 기본적 바탕이 아닌가?

그런데 신인 이원규의 처녀장편 『훈장과 굴레』는 주목에 값한다. 미숙한 점도 적지 않다. 그럼에도 이 작품으로 이원규는 작가적 가능성을 미쁘게 열어 보이고 있다.

이원규는 이제 경력 3년쯤 된 신인이지만 나이로 치면 40대, 말하자면 늦깎이다. 늦깎이가 다 그런 것은 아니지만 그래도 일찍이 등단하여 문단정치에 지친 올깎이보다는 뭔가 싱싱한 힘이 늦깎이에게는 숨어 있을 터이다. 더구나 이원규처럼 오래 문학을 놓았다가 불현듯 치미는 욕구 때문에 다시 문학으로 돌아온 작가의 경우 더욱 그러할 것이다.

그러면 무엇이 이 작가로 하여금 다시 문학으로 돌아오게 하였는가? 그것은 무엇보다도 베트남전의 상처이다. 작가는 말한다.

나는 대학교육을 받고 그 전쟁에 갔으면서도 몇 달이 지나서 우연히 한 베트남 젊은이를 만난 뒤에야 그 전쟁의 의미와 나의 위치를 통찰하게 되었다. (…) 나는 끝없는 갈등과 회의와 절망에 시달리면서 살아남기 위해서 총을 잡았다. 그리고 귀국한 뒤에는 모든 것을 깨끗이 잊으려 했다. 그러나 언제부터인가 가슴 깊은 곳으로부터 울려나오는 부르는 소리를 듣게 되었고 (…) 마침내는 문학도의 한 사람으로서 이 작품의 결실을 비원처럼 엄숙한 의미로 세우게 되었다. 참으로 많은 곡절과 혼돈을 헤치며 정신 모두를 몰입시켜 이 소설을 썼다. 쓰다가 기진해 몸을 누이면 가슴속에

서 와글와글 차오는 소리들이 나를 다시 일으켜 세웠다.(「작가의 말」에서)

이 작품은 세 명의 ROTC 출신 소위가 1970년 1월 나트랑항에 상륙하면서 시작된다.

1970년에 베트남전은 어떤 국면에 있었는가?

악화일로를 걷고 있던 남베트남 사태를 해결하기 위해 소위 통킹만사건을 빌미로 미국이 북베트남에 대한 폭격을 개시한 1964년부터 존슨 대통령이 평화회담을 제의한 1968년까지, 이 기간은 확전擴戰, escalation의 시기다. 1967년 11월 미국의 지상군은 한국전쟁 당시의 미군 최고 수준인 47만을 넘어 무려 54만에 이르렀고, 한국·태국·호주·뉴질랜드·필리핀도 군대를 파견함으로써 베트남전은 이제 내전에서 국제전으로 확대되었던 것이다. 한국은 1964년 9월에 의무중대, 1965년 3월에는 비둘기부대, 그리고 1965년 10월에는 전투부대 청룡과 맹호를 그리고 1966년 9월에는 백마를 파견하여 베트남전에 본격적으로 개입한다.

그러나 이와 같은 확전에도 불구하고 부패한 남베트남 군사정권의 무능은 더욱 노골화하고 민족해방세력은 더욱 강대해졌다. 미국은 1968년 마침내 평화회담을 제의하여 이로부터 베트남전은 축전縮戰, de-escalation의 시기로 접어든다. 그리하여 1973년 미군이 철수했을 때, 드골 대통령이 베트남전 개입을 결심한 케네디 대통령에게 충고했던 예언은 그대로 적중하고 말았던 것이다.

이 지역에 한번 발을 들여놓으면 당신은 끝없는 미로에 빠져들 것이다. (…) 당신이 내세우는 이데올로기는 그들에게 아무런 관심도 불러일으킬 수 없을 것이다. 오히려 인도차이나의 민중은 당신이 말하는 이데올로기를 당신의 지배욕과 동일시할 것이다. 당신이 그곳에서 반공주의를 내세위 깊이 개입하면 할수록 그곳 민중에게는 공산주의야말로 그들의 민족적 독립의 기수로 보이게 되리라는 것이 바로 이 때문이다.

『훈장과 굴레』의 주인공들이 나트랑에 상륙한 1970년은 바로 확전 시기의 반공의 명분마저 퇴색하고 미국이 베트남에서 오직 '영예로운 철수'를 모색하고 있던 그런 때였던 것이다.

그러면 세 명의 ROTC 출신 장교들, 박성우朴成雨·윤광호尹廣鎬·마준馬俊은 왜 베트남전에 지원했는가?

군인 가문의 윤광호는 집안의 반대로 육군사관학교 진학을 포기하고 정치학과에 입학한 인물이다. 그러나 군대와 전쟁에 체질적으로 열광하는 그는 결국 군인으로 입신하기 위해 'ROTC 출신의 핸디캡을 상쇄할 만한 훈장이 필요'해서 베트남전에 뛰어들었던 것이다. 이 인물에게 있어서 베트남전의 정치적 의미는 애당초 안중에도 없다. 그리하여 용감하지만 정치적 맹목 상태의 윤광호는 제일 먼저 전사하고 만다.

나로서는 이 인물을 좀 더 발전시키지 아니하고 작품 서두에 죽게 만든 작가에게 불만이 없지 않다. 그야말로 베트남전의 중요한 국면을 전형적으로 드러낼 수 있는 인물이기 때문이다. 그리고 윤광호의 군대에 대한 열광을 단지 무관 가문의 혈통으로만 설정한 것 역시 너무 소박하다. 더구나 우리의 경우 진정한 의미의 무관 가문이 존재할까? 일본제국주의의 장기에 걸친 식민지체제로 말미암아 전통적인 무반의 명맥은 끊어졌으며 근대적인 무관 가문도 새로 형성되지 못했던 것이다. 윤광호의 가문과 그 행동 양태를 좀 더 철저한 시각에서 형상화했더라면 하는 아쉬움이 남는다.

또 하나의 보조인물 마준, 그는 충남의 가난한 농민의 아들이다. 그는 참전 후 곧 타락하며 지휘부의 군수장교라는 직책을 이용하여 돈벌이에 뛰어든다. 그런데 작가는 이 인물을 일방적으로 매도하지 않으니, 그는 자신의 변질을 다음과 같이 털어놓는다.

나는 파월 한 달쯤 지나서 이 전쟁의 참모습에 대해서 비로소 알기 시작했다. 피어린 항쟁으로 얼룩진 이 나라의 근대사를 알게 되었고 항쟁의 주체가 누구인가를 알았다. 항쟁의 대상이 누군가를 알고, 내가 어떤 위치에 있는가를 알았다. (…) 윤광호가 처음부터 그런 걸 외면하고 훈장만 노리다가 죽고, 성우 네가 민사심리전 장교가 되어 이 나라 민중의 아픔 속으로 뛰어든 데 비해 나는 이것도 저것도 아니었다. 미칠 듯이 고민하다가 (…) 돈벌이로 귀착되어버렸다.

어떤 의미에서 마준은 베트남전의 본질을 가장 날카롭게 파악하고 있는 것이다. 그렇다고 해서 작가는 마준의 부패를 용인하지 않으니, 그는 결국 귀국 직전 암거래하러 가다가 죽고 만다.

그런데 이 인물의 처리에 있어서도 나로서는 아쉬운 점이 있다. 그를 박성우의 숭배자가 아니라 박성우의 이상주의가 내포하는 허구성을 비판하게 하는 인물로서 발전시켰더라면 작품은 더욱 생동하였을 터이다. 이 작품의 결말에서 통렬하게 폭로되었듯이 박성우의 민사심리전이야말로 그 주관적 순수성에도 불구하고 더욱 무서운 작전으로 귀결되지 않았던가?

이 작품의 중심인물은 박성우다. 서북 출신으로 6·25 때 부모를 잃은 그는 '공산주의의 폭력에 맞서 싸울 권리와 책임'을 내세워 베트남전에 지원한다. 그는 순진한 이상주의를 대표하는 인물인 것이다.

그러나 그의 이상주의는 연대의 토벌작전 중 양민을 해방전선 게릴라로 오인 사살함으로써 깊이 상처받는다. 그리하여 그는 한국군과 해방전선, 두 개의 적대세력 사이에서 고통받는 베트남 민중의 운명에 주목하게 되는 것이다. 그는 연대 민사과의 민사심리전 장교를 자원하면서, 평정도 D급의 다이풍 촌락의 부락민들에게 끈질기게 접근한다.

다이풍은 민사과의 책임자 선우 소령이 '육이오 직후 밤낮으로 깃발을 바꿔 달아야 했던 지리산 지역과 비슷한 곳'이라고 지적했듯이, 해방전선세력의 온상지이다. 다이풍 농민들이 한국군에 적대적인 냉담을 드러내는 직접적인 원인은 5년 전 이 지역에 처음 온 한국 해병대의 삼엄한 토벌작전에 '죄 없는 주민들이 적지 않게 죽었'기 때문이지만, 더욱 근본적인 원인은 이 지역이 외세의 끊임없는 침략 루트였다는 데 있다. 일찍이 이 마을을 거쳐간 외국 군대는 '프랑스 식민군, 일본군, 신탁통치 하러 온 영국군, 다시 프랑스가 고용한 외인부대, 그리고 미군…… 한국 해병대' 등으로 다이풍은 고난에 찬 베트남 현대사의 상징적 축도인 것이다.

이 때문에 다이풍 사람들은 외세에 적대적이다. 이 마을의 존경받는 원로로 야자수농장 주인인 후옹 노인은 일찍이 1941년 오랜 망명생활에서 돌아온 호치민胡志明이 조직한 베트남독립연맹, 즉 베트민으로서 활약했고, 히엔 촌장은 '젊은 시절에 대 프랑스 저항세력의 일원으로서 유명한 호아빈전투에 참가'한 경력이 있는 인물이다. 그러나 이들이 공산주의자는 아니다.

'베트민의 주력이…… 좌경화한 후 은퇴'했다는 데서 짐작되듯이 후옹은 결국 베트민과 결별한 민족주의자일 터인데, 후옹과 히엔 모두 해방전선과는 일정한 거리를 두고 있는 것이다. 그러나 이러한 속사정에도 불구하고 다이풍의 원로나 일반 농민들의 외세에 대한 태도는 단호하다.

평정도 D급의 다이풍을 박성우가 순진한 열정으로 끈질기게 접근하여 평정도 A급으로 끌어올리는 과정을 치밀하게 그린 것이 이 작품의 중심부를 이룬다. 민사공작의 공로로 그가 충무훈장을 받았을 때 그의 순진한 이상주의는 절정에 오른다.

나는 이 작품을 읽으면서 그레이엄 그린Graham Greene의 『말 없는 미국인』(1955)이 떠올랐다. 박성우는 『말 없는 미국인』의 주인공 파일을 연상시킨다. 하버드 대학을 졸업한 직후 밀명을 띠고 베트남에 와서 새로운 인도차이나의 탄생을 꿈꾸는 파일이 그의 주관적 선의에도 불구하고 어떻게 베트남 민중을 더욱 큰 파탄으로 끌어가는가를 우울하게 그린 이 작품은 프랑스에 대신해서 베트남에 개입을 시작한 당시 미국의 정책을 통렬하게 풍자한 것으로, 이 소설에 대한 당시 『뉴욕타임스』의 논평은 착잡하다. '미국인이라면 예외 없이 이 작품에서 불쾌한 인상을 받겠지만 그래도 이 작품을 읽지 않을 수 없을 것이다.'

파일이 그러했듯이 박성우의 순진한 이상주의도 일거에 붕괴한다. 아슬아슬하게 구축된 다이풍의 일시적 평화는 해방전선의 공격 속에 사라지고, 한국군 연대가 전과에 흥분하고 있을 때, 다이풍 향직회의는 한국군의 보호 우산을 벗기로 결정을 내리고, 이 와중에서 다시 민사전을 시작하라는 선우 소령의 제의를 박성우는 단연코 거절한다.

그는 파일과 달리 자신의 순진한 이상주의가 내포한 엄청난 허구성을 분명히 깨달았던 것이다. 히엔 촌장의 아들 탄(그런데 탄을 한국군에 투항하다가 해방전선의 총에 맞아 죽게 한 결말처리는 너무 허망하다)이 일찍이 박성우에게 들이댔던 항변은 뼈아픈 진실이었다.

총을 들고 점령하는 자보다 당신은 더 무서운 존재입니다. (…) 온갖 명분으로 치장했지만 당신은 우리 민족을 지배하려드는 외세의 발톱, 그 이상도 이하도 아닙니다.

이만한 의식으로 이만큼 무리 없이 장편소설을 끌어나간 이원규의 작가적 역량은 미덥다. 이원규의 정진을 기대하면서 마지막으로 한마디, 작품이 성글다는 점이다. 성근 것은 좋은 것이다. 글도 숨을 쉬어야 하니까. 그런데 맺힌 데가 없이 그냥 성글면 밍밍하다. 장편을 단편 쓰듯 마냥 빠듯하게만 밀고 나가서도 안 되지만 너무 헤퍼서도 맛이 없다. 본질적인 것과 비본질적인 것을 날카롭게 구별하면서 집중과 확장을 솜씨 있게 통일하는 정련精練이 더욱 요구된다. 이제 새로운 의식의 지평에 다다른 박성우가 귀국 후 우리 사회 속에서 어떻게 살아갈지, 독자와 함께 이원규의 다음 작업을 지켜보기로 하자.

[『현대문학』, 1987년 9월호]

순결한 시인을 위하여

—고 박병태의 문학

얼마 전 한 학생으로부터 선물을 받았다. 박병태 유고집 『벗이여, 흙바람 부는 이곳에』(청사, 1982)였다. 처음에 나는 유고집이 주는 어떤 무게를 애써 피하면서 읽어나갔다. 그러나 나는 급기야 깊이 빠져들고 말았다. 물론 나는 처음에 이 책이 주는 충격이 작품 바깥에서 오는 것이 아닌가, 자기 암시 또는 감상주의의 소치가 아닌가, 의심도 했다. 그러나 되새기면 되새길수록 그것이, 1970년대 말의 학생운동과 관련하여 옥중생활을 했다는 경력 그리고 문단과는 무관하게 자신의 삶과 문학에 진정으로 순수했던 그의 순결성에 대한 찬탄에서만 오는 것이 아님을 느끼게 되었다.

잠깐 그의 유고를 정리한 친우의 말을 들어보자.

박병태 형이 지난해 여름, 불의의 사고로 타계한 직후, 생전 각별하게 지내던 몇몇 벗들은 우연히도 고인의 집에서 서로 만나 하룻밤을 함께 할 기회가 있었다. 그때 우리는 2개의 라면박스 안에 가득 들어 있는 고인이 써놓은 초고들을 발견하고서, 놀라움과 안타까움, 약간의 다행감이 뒤섞인 그런 착잡한 심정으로 밤을 밝혀 그 글들을 읽어보았다. (…) 그 삶에 있어 가장 치열했던 시기인, 죽기 직전까지의 5, 6년간의 기록이 그동안 아슬아슬하게나마 보존되어왔다는 사실은 우리의 현실 여건으로 볼 때 대단히 의외에 속하는 일일 것이다. 이러한 의외성에 값하기나 하듯 그 초고는 많은 부분이 불완전했다. 즉 일정하게 정리되어 있는 것도 아니었고, 노트의 여백이나 못쓰는 종잇조각 같은 데에 아무렇게나 적혀 있는 게 대부분이었다. 때로는 오히려 낙서에 가까운 글도 없지 않았고 어떤 이유에서인지 도중에 갑자기 중단한 글도 있었다. 우리는 그러한 것까지 모두 가급적, 있는 그대로 그 모두를 이 책에 수록하려 했다.

지용은 일찍이 윤동주의 유고시집 『하늘과 바람과 별과 시』의 서문에서 "무시무시한 고독에서 죽었고나!"라고 탄식한 바 있거니와, 이제야 나는 그 탄식의 절실함을 알 듯하다.

이 유고집은 4부로 이루어져 있다. 제1부 산문, 제2부 옥중서한, 제3부 시, 제4부 소설. 나는 여기서 80여 편에 이르는 그의 시를 중심으로 간단한 독후감을 적어보려 한다.

편자들은 그의 시를 다시 세 부분으로 나누어 정리했는데, 우선 그의 시의 출발을 표시하는 3부부터 보자. 이 시편들을 읽으면서 참으로 놀라운 것은 그가 현대시인답지 않게 자연과의 거의 본능적인 친화력을 가지고 있다는 점이다.

밤새 바위山 넘어 밀려온 안개
아침을 가득 채우니
바다 차오르듯

스쳐 오르는 아침새

풀잎에 이슬이 마를 때
굽이 돌아 물길 따라 나선 나그네는
버들 주막에서 아침을 맞는다.

—「자하동의 아침」 전문

마치 시로 그림을 그렸다는 왕유王維의 시를 연상시킨다.

홀로 앉으니 흰 머리칼이 서러웁다
빈 방
벌써 二更이 되리니
빗속에 山과일 떨어지는 소리,
등 아래는 풀벌레가 와서 운다.

獨坐悲雙鬢 空堂欲二更
雨中山菓落 燈下草蟲鳴

—「秋夜獨坐」 부분

이 시를 보면 만년에 장안長安 근처 망천輞川 땅에 별장을 짓고 오로지 자연에 묻혀 있었던 한 노시인의 모습이 그림처럼 떠오른다. 특히 셋째 구와 넷째 구의 절묘한 대구는 그 날카로운 감각과 정서적 적합성이 훌륭하게 결합된 아름다운 구절이다. 이런 점에서 박병태의 시가 드물게도 산수시山水詩의 전통 위에 서 있음을 짐작할 터인데 중요한 것은 그의 시가 전통적 산수시가 흔히 빠져드는 정적주의로부터 벗어나 있다는 점이다. 「자하동의 아침」은 한마디로 싱싱하다. 안개바다 위로 솟아오르는 새의 이미지는 버들주막에서 아침을 맞는 나그네의 이미지와 지호지간指呼之間에서 호응하며, 죽음과 같은 밤의 휴식에서 자리를 털고 일어난 생명의 싱싱한 움직임을 노래하고 있다.

> 숲의 아침바다 위로 피어오르고
> 바람에 흔들리는 그늘 아래
> 눈 뜨면 아아, 펼쳐지는 江
>
> —「님의 웃음」 부분

인간과 자연이 모두 건강했던 아득하게 먼 시대의 기억이 우리 눈앞에 생생하게 재현된 이 구절은 웅장하기조차 하다. 그의 시에 자주 반복되는 안개의 이미지는 「자하동의 아침」에서처럼 생명의 호흡이다. 그의 시에는 천지간에 미만한 충실한 기운이 그대로 넘쳐 흐른다.

자연 속에서 충실한 생명을 보느냐 아니면 죽음과 같은 휴식을 보느냐에 따라서 단순한 산수시냐, 아니냐가 판가름 날 것인데, 박병태의 시는 이 천지간에 충만한 생명의 기운을 날카롭게 포착하고 있다.

> 어두운 얼음장 씻는
> 빛나는 물소리
> 봄을 적시면
> 山주름 강이랑서 부는 바람에
> 해당화 몇 가지 부풀어올라
> 밤이면 별빛을 밝히고 있다.
>
> —「봄」 전문

눈부신 서정시다. 땅의 물소리, 하늘의 별빛 그리고 그 호흡인 바람은 어두운 얼음장 또는 밤과 극명하게 대립되면서 부푼 해당화라는 핵심적인 이미지를 들어 올리고 있다. 부푼 해당화는 그 어떤 질곡으로도 억누를 수 없는 생명해방의 상징으로 된다.

그러나 그의 자연시가 모두 성공적이라고 볼 수는 없다. 가령 "깊어 가는 밤 속으로/달길은 끝이 없어라"(「봄을 맞아」)나, "안개가 하늘을 가리면/절 종소리에 온 山이 젖는다"(「님의 숨결」)나, 앞에 인용한 "나그네는/버들주막에서 아침을 맞는다" 같은 구절이 아름답지 아니한 것은 아니로되, 또한 그 내용의 공허함을 어찌할 수가 없다. 그러나 나는, 지나치게 긴장해 있거나 아니면 지나치게 풀어져서 인간세상의 잡담 가운데 피폐한 현대시 속에서 모더니즘의 세례를 너무나 받지 않은 그의 자연시를 통해 나타나는 낭만주의에서 위안 이상의 가볍지 않은 구원을 맛보았다. 인간과 자연의 관계를 근본적으로 재조정해야 하는 오늘날의 관점에서 볼 때 그의 자연시가 단순한 출발 이상의 근원적 의미를 가지고 있음을 인정해야 할 것이다.

그런데 그의 자연시는 서서히 음산한 기운을 띠어간다.

매양 안개 깊이
해가 달처럼 떠오르고
못다 한 죽은 넋을
뻐꾸기가 바위 속에서 울면
사나흘 사이 勺藥은 소리 없이 이운다

—「매양 안개 깊이」 전문

나는 앞에서 그의 시에 자주 나타나는 안개가 생명의 이미지라고 얘기했는데, 이 시에서 안개는 김승옥의 「무진기행霧津紀行」에서처럼 죽음의 이미지다. 이 시에서 생명은 모두 죽음으로 전환된다. 해는 달이 되고 부푼 해당화는 작약이 되어 뻐꾸기 울음 속에 소리 없이 이운다. 뻐꾸기는 말할 것도 없이 한恨의 이미지다. 김지하 시인은 일찍이 한을 "생명력의 당연한 발전과 지향이 장애에 부딪쳐 좌절되고 또다시 좌절되는 반복 속에서 발생하는 독특한 정서형태이며, 이 반복 속에서 퇴적되는 비애의 덩어리"라고 규정했거니와, 박병태는 어찌하여 갑자기 비애에 엄습당했는가?

> 바람이 풀잎을 흔들 때
> 흔들리는 것은 온 세상이다
> 바람에 흔들리는 나무 그늘은
> 마을을 덮는 어둠이 되어
> 마을을 정지한 山줄기에
> 아픈 주름살 하나를 보태고는
> 하늘 차일을 떠받친 나무둥치로
> 운명처럼 틀어오른다.

—「바람」 전문

여기서 바람은 해당화를 부풀리는 생명의 이미지가 아니라 악마적인 힘으로 변모된다. 특히 마지막 행의 강력한 말을 주목해야 할 것인데, 바람은 생명의 자유로운 발전을 근본적으로 제약하고 파괴하고 희롱하는 운명처럼 마을을 압도하고 있다. 그의 시에는 이제 사람 냄새가 난다. "흔들리는 것은 온 세상이다"에서 엿보이는 근원적인 동요 또는 비애는 바로 "마을을 덮는 어둠"에서 암시되듯이 인간의 역사에서 온다. 무슨 묵시

록의 풍경과 같은 이 음산한 시들에 나타나는 비애는 자연의 무한성 앞에 선 인간의 유한성에 대한 자각이라는 식의 상투적 도식에서 설명되는 것이 아니라, 생명의 발전에 대한 신뢰와 그것을 위협하는 유형·무형의 질곡에 대한 항의 사이의 긴장에서 오는 것이다.

이런 점에서 3부의 마지막에 실린 시 「지금 물소리 밖에 남은 별만이 어둠을 빛내고 있습니다」는 의미심장하다.

막막한 하늘 속에 처음으로 별을 보고 있습니다. 어둠에 저항하며 어둠 속에서 홀로이 타오르는 별.

어릴 적 나는 구름을 좋아한다고 했지요. 어머니처럼 부드러운 구름, 양떼같이 보기좋은 구름, 여름날 벗과 더불어 山마루에서, 나는 바람보다는 구름을 좋아한다고 고백했습니다.

지나온 학생시절에 언제나 구석진 모퉁이에서 바람이 불었습니다. 모든 것을 그는 예감시켜주었습니다. 은행나무 잎새가 새로 돋고, 그리고 바람은 하늘로부터 불어와 땅으로 그들을 데불고 사라집니다. 마른 가지에 바람은 더 세게 추위를 입혔습니다.

지금 마지막 비로 여름은 내장까지 씻겨 버리고, 맑은 하늘에 가을의 투명한 눈이 쌀쌀히 있습니다. 물소리에 구름도 바람도 모두 실려 흘러가고, 물소리 밖에 남은 별만이 어둠을 빛내고 있습니다.

마치 절구나 율시 같은 시법을 지향하는 그의 시 속에서 이 작품은 예외적으로 호흡이 길다. 모두 4행으로 이루어진 이 산문시는 시간상으로 보면 1행과 4행이 현재, 2행과 3행은 각각 유년 시절과 소년 시절 즉 과거를 노래하고 있는데, 각각 독특한 이미지를 핵으로 하여 전개되고 있다. 유년시절을 상징하는 이미지는 구름이다. 2행에서 보이는 바와 같이 그것은 풍성한 것 곧 생명의 이미지이다. 3행, 즉 소년시절을 상징하는 바람은 생명을 메마르게 하는 죽음의 이미지다. 말하자면 이 시에서 그는 '봄'으로 대표되는 눈부신 생명의 세계와 '바람'으로 대표되는 메마른 죽음의 세계를 반추하는 것인데, 주목할 것은 이러한 대립을 1행과 4행에서 반복되는 별의 이미지에 근거하여 넘어서고 있다는 점이다. 이 시에서 별은 일면 바람의 파괴적인 힘을 극복하고, 일면 풍성하지만 부질없는 구름의 환상적 성격마저 부정함으로써 매우 황홀한 이미지로 떠오른다. 윤동주의 추억의 별이 아니라 "홀로이 타오르는 별"이란 점에 유의해야 한다. 그것은, 부정을 부정함으로써 새로운 결단에 이른 사람, 생명을 부정하는 메마른 것들과 대결하기를 결심한 사람, 감연히 생명의 옹호자로서의 길을 선택한 사람의 내면에서 타는 불길인 것이다. 이 시에서 그가 음산한 비애의 가락에서 벗어나 다시 투명하고 맑은 가락을 회복했다는 점은 더욱 뜻깊은 일일 것이다.

2부에 실린 시들은 편자의 말처럼 "모색하고 방황하는 도정에서 씌어진 것"이라 어중간한 시들이 많고 격조도 떨어진다. 이 중에서 나는 「자화상 1」을 감명 깊게 읽었다.

산이 낮아 하늘에 내린
흙 파먹던 바윗골
칠성당 바람에 나는 내려왔다더라
흔들리는 별을 지켜 홀어머니
치운 방에 소쩍새 울음
새벽까지 뻗치고
들쥐 끓는 허물어진 토담 아래
거친 삼베

할매 손길만이
내 서늘한 바람이었다.

뒷산 갈가마귀 뒤척이는 달밤도
앞산 뿌꿈새 새벽이 멀던 5월 달밤도
내 긴 속눈썹 강물에는 비가 내렸다

새로 버는 꽃 이마로 받드는 하늘
따뜻한 땅으로 비가 적셔도
안개 깊은 이 밤 별은 아득타.

3부 시에 모자랐던 사람 사는 냄새가 훅 끼친다. "들쥐 끓는 허물어진 토담"이나 "거친 삼베/할매 손길" 등은 우리네 생활의 실감이 가득 묻어 있어 앞에서 인용한 "마을을 덮는 어둠"에 비할 바가 아니다. 이 책 끝에 붙어 있는 연보에 의하면, 농민이었던 아버지는 그가 다섯 살 때 무슨 이유인지 모르지만 실종되었다고 한다. 자기 토지에서 명예롭게 경작할 수 있는 길이 안팎으로 눌려 있었던 이 나라 농민사를 생각할 때, 이 시가 드러내는 정황은 유독 그만의 것이 아니라는 보편성을 획득하게 된다. 그래서 이 시는 가난타령이 아니다. 이 시의 마지막 연을 주목하기 바란다. 시인의 어조는 탄식과 비애에 물들어 있으나 어떤 따뜻함을 잃지 않고 있으니, 그것은 끈끈한 자기 연민이 아니라, 이 나라의 가난한 농민의 아들들을 향한 시인의 사랑에 다름 아니다.

이 유고집의 핵심이 되는 1부 시에서 우리는 맑은 심성을 가진 이 젊은이가 서울이라는 역사의 심장부에서 온몸으로 부딪친 삶의 모습을 보게 된다. 그것은 모욕과 부끄러움, 절망과 탄식 속에서도 차마 저버릴 수 없는 약속을 꿈꾸는 고결한 노래들이다. 그러나 이 거리의 노래 속에서도 3부 시의 자연의 상상력이 그 기반이 되고 있음을 주목해야 할 것이다. 자연의 이미지는 이제 어떤 선연함을 띤다.

> 기갈 들린 오후의 햇살을 받아
> 숨죽여 통곡하는 듯한 낮은 산줄기
> 마른 바닥을 흐르는 여린 물줄기
>
> 어머니, 저도 애비될 자격이 있을까요? 눈 속에서도 푸른 겨울 보리를 키우는 땅처럼 제게도 힘은 있을까요?
>
> ──「열차를 타고 가면서」 부분

차창 밖으로 드러나는 우리 국토의 모습, 그것은 기갈 들려 숨죽여 통곡하는 우리 시대의 한 역사적 풍경화이다. 그 앞에서 시인은 "눈 속에서도 푸른 겨울보리를 키우는" 대지를 꿈꾼다. 그런데 중요한 것은 그가 절박한 물음을 통해 수척한 대지를 풍요로운 대지로 황홀하게 변화시키는 역사役事에 자신을 던진다는 점이다. 이백李白이 단순한 자연시인이 아니라 뛰어난 정치시인이었듯이, 자연의 상상력은 드디어 여기에 와서 역사 속에서 현실화된다. 그의 시는 거리로 개방된다.

> 빌딩 신축 공사장에는 용접 불빛이 번쩍이고
> 어스름 깔린 거리에는 사람떼가 무겁게 몰려간다
> 항상 지녔던 무엇이 되고 싶어 하는 마음도 가라앉히고
> 졸음에서 깨어 바라보는 세상은 뜻밖으로 엄숙하다
> 흔들리는 만원버스 속에서

갓 취직한 듯한 소녀가 신문을 펼쳐 읽고 있고

황혼에 취한 거리에 여전히 이발소 회전대가 돌아가고 있다

이 간단한 풍경 속에 든 무서움조차 모르고

항상 복잡한 듯했던 나의 단순함이 이제는 가장 명백한 행동을 요구
한다.

—「이제는 가장 명백한 행동을 요구한다」 전문

이 시를 이해하려면 그 정황을 조금 살필 필요가 있다. 시인은 아마도 밤늦은 아르바이트를 마치고 한 칸 자취방으로 가기 위해 흔들리는 만원 버스를 타고 있다. 매우 피로하여 졸다가 문득 깨었을 때 차창 밖으로 홀연히 나타나는 거리 풍경을 노래한 것이 바로 이 시다. 빌딩 신축 공사장의 용접 불빛, 무겁게 몰려가는 사람 떼, 이발소의 회전대—모두가 눈에 익은 도시의 풍경이다. 그러나 주목할 것은 "세상은 뜻밖으로 엄숙하다"는 구절이다. 이것은 시인에게 이 순간 도시의 익숙한 풍경이 아주 낯설게 또는 기괴하게 떠오르는 어떤 소외의 느낌을 말하는 것이다. 지방 출신은 다 느끼는 것이지만 처음 서울역에 내렸을 때 경험하게 되는 그 막막함, 마치 벌판에 내동댕이쳐진 듯한 느낌 때문에 더욱 서울은 마적인 힘으로 '촌놈'들을 잡아당긴다. 그들은 이 끌어당기는 힘 앞에 속절없이 빨려 정신없이 뛰게 마련이다. 이 시는 바로 이 거짓 욕망의 논리에 허둥 대던 시인이 홀연히 낯섦을 깨닫는 순간을 생생하게 보여주고 있다. 그리하여 그는 "이 간단한 풍경 속에 든 무서움"을 깨닫고 전율하게 된다. "무엇이 보고 싶은 마음"에 사로잡혔을 때는 익숙한 것처럼 보이던 풍경이 그 마음을 "가라앉히고" 바라보았을 때 그것은 마치 지옥이다. 사람이 사람답게 살기 위해서, 그리고 생명이 그 부패로부터 해방되기 위해서 무엇을 해야 할 것인가는 이제 명백하다.

그는 이러한 자각을 다음과 같이 간명하고 힘차게 요약하고 있다.

> 수선스런 봄날의 오후
> 창문을 열면
> 거리 위로는 가득히 바람이 불고
> 적막한 하늘 깊이
> 새는 솟아오른다
> 거리는 엄숙하다
> 거리 위로 하늘 가득히 불어가는
> 바람보다도 거리는 엄숙하다.
>
> ―「거리」 전문

김수영이 「풀」에서 보여주었던 탁월한 단순성을 연상시키는 이 시에서 우리는 다시, 솟아오르는 새의 이미지가 나타남을 유의해야 한다. 「자하동의 아침」에서 숲의 안개 바다 위로 솟아오르던 새가 이 부패의 거리에서 적막한 하늘 깊이 솟아오르고 있다. 시인의 환각인가? 어쩌면 그 새는 우리 시대의 가장 순결한 시인 박병태 자신인지도 모른다.

순결한 시인이여. 명목瞑目하라.

[『문예중앙』 1982년 겨울호]

휴식 없는 산정
─고은 시인의 최근 작업

저 산정山頂에 휴식 있어라! 지침 없는 파우스트적 정열로 인간과 자연에 대한 천재적 탐구를 거듭해왔던 괴테도 때때로 휴식을 소망했다. 그런데 우리 고은 시인의 사전에는 아예 휴식이란 말이 없다. 등단 이후 거의 40년의 문학적 업적으로도 그는 이미 산정에 도달해 있건만 그 산정은 아직도 청춘으로 들끓고 있다.

여기에는 시인이 자선自選한 12편의 시가 실려 있다. 그 가운데는 유신독재에 맞서 정치적 전위로 활동했던 중기를 대표하는 시집 『새벽길』(1978)에서 뽑은 「화살」이나, 허무주의에 깊이 빠진 초기 시를 부정한 중기시의 정치주의를 다시 부정함으로써 화엄적 통일로 나아간 후기 시의 장관壯觀을 열어 보인 시집 『조국의 별』(1984)에서 선택된 「자작나무숲으로 가서」 같은 작품들도 있지만, 나머지는 전부 1990년대에 창작된 최근 작들이다. 나는 기왕에 「고은, 서정시 30년의 역정」(1993)이란 글에서, 초기 시에서 「자작나무숲으로 가서」에 이르는 그의 시적 도정을 더듬으면서 이 두 편의 작품도 집중적으로 분석한 바가 있기 때문에, 여기서는 이 선집에 뽑힌 최근작의 의미를 곰곰이 새기고 싶다.

「수평선」「다른 나라를 위하여」「내일」「나의 약력」「우리나라 음유시인」은 시집『내일의 노래』(1992)에 실린 작품들이다. 이 시집은 창비시선 101번, 그러니까 창비시선의 새로운 100권을 향한 뜻깊은 출발을 기념하는 것인데, 시인 자신도 "어디에도 발표한 적이 없"는 신작 70편만을 새로 모은 이 시집을 통해 신인으로 재탄생할 것을 넌지시 암시하고 있다.

시는 언제나 시의 위기를 내포하고 있는 것. 이와 함께 시는 언제나 그런 시의 위기를 넘어서는 자유의 새로운 매혹 가운데 있는 것.

갑년을 바로 눈앞에 둔 시인의 발언이라고 믿기지 않는 이 등 푸른 생선의 싱싱함, 노경老境을 거부하는 이 드높은 자유인의 정신은 마침내 "오대지는 체험의 무덤"(「나의 약력」)이라고 선고한다. '대지'는 무엇인가? 그의 삶의 도정이 자욱자욱 묻어난 이 땅을 무덤으로 여긴다는 것은 그가 새로운 영토를 찾아나서는 위험한 여행에 자신의 육체와 영혼을 투기하겠다는 결연한 다짐이다. 그래서 이 시집은 그 제목처럼 내일의 예감으로 팽팽하다.

여기서는 이 시집의 첫머리에 실려 있는 표제작 격인 「내일」을 찬찬히 읽어보기로 하자.

괴로운 날은 오직 내일만이 푸른 명예였다/그것이 나에게 남아 있는 힘일진대/손 흔들어/저물어가는 날을 속속들이 보내야 했다/그 무엇이 참다웠던가/이것이라고/저것이라고/또 저것이라고/지난날/수많은 밤이 쏘아올린 별빛 아래/사랑하는 일도 미움도/내 아버지의 나라도/오늘뿐이라면/차라리 빈 잔 그대로 두어 권하지 말라//내일! 이 얼마나 빛나는 이름이냐/오 남루의 운명/아무리 눈부신 육체와 독재가 하나일지라도/그것이 오늘이라면/이미 저 건너 바람 속으로/ 한 어린아이처럼/어떤 환영 인사도 없이 혼자 빗발쳐 오리라/내일!

얼핏 보면 메시지가 분명한 듯하지만 곰곰이 따져보면 만만치 않게 난해하다. 거침없이 툭 트인 가락 속에 통상적 문법과 형식논리의 경계를 뛰어넘는 시인 특유의 조사措辭가 조밀해서 부정과 긍정이 역설적 관계 속에 엇바꾸어 전개되는 현란함이란 가히 천의무봉天衣無縫이다.

1연은 대체로 과거다. '명예였다' '보내야 했다' '참다웠던가' '쏘아올린' 등에서 보이듯, 1연은 과거에 대한 반추로부터 시작된다. 그 과거는 아마도 시인이 저항했던 1970~80년대 군사독재 또는 준군사독재의 시대를 뜻할 것인데, 별빛을 찾아 어두운 포복을 거듭하지 않을 수 없었던 그 '괴로운 날'에는 '오직 내일만이 푸르른 명예였다'. 다시 말하면 아직 오지 않은, 어쩌면 그 도래를 보지 못하고 시인이 먼저 죽을지도 모르는 내일의 절대성 속에서 오늘은 철저히 부정된다. 그런데 내일의 절대성이 2연에서 미묘한 변화를 보이고 있는 점에 주목해야 한다. 물론 2연에서도 내일은, '눈부신 육체와 독재가 하나'였던 남루한 어제와 오늘에 대해, 여전히 '빛나는 이름'으로 찬양된다. 그런데 '오늘이라면'에서 그 어미의 풍부한 울림에 유의한다면 시인의 인식이 오늘과 내일의 일종의 변증법에 도달해 있음을 눈치챌 수 있을 터이다. 말하자면 그 어두웠던 '남루의 운명'조차 포용함으로써 내일은 오늘을 모태로 어린아이로 빗발쳐오는 것이다.

요컨대 1연에서 시간은 오직 미래에서 불어온다면, 2연에서 오늘은 마치 암탉처럼 미래를 품고 있다. 이 때문에 이 시는 광야에서 누더기를 걸치고 나타나 오직 미래를 예비하기 위해 오늘을 희생할 것을 질타하는 (거짓) 예언자의 노래가 아니다. 오늘을 철저히 껴안는 것이 문득 내일로 되는 역설의 지혜가 번득이는 이 작품은 말하자면 그의 최근 시세계를 높은 깨달음으로 요약한 일종의 선시禪詩라고 할까?

「마정리」「뱀」「빈 밭」「초생달」「지도를 그리면서」는,『내일의 노래』에서 도달한 깨달음을 새로이 구체화한 시집『아직 가지 않은 길』(1993)에서 뽑은 작품들이다. 일찍이『전원시편』(1986)에서 그가 거처하고 있는 안성 마정리를 놀라운 시적 공간으로 들어올린 바 있는 시인은 여기서 다시 시인의 거처로 복귀하였다. 복귀는 복귀로되『전원시편』의 속편은 아니다.『전원시편』에는 이 낯선 마을에 들어선 국외자의 긴장이 언뜻언뜻 내비쳤는데,『가지 않은 길』에서는 아주 푸근히 마을에 녹아들었다. 하냥 일기 쓰듯 순하게 풀려나와 그대로 시가 되어 한 세계를 이룬 이 특이한 시집을 읽어가노라면, 자연사는 자연으로 인간사는 인간으로 돌려, 시인의 표현을 빌리면 "이제까지의 오랜 비유를 파묻"(「어둠을 위하여」)음으로써 사물과 사물이 서로 머금고 머금어지는 화엄적 통일에 아주 가까이 다가간 큰 시인의 공덕에 저절로 미소 지을밖에 없다.

[『한국대표시인선 50』 I, 중앙일보사, 1995. 12.]

일이 결코 기쁨인 나라

—고은의 『전원시편』

고은 선생이 『전원시편』을 완성하였다. 지난해(1984) 11월부터 『신동아』에 연재를 시작하여 올해(1985) 10월에 끝났으니 꼬박 1년, 총 120수에 이르는 거편이다.

어느 시집 후기에서 '못 견디도록 시가 자꾸 씌어지는 그런 경우였다'고 고백하고 있듯이 최근 그의 창조력을 보고 있노라면 절로 감탄을 금할 수 없다. 철저한 수정 작업을 거친 『고은 시 전집』(민음사, 1983)을 내고, 신작 시집 『조국의 별』(창작과비평사, 1984)을 간행하고, 계간 『실천문학』 1985년 봄호부터 서사시 『백두산』을 연재하고, 거기다 『전원시편』까지 완성했던 것이다. 이건 폭발이다! 그런데 그것이 단순한 양적인 차원에 머물지 않고 있다는 점이야말로 소중하다. 1980년 초의 정치적 격변 속에서 영어생활을 겪고 출옥한 후 그의 시는 더 넓고 더 깊게 그러면서도 더욱 예리한 맛을 뿜어내는데 이는 그의 문학이 최고의 시인이라면 마땅히 추구해야 할 어떤 경지에 이르렀음을 나타내는 증좌이다.

가령 『조국의 별』에 실려 있는 「황토」를 보자.

우리는 유사 이래
하늘보다
황토 위에서 참되었습니다
그런데도 우리는 역사를
이와 반대로 써 왔습니다
민중이란 섬기는 사람이 아니라
날마다 일하는 사람입니다
정든 쇠스랑 박고 바라보며
재 너머로 넘어가는
끝없는 황톳길이 우리 절경입니다
저만치서
말없이 살고 있는
아버지 황토 무덤이 우리 절경입니다
우리가 먹을 황토 있는 한
상여 떠나
우리가 송두리째 묻힐 황토 있는 한
한 삽으로 가뜩 뜬 황토 들어올려서
아메리카여 시베리아여
우리는 여기에 진리 있습니다

이런 시는 아무나 쓰는 것이 아니다. 말이 깨달음의 방편이라는 점을 몰각하고 그저 말에만 안타깝게 매달리는 시인이나, 조바심 때문에 말을 마구 낭비함으로써 거꾸로 말에 사로잡히는 시인은 결코 쓸 수 없다. 말을 존중하면서도 말을 서슴없이 버릴 줄 아는 시인만이 이처럼 영롱한 시를 생산할 터인데 이것이 또 한차례의 자기 갱신 속에서 이루어졌다는 점을 주목해야 한다. 1970년대의 민주화운동의 고조 속에서 그가 생산한 시들은 선열하기 짝이 없거니와, 70년대 고은 시의 한 정점으로 기록될 「화살」을 「황토」와 비교하면서 읽어보자.

우리 모두 화살이 되어
온몸으로 가자
허공 뚫고
온몸으로 가자
가서는 돌아오지 말자
박혀서
박힌 아픔과 함께 썩어서 돌아오지 말자
(…)
허공이 소리친다
허공 뚫고
온몸으로 가자
저 캄캄한 대낮 과녁이 달려온다
이윽고 과녁이 피 뿜으며 쓰러질 때
단 한번
우리 모두 화살로 피를 흘리자

돌아오지 말자
돌아오지 말자

오 화살 조국의 화살이여 천사의 영령이여

캄캄한 대낮의 허공을 뚫고 온몸으로 날아가는 화살의 이미지는 성성하다. 그러나 이 화살의 이미지는 너무나 눈부셔서 어딘지 외롭다. 그런데 허공을 가르는 화살의 이미지가 최근 끝없는 황톳길로 바뀌고 있는데 그 황톳길도 정든 쇠고랑 박고 바라본 것임에랴. 이러한 변모는 그의 시정신이 보다 구체적인 대중의 생활 속으로 뿌리를 벋고 있음을 뜻할 터인즉, 여기에는 그 자신이 치열하게 몸담았던 70년대 민주화운동에 대한 뼈저린 반성이 함축되어 있다고 믿는다. 70년대 민주화운동의 좌절은 내부적으로 보면 그 열렬한 민중 지향에도 불구하고 대중적 기반이 희박했다는 데 있음을 생각할 때, 운동의 대중화는 가장 절실한 과제로 떠오른다. 민주주의와 민족통일의 성취는 대중이라는 망망한 대해를 얻을 때 가능할진대, 어찌 물고기가 수레바퀴 자국에 고인 물속에서 살 수 있을 것인가?

「화살」이 집심의 시라면 「황토」는 방심의 시다. 방심이야말로 가장 단호한 결단인데 이것은 불교문자를 빌리면 출출세간出出世間의 경지다. 이 점에서 『조국의 별』 발문에서 문익환 시인이 '이 시집은 그의 시심이 썰물로 밀려 나가고 있음을 보여준다. 관념화되었던 조국에서 그 실체인 민중을 찾아 내려가고 있다는 말이다'라고 지적한 것은 최근 고은 시의 지향을 간명하게 요약한 것이다.

고은 시의 이와 같은 변모는 우리 역사의 성숙인 한편 시인 개인적으로는 바람 같은 독신의 서울생활을 청산하고 안성으로 낙향하여 새로운 둥지를 튼 것과도 일정한 연관을 가질 터인데, 거침없이 독설을 내뱉는가 하면 기막히게 아름답고 삶과 역사를 통찰하는 지관적 경구가 예리한가 하면 고통받는 사람들에 대한 진정으로 따뜻한 시선으로 촉촉하여, 그는 최근 큰 시인의 풍모를 유감없이 보여주고 있다.

이와 같은 대중화 작업의 일환으로『전원시편』은 탄생했으니 안성으로 낙향한 후 그곳 농민들과의 속 깊은 친교 속에서 이루어진 농촌 체험이 이 시편을 관류하고 있는 것이다.

우리는 여기서 잠깐 전원시란 장르를 생각해보자.

전원시하면 우린 서구의 패스토럴pastorale이 떠오른다. 서구의 전원시는 이상화된 자연을 배경으로 시인이 목동으로 가장하여 그들의 사랑과 실연의 슬픔 등 전원생활의 단순한 아름다움을 노래하는 것이라 한다. 그런데 그 창시자 테오크리토스는 헬레니즘 시대의 현학적인 궁정시인이라는 점을 유의해야 한다. 서구의 전원시는 테오크리토스가 호사한 도시 알렉산드리아의 궁정에 머물면서 유년의 고향 시실리의 아름다운 시골풍경과 양치기들의 생활을 회상하면서 태어난 것이다. 물론 전원시의 발생은 도시와 농촌의 잠재적인 갈등과 문명에 대한 반발적 감정을 전제하고 있기는 하지만 그것은 도시 사람의 농촌에 대한 향수에 근본을 둔, 차고 인위적인 양식에 지나지 않는다. 이것은 테오크리토스를 모방하여 서구 전원시의 전형을 확립한 로마의 시인 베르길리우스에 와서 더욱 분명해진다. 전원적 이상향으로서 아르카디아의 세계를 창조하고 그 속에서 황금시대의 평화를 꿈꾼 그의 문학은 기실 1세기에 걸친 피비린내 나는 내전을 종식시키고 권력을 장악한 아우구스투스 황제의 반동적인 유화정책과 완벽하게 일치한다는 것이니, 전원시에 그려진 목동들의 생활은 조작된 가면무도회에 다름 아니다. 이렇게 보면 고은의『전원시편』은 서구의 패스토럴과 거의 완전하게 인연이 없는 것이다.

눈을 동아시아로 돌리면 우리는 대뜸 전원시의 초조初祖 도연명을 연상하게 된다. 강력한 한漢 제국이 쇠미해지자 농민봉기는 빈발하고 그 틈에 군벌들이 각지에서 난립하여 끝없는 투쟁이 접종하고 북방 유목민족들이 북중국을 유린하는 천하대란의 시대 앞에서, 경륜을 펼치는 것이 아니라 그저 생계수단에 불과한 벼슬살이의 고통과 지식인의 무력감에 시달리던 도연명은 서른네 살의 나이에 문득 낙향하여 몸소 농사를 지으며 농민들과 어울려 살면서 무정부주의적 대동세상의 유토피아를 꿈꾸는 일류의 전원시를 생산하였던 것이다.

동아시아의 전원시에는 어용적인 서구의 패스토럴과 달리 강한 부정의 정신이 깔려 있으니, 도연명이 독재자 진시황을 격살하려다 실패한 최고의 테러리스트 형가荊軻를 노래한 것은 결코 우연이 아니다.

> 아깝다, 칼솜씨의 성금이여
> 기이한 공을 마침내 이루지 못하였구나
> 그 사람 비록 벌써 가버렸어도
> 천년을 두고 남은 정이여!
>
> 惜哉劍術疎 奇功遂不成
> 其人雖已沒 千載有餘情
>
> ─「詠荊軻」부분

이 때문에 도연명의 전원시는 죽림칠현류竹林七賢流의 고답적 고사高士취미와도 구별되며 사영운류謝靈運流의 염세적 산수시와도 구별되는 것이니, 내용 없는 수사로 번쇄했던 궁정문학과 그 반대쪽에서 고답적 사변으로 빠져든 청담문학淸談文學을 모두 타기해버리고 시를 농민 체험에 바탕한 자연 평담의 세계로 바로 인도한 도연명의 문학은 일종의 문학혁명에 값할 터이다.

이런 점에서 고은의 전원시는 도연명과 기맥을 상통하고 있다. 그러나 또 다르다. 물론 고은은 도연명처럼 몸소 농사를 짓는 것은 아니나, 농민과 농촌을 바라보는 시선이 판이하다. 도연명의 전원이 자신의 고매한 의경을 드러내기 위한 하나의 주관적 정취라면 고은에게 있어서 농민사회는 민중시대의 도래를 위한 순결한 에네르기의 원천으로서 본격적 탐구의 대상이기 때문이다. 그는 이 시편에서 농민인 척하는 것이 아니라 혼신의 힘을 다해 농민이 되고 있으니, 『전원시편』을 열두 달 동안 연재한 것도 농경생활의 주기를 충실히 따름으로써 오늘날 우리 농촌의 실상을 하나의 엄정한 현실로서 파악하려는 데 본뜻이 있을 것이다.

그러니까 이 『전원시편』은 신농가월령가新農家月令歌가 되는 셈이다. 실제로 그는 다산茶山의 아드님 운포처사耘逋處士 정학유丁學游가 19세기 중반에 지은 「농가월령가」를 염두에 두었던 듯싶다. 가령 「초겨울」의

상수리나무 말고는
그밖의 잎새들은 거의 진다
한천 살얼음 쓸쓸한 척 있고
고니 소리 괜히 높이 들린다

같은 구절은 「농가월령가」의 십월령十月令 중에서

나뭇잎 떨어지고
고니 소래 높이 난다

를 연상시키고 있다. 물론 「농가월령가」는 그 종결 부분에 나오는 '천만 가지 생각 말고/농업을 전심하소'에서 분명히 드러나듯이 봉건체제의 지주로 되는 농민사회의 동요를 묶어두려는 사대부적 의도가 뚜렷하지만,

한편 십일월령十一月令 중

> 몇 섬은 換子하고
> 몇 섬은 王稅하고
> 언마는 祭飯米요
> 언마는 씨앗이며
> 도지도 되어내고
> 품값도 갚으리라
> 市契돈 長利벼를
> 낱낱이 수쇄하니
> 엄부렁하던 것이
> 남저지 바이 업다

처럼 1년간의 땀 들인 노동이 수포로 돌아가는 농민의 참상을 일정하게 반영하고 무엇보다 농경생활을 본격적으로 노래한 드문 작품이라는 점에서 중요한 유산이 아닐 수 없다. 「농가월령가」에서 사대부적 낙인을 떼어내고 나면, 이 『전원시편』은 1세기 만에 다시 나온 농경생활의 시적 보고가 되는 셈이니 이것만으로도 의의가 깊다.

그러나, 네 계절에 걸친 농경생활의 전개를 기본 축으로 하고 있지만 이 『전원시편』은 정연한 월령체 노래가 아니라 독립된 노래들의 모음이다. 일종의 연작시다.

가을 노래에서 시작하여 겨울·봄·여름을 거쳐 다시 가을 노래로 마감하는 『전원시편』에서 시인은 겸허하게 몸을 숨기고 있다. 그러니까 이 시집에서 화자는 농민이다. 시인은 농민이 되어 그들의 눈으로 농촌생활을 조감하고 있는 것이다. 가령 「빈 논」의 앞부분을 보자.

느지막한 재래종 벼까지 다 베고 나니
벼 갈무리에 곰팡이 슬지 않도록
온도 습도가 사람 몇 몫을 한다
그렇구나 일과 일 사이 길이 나서
어드메 훨훨 다녀올 사람이나
좀 볼일 보고 올 사람은 그길로 나선다
한결 세상이 훤하구나 훤하구나
나야 아직 갈 데 없이 추운 들에 나가면
아 내 마음 가득하여 한나절 밥 생각도 없다
어디에 이토록 깊이깊이 정든 곳 있으랴
말없이 실컷 기쁘기도 한 날이여
여섯달 일곱달 내내 일한 땅이라
벼 베고 난 텅빈 논일지라도 가득한 논이구나
저 언덕 장구배미까지도 그윽하게 쉬어 보아라
사람도 수고했거니와 땅의 수고 앞서지 못한다

시인은 천연한 농부가 되어 노동을 매개로 이루어지는 자연과 인간의 교섭을 지혜롭게 노래하고 있다. 그런데 가만히 살피면 농민의 관점 뒤에 시인의 관점이 있다. 이 이중관점이야말로 이 시집의 묘미를 이루고 있으니, 때로는 농민의 관점이 승하고 때로는 시인의 관점이 승하며 두 관점이 충돌하면서 빚어내는 시인과 농민의 뜻 깊은 합작이 진실하다.

이 시집에 나타나는 농민은 '닷마지기 논 한 배미에/밭뙈기 둘'(「아버지」)에서 나타나듯이 대체로 자작농이다. 그러면서도 어느 농민의 관점에 고정된 것이 아니라 자유롭게 관점을 이동하고 있는데 때로는 서로 대립되는 관점을 병치함으로써 놀라운 효과를 거두기도 한다. 가령 「추석 이후」에서 우리는 명절이 되어도 고향에 내려오지 않는 서울에서 공장 다닌다는 딸을 기다리는 농부의 간절한 마음을 만나게 되는데, 그 뒤에 나오는 「편지」에서는 돌연 서울에 있는 그 딸의 술 취한 하소연에 부딪친다.

우리 오빠
베트남전 상이군인 오빠

나 취했어
오늘은 거짓말이 싫어
죽도록 싫어
나 제과공장도 회사도 다닌 적 없어
(……)
우리 오빠
우리 오빠
다리 병신 오빠

나 취해 버렸어
취해야만
나에게 고향이 있어
갈보에게도 갈보에게도 고향이 있어

다른 시 「목간」에서도 '아 다리병신은 자네가 되고/그 시절 베트남 경기 왕서방 것이었지'라고 노래했듯이, 농민의 아들은 베트남전에서 상이 군인이 되고 농민의 딸은 서울에서 갈보가 되어 상처받은 사람들 사이에서 이루어지는 고통스러운 위무를 노래한 이 시에서 우리는 쓸데없는 군소리 없이 이루어진 관점의 병치가 어떻게 충격적인가를 곧 알 수 있다.

이처럼 적절히 관점을 변화시키면서 시인은, 농민의 희생 위에 강행된 급격한 산업화 정책에 의해 파괴된 농촌—시인의 말을 빌리면 '사람은 없고 군하고 면만 (…) 농협만 있'(「쥐불」)는 우리 농촌의 실상을 절실하게 형상화하고 있다.

그럼에도 이 시집에는 몇 가지 아쉬운 점이 있다.

우선 뒤로 갈수록 단조로운 느낌이 드는 것이다. 이는 아마도 소농 일변도로 짜여 있기 때문이다. 대농을 다룬 「전보」 같은 작품이 딱 한 편 있지만 이제는 농사를 작파한 쓸쓸한 노인으로 나타날 뿐이며, 「건달」 같은 시에는 '논 한 배미 없는' 재필 씨가 등장하지만 그냥 딱한 사람으로만 그려져 있다. 이것은 농촌을 하나의 사회적 관계로서 총체적으로 파악한 것이 아니다. 물론 소농이 오늘날 농촌 사회의 중추겠지만, 지주·소작농 등과 관련지어질 때 그 존재가 보다 확연해질 것이기 때문이다.

이러한 추상성은 이 시편들이 안성의 농촌을 무대로 하고 있으면서도 이 고장의 지역성이 두드러지지 않는 점에서도 나타난다. 물론 이것은 오늘날 강력한 중앙집권 아래 일종의 획일화가 지역적 독자성을 파괴한 결과의 반영이기도 할 것이다. 그러나 민족운동의 대중화를 위해 선결해야 할 과제의 하나가 지역기반의 재건임을 생각할 때 향토사의 체득은 필수적인 전제이다. 우리가 믿고 사는 땅은 그냥 땅이 아니라 고조선 이래 민중의 숨결이 밴 땅일진대, 지역사의 정수에 올바로 접근할 때 우리는 비로소 자기가 딛고 사는 땅과의 근본적인 소외상태에서 해방될 것이다.(사족이지만 한자 지명은 한자로 써주든가 아니면 순 우리말 지명을 찾아주든지 했으면 좋겠다.) 지역성이 올바로 존중될 때 이 시편의 보편성은 더욱 생생하게 살아날 것이기 때문이다.

그리고 농민운동과의 관련이 약하다. 물론「냇둑」「2만5천 원」「2백명」등에 약간씩 나타나지만 그것은 풍문으로서 떠도는 것이다. 이 때문에 이 시집에서 농민들의 비판적 목소리가 곳곳에서 번득이지만 결국 불평불만으로 그치고 마는데, 이런 포인트가 없기 때문에 전체적으로는 파노라마처럼 밋밋한 바가 없지 않다.

이 시집은 서정시의 보물창고다. 죽어가는 대지에 대한 고결한 격정으로 우리들의 가슴을 치는「첫눈」, 얼어붙은 겨울의 한복판에서 부활의 봄을 노래한「입춘」, 궁한 겨울, 밥을 나누어 먹는 개와 까치의 모습에서 불현듯 평등의 고귀함을 설파하는「밥」그리고 무엇보다도「서리」──「서리」를 함께 읽어보자.

> 서릿발에 국화 뚜렷이 피어나고
> 서릿발에 처녀 빛난다
> 무우 파묻고 나서
> 신랑될 사람 집으로 가서
> 그 집 김장 양념 잘도 넣어준다
> 내년이면
> 서리 녹은 한낮의 따뜻함이여
> 이내 몸이야 아낙이다
> 아낙이 되어
> 외양간 쇠오줌 쇠똥 냄새에 정들고

마른 고구마 줄기 듬뿍듬뿍 썰어주어야 한다
그런 일에도 뱃속에 아이 든다
참새 한 떼
어느 놈 하나 빠지지 않고 말도 많다

기막힌 서정시다. 서릿발에 빛나는 시골 처자는 누구인가? 그녀는 농민이며 조국이며 부처다. 그리고 무엇보다도 그 모든 굴욕을 뚫고 황홀하게 부활한 어머니 대지인 것이다.

이 시집을 읽는 데 또 하나 빼놓을 수 없는 맛은 곳곳에 보석처럼 박힌 경구들이다.

그러나 농사꾼은 함부로 슬퍼하지 않는다
슬픔이란 가벼운 것이 아니라 물속 깊이 무거운 것이다(「아버지」)

이 세상이 천년이나 사는 곳이 아니라
우리들 하나하나 떠나야 할 세상이었다(「나들잇길」)

아버지와 아들은 현실이지만
할아버지와 손자 사이는 꿈결이구나(「어린 손자와 함께」)

일 많은 이 세상에서
또하나
이 세상 머금고 있음이 씨앗이지요(「볍씨를 갈무리하며」)

가을 김장배추만큼

쌩쌩한 초록 본 일 없다
첫 서리 맞고
도리어 풀 먹은 듯 힘차구나(「논배추 둘러보며」)

아 사람이 무엇한테 자꾸 지고 있구나(「고샅길」)

이 나라 봄 무릇 차별없이 자욱하여라(「뒤엄」)

이제 농투성이 순박하지 말어라(「한식」)

모 심은 뒤의 논이여 이제 막 태어난 나라여(「어린 논」)

머리수건 벗고
꺼므꺼므한 산 저문 산 바라보니
이 세상이 함께 견디었구나(「저녁바람」)

이 논 저 논 논두렁 이렇게 깎아 얌전해야
서로 숨 잘 통하여
논이 산다 벼가 살아난다(「논두렁 거스르기」)

보아라 마른 논에 물 들어왔구나 굽이굽이 살아 돌아왔구나
(…) 오오 내 자식 밀물이구나(「삽」)

　　이 경구들은 시인이 얼마나 깊숙이 농민적 정서의 핵심에 자리 잡고
있는가를 잘 보여준다. 특히 긴 겨울이 지나고 마른 논에 밀어 들어오는

물을 바라보며 '오오 내 자식 밀물이구나' 하는 구절에 부딪쳐 나는 어느 농민의 말을 기억하고 깜짝 놀랐다. 그 농민이 가로되, '자식 입으로 음식 들어가는 것하고 논에 물 들어가는 것이 제일 좋다.' 어쩌면 이렇게 일치할 수 있을까. 시인의 원력願力이 크고 곧기 때문일 것이다.

나는 이 날카롭지만 따듯한 경구들을 다시 읽으면서 문득 고은 선생이 일찍이 일초선사一超禪師였음을 깨닫게 된다. 그러고 보면 이 경구들은 마치 선승의 어록이다. 일초에게 있어 부처는 누구인가? 그것은 일하는 농민이다. 선농일여禪農一如. 그리하여 이 시집을 온몸으로 받치고 있는 빛나는 게송偈頌이 있으니,

일이 결코 기쁨인 나라
비로소 그 나라가 언젠가 우리나라 아닌가(「알타리무우밭에서」)

[『전원시편』 해설, 민음사, 1986]

아버지의 역사에서 아들의 현실로

―김하기의 『항로 없는 비행』

복간 이후 '창비'가 배출한 신인작가들 가운데 김하기는 단연 우뚝한 존재의 하나이다. 더구나 그의 처녀작 「살아 있는 무덤」(1989)을 투고작으로 읽었을 때의 기쁨을 아직도 생생히 기억하고 있는 나로서는 그에게거는 기대가 남다를 수밖에 없다. 과연 그는 우리 사회의 마지막 금기영역인 미전향 장기수 문제를 집중적으로 조명함으로써 우리 문학의 암흑면을 새로이 개척한 첫 창작집 『완전한 만남』(창비, 1990)으로 독서계의 날카로운 주목을 받았던 것이다.

그런데 한편 우려도 없지 않았다. 『완전한 만남』에 대한 서평에서 신승엽은 다음과 같이 지적하였다.

살인적인 전향공작과 오랜 영어생활에도 불구하고 혁명에의 신념을 버리지 않고 있는 그들(미전향 장기수)에 대한 존경은 아무리 강조해도 지나치지 않을 터이지만, 그들의 혁명전통을 지금의 현실에서 단지 인간적 모범으로서만 수용하는 것은 그들에 대한 올바른 대접이 될 수 없다.(『창작과비평』1991년 봄호, 436~437쪽)

　세상사가 다 그렇듯이, 사람과 사람 사이에서도 일방적인 관계 속에서는 진정한 운동은 발생하지 않는 법이다. 야박하다고 타낼지 모르지만, 특히 소설가는 대상을 그대로 접수하는 것을 자기의 몫으로 삼아서는 아니 될 터이다. 이 때문에, 대상의 이면을 탐사할 수밖에 없는 소설가의 운명을 저주한 고골리의 절규에서 우리는 오히려 리얼리스트 고골리의 진면목을 보게 되는 것이다. 내가 자주 인용하는 김동석의 경구 —"아버지는 아들로 말미암아 부정됨으로써 긍정되는 것이 역사의 윤리"(『부르조아의 인간상』, 탐구당서점, 1949, 13쪽)—도 대상에 섣불리 함몰되지 않으려는 소설적 긴장의 어떤 경지를 가리키는 것은 아닐까? 그래서 그런지 장기수 문제를 떠나 지금 이곳의 현실을 다룰 때, 특히 김하기 씨의 소설은 흐트러진 모습을 보이기도 하였다.

　그런 차에 김하기가 처녀장편 『항로 없는 비행』을 완성하였다. 이 장편을 일독하고 나는 우선, 대하소설 또는 역사소설의 이름 아래 노골적인 베끼기가 무슨 기법인 양 횡행하는 최근의 작단에서 드물게 본격적인 장편과 만나게 된 것을 기뻐한다.

　우리는 한때 예술적 고투를 벌레를 아로새기는 잔재주[彫蟲小技]로 짐짓 경멸하고 해방된 인류의 대합창이 폭발할 '그날'을 꿈꾸며 대서사에 몰두하였다. 그런데 그 대서사란 것이 혹시 도스토옙스키가 "네 발로 기어다니는 기독교"라고 야유했던 것과 유사한 측면은 없었던지 곰새겨봐야 한다. 그렇다고 해서 이제 대서사는 포기하고 하나의 단어를 찾기 위해 일주일씩 골머리를 앓는 플로베르 식의 예술적 고투주의로 돌아가자는 것은 아니다. 예술적 고투 따로, 대서사 따로 식의 이분법을 넘어서는 사고의 전환이 절실히 요구된다는 점을 강조하고 싶은 것이다.

요컨대 대서사는 휴거가 아니다. 하극상으로 요약되는 천하대란天下大亂의 시기인 춘추전국시대에 중국사상은 최고의 황금시대를 맞이했으니, "내 머리칼 한 오리를 뽑아 천하가 다 구원된다고 하더라도 나는 내 머리칼 한 오리를 뽑지 않겠다"고 호언했던 참으로 통쾌무비한 양주楊朱 같은 철학자도 출현했던 것이다. 옛 가치는 무너지고 새로운 가치가 정립되지 않은 이런 시기는 순간순간 그 의미를 묻지 않고는 나날의 삶을 영위할 수 없으매, 우리들의 시대야말로 진정한 예술적 고투가 본디의 위엄 속에서 거듭날 절호의 터전인 것이다.

그런데 이 장편의 더욱 큰 미덕은 장기수의 역사에서 젊은이의 현실로 복귀한 작가의 성공적인 귀환에 있다. 물론 이 작품에도 분단체제의 전개 속에서 실종된 아버지의 역사가 등장한다. 가령 장기수로 복역하는 남이범의 생부 지장호와 빨치산으로 활동하다가 월북한 안경태의 어머니 송화숙 같은 인물들이 그 대표적인 예이다. 그러나 이들은 어디까지나 배경의 삽화이고 이야기의 중심은 그 자식들에 놓여 있는 것이다.

부산 효원대를 주요 무대로 설정한 이 소설에는 다양한 운동권 학생들이 나타난다. 제1세대에 해당되는 인물이 효원대 운동권의 효시로 되는 마오와 마르기수다. 반제직접투쟁론에 입각한 정통 군사노선을 걷는 전자가 NL계라면, "효원대학에서 최초로 맑스·레닌의 저작들을 들여와 독어와 러시아어 원서로 읽었고 레닌의 「한 동지에게 보내는 편지」를 토대로 과학적 조직을 건설"한 후자는 PD계이다. 그러나 이 양자는 변화한다. 현존사회주의의 붕괴에 충격을 받은 후자는 일본 유학길에 올라 운동에서 이탈하고, 영어생활 속에 정신과 육체가 함께 피폐해진 전자는 장기수와의 감동적인 옥중 체험을 바탕으로 소설가에의 뜻을 세우는 것이다. 그는 아마도 작가의 분신일 터이다. 이 소설에 등장하는 운동권의 핵심은 제2세대인 김노경과 붉은 마녀 원동숙이다. 학생운동의 당면과제를 "전쟁으로 좌절된 인민위원회와 빨치산 운동의 복원"으로 설정하는 이들은 1980년대 후반의 학생운동의 한 전형인 것이다. 그러나 그들도 미드웨이호 타격사건으로 체포되거나 도피함으로써 운동의 주도권은 제3세대로 넘어간다. 그들이 바로 이 소설의 주인공 정다음, 남이범, 안경태 등이다. 원래는 운동권에 비판적이었던 이들이 작품의 끝 무렵에 새로이 부상하면서, 국내외적 변화에 즉응하는 새로운 운동 방향을 모색하는데, 그것은 앞 세대의 군사노선 또는 전위주의의 극복, 그리고 수공업적 방법의 혁신으로 요약될 수 있을 것이다. 우리는 이 거친 개관을 통해서도 80년대에 싹튼 혁명적 학생운동의 맹아와 고조, 그리고 1990년대의 새로운 조정 국면들이 3세대의 인물군을 통해서 파노라마처럼 펼쳐지고 있음을 깨닫게 된다.

학생운동사의 흥미로운 개관도 이 소설이 제공하는 유익한 정보지만, 진정한 매력은 다른 곳에 있다. 『항로 없는 비행』은 뛰어난 성장소설이다. 제3세대 정다음, 남이범, 차태수의 입학에서 시작하여 안경태 등의 졸업으로 끝나는 이 작품은, 서로 다른 가정적 배경 속에서 대학에 들어와 사랑과 우정과 역사에 눈뜨는 젊은 영혼의 아라베스크를 치밀한 필치로 그려냄으로써 우리나라 성장소설의 새로운 영역을 개척하였던 것이다. 특히 자살로 자신에게 지워진 무거운 영혼의 짐을 벗어버리는 차태수의 형상은 가슴 아프다. 비난의 대상으로만 여론에 오르내리기 마련인 타락분자 차태수의 행태를 내적 논리를 따라 분석하는 작가의 시선이 아름답다.

한국소설에는 성장소설의 전통이 박약하다. 철드는 것, 다시 말하면 기성사회와의 타협으로 끝나는 독일식 성장소설이 생산되기에는 끊임없는 선택과 결단을 요구하는 우리 역사의 엄중함을 돌아볼 때 한국의 토양은 비옥하지 못하다. 어떤 점에서는 그러한 성장소설의 결핍이 우리 문학의 건강성을 반증하는 것인지도 모른다. 그런데 이 문제를 이젠 다시금 숙고해보자. 나는 「성장소설의 가능성」(1985)이란 글에서 성장소설의 새로운 모형, 즉 "개인과 사회의 애매한 타협이 아니라 그 관계에 대한 진지한 성찰로 이끌어주는 진정한 성장소설"의 생산을 제안한 바 있는데 『항로 없는 비행』은 그 근사한 응답이 아닐 수 없다.

이 작품에도 아직 문제점은 있다. 가령 등장인물들이 운동권이건 아니건, 재자가인형才子佳人型이라고 할까, 대체로 너무 비범하다. 사건들 또한 범상하지 않다. 이 점에서 북한소설 『청춘송가』처럼 로맨스적인 흔적이 없지 않다. 그러나 어찌 첫술에 배부르랴? 오랜 진통 끝에 마무리한 김하기의 처녀장편 출간을 독자와 함께 진심으로 축하한다.

[『항로 없는 비행』 해설, 1993. 11.]

제4부 | 전환기의 한국시

시의 위기

1980년대를 흔히 시의 시대라고 일컫는다. 하늘의 별처럼 많은 시인들이 등장하였고 시집은 양산되었으며 개중에는 공전의 판매부수를 올리는 베스트셀러 시집도 여러 권 나왔으니, 가히 시의 시대라고 해도 지나친 말은 아닐 것이다. 80년대에 시는 대중화 시기로 접어들었다.

물론 시의 대중화현상은 결코 부정적인 것이 아니다. 근대 이전, 시는 귀족의 전유물이었다. 이 때문에 거리에 떠도는 비천한 말들 속에서 태어난 소설과 달리, 시는 다양한 언어의 층위들을 하나로 통합하는 지배층의 단일 언어를 지향했던 것이다. 이와 같은 시의 귀족적 낙인은 근대 이후에도 은밀한 형태로 유지되었으니, 우리처럼 시민혁명을 철저히 겪지 않은 채 근대로 이행된 경우 더욱 그러하다. 아마도 일제 말 정지용이 도달한 고전적 시풍의 순수시는 그 대표적 예일 터인데, 시에 대한 고전적 태도와 진정한 민족문학의 건설에 복무하는 시를 생산해야 한다는 요구 사이에서 고민했던 정지용이 해방 후 거의 시를 쓰지 못했던 이유 또한 여기에 있을 것이다. 그러나 정지용의 고민은 분단시대의 전개 속에서 망각되고 우리 시는 현대사회 속에서 어떻게 창조적으로 변화해야 하는가라는 근본적인 물음을 유보한 채 음풍농월과 실험에 몰두하였다. 이 점에서 1970년대에 싹터 1980년대에 만개한 시의 대중화현상은 우리 시의 귀족적 낙인에 대한 대규모의 해체작업으로 된다.

그러나 최근 우리 시는 일종의 평준화로 떨어지고 있다. 순수시건 민중시건 그저 고만고만한 시들이 양산되면서 시는 그 호황의 절정에서 기이하게도 위기를 맞이하였다. 그것은 80년대에 들어 침체했던 소설이 최근 현실문학에 육박함으로써 싱싱하게 살아나는 것과 흥미로운 대조를 보인다. 격동하는 우리 사회 속에서 시가 어떻게 대중적 연대 위에서 빛나는 위엄을 회복할 수 있을지, 진지한 물음이 이제야말로 절실히 요구되는 때이다.

오랜만에 월간문예지의 시들을 읽어보았다. 시의 위기는 전반적인 것이었다. 김승립의 「강설기降雪期」와 「겨울 숲에서」(『현대문학』 3월호)가 어떤 긴장을 견지하고 있을 뿐, 말라르메처럼 담배연기로 세계에 장막을 치듯 오직 시에 자신의 전존재를 투기하는 순수시인조차 만날 수 없었다. 오히려 최하림과 이시영의 짧은 시가 이채롭다.

기다리지 않아도 좋은 밤이 찾아와 평안이 지붕으로 내리면 창마다 불빛 고이어 말들이 마음 아프게 출렁거리네

—최하림, 「베드로·8」

3음보 4행시를 1행으로 처리한 이 시를 나직이 읊조리노라면 민주주의의 패배로 말미암아 상처받은 대중의 마음을 위무하는 따스한 시인의 눈길이 다가온다. 예수가 처형된 그 고통의 밤에 예수를 세 번 부정하고

살아남아 사도의 길을 걸어갔던 베드로를 통해서 시인은 문득 숨은 신을 탐구하는 사도가 된다. 저마다의 마음속에서 아프게 출렁거리는 말들을 해방하여 사람이 마땅히 가야 할 길을 밝히는 도구가 시일진대, 시의 임무가 막중하다 아니할 수 없다.

최근 이시영의 시에는 새가 자주 나타난다.

> 아침 산길의 눈밭 위에는 머리가 상한 참새 두 마리가 서로의 날갯죽지에 핏빛 새근대는 부리를 묻은 채 잠들어 있었습니다.
>
> 이 도시에 새들의 영혼까지도 앗아가버리는
> 무서운 계엄군이 진입하던 날
>
> ―「새」

계엄군과 눈밭에 잠든 두 마리의 참새를 날카롭게 병치한 이 시는 한 시대의 섬뜩한 풍경을 극명하게 떠올리고 있으니, 이 시에는 낭만적 환상을 거부하는 시인의 냉철한 사회분석이 깔려 있다. 그럼에도 이 시는 차가운 비관주의에 함몰되지 아니하고 두 마리의 참새가 나누는 체온의 온기처럼 기이하게도 따뜻하다. 그 어떤 현상적인 암담함에도 불구하고 우리 조국의 앞날에 대한 시인의 굳은 믿음이 있기 때문이다.

8년 만에 복간된 두 계간지, 『문학과사회』와 『창작과비평』의 시들은 고른 수준을 보이고 있지만 탁발한 작품은 눈에 뜨이지 않는다. 특히 신진시인들의 작업이 각별히 신선하지 않다는 점은 유감이 아닐 수 없다.

총 13편으로 이루어진 이동순의 「연정리蓮亭里 이야기」(『문학과사회』)는 작은 규모의 장시다. 그렇다고 사설을 주저리주저리 엮어놓은 이야기 시는 아니고 각 편의 독립적 성격이 견지되는 짧은 시의 모음이다. 이 13편의 시들은 어디 한 군데 군더더기 없이 팽팽한데, 일찍이 백석이 시도했던 독특한 행갈이의 시편들을 사이사이 엇섞어서 시를 읽는 맛이 자미롭다. 그리하여 연정리를 다양한 각도에서 포착한 이 시편들을 읽어나가노라면 시인이 창조한 연정리라는 공간이 도시화의 물결 속에서 사람은 떠나고 산천은 부패한 오늘날 우리 농촌의 보편적 이미지로 떠오른다는 점을 깨닫게 된다. 뛰어난 농촌시다. 그럼에도 고요히 안으로 붕괴되는 농촌에 대한 시인의 탄식은 절실하지만 왠지 닫혀 있다는 느낌을 떨칠 수 없다.

이성복의 시가 요사이 더욱 순정해졌다. 『문학과사회』에 발표된 5편의 시는 산문시풍인데 만해의 「님의 침묵」을 환기시킨다.

　　깊은 물 속으로, 더 깊은 물 속으로 내려가면서 우리는 발끝으로 당신의 가슴 언저리를 더듬었습니다. 이명처럼 오랜 날들이 지나고 우리가 닿은 곳은 하구였습니다. 밤새 비 내리고 폭풍우가 멎은 아침, 흰 구름이 피어오르는 바다가 눈에 들어왔습니다. 맑게 닦인 모래알처럼 고운 당신의 웃음이 우리를 받았습니다.

　　　　　　　　　　　　　　　　　　　　　　　　　　　　　　　　―「강」

오랜 탐색과 갈구 끝에 시인이 본 '당신'은 누구인가? 일찍이 만해가 보았던 '침묵하는 님'인가? 이 시인의 시에 등장한 '당신'의 이미지에 주목하면서 '당신'에게 바쳐진 이 산문시들이 앞으로 어떤 전개를 보일지 기대해본다.

신경림의 「올해 겨울」(『창작과비평』)을 흥미롭게 보았다. 1연보다는 2연이 좋다.

올해 겨울은 춥구나

따스한 겨울이라서 더욱 춥구나

무학여고 가까운 소줏집에 앉아

광장을 덮은 깃발을 거리를 메운 노래를

텔레비전으로 보면서

혼자서 술을 마시는 저녁은

아까샤꽃 냄새가 깔리던

삼십 년 전의 그 봄보다도 춥구나

한강백사장으로 가는 대신 학교 운동장에 앉아

외로운 사람의 목쉰 얘기를 듣던

그 봄보다도 더욱 춥구나

이 시에 시인은 다음과 같은 주를 붙였다. '1956년 5월 제3대 대통령 선거 때 해공이 30만의 대군중을 모아놓고 한강백사장에서 선거유세를 벌이던 날 죽산은 무학여고에서 300명을 놓고 얘기를 했다.' 자유당 정권과는 대립했지만 죽산竹山의 진보세력에 대해서는 거부의사를 명백히 했던 당시의 보수야당은 결국 자유당의 죽산 제거 음모를 양해함으로써 죽산은 결국 4·19혁명 8개월 전 형장의 이슬로 사라졌던 것이다. 지난겨울을 죽산을 통해서 반추하고 있는 이 시는 착잡하다. 그러나 자유롭고 평등한 사회의 실현을 위한 역사의 전진은 결코 멈춤이 없을 것이다. 새로운 변혁의 고비 길에 서 있는 지금, 도道를 꿰는 그릇인 시가 맡아야 할 창조적 역할은 과연 무엇인가?

[『현대문학』 1988년 4월호]

동시대성의 결핍

『현대문학』 4월호는 지령 400호 기념으로 시·시조 100인 특집을 마련했다. 시의 성찬이 아닐 수 없다. 그런데 거의 시집 한 권 분량이 되는 이 특집을 읽으면서, 원래 소문난 잔치는 그런 것인지, 나는 어떤 결핍감에 사로잡혔다. 무엇이 결핍되었는가? 그것은 한마디로 동시대성의 결핍이다. 일찍이 만해는 영원한 나라의 주인인 신의 꽃밭을 가꾸는 원정으로 자처한 타고르의 시를 다음과 같이 비판하였다.

> 그대는 옛무덤을 깨치고 하늘까지 사모치는 白骨의 香氣입니다
> (…)
> 벗이여 나의 벗이여
> 죽엄의 香氣가 아모리 좋다 하야도 白骨의 입술에 입맞출 수는 없습니다
> 그의 무덤을 黃金의 노래로 그물치지 마서요 무덤 우에 피묻은 旗대를

세우서요

―「타골의 詩 GARDENISTO를 읽고」 부분

"愛人의 무덤 위에 피여 있는 꽃처럼 나를 울리는 벗"이라고 타고르를 높이면서도 만해가 끝내 죽음에 입 맞추는 백골의 향기라고 타고르를 부정하는 이유는 무엇인가? 시인은 대저 초월에의 유혹에 강하게 끌린다. 그러나 만해는 '더러운 땅[穢土]'을 여의고는 '깨끗한 땅[淨土]'에 함께 갈 수 없음을 절실히 깨달았기에 그 유혹을 극복할 수 있었던 것이다. 진정한 문학은 우리가 딛고 사는 '더러운 땅'을 깊이 몸받을 때, 그 눈물겹게 획득된 동시대성 속에서 탄생한다.

이 점에서 고은의 「흰 돛」은 흥미롭다.

그렇습니다 폭풍을 원하는 자 하나도 없습니다
그러나 저 바다 위 흰 돛이여
그대 온 심신으로 폭풍을 원하고 있습니다
폭풍 속에서만
그대 살 수 있기 때문입니다

오 검푸른 바다 복판 인내와 갈망의 흰 돛이여
싸움이여

나 그대로부터 눈 뗄 수 없습니다

내 발밑 풀에는
산들바람도 폭풍이거늘

이쪽 언덕 위에서 저 검푸른 바다 위의 흰 돛을 바라보면서 시인의 마음속에 생기하는 상념들을 반추하고 있는 이 시는 그냥 자연시가 아니라 변혁기의 역사 앞에 마주 선 시인의 침통하면서도 표표한 자세를 진실하게 표백하고 있다. 이 시의 1연에서 3연까지 시인의 내면은 갈등한다. 시인을 포함해서 그 누구도 우리들의 운명을 어디로 끌고 갈지 모르는 폭풍을 원하지 않는다. 그럼에도 시인은, 폭풍을 갈망하는 자세로 검푸른 바다 복판에서 깃발처럼 펄럭이는 흰 돛으로부터 눈을 뗄 수 없다. 그런데 홀연 4연에 이르러 시인은 놀라운 깨달음에 눈뜬다. 저 바다 위 흰 돛뿐만 아니라 내 발밑 풀에도 폭풍이 분다. 겉으로 운동하지 않는 것처럼 보이는 풀 속에서, 즉 정지 속에서 운동을 발견한 것이다. 폭풍을 원하느냐 원하지 않느냐 하는 문제는 주관일 뿐이고 그 주관 이전에 이 세계는 엄연히 폭풍 속에 있다. 투쟁과 모순이 생명과 운동의 법칙이라는 깨달음이 간결하면서도 힘차게 제시된 이 시를 읽으면서 나는 변증법적 세계관의 발견자 헤라클레이토스의 예리한 금언을 생각했다. '신은 낮과 밤, 겨울과 여름이다. 전쟁은 평화, 포식飽食은 기아이다.—일체의 대립이다.'

민영의 「옛 친구의 머리맡에서」는 참으로 따뜻하다.

아파 누운
옛 친구의 머리맡에서
더불어 아파주지 못하는
인연을 서러워하네.

겨울도 한겨울,
잎 떨어진 가지끝 바람이 찬데
그 나무에 물오르면 피시려는가?

말 못하는 벗에게 눈으로 묻네.

우리 이 세상에 태어날 적엔
반가운 손길에 감싸이지만
기러기 우는 하늘길 떠나갈 적엔
어느 누가 벗하여 날아가주리.

유리창에 어리는 눈발을 보며
이 계절의 쓸쓸함을 맘에 새기고
부디 먼곳엘랑 가지를 마소
나직이 입속으로 읊조려보네.

자그만 체수에 단아하고 꼿꼿한 민영은 그 외모처럼 시풍 또한 그러해서 마치 옛사람의 풍모를 다시 보는 듯하다. 이 시 또한 단단한 짜임새를 보여주고 있다. 1·2·4연은 '서러워하네' '묻네' '읊조려보네'로 끝내면서 3연에서는 '날아가주리'로 살짝 비틀어 화룡점정 격으로 기계적 반복에 생채를 돌게 한다든가, 각 연을 4행으로, 그리고 4연을 전통적인 기승전결로 짜나감으로써 고전적 격조를 유지하였다. 그러면 이 시는 복고풍인가? 그렇지는 않다. 무릇 생명에 대한 경건한 외경으로 인간의 살냄새가 따스한 이 시는 반생명적인 작태가 횡행하는 오늘날 우리 사회에 대한 뼈아픈 항의로 되는 것이다. 천 년 전의 「제망매가祭亡妹歌」와 짝할 아름다운 시이다.

유승우의 「이웃」은 일종의 콜라주다. 짧은 시행들을 숨 가쁘게 배열한 이 시는 저희들끼리 몸을 비비며 추위를 견디는 마른 풀잎들, 산동네 아이들의 기침 소리, 바위에 부딪쳐 허옇게 주저앉은 먼 바다의 푸른 물결들, 캄캄한 어둠을 지키는 잘 훈련된 개들, 그리고 내 가슴을 빠드득빠드 득 물어 뜯는 천장의 쥐들, 이런 이미지를 조합하여 겨울의 깊은 밤 같은 우리 시대의 풍경을 솜씨 있게 재구성하고 있다. 그러나 극히 엄격한 절 제 속에 재현된 이 싸늘한 풍경은 시인이 사라짐으로써 획득되었다는 점 을 지나칠 수 없다. 시인의 주관이 사라질 때 세계는 현실의 파편으로 조 각조각 분해될 것인데, 시는 단순히 세계를 바라보고 해석하는 것으로 그 임무를 다하는 것이 아니기 때문이다.

신협의 「어머니의 밤」에는 '박종철·이한열 군의 어머니를 생각하며' 라는 부제가 붙어 있다. 민주화운동 속에서 독재권력에 의해 산화한 청 년학생들, 그들을 잃은 어머니의 비통한 마음을 위무하고 있는 이 시는 민영의 「옛 친구의 머리맡에서」처럼 따스하다. 물론 이 시는 어머니는 박종철·이한열 군의 어머니만을 지칭하지 않는다. 어머니는, 우리 현대 사의 격동에 자신의 아들딸을 바치고 그 자식들의 주검을 어미의 가슴 에 묻은 이 땅의 어머니들, 살아남았기에 더욱 고통스러운 우리의 어머 니들, 바로 그들이다. 그런데 이 시에 나타난 어머니는 안으로 슬픔을 삭 이는 그런 모습으로만 나타나고 있다. 그러나 우리는 주변에서 자식들의 투옥 혹은 죽음을 통해서 안팎의 질곡에 매여 의식의 잠에 사로잡힌 어 머니가 어떻게 놀라운 투사로 변모하는가를 생생하게 목격한 바 있다. 이 시에 이런 변모까지 포착되었더라면 하는 아쉬움이 남는다.

『실천문학』 복간호는 신인을 포함해 네 사람의 젊은 시인들의 시를 선 보이고 있다. 그중 허수경의 「원폭수첩·4」가 주목된다. 이른바 피폭자 최여인의 독백형식을 취하고 있는 이 시는 핵시대에 살고 있으면서도 이 문제에 너무나 둔감한 우리들에게 경종을 울린다. 일찍이 신동엽 시인은 '漢拏에서 白頭까지/향그러운 흙가슴만 남고/그, 모오든 쇠붙이는 가라' 고 노래했지만 핵문제가 올바로 해결될 때 우리의 병든 산천과 함께 이 땅의 사람들도 진정으로 향기로워질 것이다. 이 문제에 대한 시인들의 더욱 진지한 관심을 촉구하는 바이다.

　『현대문학』특집이나『실천문학』젊은 시인 특집이나 신인들의 작업이 매우 부진하다. 깊이 우려할 일이다. 젊은 시인들의 분발을 기대해마지않는다.

[『현대문학』1988년 5월호]

시의 진정성

'시인이 정성 들여 시를 써도 정성 들여 읽어주는 사람(독자)이 없다면 쓸쓸한 일'이라고 민영 시인은 엽서에 적고 있지만, 진정한 시를 만나지 못하는 비평 또한 쓸쓸하다. 나는 비평의 선도성을 잘 믿지 않는 편이다. 비평이란 작품과 관계없이 스스로 발전할 수 없다고 믿기 때문이다. 만약 비평이 선도성에 도취해서 작품현실을 무시한 채, 탁상에서 이론을 구성해서 제출한다면 그것이야말로 관념론이 아닐 수 없다. 위대한 작품의 출현이 탁월한 비평의 탄생을 촉진하는 것이다. 그것은 1970년대 비평의 발전이 김지하의 「오적五賊」이나 황석영의 『객지客地』로 대표되는 새로운 문학의 출현에 크게 말미암았다는 사실에서 쉽게 찾아볼 수 있다. 위대한 문학은 작품으로 비평을 친다. 기성의 비평이론으로 해명되지 않는 작품의 출현 앞에서 비평은 그 분석에 골몰하게 되는데, 이 변증법적인 상호침투의 과정을 통해서 창작과 비평은 함께 전진할 것이다.

5월호 문예지를 아무리 뒤져도 비평의 정수리를 번개처럼 후려치는 진정한 시를 만나기 어려웠다. 그러기는커녕, 뭐라고 해도 시의 기초를 이루는 언어에 대한 날카로운 감각마저 해체된 듯 남루한 언어들이 횡행하고 있는 것이다. 쌍소리 경쟁은 물론이거니와 김영랑 식으로 보들보들하게 이쁜 말만 골라 쓰는 것 또한 언어에 대한 진정한 자각이 아니다. 합리주의의 이름 아래 날로 분별지分別智가 일종의 신앙으로 올라서는 오늘의 세태 속에서 언어는 원래의 즉물적 생동성을 잃어버리고 개념화·추상화·논리화의 추세 속에서 딱딱하게 물화物化되고 있다. 이 물화된 언어의 각질을 깨고 태초에 처음 사물에 이름을 주었을 때의 경이를 회복하는 것이 모국어의 최후의 수호자인 시인의 언어에 대한 진정한 자각이 아닌가?

나는 페르시아의 위대한 시인인 오마르 하이얌Omar Khayyám, 1040-1123의 『루바이야트』를 좋아한다. 대학시절 청계천 고서방에서 구한 영역판 『루바이야트』는 예나 지금이나 나의 애장서로, 천막 만드는 집안에서 태어나 뛰어난 과학자로 봉직하다가 사후에야 시인으로 명성을 얻고 19세기에 영국의 시인 에드워드 피츠제럴드의 영역으로 세계적인 시인이 된 오마르 하이얌은 합리주의적 비관론자·유물주의적 무신론자로서 이슬람 교학의 종교적 속박에 반대하여 인간해방의 염원을 투명한 언어와 날카로운 논리로 노래하였던 것이다.

그들과 함께 지혜의 씨앗을 나는 뿌렸노라,
그리고 손수 그를 키우려 수고하였노라:
그리고 이것이 내가 거둔 모든 수확—
"물같이 와서 바람처럼 가다."

이 시의 '그들'은 이슬람의 성자와 현자들을 말함이니, 이슬람의 침략 아래 이슬람화의 길을 걷고 있는 조국 페르시아에 대한 사랑과 함께 인간주의자 오마르 하이얌의 면모가 행간에 약여하다. 특히 마지막 행— 'I came like Water, and like Wind I go'는 방언과 시간의 경계를 넘어 우리의 혼 가장 깊숙한 곳까지 흔들고 있다.

> 여기 큰 나뭇가지 아래 한 덩어리의 빵,
> 한 병의 포도주, 한 권의 시집, 그리고 내 곁
> 광야에서 노래하는 당신이 있으니
> 광야도 이미 낙원일진저.

저승의 약속을 거절했을 때 엄습하는 삶의 덧없음, 그 때문에 더욱 증폭되는 지상적 삶에 대한 강렬한 유혹을 이처럼 탁월하게 표현한 시가 있는가? 이 시의 언어는 고도의 집중 속에 획득된 즉물적 생동성으로 우리의 모든 감각을 날카롭게 깨워 일으킨다.

황명의 「아지랭이 幻」(『현대문학』 1988년 5월호)에 이 감각이 살아 있다.

> 햇볕이 졸음을 한아름 안고 와서
> 고양이 잔등이에다 퍼쏟아놓고
> 히죽히죽 뒷걸음치는
> 저 술취한 눈맵 좀 봐
>
> 앞마당 멍석에 펼쳐 말리는
> 저 메주덩이에서 솔솔 새어나오는
> 깊은 겨울 골짜기의 은밀한
> 안방 이야길 좀 들어봐

과수원집 맏며느리 첫 친행길에
치렁치렁 휘날리는 치맛자락 옷고름에
아롱아롱 떠오르는 옛날 정월 대보름
긴 댕기 드리운 색시 널뛰는 모습 좀 봐

새소리 물소리에 섞여
동네 유아원 손풍금소리 저쪽
논둑에서 하품하는 황소 입김에 돋아나는
파릇파릇한 쑥대궁, 미나리밭 좀 봐

　죽은 대지를 깨우는 봄의 생명력을 재현하고 있는 이 시에서 시인의
감각은 예민하다. 특히 마지막 연의 '황소입김에서 돋아나는/파릇파릇한
쑥대궁'은 기막히다. 일찍이 지용은 '누렁이는 황금빛 게으른 울음을 울
고'라고 노래했지만 황명의 이 구절은 여기서 한걸음 더 나아간 것이다.
　신인 중에서는, 분단시대에 태어나 성장한 젊은이의 참담한 고뇌를 산
문시풍으로 노래한 오정국의 「신발·3: 남방한계선」(『현대문학』 1988년 5월
호)이 주목된다. 시의 첫 구절부터 우리말과 영어, 두 언어의 체계 사이에
서 찢겨진 자아의 혼란을 암시하고 있는데, 그것은 코피를 쏟으며 밤새
도록 익힌 정통종합영어 구문과 아버지의 유산처럼 무거운 워커의 이미
지를 통해 더욱 증폭된다. 이 시인의 의식을 그처럼 사로잡고 있는 신발
은 무엇인가? 할아버지가 아버지에게 남긴 게다짝과 아버지가 '나'에게
넘긴 워커에서 분명히 드러나듯이, 그것은 식민지와 분단으로 이어지는
우리 현대사의 중압이다. 때로 그 중압으로부터 탈출을 시도하지만 끝내
남방한계선 앞에서 신발의 악몽에 시달리면서 '3년의 긴 긴 해가 감자꽃
빛깔로 저물도록 나는 철책 곁에서 외롭게 녹슬어갔'던 것이다. 그리하

여 시는 다음과 같이 끝난다.

그런 날이면 민박지로 내려가 울분처럼 정액을 쏟아내곤 했는데, 막사
로 돌아올 때 아아 나는 보았다. 한반도의 가랑이 사이로 흘러든 미군의
정액을, 워커 발자국마다 고인 이 땅의 핏빛눈물들을.

시인은 탈출의 끝 남방한계선 앞에서 역설적으로 자신의 분열을 극복
할 수 있는 명징한 의식에 도달했던 것이다. 시상의 골격은 이만큼 튼튼
하다. 그러나 그 세부는 느슨하고 그 언어는 자기연민으로 끈끈하여, 군
더더기를 가차 없이 쳐내는 고도의 집중이 요구된다.

일찍이 한퇴지는 '기氣는 물이요 말은 뜨는 물건이니, 물이 크면 물건
의 뜨는 것, 대소가 다 뜬다'고 갈파했거니와, 섬부하고 웅심한 기氣로 우
리말의 모든 가능성을 남김없이 띄우는 그런 큰 시인의 출현을 고대하면
서 망평妄評을 그친다.

[『현대문학』 1988년 6월호]

신인 곽재구

김병익은 어느 글에서 1980년대 문학을 가리켜 '덫에 걸렸다'라는 표현을 쓴 적이 있다. 문학에 관심이 있는 독자라면 이러한 표현이 결코 과장이 아님을 짐작할 것이다. 기성문단은 고요하게 가라앉았고, 대중문화는 거의 흉포한 모습으로 판을 치고 있다.

필자는 최근 6개월 남짓 모 잡지의 소설 월평란을 맡은 적이 있다. 깊은 우려 속에 출발한 80년대 문학의 현장을 직접 확인하고 싶었기 때문이었다. 그러나 결과는 참담했다. 80년대의 소설문학은 표류하고 있었다. 특히 눈에 띄는 신인들이 거의 없었다는 점이 마음에 걸렸다.

소설에 비하면 시는 일견 매우 활발하다. 1920년대의 동인지시대가 다시 재현되었다고 얘기될 정도로 신인 시인들이 동인의 형태로 대거 등장했다. 신인의 존재가 뚜렷하지 못한 소설 쪽에 비하면 신인 시인들의 활동은 문단의 깊은 주목의 대상이 되어왔다. 돌이켜보면, 소설문학의 전성기라고 할 수 있는 1970년대에도 사실 그 그늘에 가려서 그렇지 시단의 성과가 소설 쪽을 웃돌았던 것이니 80년대에 들어서서도 시가 그 활력을 잃지 않은 것이 결코 우연이 아닐 터이다.

필자는 최근 창작과비평사가 펴낸 21인 신작시집 『꺼지지 않는 햇불로』(1982)를 주의 깊게 읽었다. 어떤 시인들은 매너리즘에 빠져 있었고, 어떤 시인들은 엉거주춤하고 있으며, 또 어떤 시인들은 자신의 과거의 틀로부터 벗어나려는 고민에 찬 모색에 몰두하고 있었다. 80년대 시는 어떤 모습으로 떠오를 것인가? 이 시집을 통해서 보건대, 그것은 아직도 어두운 터널 속에서 고투 중이다.

필자는 이 시집에서 신인 곽재구에 주목하고자 한다. 그의 시는 매우 신선하다.

흐린 새벽
감나무골 오막돌집 몇잎,
치자꽃 등불 켜고 산자락에 모이고
깜장 구들 몇장 서리 내린
송지덕네 외양간
선머슴 십년 착한 바깥양반
콩대를 다둑이며 쇠죽을 쑤고
약수골 신새벽 꿈길을 출렁이며
송지덕 항아리에 물붓는 소리
에헤라 나는 보지 못했네
에헤라 나는 듣지 못했네
손시려 송지댁 구들곁에 쭈그린 동안
선머슴 십년 착한 바깥양반
생솔 부지깽이 아내에게 넘겨주고

쓱쓱싹싹 함지박의 쌀 씻는 모습

쪼륵쪼륵 양은냄비에 뜨물 받는 소리

에헤라 대학 나온 광주양반에게서도

에헤라 유학 마친 서울양반에게서도

나는 보지 못하였네

듣지 못하였네

—「고향」전문

　이 시를 읽다 보면 저절로 엷은 미소가 떠오른다. 신새벽에 찬 샘물을 긷느라고 손 시려 하는 아내 대신에 아무 스스럼없이 쌀을 씻는 착한 바깥양반의 모습—시인은 여기서 일하는 사람들 사이에서 자연스럽게 형성되는 공생적共生的 유대를 놀라운 눈으로 포착하고 있다. 서로 다독이며 살아가는 이 착한 부부의 모습은 '대학 나온 광주양반'이나 '유학 마친 서울양반'으로 상징되는 도시적 삶—오늘날 우리 사회에 편만해 있는 비인간적 삶의 양태와 극명한 대비를 이루고 있어, 이 때문에 이 시는 고향을 노래하는 시가 흔히 빠져들기 쉬운 목가적 전원시나 쓸쓸한 향수의 시와 스스로 구별된다.

　주눅 들어 왜소해지거나 야유와 냉소로 차가워지기 쉬운 오늘날 인간적 삶에 대한 깊은 신뢰에 근거한 낙천성은 그 민요적 리듬의 실험과 함께 그의 시가 주는 신선한 매력의 하나이다. 그러나 그의 낙천성이 현실에 대한 무지 또는 고의적 외면에서 오는 것이 아님을 기억해야 할 것이다.

내가 이제 지쳐버린 것은 기다리는 일뿐이 아니고

내가 잃어버린 것은 가난한 오천년의 추억뿐이 아니었다.

노량진에서 청해진 임진강에서 낙동강

어디에도 살기 위해 사랑을 버린 사람들은 산처럼 쌓이고

물 먹인 남도창 몇 구절이 강물 소리로 서울의 여울을 적실 때

나는 밤열차를 타고 땟국 절은 완행버스가 기어오르는 황토고개를 넘어 고향으로 내려왔다.

— 「돼지밥을 주며」 부분

"살기 위해 사랑을 버린 사람들은 산처럼 쌓였다"는 구절에는 한 시대의 깊은 충격이 각인되어 있으니, 이 시인이 삶에 대한 궁극적 신뢰를 회복하게 되기까지 패배감과 수치감과 죽은 희망 속에서 어떻게 시달렸는가를 이 시는 선명하게 보여주고 있다.

이 시집에 실린 그의 다섯 편의 시작은, 그의 말을 빌리면, "지나간 겨울은 추웠고 마음으로 맞는 겨울은 따뜻했다"(「그리움에게」)로 요약할 수 있을 것이다. 「엄경희」 「그리움에게」 「돼지밥을 주며」가 지나간 겨울의 혹독함을 노래했다면, 「고향」 「아이고, 나는 두레박질은 서툴러요」는 겨울 속에 맹아리진 생명의 씨앗을 노래한 것이다. 그러나 그가 고향에서 확인한 공생적 연대의 경험은 겨울을 온몸으로 맞이하기에는 아직 충분히 튼튼하지 못하다는 점을 지적해두자. 80년대 시가 70년대 시를 비판적으로 계승하기 위해서는 어떤 논자들이 주장하듯이 70년대 시에 두드러진 사회성을 포기하는 것이 아니라 그것을 새로운 사태 앞에 꿋꿋이 세워 더 높은 예술성으로 들어 올림으로써 가능할 것이기 때문이다.

[『인하대신문』 1982. 9. 27.]

교사시인 윤재철과 김용락

우리도 이제는 교사시인이 제법 많아졌다. 1985년『민중교육』사건의 여파로 구속되거나 해직된 교사들을 중심으로 '민주교육실천협의회'가 출범함으로써 이제 교사운동은 새로운 단계에 접어들었거니와, 이 같은 교사운동의 고조를 전후하여 교사시인이 다수 등장한 것은 결코 우연이 아닐 것이다. 물론 그 이전에 교사시인이 없었던 것은 아니다. 그러나 대부분 그들에게 있어서 교사와 시인은 분리되었다. 다시 말하면 생활 원리와 문화 원리의 분리에 입각해서, 교사는 직업일 뿐 어디까지나 예술가/시인으로서 행세하였던 것이다. 이 때문에 그들의 시에서 번민하는 교육현장의 모순은 대개 증발되고 말았던 터다. 그런데 새로 등장한 80년대의 교사시인들은 사뭇 다르다. 그들은 자신이 몸담고 있는 교육 현장이 삶의 굳건한 터전임을 똑바로 인식하고 그 위에서 시작詩作을 밀고 나간다. 사실 따지고 보면 교사와 시인은 근본적으로 하나다. 진정한 교사는 학생들에게 해답이 아니라 올바르게 묻는 법을 가르친다고 하거니와 시인이야말로 우리 시대의 모순을 향해 근본적인 물음을 제기하는 사람이 아닌가?

이 점에서 80년대에 등장한 교사시인들의 존재는 교육계와 시단 양측에 모두 귀중하다. 이번에 첫 시집을 간행한 윤재철과 김용락은 바로 80년대에 등장한 교사시인들이다. 『민중교육』 사건으로 구속되어 지난해 출옥한 윤재철은 이제는 소위 해직교사가 되었고, 김용락은 현재 경북의 시골학교에서 근무하는 풋내기 현직교사다. 두 젊은 시인의 처녀시집 출간을 축하하면서 몇 마디 감상을 덧붙이고 싶다.

윤재철 시집 『아메리카들소』(청사, 1987)를 통독하면서 나는 그가 날카로운 재기才氣의 시인이 아니라 도덕적 정열에 의해 시작을 밀어나가는 시인임을 새삼 느꼈다. 일견 무미한 듯하지만 씹을수록 맛이 나는데, 그렇다고 새록새록하게 짜릿한 것이라기보다는 착한 품성에서 우러나오는 무언가 순수한 맛이 도탑다.

가령 그의 초기 시 중 「사람의 마을」을 보자.

사람의 마을 낯익은 길이 간다
낯익은 얼굴이 가고
깃발이 내걸리고 태양이 빛나고
문이 있고 꽃이 있고
주머니 속 동전처럼 만져지는 죽음도 있지
초가지붕처럼 둥근 무덤을 뒷곁에 가꾸며
사람의 마을 낯익은 걸음걸이로 하루가 간다

강 건너 이웃의 죽음을 이야기하듯
한 모금 담배연기로 나지막한 저녁이 오면

얇은 슬픔의 빛깔로 밥 짓는 연기

어둠 속이면 길게 자리에 누워

꿈꾸지 내가 사랑한 사람과

사랑으로 끝없이 부족한 한 세계를

그러나 모든 있는 것은 제자리에 있고

밤하늘 가득 우리들이 펼친 나뭇가지

사랑도 죽음도 주렁주렁 빛나는 별을 매단다

바람이 오고

어둠 깊은 곳의 소리를 길어 바람이 오고

느끼지 내가 들어앉은 이 포근한 어둠이

텅 빈 몇겹 바람의 집이라는 것을

내 몸만큼의 바람으로 나는 숨쉬고

또 한세상 만나고 쉬임없이 흔들리는 가지라는 것을

느끼지 잠들면 닻도 없는 깊은 물결로 걷다가

돌아오는 머리맡 금빛바다가 다시 열리는 것을

　이 시를 나지막히 읊조리노라면 한없이 따뜻한 기분에 빠져들게 된다. 어쩌면 윤동주를 연상시키기도 하는 이 시의 순한 맛은 급격한 산업화로 말미암은 물신의 폭력이 엄습하기 이전, 공동체의 토종 정서, 바로 그 어름이다. 아마도 도시에서 지친 시인의 영혼이 문득 시골집에 돌아왔을 때 느끼게 되는 평강감이 그 바탕일 터인데, 그곳에서는 모든 것이 "제자리에 있고" 심지어 죽음마저도 "주머니 속 동전처럼" 또는 "초가지붕처럼" 낯익은 모습으로 삶과 화해롭게 공존한다. 그리하여 시인은 그곳을 '사람의 마을'이라고 명명한다. 공동체적 삶에 입각해서 비인간적 현대도

시사회를 비판하는 것, 이것이야말로 대도시 서울에서 살고 있음에도 아직도 아니 어쩌면 끝까지 시골사람으로 살아갈 교사시인 윤재철 시세계의 기초일 터이다.

「누항사 1」는 상징적이다. "구로3동 게딱지 같은 판자집들 사이"를 걸어가다가 이제는 "이름도 모르는 양꽃에 밀려 사라진 꽃들—나팔꽃·채송화·백일홍·분꽃/잠자리꽃·봉숭아·금잔화·호박꽃"을 만나 "그리운 꽃들은 피어/하나하나 집이 되고 고향이 된다"고 노래했을 때, 우리는 그의 공동체적 정서가 어떻게 현대 한국사회의 모순을 극복할 수 있는 민중적·민족적 에네르기로 전환되는가를 분명히 보게 된다. 그리하여 시인의 사랑은 노엽다. "그대의 피 묻은 입술/사랑은 노여워/사랑은 노여워"(「새재 가는 길」) 나직하지만 매운 결의로 단단한 그의 노여운 사랑은 그가 꿈꾸는 '사람의 마을'을 파괴하는 모든 세력에 대해 단호하다. 그리하여 「대흥사 매미소리」 「오월에」 「소금쟁이」 「미사리에서 2」 「두만강 푸른 물이」 「분노」 「송광사에서」 같은 시편들은 독특한 아름다움으로 절실하다. 특히 여의도에 전시된 B29를 통해 냉전체제를 반추하고 있는 「여의도 B29」는 관념과 형상이 완벽하게 통일되어 팽팽하기 짝이 없다.

내 기억 속에 살아
죽지 않는
피 묻은 매 한 마리
버스를 타고 지나가면
무심히 내 꿈의 나라를 초계하고
다시 사방으로 닫혀버린
찰흙 비행기
어린 시절, 풀잎들의 나라

어쩌면 아름다운 꿈의 비행기

끊어진 임진강 철교 한 토막이

다시 피 묻은 매 한 마리

은빛 날개, 폭음을 울리며

잠들 사이도 없이, 우수에 잠긴

내 꿈의 나라를 폭격하고

타지 않는 금속성의 오랜 슬픔

폐허를 넘어, 반도

구멍난 우리들 슬픔의 한 동체

무너진 풀잎들의 나라

날아오르다 날아오르다

피 묻은 매 한 마리

황혼녘 여의도 광장에 서서

젖은 부리를 닦고 있다

　그럼에도 이와 같은 시적 긴장이 이 시집에서는 아주 드물게밖에 성취되지 못했다는 점을 지적해야겠다. "역동적인 감응의 미학, 피뢰침"(「피뢰침」) 식의 관념성이 산견散見되니, 특히 산문시는 대체로 시도 아니고 산문도 아닌 평면적 서술로 떨어지고 말았다. 교사시인이면서도 이 시집에 교육현장을 다룬 시가 「대자보」 한 편밖에 없다는 것도 눈에 띄는데, 요컨대 생활이 부족하다. 공동체의 추억이 그를 노여운 사랑의 시인으로 만들어주었다는 점에서 일단 긍정적이지만, 그것이 그가 딛고 사는 도시와의 비현실적 관계를 부추긴다는 점에서 부정적이다. 공동체의 추억을 너무 미화하지 말자. 그때 도시적 삶의 본질을 꿰뚫음으로써 획득되는 더욱 탄탄한 현실성이 우의寓意 대신 돋을 것이다.

김용락의 시집『푸른 별』(창작사, 1987)에는 자기의 향토에서 줄곧 살아온 시인의 존재방식에 말미암을 체험이 싱싱하게 살아 있다. 「귀향자의 노래」에서 "문중답 서너마지기마저 남몰래 팔아서/대학 학비 대느라 피땀 흘린 아버지의 뜻과도 너무나 다르게/ (…) 아무 데도 쓸 수 없는 시나 부랑이나 끌쩍이는/나"라고 자조적으로 노래하고 있지만 그의 삶과 시를 위해서 이 점이야말로 축복이다. 그리하여 우리는 그의 어느 시편에서도 자연과 인간의 교섭 그리고 인간과 인간의 교섭에 대한 생동하는 형상을 만나게 된다.

안마당
무더운 한여름밤이 빛을 틔워가면
타작 막 끝낸 보리 북더기 위에서
개머루 바랭이 쇠비름 똥덤불가시풀들이
서로의 몸 비비며
마지막 남은 목숨 모깃불 만들기에 한창입니다
피어오르는 연기 너머로
초저녁 샛별이 뜨고
연기 맵고 모기 극성스러울수록
울양대 넌출 세상 수심
보릿대궁 한숨소리 깊어갈수록
별은 더욱 깊어 푸르러갑니다

—「푸른 별」부분

확실히 김용락도 윤재철의 공동체적 정서와 기맥을 통하고 있다. 그럼에도 "보릿대궁 한숨소리"에서 명확히 나타나듯이 그는 공동체의 삶을 마냥 미화하지 않는다. 그리하여 이 시집에는 가난한 농민의 아들로 태어나 그들과 함께 겪으며 살아가는 사람의 절실한 체험이 쿵쿵 울린다. 특히 관료적 교육제도와 가난한 농민의 아이들 사이에서 고민하는 시골 학교 교사로서 살아가는 자신을 정직하게 드러낸 이 시집의 제2부는 감동적이다. 교육의 중립성이 허울로 변해버린 교육현장의 모순을 고통스럽게 증언하고 있는 이 시편들은 80년대 교사시의 대두를 뚜렷이 보여주는 것이다.

김용락은 처녀시집 『푸른 별』로 확실히 새로운 가능성을 보여주었다. 그러나 문제도 없지 않다. 사족을 달아 시 전체의 뛰어난 호흡을 순식간에 죽이는 경우가 왕왕 눈에 뜨인다. 앞에 인용한 「푸른 별」은 뛰어난 시다. 그런데 끝 부분 "나는 푸른 별이지요/풀물 배어나오듯/미친 그리움과 설움으로 익어온/나의 시도 푸른 별이지요"—이 진부한 서술이 시에 혈을 질렀으니 안타깝다. 「귀향자의 노래」 끝 부분, "참으로 쓸쓸하고 쓸쓸하게 불러보는 처연한 귀향자의 노래여"도 마찬가지고, 한 인간의 뛰어난 초상인 「송실이 누님」에서도 느닷없이 "어쩐지 한국판 여자의 일생을 보는 것 같다"는 구절을 삽입하여 시격을 떨어뜨리고, "추억과 현실의 단촌국민학교/그립고 아름다운 내 사랑의 파편"으로 끝나는 「단촌국민학교」나 "내 제자여/농민의 이름 없는 아들이여/공업고등학교의 시여!"로 끝나는 「공업고등학교의 시」도 신음이 지나치다.

요컨대 체험은 싱싱한데 그 체험을 해석하는 시인의 시각이 어딘지 감상적이다. 후스胡適는 일찍이 "병도 없는데 신음하지 말라"고 했던가. 물론 김용락의 신음은 병도 없는데 그러는 것은 아니다. 그러나 신음한다고 병이 나을 것인가? 시가 사람이 마땅히 가야 할 길을 밝히는 창조적 도구라는 점을 다시금 명심하자.

[『월간조선』 1987년 5월호: 2013. 8. 5. 개고]

서정시의 재건

김명수 시집 『피뢰침과 심장』
김용택 시집 『맑은 날』
이시영 시집 『바람 속으로』

1

오랜만에 창비시선을 다시 대하니 감회가 없지 않다. 더구나 이 세 시인
들이야말로 우리 시대의 가장 빼어난 서정시인들임에랴. 창작사로 된 이
후 처음 선보인 이 세 권의 시집을 읽어나가면서 나는 서정시의 문제를
다시 생각했다.

1970년대 이후 특히 1980년대에 들어와서 더욱 두드러진 현상이지
만, 서사적 욕구의 팽배로 말미암아 시는 길어지고 다른 장르와의 접합
이 활발히 실험되어 기성 서정시의 문법은 급격히 해체되었다. 시를 쓰
는 인구도 급증했고 시인의 생업 또한 다양해져서 노동자시인과 농민시
인도 출현하였다. 이와 같은 시의 대중화 현상은 중세 이래 시문학의 가
장 중요한 특징을 이루었던 귀족적 성격에 비추어볼 때 획기적인 변화에
틀림없다.

그러나 이러한 변화를 높이 평가하면서도 우리는 최근 시가 일종의 평준화로 끌려들어가는 것에 우려하지 않을 수 없다. 시가 산문을 베껴서는 아니 된다. '시는 무용舞踊이고 산문은 도보徒步'라는 교묘한 비유를 써서 시를 현실세계로부터 분리하려고 했던 발레리와 그 아류들이 주장하는 시와 산문의 이분법에 나는 물론 반대한다. 근본적인 것은 시와 산문의 대립이 아니라 현실의 모순을 옳게 인식하고 그 극복을 위해 고투하는 문학과 그렇지 않은 문학의 대립이기 때문이다. 다시 말하면 우리 시대의 진정한 시는 그 궁극적인 목적을 산문과 함께하면서도 그 현실적 요구에 대응하는 시적 방법은 독자적이어야 한다는 것이다.

옛 산스크리트 시인의 소박한 물음을 상기하자.

시인의 시가 무슨 소용일까,
弓手의 활쏘기는 무슨 소용일까,
사람들의 五感을 아찔하게 하지 못한다면
그것이 심장에 꽂혀 부르르 떨 때?

시를 활쏘기에 견준 것이 흥미롭다. 정말로 아름다운 여인을 보면 눈물이 난다고 했지만, 정말로 좋은 시를 읽으면 그 충격은 너무나 예리해서 우리는 육체적인 전율까지 느끼게 되는 법이다.

솔직히 말해서 최근 우리 시는 독자들에게 이와 같은 전율의 경험을 너무나 드물게밖에 제공하지 않는다. 왜 그럴까? 문학 외적 제약도 심각하지만 내적으로 반구할 때 시가 독자를 향해 열려 있지 않다는 점을 지적하고 싶다. 겉으로는 모두 독자를 향해 있지만 실상은 안으로 닫혀 있어, 넋두리하듯 웅변하듯 장황한데, 그러니 독자들은 멍청히 바라볼 뿐이다. 진정한 시는 독자에게 말을 걸고 독자와 더불어 토론한다. 최근 우리 시는 바로 이 토론의 열정이 부족한 것이다.

'몽타주는 갈등'이라는 유명한 명제를 제출하여 현대 영화예술의 초석을 놓은 소련의 감독 예이젠시테인S. M. Eisenstein이 아시아의 짧은 서정시 양식, 가령 절구絶句나 하이쿠俳句에서 암시를 받은 것은 잘 알려진 사실이다. 쓸데없는 것들은 가차 없이 쳐내고 핵심적인 말과 말, 이미지와 이미지를 병치·충돌시킴으로써 사물의 본질에 육박해가는 이 짧은 서정시들은 그 불완전성 때문에 오히려 독자들을 끌어당긴다. 그 불완전성을 완전한 예술로 만드는 것은 바로 독자이기 때문이다.

우리 시대의 현실적 요구에 창조적으로 응답하는 눌변의 시, 그리하여 독자와 더불어 완성되는 짧고 예리한 서정시가 그립다.

2

나는 『반시反詩』 7집(1982)에 실렸던 김명수의 「탈상」이란 시를 잊을 수 없다.

　　슬픔을 벗으려
　　베옷을 벗는다
　　人畜이 잠들고
　　모닥불이 사윈다

　　못다 탄 뼈 추슬러
　　깊이 묻을 때
　　새벽별 한 점 홀로

눈물 머금고
비로소 人家도 형체가 드러난다

동네 아낙 눈물로 지은 베옷을
찬물에 머리 감고 함께 벗으며
눈물을 그치거라!
목멘 형제들아

버들은 물이 올라
강가에 푸르르고
들판에는 기심도 자라오른다

풀피리 강둑에서 불어준다고
강물은 잔잔하게 흘러가랴만

가을걷이 기다리는
어린 아이들이
혼곤히 한 방에서 잠들고 있다

멕시코의 위대한 민중화가 디에고 리베라^{Diego Rivera}의 「상가^{喪家}의 밤
샘」을 연상케 하는 이 시를 읽고 나는 비로소 이 시인에 괄목하였던 것이
다. 죽은 혼과 산 자를 함께 위무하는 「탈상」은 우리 역사에 바쳐진 한 편
의 뛰어난 진혼곡으로, 이 시에 드러난 시인의 품격은 맑기 그지없다.

이번에 간행된 제3시집『피뢰침과 심장』에서도 무사기^{無邪氣}한 시풍은
변함이 없다. 가령 「찔레열매」는 얼마나 아름다운 서정시인가.

12월달 어느 날
싸락눈이 내린 오후
어린 아들 함께 산에 오르다가
얼음 덮인 골짜기에
빨간 열매를 보았네

황량한 골짜기에
풀잎들은 서걱이고
마른 나뭇가지들도 정적에 싸였는데
긴 겨울 잎 떨어진 찔레덩쿨 위에
서리에도 안 떨어진
그 열매가 눈부셨네

이제 겨울 깊어
흰 눈 쌓이면
모이 없는 멧새들이 와서 따 먹으리

인적 없는 골짜기
빨간 그 열매
모이 없는 꿩들에게 모이가 되리

때로는 눈물짓던 내 영혼아
네 바람 어디에 두고 있느냐

어느 날 내가 죽어

깊은 겨울 오면

인적 없는 골짜기 모이라도 되랴

긴긴 겨울 잎 떨어진 찔레덩쿨 위에

서리에도 안 떨어진

그 열매가 눈부셨네

눈 덮인 겨울 산을 어린 아들과 오르다가 빨간 찔레열매를 발견하고 기욕嗜欲이 식은 다음에 생기는 고담枯淡한 총명을 기품 있게 노래하고 있는 이 시는 순정醇正하다.

그리하여 진정으로 순정한 시인이 그러하듯이 그도 이 시집 속에서 우리 시대의 어둠—외세, 분단, 독재 그리고 민중의 고통을 절실하게 노래하고 있다.

그럼에도 전체적으로 보면 제2시집 『하급반교과서』(1983)가 보여주었던 뛰어난 수준에서 정체되었다는 느낌이 든다. 물론 「앵무새의 혀」「심장」「그림자 2」「집어등集魚燈」「객토客土」「고향에 가서」 등 뛰어난 시가 많지만.

왜 그럴까? 우선 이 시집에서 우리가 주목해야 할 점은 「드잡이」「제윤자制輪子」「비빔밥 한 그릇」「바람센 바닷가에 서 있는 소나무」「눈치우기」 등 알레고리의 경향이 강화되었다는 것이다. 시에서 관념을 추방해야 한다는 주장에 나는 물론 동의하지 않는다. 위대한 시인이라면 관념에 대한 지적 모험을 회피해서는 안 되기 때문이다. 사실 최근 우리 문학의 가장 큰 문제 중의 하나가 바로 지적 훈련의 부족이니, 관념을 다룰 때 우리 작가들은 미숙하기 짝이 없다. 그런데 이 시집에서 시인은 관념과 사물의 대응을 너무나 쉽게 설정하였던 바, 가령 「눈치우기」에서 민족통

일의 문제를

> 아들아, 너는 남쪽에서 밀어 붙여라
> 나는 북쪽에서 밀어 붙이마

식으로 노래하고 있다. 민족통일이 눈치우기처럼 이루어진다면 얼마나 좋을까? 그러나 이것은 너무나 순진한 감상이 아닐 수 없다.
김명수는 최근 매우 흥미로운 견해를 밝힌 바 있다.

> 껍데기는 물론 가야 하지만…… 그러나 이제는 껍데기도 가라고만 할게 아니라 그 껍데기까지 끌어안고 한 품 안에서 더 크게 녹여야지요.

신동엽의 극복을 선언한 것이다. 「방짜유기」는 바로 이 생각을 시로 표현한 것인데, 역시 단순한 알레고리로 떨어져서 그 성과는 미흡하다. 이 점에서 이 시집에서 가장 뛰어난 시가 「찔레열매」라는 사실을 눈여겨보아야만 한다. 이 시의 아름다움은 한편 그 노성함에서 연유하는 것인데, 껍데기까지 끌어안기 위해서는 무엇보다 노성함을 극복하지 않으면 안 될 것이다. 김명수가 과연 신동엽을 어떻게 극복할지 독자들과 함께 주목하자.

3

첫 시집 『섬진강』(1985)으로 이미 날카로운 주목을 받은 바 있었던 김용택은 두번째 시집 『맑은 날』에서도 빼어난 시적 재능을 유감없이 발휘하였다.

이 시집에서도 역시 가장 빛나는 부분은 제1부 섬진강 연작이다.

특히 「맑은 날」은 백미가 아닐 수 없다. 가난한 농민으로서 아흔네 해의 장수를 누리고 '따땃헌 춘삼월 날 좋은 날' 문득 저승으로 향한 할머니의 장례를 일류의 서정으로 노래한 이 시에서 김용택은 존재의 배후에 충만한 '무', 다시 말하면 '유'가 다시 '무'로 돌아가는 소식을 따스하지만 지혜로운 눈길로 그려내고 있다. '종지終止'야말로 보다 완전한 발생이라는 아시아적 지혜를 무슨 번쇄한 사변이 아니라 노인의 죽음을 함께 치러내는 농민들의 협업과정을 통해서 거의 완벽하게 형상화하였으니, 시인의 재능에는 다시 한 번 감탄하지 않을 수 없다.

그리고 이러한 협동적 세계관을 매우 독특한 산문시의 형식을 통해 표현하고 있다는 점에 주목해야 한다. 이 시는 산문시지만 그렇다고 완전한 줄글은 아니다. 시인은 줄글 속에 적절히 행갈이한 귀글을 교직함으로써 능숙하게 긴장과 이완의 리듬을 조절하였던 것이다. 가령 할머니의 임종 장면을 보자.

할머니의 때절은 저고리가 지붕 위로 던져지고 새벽 어둠이 서서히 문짝 없는 대문을 빠져나가 아침 강물로 가서 젖어 흘러가고, 딸네들이 허연 파뿌리같은 머리채를 풀어헤치고 신발을 벗어들고 마을 앞 느티나무에서부터 곡성을 터뜨리며 새벽빛을 따라 초상마당에 들어서며 어매 어매 불쌍한 우리 어매를 불렀습니다.
저 깊고 끝모를 우리들 한의 세월
황토땅 깊이 푸른 불꽃이 타오르고
할머님은 빳듯이 누워
돌덩이처럼 차고 캄캄하게 식어갔습니다.

앞부분의 줄글과 뒷부분의 귀글 사이의 날카로운 단절을 보라. 우리는 앞부분 줄글의 아름다움에 속절없이 끌려들어가다가 느닷없이 '저 깊고 끝모를 우리들 한의 세월'에 부딪쳐 옷깃을 여미지 않을 수 없다. 그리하여 우리는 이 노인의 죽음 앞에서 중난한 역사의 중압 아래 고통받는 민중, 그 삶이 가지는 경건한 뜻을 곰곰이 반추하게 되는 것이다.

「맑은 날」은 우리나라 산문시의 독보적 경지를 연 수작이다. 서양의 경우 산문시의 역사는 일천하다. 보들레르가 시도하여 랭보가 확립한 서구의 산문시 Poème en prose는 '눈앞에 보이는 현실이라는 것은 시인 내면에 존재하는 사상과 감정의 세계, 혹은 그가 추구하고 있는 이상적인 세계를 감추고 있는 외면에 불과'하다고 생각한 이들 상징주의자들의 초절적超絶的 욕구에서 태어난 것이다. 그렇다면 현실을 다만 답답하고 불완전한 것으로 인식했던 상징주의자들의 산문시는 김용택의 산문시와 인연이 전무하다. 동아시아는 서구와 달리 산문시의 오랜 전통을 가지고 있다. 가령 시도 아니고 문도 아닌[非詩非文] 부賦나 가사歌辭는 바로 산문시의 선구적 형식이었던 것이다. 김용택은 가사체를 능숙하게 사용할 줄 아는 시인이니, 첫 시집 『섬진강』은 물론이고 이번 시집 『맑은 날』에서도 담시 「풀피리」 「소」 「모판같이 환한 세상」 「임맞이 노래」 등이 모두 그러하다. 김용택은 『맑은 날』에서 바로 이 가사체를 더욱 해체하여 줄글과 귀글을 적절히 교직한 독특한 산문시 형식을 개척하였던 것인데, 현실로부터의 초월도 아니고 현실에 대한 일방적 집착 아닌 '유'와 '무'의 변증법적 통일, 다시 말하면 존재의 배후를 감싸고 있는 '무' 그리고 그 '무'에 의해서 지지되는 '유'를 아우르는 지혜로운 인식에 다가섰다는 점에서 더욱 빛난다.

그럼에도 시집 전체로 보면 『맑은 날』은 『섬진강』의 빼어난 수준을 시원하게 넘어선 것은 아니라는 생각이 든다. 『맑은 날』에는 동어반복이 많다. 그리고 특히 가족주의가 현저히 강화되었다. 거의 대부분의 시가 할머니, 어머니, 아버지, 누님, 누이동생 등 가족에게 바쳐졌던 것이다. 그런데 더욱 주목할 것은 그의 시에 가족 내부의 갈등은 조금도 드러나지 않는다는 점이니, 이것은 가족에 대한 이상화로 불가피하게 인도된다. 그리하여 이 시에서 농민을 억누르는 자에 대한 비판은 있되, 농민 자신에 대한 자기비판은 없다. 이는 문제가 없지 않다. 농민이 진정으로 해방되기 위해서는 농민 내부에 온존하고 있는 봉건적·식민지적 의식형태에 대한 자기부정의 열정이 무엇보다 전제되지 않으면 안 되기 때문이다.

4

『바람 속으로』—참으로 오랜만에 이시영의 새 시집을 보게 되었다. 첫 시집 『만월滿月』(1976)을 낸 지 무려 10년. 요새처럼 시집이 쏟아지는 세상에 명예롭게도 그는 과작의 시인이다.

이시영의 시적 도정을 따라가노라면 우리 또래가 겪었던 내면적 갈등이 눈에 선하다.

이마가 서리처럼 하얀 지리산이 나를 낳았고
허리 푸른 섬진강이 나를 키웠다.

—「형님네 부부의 초상」 부분

시인 자신이 진술하고 있듯이, 그는 타고난 서정시인이다. 그리고 진정한 서정시인이 그러하듯 조국과 민중의 역사적 운명에 일찍이 눈을 뜨고 있었다. 그럼에도 이 순실한 바탕이 그대로 드러나지 못하고, 냉전시대의 공식적 교양 역할을 하였던 모더니즘의 세례 속에서 비틀린다. 첫 시집『만월』은 모더니즘을 극복하고 순정한 서정시를 회복하려는 한 젊은 시인의 흥미로운 고투를 생생하게 보여주고 있다. 1969년 등단한 후부터 1976년까지의 시 작업을 역순으로 배열한『만월』을 순차적으로 읽어보면 그의 변모를 실감하게 된다. 단적으로 맨 앞에 실린 작품과 맨 끝의 것을 잠깐 비교해보자.

> 어서 오라 그리운 얼굴
> 산넘고 물건너 발 디디러 간 사람아
> 댓잎만 살랑여도 너 기다리는 얼굴들
> 봉창열고 슬픈 눈동자를 태우는데
> 이 밤이 새기 전에 땅을 울리며 오라
>
> ―「서시」(1976) 부분

> 바닷가에 버린 原木더미에도
> 죽은 炭夫의 돋아나는 귀
> 地層 밑껍질 겹겹이
> 나는 빠져 있고
> 혀끝이 짤린 시간 속에서도
> 무한한 가늠대를 세우고
> 일어서는 자, 나는
> 빙하 끝으로 둥둥 뜬다.
>
> ―「채탄採炭」(1969) 부분

그야말로 하늘과 땅의 차이다. 이 때문에『만월』에서 1976년에 쓴 시들을 모은 제1부가 가장 아름답다. 물론「내 친구의 양계」와 같이 초기의 난해시 취미가 아직도 물씬한 작품이 없지 않지만, 1976년에 이르러 그는 서정시의 독자적인 문법을 확립하였다.「정님이」와「후꾸도」로 대표되는 이야기시, 그리고「서시」「백로白露」「너」「그리움」으로 이어지는 예리한 단시短詩를 통해서, 부재하는 '님'에 대한 억누를 수 없는 갈애渴愛를 간절하게 노해하였던 것이다.

제2시집『바람 속으로』는 80년대 이전의 시편들을 거둔 이 시집의 제5부 중에서「발안 가는 길」「오금바우」「남쪽으로 가는 열차」그리고 특히「고개」는 절창에 속하지만 이들은『만월』의 연장 위에 있는 것이다.

80년대 초에 이시영은 깊은 침묵에 빠져들었다. 나는 그 암울한 시절 어쩌다 마주친 그의 시 한 편을 잊을 수 없다.

> 상심한 자의 마음 위에
> 굽은 어깨 위에
> 스치며 별이 뜬다
> 그러면 땅을 뚫고 나온 벌레 한 마리
> 어디로 가고 있다.
>
> —「저녁에」(1980) 전문

이시영의 전형적인 포즈의 하나가 숨김없이 드러난 이 시를 처음 읽었을 때의 서늘함이란! 분명 그의 단시는『만월』시절과 뭔가 달라졌다.

> 불러다오
> 밤이 깊다
> 벌레들이 밤이슬에 뒤척이며

하나의 별을 애타게 부르듯이

새들이 마지막 남은 가지에 앉아

위태로이 나무를 부르듯이

그렇게 나를 불러다오

—「너」(1976) 부분

하던 『만월』의 갈애가 식었다. 우리는 「저녁에」에서 '스치며'란 말이 전
해주는 묘한 울림에 주목하자. 그것은 분명 대상에 대한 치열한 갈구의
자세가 아니다. 그렇다고 대상과의 격절이냐 하면 그것도 아니다. 가령
'스치며'가 다시 나오는 「가을에」(1983) 같은 시,

내 영혼은 낙엽

차고 또 차오르며

하늘 높이 날으고도 싶지만

그대 어깨를 스치며

발목 깊숙이 또한 내리고도 싶다

에서 분명히 드러나듯이, '스치며'는 욕정을 넘어선 따스한 교감에 다름
아니다. 「저녁에」 같은 시가 전해주는 서늘함은 싸늘함이나 쭈그림과는
다른 것이니, 일견 쓸쓸한 풍경 속에서 한 점의 훈기薰氣가 은은하다. 어스
름 저녁 어디론지 꼬물거리며 기어가는 벌레 한 마리는 이 말라 비틀어
진 듯한 풍경을 아연 따스하게 물들이고 있는 것이다.

　　요컨대 80년대에 들어서 이시영의 시는 갈애의 낭만주의를 넘어 고
담한 아시아적 노경老境을 추구하면서 마치 절구와 같은 어떤 투명성으
로 빛나는데, 과연 이러한 변모를 어떻게 생각해야 할까? 여기에는 분명

5월의 충격이 있다. 일찍이 「고개」(1977)에서 '한 세월 넘기고 나면 더 검은 세월'이라고 시인 자신이 참언하고 있듯이 역사의 참담한 반전 앞에서 70년대 문학은 미칠 듯한 비애 속에서 암울한 침묵으로 가라앉았다. 이제 70년대식 낭만적 단순성은 그 호소력을 잃게 되었으니, 역사가 정의를 실현하는 과정의 복잡성에 대한 투철한 인식과 아울러 사물을 바라보는 시각의 근본적 변화가 요구되었던 것이다. 80년대에 깊은 침묵을 깨고 드문드문 발표되었던 이시영의 시가 '어서 오라'식의 명령형이나 '어서 듣자' 식의 청유형을 버리고 명징한 견고성을 지향하는 것은 바로 70년대식 낭만주의에 대한 자기부정의 징표일 터이다.

그리하여 『바람 속으로』는 5월의 충격을 딛고 일어서는 한 시인의 힘겨운 도정을 보여준다. 네 편의 짧은 단시를 묶은 「우수시편憂愁詩篇」(1981)의 슬픔을 거쳐서, 「어느 시인」(1984)의 통렬함을 거쳐서, 특히 탁월한 민중화가 고 오윤의 목판화 「겨울새」에 바쳐진 「기러기떼」(1986)는 단연 빼어나다.

> 기러기들 날아오른다
> 얼어붙은 찬 하늘 속으로 소리도 없이
> 싸움의 땅에서
> 초연이 걷히지 않은 땅에서
> 한 마리 두 마리 세 마리 네 마리
> 바람 속에서 오늘 눈감은 나의 형제들처럼

나는 여기서 구태여 기러기 한 마리가 아니라 '기러기들'이 날아오른다는 것을 강조하려 하지 않겠다. 중요한 것은 기러기가 '날아오른다'는 점이다. 그런데 흥미로운 것은 새로운 땅을 찾아 '빠알간 부리를 빛내며/온몸으로'(「새」)날아오르는 약동적 이미지임에도 불구하고 마치 얼어붙은 듯 차갑다는 점이다. 이것은 『만월』시대를 대표하는 「서시」와 정반대다. 「서시」에는 표면적인 명령형과 청유형에도 불구하고 시 속에는 움직임이 없다. 다만 그리움 곧 주관적인 갈애일 뿐이다. 이에 반해 「기러기떼」는 그리움의 시가 아니다. 따라서 「기러기떼」의 표면적인 정지는 운동을 부정한 정지가 아니라 무궁한 운동을 함축한 것이니, 그것은 우리 시대가 생산한 가장 순수한 형태의 해방의 상징으로 된다.

　마지막으로 한마디. 『만월』을 포함해서 이시영의 시세계는 전체적으로 '톡톡하기는 하나 툭 트이지를 않았다能縝密而不闊'. 위대한 시인은 짧고 예리한 눌변의 시에 능할 뿐 아니라 말을 봇물처럼 도도하게 터놓을 줄도 안다. 시작에 대해서는 너무나 엄격한 고전적 태도를 견지하는 이시영은 바로 그 때문에 우리 시단에서 독특하게 빛나지만 그것이 거꾸로 그의 시세계를 야위게 할 수도 있다는 점에도 유의했으면 싶다.

[『세계의문학』 1986년 겨울호]

제5부 | 문학현장을 찾아서

소설은 역시 소설이다

─현길언의 『용마龍馬의 꿈』

학생들에게 시집과 소설집을 각각 한 권씩 추천하여 평론이니 해설이니 하는 것들은 일체 보지 말고 자신들의 순수한 느낌만으로 짤막한 보고서를 내게 한 적이 있다. 매우 흥미로웠다. 우선 놀란 것은 꽤 알려진 편인데도 그 작가의 이름을 처음 알게 되었다는 학생들이 많았다는 점이다. 본격문학과 일반 독서대중 사이의 거리는 멀다. 1970년대에 그토록 고투하여 획득한 독자들을 1980년대에 들어와서 몽땅 통속소설에 상납한 꼴이다.

독자들이 통속소설에 몰리는 이유는, 그것이 비록 엉터리이기는 하지만, 인생문제에 한 해답을 준다는 점에 있을 것이다. 사실 독자들은 소설을 허구가 아니라 현실로서 받아들이고 독서체험을 통해서 자신의 삶을 비추는 한줄기 빛을 찾는다. 본격소설이 이러한 독자들의 기대를 저버릴 때 소설을 버리는 것은 당연한 일이다. 경멸이나 냉소를 거두고 우리 사회의 내부를 조금만 들여다보아도 우리는 거기서 자욱한 갈증을 발견하곤 한다. 소설가들이 이 자욱한 갈증을 창조적으로 포착하여 그 올바른 출구를 향해 치열한 포복을 전개할 때 비로소 80년대 소설은 독자대중의 한가운데 다시 서게 될 것이다.

그리고 그것은 충분히 가능하다. 가령 학생들의 보고서를 보니 시집보다 소설집을 택한 쪽이 많고 그 내용도 보다 충실했다. 역시 소설은 소설이다. 소설은 우선 그 분량 때문에 일정한 인내력을 요구하고 그 견딜 힘이 보다 구체적인 깨달음으로 인도하고, 나아가 지속적인 힘으로 작용하는 것이기 때문이다. 우리 시대를 자욱하게 휘감고 있는 갈증을 하나의 거대한 힘으로 전환시키는 데 있어서 소설이 맡고 있는 역할이 중차대하다는 점을 다시 한 번 확인해두자.

80년대 소설계에 주목할 만한 신인이 드물다는 점은 누차 지적됐거니와 이 때문에 현길언의 존재는 더욱 귀중하다. 1979년에 등단한 이후 5년간의 활동을 중간결산하고 있는 『용마龍馬의 꿈』(문학과지성사, 1984)을 읽으면서 나는 우리 소설계가 든든한 신인작가 한 분을 맞이하게 되었음을 경하하지 않을 수 없다.

「귀향」(1982) 이후 이 작가는 끈질기게 제주도 이야기를 추구하였다. 특히 「우리들의 조부님」은 가장 우수한 단편의 하나로 꼽힐 터인데 「지나가는 바람에게」 「먼 훗날」로 이어지는 연작 속에서 4·3사건의 상처를 고통스럽게 응시하는 것이다. 여기서 더 나아가 「어린 영웅담」에서는 일제시대를, 「용마의 꿈」과 「김녕사굴金寧蛇窟 본풀이」에서는 조선왕조시대를 배경으로 제주도 향토사를 종으로 꿰뚫고 있다.

그러나 문제는 있다. 우선 이 작가의 시선이 과거로만 향해 있다는 점이다. 물론 오늘의 이야기를 다룬 작품도 있으나 대체로 제주도를 다룬 작품에 비해 떨어진다. 왜 그럴까? 이 작가에게는 패배주의의 그림자가 따라다닌다. 데뷔작 「성城 무너지는 소리」에서 최근작 「이상한 끈」에 이르기까지, 특히 오늘의 현실을 다룬 작품에서 그것은 더욱 분명히 나타난다. 오늘날 우리 소설문학이 해결해야 할 최대의 과제가 패배주의의 극복이라고 할진대 나는 '절망의 힘'이라는 역설을 생각하고 싶다. 천박한 낙관주의를 거부하고 절망을 우리들 힘의 원천으로 삼을 때 우리는 원한으로 가득 찬 과거로부터 해방될 것이다.

그래서 나는 그가 지금까지의 작업을 기반으로 바로 오늘의 살아 있는 제주도 이야기를 들려주기를 바란다. 그 새로운 작업에서는 그에게 그토록 친숙한 제주도의 구비문학이 현대식으로 번안되기보다는 생동하는 형식 속에서 육화되었으면 싶다.

[『중앙일보』 1984. 7. 25.]

과거를 기억하지 않는 자

— 문순태의 「인간의 벽」

과거를 기억하지 않는 자는 다시 그것을 반복한다고 누군가는 말했지만, 오늘날 일본문제는 다시 한 번 경각심을 촉구하고 있다. 일제의 철쇄가 끊어진 지 39년, 그런데 아직도 식민지 잔재 운운하고 있으니 참으로 딱한 현실이 아닐 수 없다. 구시대의 청산작업은 식민지 경험을 했던 제3세계뿐 아니라 나치와 싸웠던 유럽 여러 나라에서도 마찬가지였다. 나치 부역자들에 대한 프랑스의 가차 없는 처벌은 유명하거니와 우리나라의 친일파에는 그토록 관대했던 미국도 예외는 아니었다. 세계적인 미국 시인 에즈라 파운드는 파시스트에 협력했다는 죄목으로 끝내 귀국이 허락되지 않았던 것이다. 그럼에도 우리나라에서는 해방 후 건국의 기초로 되는 이 작업이 유야무야되었음은 주지하는 바와 같다.

일본은 어떤가? 패전 직후 순조롭게 진행되던 일본의 민주화는 6·25를 전후한 본격적 냉전시대의 전개 속에서 대부분의 전범들을 석방하여 정치 일선으로 복귀시켰으니 나치 전범들을 철저하게 응징한 독일과도 충격적 대비를 보여준다. 한국과 일본이 우호관계를 맺는 데 반대할 사람은 아무도 없다. 다만 그 전제조건이 아직 성숙되지 않았다는 점이다. 과거를 반성하기는커녕 분단이라는 불리한 상황을 이용하여 자신의 이익만 챙기는 오늘날 일본의 작태 속에서 어찌 진정한 선린관계가 성립될 것인가? 우리의 민족통일과 일본의 진정한 민주화가 아울러 전진될 때 한일관계는 비로소 두 민족의 존엄을 서로 존중하면서 호혜평등의 우정으로 함께 살 수 있는 새로운 장을 열게 될 것이다.

나는 이러한 착잡한 심경 속에서 8월호 여러 문학 월간지에 실린 소설들을 읽었다. 유감스럽게도 작가들은 외면하고 있었다. 그중 문순태의 중편 「인간의 벽」(나남, 1984)을 읽게 된 것은 크게 다행한 일이다. 더구나 이 작품이 작가 개인적으로 드물게 보는 수작임에랴.

우리는 이 작품에서 조만복 노인의 고난에 찬 삶과 마주친다. 수초를 따라 영산강을 오르내리며 버들고리를 엮어 파는 고리백정의 아들로 태어난 그는 천민 신분에서 벗어나기 위해 역사의 중심부를 애써 피하려고 하였지만 역사는 그를 비켜가지 않아, 어찌어찌하여 결국은 부잣집 아들 대신 징용에 끌려가게 된다. 이 작품의 대부분은 바로 지하왕궁 건설작업에 끌려간 한국인 노동자들의 참담한 생활과 그 투쟁에 대한 정밀한 묘사에 바쳐지고 있는데 이 부분은 그 자체만으로 귀중한 기록적 가치를 지닌다.

그런데 이 작품은 여기서 한 걸음 더 전진하고 있다. 이 작품은 이 노인이 일제 때 징용 책임자였던 요시다와 방송국의 반강제적 권유로 만나 느닷없이 화해하는 장면에서 시작하여, 요시다의 초청으로 일본 여행길에 올랐다가 첫날밤에 마치 40년 전처럼 탈출하여 귀국하는 장면으로 끝난다. 노예적인 징용생활 이야기를 감싸고 있는 이 부분은 도식적인 흠은 있지만 이 작품의 핵심으로서 작가는 한일관계의 현주소에 대해 날카

로운 질문을 제기하고 있는 것이다. 앞으로 이 질문에 대한 보다 진지한
관심을 작가들에게 기대해마지않는다.

[『중앙일보』 1984. 8. 21.]

지방의 뜻
— 이은식의 「땅거미」

1980년대 문학계에서 가장 주목해야 할 현상의 하나는 지금까지 중앙에 편중되었던 문학운동이 각 지방으로 확산되었다는 점이다. 대전의 '삶의 문학', 광주의 '일과 놀이', 마산의 '마산문화', 부산의 '토박이' 등 의욕적인 활동을 펼치고 있는 이 지방 동인들은 이미 문단의 비상한 주목을 받고 있는 터인데 새삼 중앙과 지방의 관계를 다시 생각하게 한다.

최근 학생들과 여행을 떠났다가 남원에 들러 기묘한 석물石物을 하나 구경하게 되었다. 『춘향전』의 무대인 광한루를 유정有情한 마음으로 거니노라니 다락 앞에 커다란 오석鼇石이 엎드렸는데 그 표지판에 이르기를 남원에 재난이 그치지 않아 관찰사 정철鄭澈이 자라 조각을 여기에 베풀었다는 것이다. 그러고 보니 이 자라란 놈의 머리가 연못 속의 삼신산三神山을 똑바로 향하고 있다. 그러니까 중앙권력을 대표하는 관찰사가 이 오석을 설치한 이유는 남원 토착민의 저항을 위압하기 위해서이니 평민문학의 고전 『춘향전』이 남원에서 태어났다는 것이 결코 우연이 아니었다.

이 오석으로 상징되는 조선왕조의 철저한 중앙집권은 식민지시대에는 일제에 의해 더욱 강화되었고 해방 후 오늘날에 이르기까지 변화의 기미는커녕 강화 일로에 있는 것이다. 지방자치가 민주주의 기초의 하나라는 점은 접어두고라도 자신의 뿌리를 존중한다는 것은 개인이나 민족이 자신의 존엄을 회복하는 근원으로 된다. 문학사를 돌아보아도 중앙의 기성문학이 피폐해질 때 그것을 치고 올라오는 신선한 힘은 지방에서 비롯되는 것임에 각 지방의 재지在地 문학인들이 자신의 향토에서 전개하는 새로운 문학운동은 민족적 주체를 근본에서 재건하는 기초작업일 터이다.

이런 점에서 이은식의 「땅거미」(『삶의 문학』 6집)를 읽게 된 것은 즐거운 일이 아닐 수 없다. 요새 소설이 그저 고만고만한 이야기를 재탕·삼탕하는 것을 볼 때 우선 이 중편은 이야깃감이 풍성해서 좋다.

도시에서 도덕 교사로 있는 '나'가 어린 시절에 어머니와 함께 쫓겨났던 고향 화평부락을 30년 만에 귀향하는 데서 시작되는 이 작품은 얼핏 이러한 유형의 이야기가 흔히 빠져드는 달콤한 감상주의처럼 보인다. 그러나 이 작품에서의 귀향은 매우 고통스러운 것이니, 비로소 자신의 어머니가 첩이었고 게다가 어머니가 고향을 떠난 것이 아버지의 초상화를 그리러 온 떠돌이 환쟁이와의 불륜 때문이라는 사실을 알게 되었기 때문이다.

작가는 소금장수로 치부하여 지주로 성장한 이 배 주사 가족의 불화와 6·25로 말미암은 화평부락의 분란을 교묘하게 교직하여 한 편의 빼어난 답사보고로 판을 짠 것이다. 그리하여 어떤 예감 때문에 오랫동안 귀향을 꺼려 했던 주인공이 정직하게 자신과 대면하여 결코 화평하지 않았던 화평부락 사람들과 끈끈한 연대를 맺게 되는 이 작품의 결말은 의미심장하다. 특히 아버지에 의해 쫓겨났던 이복형을 만나 함께 아버지의 제사를 모시는 장면은 뭉클하다. 고향을 추상적으로 미화하는 것이 아니라 한 치의 환상 없이 포옹하는 것, 이것이 '서울로 가는 길'을 거절하는 첫 결단이다. 오랜만에 만난 이 신인작가의 정진을 바란다.

[『중앙일보』 1984. 9. 26.]

북에서 본 6·25

—이호철의 「남南에서 온 사람들」

최근 문화계에는 일종의 탈중심화 현상이 확산 일로에 있다. 5월세대의 등장과 함께 가속화된 이 현상은 현 단계에서 깊고 무거운 의의를 지닌다. 그러나 한편 그것이 가파른 세대논쟁으로 전락되어서는 안 된다는 점이다. 인간의 변혁 가능성에 대한 기본적인 믿음이 전제되지 않을 때 우리는 자칫 흑백논리에 주저앉을 수도 있기 때문이다. 그러니까 신인들에 대한 기대가 크면 큰 만큼 선배 작가들에게 거는 기대는 더욱 크다는 것이다.

이호철의 중편 「남南에서 온 사람들」(14인 신작소설집 『지 알고 내 알고 하늘이 알건만』, 창작과비평사, 1984)은 최근 우리 소설계가 거둔 수확의 하나다. 지난해에 발표한 「세 원형소묘原型素描」(『실천문학』 제4호)와 연결되는 이 중편에서 작가는 6·25를 새로운 각도에서 포착하고 있다.

전황이 급박하게 돌아갔던 1950년 8월 중순의 원산, 정치 일변도의 이북교육에 신물이 나있던 주인공 '나'는 뒤늦게 인민군에 입대하여 공교롭게도 이남에서 올라온 일단의 의용군들을 대상으로 한 기초적인 정치교양 임무를 맡게 되는데, 작가는 이 기묘한 남북 대면을 전통적인 사실주의 수법으로 생생하게 그리고 있다. 이 작품은 그 소재의 특이성만으로도 신선하다.

더구나 이 작품에는 작가의 체험이 밑바탕에 짙게 깔려 있다. 그의 자전적 수필 「인민군 정찰중대에서 부산 피난까지」를 읽어보면 이 작품 속에 나오는 김정현·장세운·장세경 등이 모두 실제인물임을 확인하게 되니 이 작품을 통해서 독자들은 6·25 당시 남북한 사회의 한 분위기를 구체적으로 이해하게 된다.

이야기는 김정현이라는 철딱서니 없는 소년을 둘러싸고 벌어지는 남로당원 갈승환과 김석조의 갈등을 축으로 전개된다. 갈승환과 김석조는 모두 노동자 출신의 당원인데 두 사람이 국회의원의 아들 김정현을 보는 태도는 대척적이다. 갈승환이 김정현을 경멸·증오한다면, 김석조는 김정현의 백치상태를 연민 어린 눈길로 감싸는 것이다.

김석조의 태도는 무엇인가? 불교문자에 동사섭同事攝(일을 같이함으로써 사람을 바꾼다)이 있다. 가르치는 자와 가르침을 받는 자 사이의 종속적·일방적 관계를 거부하고 나아가서는 그 분리 자체를 제거하려는 이 문자의 정신은 인간의 변혁 가능성에 대한 눈물겨운 믿음에 기초한 혁명적 교육철학을 담고 있는 것이다.

이에 비하면 항상 당원임을 내세워 주위 사람과 담을 쌓고 있는 갈승환은 일종의 중심부 망상에 빠져 있는 것은 아닐지. 미워해야 할 것은 인간이 아니고 제도라는 사실을 몰각하고 있는 갈승환 같은 인물은 전위당 이론이 자칫 빠져들기 쉬운 위험을 한 단면에서 보여준다. 그리하여 갈승환은 일선으로 가기 직전 평양으로 뽑혀가고, 김석조는 일선 전투에서 전사하고, 김정현은 후방 재교육으로 떠나는 결말은 우리에게 깊은 여운을 남긴다.

작가는 이처럼 김석조라는 허구적 인물을 통해서 6·25에 대한 독특한 시각을 제시하고 있거니와, 문득 작가의 갈승환에 대한 반발이 너무 심정적인 것이 아닌가 하는 의문이 이는데 사실 이 의문은 나 자신에게로 돌아오는 것이기도 하다.

[『중앙일보』 1984. 11. 21.]

신인특집

1984년에 신춘문예로 등단한 신인들의 신작특집(『문학사상』11월호)을 유심히 읽어보았다. 그중 문형렬의 「오월의 꿈」, 박상기의 「어떤 살의^{殺意}」그리고 정수남의 「분실^{紛失}시대 I」이 흥미로웠다.

담담한 듯 과장된 필치로 군대생활의 한 삽화를 수필처럼 써나간 「오월의 꿈」은 섬세하다. 그러나 섬세함이 섬약^{纖弱}으로 기울어 소설을 쓰기에는 이 작가의 대가 너무 여리지 않은가 우려된다.

「어떤 살의」는 최근 소설로는 드물게 도시 하층민의 세계를 그리고 있다. 농촌에서 올라와 노동자 합숙소에 기거하며 포장마차로 생계를 잇는 만복이가 올림픽경기를 대비한 도로단속에 걸려 폐업하게 되는 이야기를 무리 없이 처리한 이 작품은 작가의식의 한끝을 잘 보여준다. 그러나 단편이라는 제약을 감안해야 하지만, 도시빈민을 바라보는 작가의 시선이 마치 1920년대의 신경향파처럼 아직은 소박한 단계가 아닌가 하는 생각이 든다. 하여튼 "가난한 사람들의 속병⋯⋯을 써보고 싶다"는 작가의 포부와 함께 앞으로의 작업을 기대해본다.

「분실시대 I」은 제목이 진부하지만 분단문제를 측면에서 다룬 주목할 작품이었다. 작가는 이 작품에서 월남越南 제1세대인 아버지와 제2세대인 아들들의 갈등을 통해서 통일문제를 짐짓 젖혀두고자 하는 분단체제의 사회심리에 대해 경종을 울리고 있다. 그러나 통일문제가 이산가족의 재회 수준 곧 심정적인 망향 심리에 머물러 있고 그럼으로써 아버지 세대를 너무 미화하는 느낌이 든다. 과연 분단의 책임으로부터 월남 제1세대는 면제될 수 있을 것인가? 물론 분단의 원천적 책임은 미·소의 냉전체제에 있다. 그럼에도 우리는 그 책임을 전적으로 외부적 요인에만 밀어버릴 수 없으매 우리 자신의 과오와 미숙을 엄정하게 따지지 않을 수 없다. 때문에 나는 아버지의 자살을 통해 새로 눈뜬 주인공의 각성이 앞으로 어떻게 전개될지 하회를 기다릴 뿐이다.

어느덧 1984년도 저물어간다. 소설의 침체를 우려하는 소리가 여기저기서 만발한 중에도 한 해 동안 쉼 없이 많은 소설이 발표되었고 그중 주목할 만한 좋은 작품들도 적지 않았다. 그럼에도 나는 소설의 침체가 극복되었다고 당당히 얘기할 수 없다. 80년대 소설의 침체란 최근에 들어와서 소설의 질이 현저히 떨어졌다는 말이 결코 아니다. 그것은 80년대 소설이 우리 시대를 총체적으로 포괄할 수 있는 새로운 이야기의 틀을 제시하지 못하고 70년대 소설의 수준을 맴돌고 있다는 뜻이다.

아직도 『삼국지연의』가 가장 오래된 베스트셀러라는 점을 유의해야 한다. 초야에서 몸을 일으켜 천하대란을 종식시키기 위해 쟁패하는 사나이들의 이야기를 종횡무진으로 풀어내고 있는 이 소설은 그 한계에도 불구하고 독자들에게 역사의 양감量感, 즉 우리가 역사 안에 살고 있음을 생생하게 확인시키고 있다.

우리 소설에 부족한 것이 바로 이 점이다. 우리 소설은 이 핵심적인 부분을 그저 권력투쟁사라고 외면하고 주변적인 이야기에만 사로잡혀 그야말로 잔소리로 떨어지고 만 것이 아닌가? 민중을 그 자체로서 분리해서 보는 것이 아니라 지배층과의 관계 속에서, 다시 말하면 진정한 의미의 정치적 관점을 수립할 때 소설은 잔소리가 아니라 로망으로 들어 올려질 것임을 새삼 새기고 싶다.

[『중앙일보』 1984. 12. 19.]

광주항쟁

—윤정모의 「밤길」

소설이란 우선 재미가 있어야 하고 분량도 두툼해야 한다. 소설이 분량 때문에 요즘 독자들에게 외면되고 있다는 주장은 일면적이다. 아무리 짧은 단편도 읽어낼 수 없는 것들이 얼마나 많은가. 반면 대하소설이라도 한번 빠지면 끝까지 읽는다. 결국 문제는 분량이 아니라 독자를 끌어당기는 힘이다. 소설가들이 독자를 되찾기 위해서는 바로 이 힘을 회복할 일이다. 이 점에서 현대를 휩쓸고 있는 대중문화를 작가들이 세심히 검토해야 한다. 최근 나는 할리우드에서 쏟아져 나온 〈포세이돈 어드벤처〉니 〈조스〉니 하는 돌발적인 재난을 다룬 영화disaster movies를 흥미롭게 분석한 글을 읽은 적이 있다. 이 영화들의 궁극적인 메시지는 재난의 공포에서 벗어날 수 있는 길은 잘 관리된 사회의 안정뿐이라는 것이니 보수주의의 교묘한 위장이다. 그러니까 대중문화는 결코 순수한 오락이 아니라 지배이념을 전파하는 잘 만들어진 선전예술인 것이다. 그러니 소설이 대중문화의 공세를 격파하고 본래의 대중성을 회복하기 위해서는 우선 결벽증을 버리고 생동하는 현실 속에서 드라마와 메시지를 결합함으로써 대중문화를 전유專有하는 감동적인 이야기를 창조하는 데 있다.

이번 달에 나는 윤정모의 「밤길」(『12인 신작소설집』, 창비)에 주목한다. 자신의 초기문학을 청산하고 최근 잇달아 뛰어난 작품을 생산함으로써 새로운 작가적 출발을 다짐하고 있는 윤정모는 진정한 의미에서 신인이다.

「밤길」은 광주항쟁에서 취재하였다. 이 사실 하나만으로도 이 작품은 표현의 자유를 한 걸음 전진시킨 셈인데 그 우수성은 소재에서만 연유하는 것은 아니다. 진압을 목전에 둔 위기의 순간에 진실을 알리기 위해 광주를 탈출한 신부와 청년의 비통한 심정을 무섭도록 생생한 필치로 그려내고 있는 이 작품은 당시 광주 밖에 있었던 사람들을 짓눌렀던 철저한 무력감을 고통스럽게 환기시키고 있다. 그러나 이 작품은 단순한 환기로 끝나는 것이 아니다.

작품 끝에 놓인 신부의 독백이 의미심장하다. "요셉아, 우리도 지금 안전한 곳으로 대피하고 있는 게 아니란다. 거기에도 장벽은 있다. 그 장벽을 깨뜨려달라는 임무가 우리에게 주어진 거야. 우린 그걸 해내야 돼. 비록 이 밤길이 영원히 끝나지 않는다 해도 이젠 서둘러야 한다." 광주의 안과 밖을 새로운 차원에서 연결함으로써 민주화와 민족통일이라는 우리시대의 역사적 과제를 수행해야 함을 「밤길」은 감명 깊게 부각시키고 있는 것이다. 이 작품에서 굳이 흠을 잡자면 신부와 요셉이란 이름에서 연상되듯이 어딘지 이국적이라는 느낌인데, 그럼에도 이 작품은 윤정모 씨의 새로운 문학적 선언이다. 그러나 문학 특히 소설은 선언만으로 끝나는 것이 아니다. 앞으로 이 작가가 이 선언을 어떻게 구체화할지 자못 궁금하다. 또한 이 문제는 1980년대 초반의 낭만적 분출을 어떻게 현실 속에서 탄탄하게 구조화하느냐 하는 산문적 과업을 앞에 둔 80년대 후반 문학이 함께 해결해야 할 과제이기도 하다.

[『동아일보』 1985. 7. 29.]

소시민의 위기

—조갑상과 박상기

신인 기근 상태에 있는 오늘의 소설계는 그 어느 때보다도 진정한 신인을 대망하고 있다. 1980년대도 중반에 접어들었는데 소설계에 아직 뚜렷한 신인 그룹이 형성되지 못하고 있다는 사실은 작단의 앞날을 위해 결코 바람직한 현상이 아니기 때문이다.

기성 작단에 대한 발랄한 도전을 기대하고 이달 중순에 나온 『소설문학』 9월호의 신인특집을 정독했던 나는 끝내 아쉬움을 씻을 수 없었다. 가령 황충상의 「사리舍利」나 곽의진의 「비야비야」는 단편으로서 나무랄데 없는 작품이다. 그럼에도 이 이야기들은 우리 시대의 핵심적인 삶으로부터 한 걸음 비켜서 있다는 느낌이다. 한마디로 노성老成하달까, 상투적으로 얘기하면 신인다운 패기가 부족하다. 물론 소설小說은 글자 그대로 '작은 이야기'다. 그러나 근대 이후 소설이 문학의 왕좌 자리를 차지하게 된 것은 그냥 작은 이야기에 그쳐서가 아니라 그 이야기를 통렬하고 심오한 인간적 경험으로 들어 올린 데 있었기 때문이다.

이 점에서 나는 조갑상의 「그리고 남편은 오늘 밤도 늦다」와 박상기의 「대기발령」이 흥미롭다. 물론 이 두 작품도 독자의 정수리를 번개처럼 후려치는 그런 작품은 아니다. 그럼에도 오늘날 도시에서 살아가는 소시민적 삶의 양태, 그 끝없는 부동浮動을 고통스럽게 응시하고 있는 작가의 시선은 단단하다.

문인이면서 전문대 교수로 대학신문의 주간을 맡고 있는 남편의 고통을 아내의 눈으로 관찰하고 있는 조갑상 씨의 작품은 1920년대의 단편 「술 권하는 사회」를 연상시킨다. 암울한 식민지시대를 배경으로 고뇌하는 젊은 지식인의 모습을 구식 부인의 눈을 통해 그림으로써 더욱 예리한 반어적 효과를 거두었던 「술 권하는 사회」가 60년이 지난 오늘에도 다시 반추되고 있다니……. 물론 이 작품의 아내는 「술 권하는 사회」와 달리 인텔리 여성이다. 그러나 이 때문에 이 작품을 감싸고 있는 음울한 분위기는 더욱 고조되니, 순응과 순응에 대한 역겨움 사이에서 시달리는 남편의 늦은 귀가를 기다리는 아내의 독백으로 시종하고 있는 이 작품에는 국가주의의 네트워크 속에 갇힌 소시민적 삶의 막막함이 암울하게 울려오고 있다.

박상기는 여기서 더 나아가 심각한 불황의 여파로 15년을 봉직한 직장에서 실직한 중견사원들의 행태를 그림으로써 중산층의 실상에 대해 강력한 의문을 제기하고 있다. 자본과 노동의 가운데에 끼여서 자체 분해에 직면한 소시민의 위기의식을 생생하게 그리고 있는 이 작품은 한국 민주주의의 토대를 어디에 두어야 할 것인지를 다시 한 번 생각하게 한다. 이 점에서 주인공이 우연히 만나 해고된 버스 안내양에 대한 동병상련 장면은 매우 암시적인데, 아직은 감상적 차원이어서 나로서는 소시민의 역사적 운명에 대해서 더 끈질긴 점검 작업이 본격적으로 진행되었으면 한다.

모처럼 만난 신인작가들의 정진을 빈다.

[『동아일보』 1985. 8. 30.]

소시민의 위기 2

―최일남과 이창동

오랜만에 최일남 씨의 단편 「무화과無花果는 언제 피는가」(『문학사상』 1985년 9월호)를 흥미롭게 읽었다. 무화과나무는 꽃이 없이 열매를 맺는다는 뜻과는 달리 무언가 화려한 느낌을 전해주곤 한다. 국어사전을 찾아보니 따뜻한 곳을 좋아하는 무화과나무는 그 나무 그늘이 짙어서 여름 더위를 식혀주기 때문에 풍부하고 평화로운 생활을 상징한다는 것이다. 그러니까 이 작품은 제목에서부터 우리 사회를 암울하게 짓누르고 있는 압박으로부터의 자유를 강하게 동경하고 있는 셈이다. 작품의 제재는 유신 직후 민주화운동에 참여하고 있던 문인이 연행되는 사건, 그 시대에 빈발했던 일이다. 그런데 작가는 이 사건을 짐짓 부인의 관점으로 돌려 가족이 겪는 심리적 고통을 섬세하게 묘사하고 있다. 남편이 연행된 직후 무력감 속에 당황하다가 여당 간부를 남편으로 둔 고향 친구를 만나자고 해놓곤 막상 만나서는 오기를 부리며 평정을 되찾는 심리적 움직임이 무리 없이 전개되어 이와 같은 '문제소설'이 빠질 수 있는 경직성을 벗어나서 부담감이 없다. 이 작품의 주지는 명료하다. 「작가의 말」에서 밝히고 있듯이 "세상에는 되풀이해서 괜찮은 일도 있지만 다시 그래서는 안 될 일도 있다. 글 써 먹고 사는 사람들이 그 글로 해서 어떤 물리적 구속을 받는 일이 거듭된다면 그것은 더군다나 안 될 일"이라는 것이다. 언제까지 이런 일이 반복될 것인가. 이 작품을 읽으면서 나는 최근의 『민중교육』 사건을 우울하게 떠올리지 않을 수 없었다.

이처럼 최근 소설들은 불황기를 반영하는 것인지 유난히도 소시민의 위기의식이 강하게 드러나고 있다. 이창동의 「춤」(『문예중앙』 1985년 가을호)도 그렇다. 고학으로 지방대학을 나와 서울에서 회사생활을 하는 남편과 내 집 마련까지는 피임을 고집할 정도로 이악을 떠는 아내, 이 작품은 이 젊은 부부의 대천 휴가기이다. 피서여행이 "한 푼이라도 아끼려는 지겨운 싸움이었을 뿐"인 이 짜증 나는 이야기를 작가는 꼼꼼하게 재현함으로써 소시민적 생활의 정체를 묻고 있다. 그런데 "길고도 힘든 싸움에서 돌아와 승리를 자축하는 원시인들이 그러했듯" 아내와 신명 들린 춤을 추겠다는 결말은 모호하기 짝이 없다. 이에 비하면 이 작품의 보조인물들인 대천의 농민들은 너무나 생생해서 그 민중적 지혜로 의젓하기조차 하다. 이창동은 「소지燒紙」(『실천문학』 창간호)로 이미 날카로운 주목을 받은 바 있는데 이 작품은 좀 떨어진다.

솔직히 말해서 최근 소설들은 다시 재미가 적어지고 있다. 처음 월평을 맡았을 때와 달리 요새는 현상의 겉껍데기만을 국면국면 베끼는 지리멸렬한 이야기들이 양산되고 있다. 시국 탓인가. 이런 때일수록 조바심 치지 말고 방심放心하자, 긴 하늘을 높이 가로 지르는 한 마리 들기러기가 그 아래 맑은 호수 위에 그림자를 던지듯.

[『동아일보』 1985. 9. 27.]

산문정신의 문제
—강석경의 「숲 속의 방」

요새처럼 시가 범람하는 시대에는 새삼스럽게 산문정신을 생각해본다. 사기열전史記列傳에 흥미로운 일화가 하나 있다. 손자孫子와 함께 병학兵學의 천재로 일컬어지는 오기吳起가 위魏의 장군으로 있을 때, 그는 다른 장군과 달리 병졸들과 동고동락함으로써 크게 인망을 얻었다. 어느 날 한 병졸이 종기로 괴로워하는 것을 본 그는 몸소 그 종기를 빨아 치료하였다. 그런데 이 소문을 들은 병졸의 어미가 통곡을 하는 것이 아닌가. 사람들이 그런 영광을 입었음에도 통곡하는 그 어미를 꾸짖었더니 그녀 가로되 "지난해에도 오 장군이 그 아비의 종기를 빨았어요. 그래 그 아비는 전쟁터에서 죽음을 두려워하지 않고 싸우다가 결국 죽고 말았다구요. 오늘 오 장군이 다시 그 아들의 종기를 빨았으니 그 애는 이제 다 틀렸어요." 이 얼마나 통렬한가. 이 어미의 통곡이야말로 바로 민중적 지혜이자 결코 기만당하지 않을 것을 다짐하는 산문정신이다. 마땅히 산문으로 표현해야 할 것도 시로 대신하고 산문을 시로 재탕하고 마침내는 산문에도 시가 침투하여 시도 아니고 산문도 아닌 들큼한 제목의 산문집들이 판치는 세태 속에서 산문정신은 위기에 봉착해 있다. 산문정신은 토론의 정신이다. 따라서 진정한 민주적 토론이 봉쇄된 사회에서 산문정신은 꽃피기 어렵다. 결국 우리 사회가 아직도 사이비 시·사이비 산문에 휩싸여 있는 것은 우리 역사가 그 단계 단계마다 청산할 것을 청산하지 못함으로써 아직도 의연히 봉건적인 것이 유유하다는 말이다. 이 때문에 억눌린 산문정신을 다시 들어 올리는 작업은 우리나라 민주주의의 사활이 걸린 문제로 된다.

강석경의 「숲 속의 방」(『세계의문학』 1985년 가을호)은 드물게 끈덕진 산문정신의 일단을 보여주었다. 무려 4백 33장, 적지 않은 분량인데 독자들을 시종일관 사로잡아서 이 점 하나만으로도 평가할 만하다. 작가는 이 작품에서 유복한 중산층 출신 여대생의, 결국 자살로 끝나는 절망적인 방황과정을 섣부른 감상주의 없이 냉철하게 그리고 있다. 작가는 집에서도 거리에서도 그리고 "데모할 때도 갈등했고 빠질 땐 빠져서 괴로워"하는 대학에서도―그 어느 곳에서도 안착할 수 없는 그녀의 방황과정을 큰언니의 눈을 통해 추적함으로써 격동하는 대학과 대학생들의 생태를 참으로 실감 있게 떠올렸는데, 이는 작가적 성실성에 다름 아니다. 그러면서도 나는 작가의 산문정신이 끝까지 관철되지 않았음을 안타까워한다. 가령 주인공의 아버지가 경영하는 스웨터 수출 공장 이야기가 거의 빠져버린 점이 그렇다.

그리고 소위 운동권 학생 명주의 모습이 종로에서 시시덕거리는 대학생들의 실감에 비해 아무래도 상투적인 느낌이 드는데 이것은 아마도 운동권 학생을 단지 '전율과 연민'으로 바라보는 데 연유할 터이나 사실 전율과 연민은 진정한 산문정신이 아니다. 이 때문에 이 작품의 끝에 나오는 "숲에도 방이 없었다. 숲에는 혼란과 미로가 있을 뿐"이라는 시적인 일반화는 이 작품이 거둔 성과를 오히려 감쇄시키는 것이니, 위나라 병졸 어미의 통곡을 상기하자.

[『동아일보』 1985. 10. 30.]

소설적 체력의 회복

— 현기영의 「난민일기」, 이창동의 「친기」

최근 어느 평론집을 읽다가 소설가가 되려면 육체적 건강을 타고나야 한다는 구절에 부닥쳐 일리 있는 말이라고 혼자 수긍한 적이 있다. 「나폴레옹」의 초상에 "그대는 칼로 '유럽'을 정복했지만 나는 철필로 세계를 지배하리라"고 썼다는 발자크는 위대한 소설적 체력의 소유자가 아니었던가.

그런데 우리나라에는 불행히도 이와 같은 체력을 가진 소설가들이 많지 않다. 많기커녕 최근에는 그나마 가진 체력마저 가벼이 하려는 소설가들이 느는 것이 아닌가.

소설은 중세의 시정신을 극복하고 근대문학의 챔피언이 되었다는 역사적 사실에 유의해야 한다. 소설가가 시인을 흉내 내서는 모양이 우습다. '시는 소설 못 쓰는 사람이 쓰는 거지' 하며 호언했던 채만식만 한 배포는 가져야 최소한 소설가로서 자격이 있을 것이다.

소설가들이 자신 속의 시인기질을 철저히 청산할 때 소설을 시로, 또는 사변적인 에세이로 끌어가려는 그릇된 방향을 바로잡을 수 있다.

이번에 나는 『창작과비평』(부정기간행물 1호)에 실린 현기영의 「난민일기」와 이창동의 「친기親忌」를 흥미롭게 읽었다. 현기영의 단편은 자신이 직접 체험한 작년 여름의 엄청난 홍수에서 취재하였다. 여기서 작가는 중산층 주거지역인 망원동을 덮친 홍수와 그 주민들의 반응을 뛰어난 눈썰미로 보고해주고 있는데, 고발적 성격이 강하다.

고발의 첫째 대상은 물론 수방水防 대책을 담당하고 있는 당국이다. 그런데 작가의 눈길은 망원동 주민들에 대해서 더 매섭다. 그 와중에서도 몇몇 주민들이 촛불을 밝히고 물에 잠긴 집에 들어앉아 도둑을 지키는 삽화나 불평은 하지만 당당한 의사표시에는 주눅이 들어버리는 수용소의 삽화 등을 통해서 작가는 자기를 치는 심정으로 소시민의 무기력을 비판하는 것이다. 그런데 작가는 이 좋은 소재를 왜 르포로밖에 끌어가지 못했을까. 허황한 이야기를 멋대로 꾸며내서는 안 되지만 역시 소설은 있는 사실에만 사로잡혀서는 재미가 적다.

이창동의 「친기」는 뛰어나다. 이처럼 믿을 만한 신인이 출현했다는 것은 고마운 일이 아닐 수 없다. 이 작품은 좌익 지식인 김종만의 가족이 겪는 고통을 그리고 있다. 6·25 이후 반생을 술로 탕진한 이 무능한 가장 때문에 집안은 가난에 찌들었는데, 작품은 낯선 이복형이 출현하는 데서 시작된다.

경주 외가로 모자가 쫓겨갔다가 어머니는 곧 죽고 험한 세상을 혼자 살아온 이복형의 출현으로 말미암은 집안의 갈등과 화해의 드라마를 작가는 솜씨 있게 그리고 있어서 이복형이 다 죽어가는 아버지 김종만을 모시고 자기 집으로 가는 결말에 이르면 가슴이 뭉클하기조차 하다.

그러나 다시 생각하면 많이 본 듯한 이야기다. 이 작품이 1970년대에 발표되었다면 격찬을 받았을 것인데 요사이는 이런 이야기가 유행을 이루고 있으니 이 또한 문제다. 사실 이런 유형의 화해소설은 6·25 이야기도 아니고 요새 이야기도 아닌 어중간한 것이다.

　「난민일기」와 「친기」는 최근 소설의 고민을 상징한다. 객관에 다가서면 주관이 생략되고 주관이 강화되면 객관이 약화되는 어떤 분열—어찌하면 위대한 소설적 체력을 회복할 수 있을까.

[『동아일보』 1985. 11. 29.]

아버지와 아들

―민병삼의 「아들의 여름」

고은의 시를 읽다가 "아버지와 아들은 현실이지만 할아버지와 손자 사이는 꿈결이구나" 하는 구절에 부딪쳐 나는 무릎을 친 적이 있다. 진실로 예리한 경구다. 사랑은 건너뛰기 때문이다. 그렇지만 꿈결 같은 할아버지와 손자 사이가 아니라 아버지와 아들이 역사적 현실인 것이다. 그럼에도 우리의 경우 이 문제를 본격적으로 끈덕지게 탐구한 작가는 많지 않다. 오히려 우리 작가들은 이 문제를 회피해왔으니 춘원 이광수의 주인공들을 사로잡고 있는 일종의 고아의식은 대표적인 예가 될 것이다. 아버지 세대를 괄호 안에 묶어버림으로써 이광수는 손쉽게 이 문제로부터 빠져나갔는데 그것은 아버지 세대의 실패에 대한 진정한 극복이 아니다. 1930년대에는 염상섭의 『삼대』를 비롯한 뛰어난 가족사 배경의 소설들이 나와서 이 문제가 정면으로 다루어진 듯이 보이지만 곰곰이 살피면 흥미롭게도 아버지는 예외 없이 무능력자이고 할아버지와 손자가 일종의 연합을 이루고 있으니, 이 또한 고아의식의 독특한 변형이었다.

그런데 1970년대 이후 최근에 들어서 더욱 바짝 이 현상이 전도되고 있다. 특히 6·25에서 취재한 젊은 작가들의 작품에서 두드러지고 있듯이 아버지 세대로의 대규모의 회귀가 큰 주류를 이루고 있는 것이다. 물론 그들이 회귀하여 재발견한 아버지는 명철보신明哲保身으로 살아남은 현재의 아버지가 아니라 근대사의 격동 속에서 실종된 아버지, 즉 숨어 있는 아버지다. 물론 이 작업은 소중하다. 그러나 여기 또 의문을 제기해둘 필요가 있다. 아버지는 아들에 의해 부정됨으로써 긍정되는 것이 역사발전의 논리이기 때문이다. 이 점에서 민병삼의 「아들의 여름」(『현대문학』 1985년 12월호)이 흥미롭다. 물론 이 작품은 적지 않은 결함을 지니고 있다. 짜임새도 산만하고 무엇보다 작가의식이 나이브하다. 가령 곰보에 고리눈에 주정뱅이 백정이 6·25때 좌익으로 설쳐댄다는 설정은 꼭 『장화홍련전』의 계모만큼이나 상투적이다. 그럼에도 아버지와 아들의 문제를 그냥 화해로 끌어가지 않는 작가의 시각이 신선하다. 더구나 아버지 콤플렉스에 매달리지 않고 우리 시대의 비극을 "우리 세대에서 끝나도록 해야 한다"는 작가의 결의는 더욱 소중하다. 눈물을 닦고 아버지 세대의 실패를 엄정하게 보자. 그때 비로소 아들 세대의 역사적 과제가 당당하게 동틀 것이다.

어느덧 을축년이 저물어간다. 을축년은 아마도 우리 문화사에서 영원히 기억될 것이다. 여름에는 『실천문학』이 폐간되더니 겨울에는 『창작과비평사』가 등록 취소되었다. 이 냉엄한 국제환경 속에서 우리 민족의 자주적 생존권을 보위하기 위해서는 무엇보다 내부문제의 민주적 해결을 통한 역량의 결집이 무엇보다 절실할 때인데 답답한 일이다. 그래도 천년 전의 시인 충담사忠談師가 「안민가安民歌」에서 지혜롭게 노래했듯이 "이 땅을 버리고 어디로 가겠는가/할진댄 나라 보전할 것을 알리라." 이 땅에 살기 위해서 우리가 무엇을 해야 할 것인지 깊이깊이 생각할 일이다.

[『동아일보』 1985. 12. 30.]

도시와 농촌의 경계

— 박영한의 『왕룽일가』

『왕룽일가』(민음사, 1988)의 무대는 우묵배미다. 박영한은 이 소설에서 서울 근교의 농촌 우묵배미를 정밀하게 탐사함으로써 도시화의 물결 속에서 휘청거리는 오늘날 근교 농촌의 세태를 생생하게 보고하고 있다. 어느 특정한 장소를 집중적으로 탐사하는 작업으로는 일찍이 이문구의 '우리 동네'나 송기원의 '월문리' 연작이 있었지만 그 무대는 농촌이었고, 최근 양귀자의 『원미동 사람들』은 농촌적 요소가 잔존하더라도 어디까지나 도시라는 점을 감안할 때 『왕룽일가』의 무대는 흥미롭다.

고요히 조을던 농촌에서 문득 광포한 도시화의 물결에 휩쓸린 우묵배미는 중도 아니요 속인도 아닌 엇진 모습으로 흔들린다. 미셸 라공이 도시의 거대화는 정치권력의 비대화를 반영한다고 갈파했듯이 우묵배미까지 밀려온 서울은 도시와 농촌의 경계를 파괴하고 인간과 자연 그리고 인간과 인간 사이의 친교를 깨뜨림으로써 중심부 또는 물신物神에 대한 경배 아래 온 민중을 굴복시키고 있는 것이다. 겉으로는 꿈꾸듯 아름다운 전원인 우묵배미가 돈을 매개로 한 끊임없는 불화와 갈등으로 부패되는 것이 어찌 우연일 것인가?

박영한은 지식인이 흔히 드러내는 민중에 대한 죄의식으로부터 단연코 자유롭다. 이 자유로움이 이 작품을 근본적으로 세태소설에 머무르게 하고 있지만 또한 우묵배미 사람들을 객관화할 수 있는 비판적 거리의 확보에 기여함으로써 인물들을 생생하게 살아나게 하였다. 예컨대 필용 씨의 삽화는 얼마나 뛰어난 것인가?

> 어느 해 화창한 초여름 오후에 나는 와렝이의 한적한 들판에서 뜻 아니게 이 고독한 영감님과 마주친 적이 있다. (…) 그날 오후 내내 영감님을 뒤쫓아 다니며 달래니 고사리니 약초뿌리를 한아름 캤는데, 놀랄 일은 그가 와렝이든 삼뫼든 어느 언덕의 어느 지점에 가면 어떠어떠한 식물이 어떤 형태로 군생하며 어떻게 제각각 흩어져 살고 있는지 따위를 지도책보다도 더 소상하게 머리에 그려두고 있다는 점이었다. "용하군요 아저씨, 비상한 기억력이십니다. 헤에, 나리 아베가 날 놀리나. 그딴 것도 모르믄 어케 농살 지어먹구 사나. 난 내 땅 어디어디에 뭐이가 어떻게 돼먹었는지 눈 감구두 휘언히 외구 있어요. 술 먹구 싶음 고추장에다 쇠주 한 병만 차고 나 있는 데로 올라와요. 산에두 안주거리가 천지라구……." 그건 조금두 과장이 아니었다. (…) 그는 사람을 불신하면서 땅은 미더워했던 것이다.

이 삽화는 일생 땅을 의탁해 살아온 늙은 농부의 형상을 탁월하게 떠올리고 있다. 그렇다고 해서 작가가 이 작품에서 우묵배미 사람들을 무조건 옹호만 하는 것은 아니다. 그는 우묵배미 사람들의 교활·의뭉·욕정까지 가차 없이 솔직하게 그려냄으로써 우묵배미를 리얼한 공간으로 창조하였다. 물론 개중에는 허술한 부분도 있다. 가령 일반적인 사회문제에는 민감하지만 정작 자기 마을 불화에 대해서는 외면하는 운동권 대학생 진구의 형상이 그렇고, 우묵배미에는 축산농가가 많은데 최근 쇠고기 수입으로 상징되는 축산농민의 문제는 거의 다루어지지 않은 점도 아쉽다. 이 때문에 이 작품은 생활의 실감으로 싱싱하지만 그것을 묶어 세우는 사회성은 부족하다.

그것은 아마도 이 작품이 제목에서도 짐작되듯이 펄 벅의 『대지』(1931)에 크게 의존한 것과 깊이 호응한다. 중국 농민의 세계를 서구에 소개함으로써 인기작가가 된 그녀는 물론 키플링과 같은 제국주의자는 아니었지만, 중국 농민의 벗도 결코 아니다. "아시아는 현실의 세계이며 미국은 아름다운 꿈의 나라"라고 고백하고 있듯이 그녀는 어린 시절에 겪었던 의화단사건(1900)의 공포를 마음 깊이 안고 살아갔던 전형적인 미국 선교사의 딸일 뿐이다. 이 때문에 『대지』에는 제국주의와 군벌들에 대항하여 싸우는 중국 민중의 형상은 보이지 않는다. 요컨대 펄 벅은 한때의 인기 작가이지 위대한 작가는 아닐 터이다.

『왕릉일가』에서 우선 펄 벅의 낙인을 떼어내는 것이 시급하다. 그러나 『왕릉일가』는 이제 시작일 뿐이다. 다음 작업에서는 이 작품을 관류하는 싱싱한 생활의 실감과 뛰어난 인물 형상력이 올바른 전망과 통일되기를 기대한다. 그때 우묵배미는 단순한 세태적 공간에서 우리 시대의 모순이 전형적으로 충돌하는 사회적 장소로 발전될 것이다.

[『교보문고』 1988년 3·4월호]

남북을 잇는 이용악 시

.

백석, 정지용, 김기림, 이태준에 이어, 윤영천 교수의 노고로 『이용악 시 전집』(창작과비평사, 1988)이 출간되었다. 이용악이 서울에서 마지막 시집 을 낸 것이 1949년이니까 실로 40여 년 만의 일이다. 유신시대에 몇몇 선 배문인들이 이용악의 시집을 복사해서 나눠 가졌다가 기관에 끌려가 고 초를 겪었던 일을 생각하면 세상은 달라지긴 달라진 모양이다.

고서방古書房을 통한 이용악의 지하유통도 이제는 끝났다. 지하유통이 란 대체로 대상의 신비화로 빠지기 쉬운 것이니, 이번에 출판된 『이용악 시전집』을 읽으면서 더욱 그러한 느낌이 절실해진다. 이용악의 시적 명 성이 결코 허명이 아니라는 사실을 다시 확인하면서도 예전에 몰래 읽었 던 이용악은 이미 아니었다. 지하유통은 독자들을 폐쇄적이고 고립된 독 서체험으로 끌어감으로써 진정한 독서가 추구하는 저자와의 비판적 토 론을 애초에 봉쇄하는 것이다.

월북작가들의 공개출판 시대를 맞이함으로써 이제 진정으로 과학적인 논의가 가능하게 된 것인데, 그를 위해서 우선 우리가 '빨갱이 콤플렉스'로부터 자유로워야 한다. 여기서 채만식의 소설 『도야지』(1948)에 나오는 구절을 함께 읽어보고 싶다.

불원한 장래에 사어死語사전이 편찬된다고 하면 빨갱이라는 말이 당연히 거기에 오를 것이요 그 주석엔 가로되, 1940년대의 남부조선에서 볼셰비키, 멘셰비키는 물론 아나키스트, 사회민주당, 자유주의자, 일부의 크리스천, 일부의 불교도, 일부의 공맹교인, 일부의 천도교인, 그리고 중등학교 이상의 학생들로서 단지 추잡한 것과 불의한 것을 싫어하고 아름다운 것과 바르고 참된 것과 정의를 동경·추구하는 청소년들, 그 밖에도 ×××과 △△△△당의 정치노선을 따르지 않는, 모든 양심적이요 애국적인 사람들, 이런 사람을 통틀어 빨갱이라고 불렀느니라.

이 때문에 월북작가들을 일괄해서 공산주의자로 보아서는 아니 된다. 친일파와 친미파가 혼효하면서 결합한 해방 직후 남한의 정세 속에서 월북작가들의 대부분은 민족주의 좌파에 가깝다. 이용악도 그에 속할 것이다.

평론가 김동석은 「시와 정치」라는 글에서 "개념 없는 직관은 장님"이라는 경구에 의거해서 해방 직후 이용악 시에 나타나는 정치의식의 불철저성을 날카롭게 비판한 바, 함경도·두만강·연해주 등 북방 체험에 근거한 격정적 서정시의 세계가 용악 시의 본령이다. 특히 "알룩조개에 입맞추며 자랐나/눈이 바다처럼 푸를뿐더러 까무스레한 네 얼골/가시내야/나는 발을 얼구며/무쇠다리를 건너온 함경도 사내"로 시작되는 「전라도 가시내」는 우리 현대시를 대표하는 걸작이다.

이번에 다시 읽으면서 발견한 것이지만, 이용악의 절창 「그리움」은 파인 김동환의 「눈이 내리느니」와 상통한다. 우리 시에 북국 체험을 처음으로 도입한 파인의 업적 위에서 용악은 출발했던 것이다. 영향을 주고받으며 엇갈린 길을 걸어간 이용악과 서정주의 대비도 흥미롭고, 분단시대의 진군 속에서 실종되었던 이용악의 시세계가 70년대 이후 신경림과 김지하 등의 시 속에서 창조적으로 계승되고 있는 맥락 또한 무거운 의의를 지닌다.

이 점에서 정치·경제·군사적 분단을 밑에서 받치고 있는 문화적 분단의 극복을 위해서 용악 시가 그 중요한 공동 기초의 하나임을, 그리고 월북 작가들에 대한 과학적 논의가 단순히 문학사의 공백을 메우는 일로 끝나는 것이 아님을 절실히 깨닫게 된다.

[『한겨레』 1988. 7. 28.]

풍자정신의 회복

—남정현의 「핵반응」

「분지」(1965)의 작가 남정현이 오랜 침묵을 깨고 작단에 복귀하였다. 「분지」는 반미의 무풍지대에 홀연히 돌출한 회오리바람이었으니, 하나의 단편이 사회에 그토록 심각한 반향을 일으킨 것은 우리 문학사상 유례가 없을 것이다. 그러나 그 덕분에 「분지」는 문학적 평가 작업을 제대로 받지 못하였다. 대담한 문제제기에도 불구하고 그 예술적 완성도는 상대적으로 낮다는 평가가 은연중에 퍼져 있는 것 같다. 어린 시절에 이 작품을 읽고 필자도 그 비슷한 느낌을 가졌는데, 최근 다시 읽어보니 「분지」의 예술적 완성도는 결코 낮은 것이 아니었다. 아마도 그것은 이 소설의 조직 원리가 그 주제 못지않게 낯설었기 때문일 것이다. 거침없는 왜곡과 과장을 통해서 구축된 기상천외한 상상력의 발랄한 전개로 특징지어지는 「분지」의 구성은 자질구레한 세부묘사를 통해 현실의 일각을 꼼꼼히 재현하는 서구 자연주의 기율과는 애당초 인연이 없는 것이다. 그러니 신문학 이후 자연주의에 중독된 독자들의 눈에 「분지」의 예술성이 의

심받게 된 것은 어쩌면 당연한 일인지도 모른다. 이처럼 주제와 조직 양면에서 신문학사 이래의 자연주의적 기율을 전복한 「분지」의 문학사적 의의는 획기적이다. 더구나 남정현의 작업이 1970년대에 김지하 시인의 「오적」을 비롯한 담시 속에서 새로운 전개를 보이는 점 또한 의미심장한 일이 아닐 수 없다. 자주화에 대한 각성이 그 어느 때보다도 날카롭게 고조되고 있는 최근, 이 문제에 대한 선구적인 지평을 열었던 남정현이 작단에 복귀한 사실은 이 점에서도 경하할 일이다.

「핵반응」(『창작과비평』 1988년 가을호)은 그의 '허허선생' 연작의 네번째 작품인데, 이 연작에서 작가는 우리나라 지배층의 전형적 형상을 그 아들의 시각을 빌려 풍자적으로 묘사하고 있다. 경찰서 순사부장으로 해방을 맞아 제주도로 도망친 허허선생은 4·3사건의 와중에서 토벌군대장 리버티를 도와 위풍당당하게 사회로 복귀한다. "그 어떠한 법도, 그 어떠한 가치도 반공 앞에서는 모두들 숨을 죽였다…… 가다가 혹시 미운 놈이 생기면 그 미운 놈의 낯짝에 용서 없이 '용공'의 딱지만 붙여놓으면 만사는 허허선생의 뜻대로였다." 허허선생은 친미·반공의 깃발 아래 정계와 재계의 실력자로 군림하매, 이 땅에 핵무기가 첫발을 디딘 날 허허선생의 지하궁전에서 벌어진 광란의 축제는 이 작품의 압권이다.

일찍이 반사실주의적 수법으로 새로운 리얼리즘을 추구한 채만식은 『태평천하』(1938)에서 식민지시대의 토착지주계급의 풍자적 초상인 윤직원의 형상을 탁월하게 제출한 바, 허허선생은 바로 윤직원의 직접적 계승자인 것이다. 그런데 이 작품은 거대한 분수같이 당당한 허허의 돌연한 와병으로 시작된다. 그는 왜 갑자기 병들었는가? 작품 끝에 가서야 미군철수와 반공법 철폐를 요구하는 시위 뉴스가 원인이라는 점이 밝혀지는데, 그는 이대로 죽는 것인가? 작가는 결말에서 그를 번개같이 회생시킨다. 허허로 대표되는 지배층은 결코 만만치 않다. 그런데 이 결말은

역으로, 이제 막 첫발을 디딘 반전·반핵 자주화운동의 더욱 힘찬 발전을
우리 사회에 요구하는 것이다.

[『한겨레』 1988. 9. 6.]

어느 시인의 죽음

—박정만 유고시집 『그대에게 가는 길』

고 박정만 시인이 "머나먼 서역 만리/가을이 기우뚱 기우는 저 어둠 속으로" 문득 육신을 감춘 지 한 달 만에 그의 유고시집 『그대에게 가는 길』 (실천문학사, 1988)이 나왔다. 내가 박정만의 시에 괄목하게 된 것은 「죽음을 위하여」(1985)를 읽고 나서부터이다. "간이 점점 무거워 온다/검푸른 저녁 연기 사라진 하늘 끝으로/오늘은 저승새가 날아와서/하루내 내 울음을 대신 울다 갔다"로 시작되는 이 시에는 종이에 물 스미듯 깊숙이 죽음의 냄새가 배어 있다. 왜 젊은 시인이 이토록 죽음에 지펴 있는 것일까? 나는 비로소 그가 독재의 서슬이 시퍼렇던 1981년 5월, 기관에 끌려가 모진 고문을 받고 지독한 후유증에 시달린다는 사실을 알게 되었다.

그러면 그는 정치적 시인이었는가? 아니다. 그는 '순수시인'이었다. 당시 연재소설의 한 장면을 문제 삼아 작가 한수산과 신문사 관계자들이 고초를 겪었는데, 박정만은 그 작가와 지면이 있다는 단지 그 죄목으로 불법 연행되었으니 참으로 어처구니없는 일이었다. 사흘 만의 행방불명 끝에 돌아온 시인의 모습을 작가 김성동은 다음과 같이 전하고 있다. "그는 도무지 굴신을 하지 못할 정도로 팔이며 다리며 모가지며 등짝이며 목불인견으로 짓이겨져 있는 것이었습니다. 왜 그 지경으로, 그의 표현을 빌리면 '대한민국처럼' 짓이겨진 것인지는 그 자신도 확실하게 모른다고 했습니다. ……밤이면 온 삭신이 쑤시고 결려서 소주 두 병을 마셔야 겨우 눈을 붙이게 된다고 했습니다." 이처럼 무소부지의 독재권력은 자신에게 몰적대적인 서정시인의 육체와 영혼까지 파괴하였던 것이다.

그리하여 유고시집 『그대에게 가는 길』에서 우리는 느닷없이 정치적 폭력에 노출되어 파괴된 육체와 영혼을 추스르는 시인의 외로운 투쟁을 목격하고 전율하게 된다. 목숨에 대한 강렬한 유혹과 그럼에도 일각일각 목숨을 밟고 오는 "무명의 어둠발" 사이에서 시인의 만가는 비통하다. "내 가는 길섶에는/한송이 복사꽃도 피지 말아라/눈물겨운 새소리 하나라도/청송 높은 가지 위에 앉지 말아라."(「저 무화의 꽃상여」) 시인의 성성한 영혼이 죽어가는 자신의 육체를 위해 미리 부른 이 상여노래는 기실 독재에 대한 시인의 뼈아픈 항의였던 것이다.

그러나 이 시집에서 시인의 시선은 대체로 바깥이 아니라 안으로 닫혀 있으니, 그것이 때로는 우리를 답답하게 만든다. 그리된 데는 기본적으로 미움을 모르는 시인의 선한 품성에도 크게 말미암을 것이지만, 그가 애초에 이른바 순수시인으로 출발했다는 점도 유관할 것이다. 이 때문에 「우리들의 평화주의」 연작은 주목된다. 자신의 개인적 고통의 나락, 그 추락의 끝에서 그는 명징한 인식에 도달했으니, "역사의 관점에서 보면 뿌리가 있는 어둠만이 부활할 수 있다"고 선언하고, "길가에 아무렇게나 피어 있는 패랭이꽃 하나가 더 아름답고 소중하게 보이는 봄날이 오고 있"음을 순정하게 예언하였던 것이다. 그의 서정시에 사회적 통로가 열렸다. "칼에 맞아 죽은 지사들의 겨울, 밤추위가 깊을수록 관에 놓인 난

초의 그림자가 어둠을 부축하며 뿌리를 세우고 있다."(「난초」) 특히 이 빛나는 이미지는 가을 서릿발처럼 예리하다, 그 뜻깊은 변화가 성숙하기도 전에 꺾인 시인의 요절이 더욱 아프다.

[『한겨레』 1988. 11. 29.]

우리 문학, 가난하지 않다

우리가 살고 있는 시대는 기묘하다. 지배구조의 근본적인 변화는 꼼짝도 하지 않았는데 한편 무언가 새로운 변화의 물결은 융융하다. 이 양면성은 근본적으로 지배구조의 재편 과정에서 생겨난 곳곳의 공백을 향해 민중의 급격하고 신속한 진출이 이루어졌기 때문일 것이다. 물론 우리는 지배 역량을 과소평가해서는 아니 된다. 마찬가지로 민중 역량을 과대평가해서도 아니 된다. 그럼에도 이 두 개의 편향의 가운데서 탁발하게도 신선한 큰 변화의 흐름이 용출하기 시작하였다. 고난과 간난으로 점철된 현대사 백 년의 저 밑바닥에서부터 민족의 이름 아래 차마 저버릴 수 없는 약속을 향한 민중의 진군은 강건하다.

지난 23일 전국민족예술인총연합(민예총)이 창립되었다. 각 지역, 각 부문에서 고독하던 민족예술인들의 통일적 대중조직이 마침내 출범한 것이다. 무엇보다 먼저 축하할 일이다. 이처럼 어려운 일을 거뜬히 해낸 실무 책임자들에게도 큰 격려를 드리고 싶다. 그러나 민예총이 직면하게 될 안팎의 도전은 만만하지 않을 것이다. 끊임없는 민주적 토론을 통해서 각 지역의 예술가들과 각 지역의 살아 있는 대중과 진정으로 연대할 때 민예총은 진정으로 전국적인 대중조직으로 굳건할 것이기 때문이다. 어렵게 출범한 통합조직이 어느 사이엔가 덜렁 중앙지도부만 남아 지배 이데올로기에 대한 투쟁이 아니라 동지를 비판하는 데 열중하다가 급기야는 일개 분파조직으로 떨어지는 경우가 왕왕 드물지 않음을 볼 때 민예총에 거는 기대는 엄중한 것이다. 살아 있는 지역대중의 혼과 육체로부터 겸허하게 그 지혜를 학습하고 그럼으로써 그 속에 깊이 뿌리 내릴 때 진정한 민족예술이 탄생한다는 오랜 원칙을 철저히 다짐하자.

민족예술의 선도 역을 담당했던 문학의 경우도 예외가 아니다. 온갖 탄압을 뚫고 고투한 선배 문인들의 노고로 이제 민족문학은 지배문화에 대립하는, 그럼으로써 포괄되는 단순한 저항문화가 아니라 우리 시대의 중심적 역량으로 떠올랐다. 바야흐로 민족문학은 진정한 건설기를 맞이한 것이다. 돌이켜보면 올해 우리 문학계에도 큰 변화의 물결이 파도쳤다. 그 중에서도 그동안 우리로부터 격절되었던 새로운 문학적 경험들이 대규모로 공개되었다. 38선을 중음신으로 떠돌았던 월북작가와 착종되는 민족모순 속에 끊임없이 정체성의 위기에 시달렸던 중국·일본의 동포 작가—이들의 작품이 공개 출판됨으로써 우리는 우리에 앞서 또는 나란히 민족현실의 옳은 형상화에 고투했던 귀중한 경험을 얻게 되었다. 그들의 성취와 실패, 모두가 우리의 자산이다. 무엇보다 흥미로운 것은 조기천의 「백두산」(『실천문학』 1988년 겨울호)과 『피바다』(한마당)로 대표되는 북한문학의 공개이다. 우리 문학은 결코 가난하지 않다. 다만 우리가 게을렀을 뿐이다. 이 모든 문학적 경험들을 철저히 점검함으로써 우리 시대 최고의 문학 원리를 창조적으로 구성할 때 새로운 민족문학은 건설될 것이다.

[『한겨레』 1988. 12. 30.]

소수자의 옹호
— 이남희의 「땅 끝에서 오는 소리」

바야흐로 천하대란이다. 페레스트로이카는 무슨 요술 방망이처럼 눈 깜짝할 새에 동구의 좌익독재를 붕괴시켰다. 이 앞에서 체모 없이 일희일비하지 말자. 조지 오웰이 우울하게 예언했던 『동물농장』과 『1984년』의 우화가 스탈린주의에 기초한 현존 사회주의에 대한 경고뿐만이 아니라 고도의 독점단계로 치닫는 자본주의에 대한 비판이었듯이, 변혁의 물결은 동구 밖으로 넘친다. 그토록 완강했던 남아프리카공화국의 악명 높은 아파르트헤이트는 붕괴의 기로에 섰으며, 히말라야의 눈부신 백설의 연봉連峰 밑에 꿈꾸듯 잠들었던 네팔의 왕정복고체제는 근저에서 흔들리고……. 요컨대 우익독재이든 좌익독재이든 모든 독재의 시대, 선천先天의 시대는 종언을 고하고 있는 것이다.

그 어느 때보다도 창조적 사고가 절실히 요구되는 이때 우리 사회는 어디로 가고 있는가. 다산茶山 선생은 일찍이 "나라를 근심하지 않는 것은 시가 아니다"라고 선언하였다. 여기서 시란 문학 일반을 가리킬진대 문학을 장부의 일대 사업으로 삼은 자, 어찌 세계에 연막을 치는 말라르메적 언사를 희롱할 수 있으랴! 그렇다고 나라를 근심하면 모두 탁월한 문학이 되는 것은 아니다. 작가의 고매한 사상은 현실과 부딪히면서, 다시 말하면 창조적 형상을 획득하는 고투를 통해서 옹근 의미의 진리를 시현하는 것이기 때문이다.

최근에 발표된 소설 중에서 이남희의 「땅 끝에서 오는 소리」(『실천문학』 1990년 봄호)는 단연 역작이다. 이 중편의 무대는 아마도 강원도로 짐작되는 구암의 구룡탄좌이다. 3천 명의 광부를 거느린 구룡탄좌는 굴지의 광업소로 그에 걸맞게 임금도 높다. 그 높은 임금만큼 노동의 강도가 집중적으로 요구되니, "다른 탄광에선 선산부 한 명에 그를 보조하는 후산부가 둘셋씩 붙도록 되어 있었으나 여기선 한 사람 대 한 사람으로 정해져" 있을 정도다. 광부들은 광산촌에 무슨 숙명처럼 묶여 있다. 늙은 광부들이 젊은 광부에게 돈 좀 모이면 가차 없이 떠나라고 충고하고 있듯이 광산촌에 흘러올 때 이미 거덜 난 인생이기 때문이다. 설령 탈출한들 결국은 다시 빈털터리로 돌아오고 마는 광산촌의 극심한 노동의 소외가 자본의 폭력을 가능하게 하는 악순환의 고리를 형성하고 있는 것이다. 늙은 광부가 "여편네 바람 안 피우는 것도 감사해야 할 판"이라고 고백하고 있듯이 노동이 성性마저 죽이는 광산촌에서는 최소한의 인도주의도 불온한 것으로 되어버리니, 광부로 전신한 대학생 출신 부부가 절망하는 것도 무리가 아니다. 혜순이가 남편과 같이 빨래를 했다가 온 광산촌 아낙네로부터 따돌림을 당하는 삽화는 너무나 인상적인데, 이만큼 광산촌의 잠은 깊다. 작품은 굴종에서 일어선 광부와 그들의 아낙 모두의 봉기를 축으로 전개된다. 쟁의는 광부들 자신의 미숙과 한계로 말미암아 반전에 반전을 거듭하다가 결국 진압되는데, 6·29 직후에 이루어졌다는 점이 통렬하기 짝이 없다. 아마도 작가는 우리 시대의 모든 비천한 목숨들까지 꽃처럼 피어날 때 진정한 민주주의가 가능하다는 메시지를 슬그머니 묻어두었던가 보다.

[『조선일보』 1990. 5. 9.]

우리 안의 소시민

—김만옥의 「아버지의 작고 검은 손금고」

최근에 부쩍 좋은 소설이 많이 나오고 있다. 김영현, 방현석, 김하기 등 역량 있는 신인들의 눈부신 활약 속에서 선배 작가들도 살아나고 있다. 우리 문단의 가장 큰 문제의 하나는 진정한 의미의 원로가 드물다는 점이다. 연치만 높다고 원로가 되는 것은 아니다. 자신이 구축한 문학세계를 끝없이 부정하면서 전진하는 대가의 풍모가 그립다. 젊은 시절에 반짝 좋은 작품을 썼다가 슬그머니 엉뚱한 곳으로 사라지는 작가가 얼마나 많은가? 그러나 문학적 업적만으로 문단의 원로로 추앙받는 것은 아니다. 문학의 사회적 책임을 강조하는 입장이건, 문학의 '순수성'을 주장하는 입장이건, 자신의 문학과 자신의 삶을 끊임없이 일치시키려고 고투하는 작가만이 원로의 반열에 설 것이다. 모든 위대한 문학은 자기 시대와 불화한다. 우리 문단의 노老-장壯-청靑이 각기 자기의 위치에서 상호비판과 상호침투 속에서 결합할 때 우리 문학은 물론 우리 사회의 진정한 안정과 성숙도 성큼 당겨질 것이다. 신인들의 싱싱한 도전을 되받아치는 선배 작가들의 창조적인 응전이 그 어느 때보다도 절실히 요구된다.

중견 김만옥의 단편 「아버지의 작고 검은 손금고」(『창작과비평』 1990년 여름호)를 아주 흥미롭게 읽었다. 단편인데도 단편답지 않게 이야기를 풍성하게 담고 있다. 그렇다고 우격다짐으로 이야기를 마구 쏟아부은 것은 결코 아니다. 요사이 소설이 길게 축 늘어지는 것은 큰 문제다. 나는 최근 짧고 날카로운 이태준의 단편들은 다시 읽으면서 그동안 잃어버렸던 단편에 대한 감각을 다시 회복하게 되었는데, 김만옥 씨의 작품에서 비교적 균제된 단편의 맛을 보게 된 것이 우선 반가웠다.

작품은 작가이자 지방대학 교수 김훈목이 서울 집으로 돌아오는 기차여행을 중심으로 전개된다. 그는 옆에 앉은 50대 아주머니와의 서먹한 분위기 때문에 자연스럽게 공상에 빠져들매, 이 속에서 그의 삶의 굴곡이 자연스럽게 제시된다. 대학생들의 고통과 투쟁을 이해하지만 기실 그는 나른한 허무주의에 빠져 있다. 그를 싸고도는 허무주의의 근원에는 일본인의 토지등기 서류가 들어 있는 아버지의 유일한 유품 손금고가 있다. 일제시대 마산의 일본인 상점에서 트럭 운전사로 일했던 아버지가 해방 후 가져온 손금고에는 아버지의 고단한 삶과 그로부터 탈출하고자 했던 아버지의 염원이 서려 있는 것이다.

아버지의 염원은 트럭 운전사의 아들로 대학교수가 된 그의 삶에 부분적으로 실현되었지만 그것을 노골적으로 계승한 것은 그의 아내 홍 여사다. 통대에 출마했다가 낙선한 경력을 가진 그녀는 아들이 대학 진학 후 상경하여 여류시인으로 행세하면서 투기로 한몫 보는 철저한 속물이다. 그는 아버지와 아내를 혐오하지만 결국 그들과 일종의 공범적 관계에 있음을 뼈저리게 의식하는 것이다. 작품은 서먹했던 옆자리 아주머니와 말문이 트이면서 급속히 반전되는데, 그는 마침내 아버지의 손금고의 망령에서 자유로워진다. 작가는 이 작품을 통해 우리 자신의 내부에 숨어 있는 소시민적 안정에의 유혹이 얼마나 강력한 것인지, 그것과 제대로 싸우지 않고는 외부와의 싸움도 성공적으로 수행할 수 없음을 얘기한다. 다시 말하면 우리는 두 싸움을 동시에 밀고 나가야 함을 설득력있게 제시한 것이다.

[『조선일보』 1990. 6. 17.]

자본의 실감

—유순하의 「매판일지」

1980년대 이후의 치열한 이론비평 또는 메타비평의 성행은 일면 긍정적이었지만 한편 적지 않은 폐해를 끼쳤다. 1970년대에는 비교적 단일한 대오 속에 결속했던 민족문학 진영의 분화는 우려할 만한 분파주의를 야기했거니와, 더욱 큰 문제는 어느 분파를 막론하고 각기 구축한 이론적 틀 속에 주저앉았다는 점이다. 이 때문에 생동하는 현실과의 부딪힘 속에서 이론이 구성되기보다는 이론이 현실을 재단하는 편향이 만연하게 되었다. 모든 분야가 그러하지만 특히 문학에서야말로 현실은 가장 위대한 교사다. 경험론자라는 비판쯤 두려워하지 말고 현실을 직면하자. 어떤 이론으로도 간단히 분해되지 않는 위대한 문학이 생산될 때 분파적 폐쇄성 또는 이론 신앙에 갇힌 우리 비평 또한 거듭날 것이기 때문이다.

유순하 씨의 「매판일지」(『한길문학』 1990년 7월호)는 '일지'라는 말에서 강하게 환기되듯이 복잡다기한 우리 현실의 일각을 탐구해가는 경험론적 열정을 잘 보여준다. 작가는 이 작품에서 높은 임금과 세금지옥의 본국을 피해 이 땅에 진출한 외국기업에 근무하는 한국인 중간간부들의 생태를 생생하게 묘파하고 있다. 그렇다고 이 작품이 외국기업을 단순히 척사위정적으로 그리고 있는 것은 아니다. "하루 내내 정장에 엄숙한 낯빛까지 짓고 있지 않으면 안 되는 1백 프로 국산회사"와는 달리 "방 안에 있을 때 상사가 들어와도 비스듬하게 앉은 채로 맞아 맞담배질을 하며 이야기"할 수 있는 외국 기업의 분위기. 일체의 봉건적 의리로부터 해방된, 오직 약육강식의 논리만 지배하는 자본주의의 진면목이 일종의 마성을 뿜어낸다. 이 드라이한 세계 속에서 의리니 도덕이니 민족주의조차 코 묻은 휴지쪽이다. "너나 나나 내 나라가 아닌, 그쪽의 이익을 위해 복무하고 밥 빌어먹는 처지가 아닌가는, 동병상련의 입장보다는 서로가 깔보게 되는 어정쩡한 무국적 상태"에서 20세기의 문명사회는 문득 원시의 수렵사회, 아니 정교한 먹이사슬에 묶인 동물의 왕국으로 회귀하는 것이다.

"부패는 자본주의 사회의 꼴을 유지하는 기본 틀이고 동시에 자본주의 사회를 발전시키는 기본요소"라고 갈파하는 하 이사, 외국기업에 근무하는 데에서 오는 입사 초기의 민족적 자의식마저 "이제 지구는 한마을 아닙니까" 하며 간단히 일축하는 '무서운 아이' 최동일, 그들의 지도 아래 모호한 자의식조차 벗어던지고 적나라한 먹이사냥에 나서는 김 부장. 그들은 단순히 합작기업에 근무하는 특수한 중간간부가 아니라 한국 자본주의를 근저에서 받치고 있는 전형적 인물군이다. 우리 문학은 바로 이 엄청난 벽을 돌파해야 한다. 그것은 결코 간단한 작업이 아니다. 이 현실을 짐짓 외면하고 순진한 이상주의에 빠질 때 우리 문학은 돈키호테를 면치 못하리란 점을 다시 한 번 강조하자.

[『조선일보』 1990. 7. 7.]

미시권력

―조성기의 「우리 시대의 법정」

지루한 장마 끝에 대단한 폭염이다. 이 무더위 속 의무 때문에 소설을 읽어낸다는 것은 고역이 아닐 수 없다. 다행히 나는 이달에 조성기의 「우리 시대의 법정」(『동서문학』 1990년 8월호)을 흥미롭게 읽었다. 이 중편은 작중화자 '나'의 재판 방청 기록이다. 그것은 우리에게 너무나도 익히 알려진 성고문 사건의 가해자 문귀동에 대한 재판이다. 이 작품을 보노라면 새삼 격세지감을 느낀다. 지금으로부터 불과 2년 전 "성마저 혁명의 도구로 사용했다"고 호언했던 가해자를 법정에 세운 기막힌 역전극이 있었다. 그런데 우리는 지금 그 가해자들이 다시 준동하는 재역전의 시대에 살고 있으니 딱한 노릇이다. 그러나 재역전은 이 작품에 그려진 재판 과정에서도 잘 드러나듯이 이미 그때 싹텄던 것이다. 비록 여론에 밀려 가해자를 법정에 세웠을망정 그는 권력의 세심한 보호 속에 있었다. 6월 항쟁 이후의 새로운 국면에 올바르게 대처하지 못한 민주세력의 미숙이 통탄스럽다.

이 작품은 그 재판을 정밀하게 복원하고 있지만 그렇다고 무슨 보고문학은 아니다. 이 작품의 핵심은 성고문재판을 방청하는 '나'의 착잡한 반응에 있기 때문이다. '나'는 법대 출신이지만 지금은 목사다. 그가 법관의 길을 포기한 이유는 일종의 아버지 콤플렉스에 있으니, 그의 아버지는 한때 노조운동으로 투옥된 경험이 있음에도 30년간 가족 몰래 고시에 응시한 낙방생이었다. 이 때문에 그는 그의 아버지가 그토록 편입되기를 열망했던 권력구조의 상징, 법정을 철저히 기피해왔던 것이다.

그런 그가 왜 처음으로 법정 구경을 결심했는가? 그는 그것을 "80년대가 지나가기 전에 법정 구경이라도 해야만 될 것 같은 이상한 강박관념"이라고 솔직히 토로한다. 성고문 법정의 광경은 그를 압도한다. 특히 특별검사, 변호사, 판사가 그 야비한 성고문의 실상을 무심코 메마르게 신문하는 장면에서 그는 "부끄럽게 성적인 흥분"에 빠지고, "피고인과 공범"이 아닌가 하는 기묘한 감상에 사로잡히게 되는데, 사실 성고문은 우리 사회에 편재한 남성우월주의에 뿌리를 두고 있거니와, 남근숭배란 권력숭배에 다름 아니다. 그는 마침내 깨닫는다. 그가 "꿈속에서 보곤 하였던 거대한 뱀들의 기둥"이 바로 문귀동을 하수인으로 하는 우리 사회의 지배권력 자체임을. 일찍이 만해卍海는 "온갖 윤리, 도덕, 법률은 칼과 황금을 제사지내는 연기"라고 갈파하였으니, 우리 시대의 법정은 진정한 학교다. 대저 진실은 그 자체로 강력한 선전력을 가지고 있어, '나'는 이 소중한 깨달음 속에서 통증 같은 반성에 도달한다. "나는 과연 무엇을 하고 있었는가? ……어쩌면 십자가를 질까 말까 늘 망설이며 십자가를 질질 끌고만 다니지 않았는가." 우리 시대의 폭염을 극복할 우리 문학의 미래를 생각하며, 조성기의 다음 작업을 기다린다.

[『조선일보』 1990. 8. 4.]

문학하는 마음

―이가림의 신작시 5편

최근의 문단, 특히 현실주의의 관철을 위해 고투하는 진보적인 문인들의 작업을 돌아볼 때 무언가 큰 진전이 있는 듯하면서도 근본적으로는 답답한 마음을 금할 길 없다. 그 답답함은 어디에서 말미암는가? 나를 포함해서 대개의 문인이 1980년대에 미처 다하지 못했던 말들을 여전히 토해놓고 있으니, 그저 고만고만한 소리들을 편편이 반복하는 데는 신물이 날 지경이다.

물론 이해한다. 곳곳에서 좌익독재가 붕괴하고 급기야는 동유럽의 변혁 속에서 독일이 통일됨으로써 한반도가 20세기 최후의 분단국으로 남게 될 이 기구한 운명의 변전에도 불구하고, 우리의 민주주의는 심각한 퇴보의 기로에 놓여 있고 외국군대는 여전히 활보하고 한반도의 허리를 조이고 있는 철책선은 요지부동이다. 이 때문에 1990년대에도 민주·자주·통일은 더욱 절실한 우리들의 삼색 깃발이다.

그렇다고 삼색 깃발을 그냥 휘두르기만 한다고 우리의 염원이 이루어질까? 우리들의 시대는 교과서가 사라진 시대이다. 대저 '문학하는 마음'이란 인간의 창조적 역량에 대한 가없는 신뢰에 기초할진대, 관념의 모험에 지친 눈을 들어 생동하는 현실을 보자. 현실이야말로 가장 위대한 교과서다. 이데올로기와 이데올로기, 국가와 국가, 민족과 민족, 계급과 계급 사이에서 그 힘의 관계, 그 쟁투, 그 냉혹한 거래를 엄정한 눈으로 꿰뚫어볼 때, 비로소 우리들의 현실주의는 눈부신 승리를 거둘 것이다.

이가림 시인이 오랜만에 다섯 편의 시(『창작과비평』 1990년 가을호)를 발표했다. 사물과 관념을 너무나 순진하게 또는 어거지로 대응시키는 알레고리의 시들이 창궐하는 시대에 "사물의 내부를 진정하게 그리고 전체적으로 바라보려는 도덕적 열정"에 의해 지탱되고 있는 이 시편들은 신선하다. 물론 이와 같은 도덕적 열정이 다섯 편의 시 모두에 균질적으로 실현된 것은 아니지만, 가령 짧은 시 「도깨비불」을 보자.

단 한번만이라도
꺼지지 않는 사랑 보듬어보기 전에는
늪 속에 빠져 죽을 수가 없어
밤마다 얼굴 없는 절망을 껴안고
공중에서 떠돌아다니는 사내의
시퍼런 시퍼런 그리움!

검은 밤 검은 늪 위를 떠도는 도깨비불에서 시퍼런 그리움을 읽어내는 시인의 마음은, 반달을 견우가 떠난 뒤 헛되이 허공에 던져진 직녀의 빗으로 노래한 황진이처럼 침통하게 아름답다. 그 그리움의 폭과 깊이 때문에 이 시는 들큰한 사랑타령이 아니라 정치·사회적 맥락까지 포괄하는 진짜 시에 육박하는 것이다.

그리하여 「하나가 되기 위한 빗방울들의 운동」이라는 근사한 제목의
시에서는

하나뿐인 제 몸을 내던져
살갗과 살갗 서로 부비는
저 빛 머금은 눈물 같은
목숨들의 발걸음!

이라는 빛나는 민중적 연대의 이미지로 발전한다. 마지막 연의 이 따뜻
하고 단호한 이미지는 2·3·4연의 상투성을 일거에 해소시키고 있으니,
이 시편들은 그의 시의 전개과정 속에서도 작은 이정표가 될 것이다.

1966년 모더니즘풍의 시로 등단한 이가림은 1970년대에 사회파적 시
각을 획득하면서, 이용악·오장환·백석·정지용 등 이른바 월북 시인들
의 시를 자기 시의 모형으로 삼았는데, 이번 시편에서는 독자적인 시의
문법을 확립하였다. 이것이 첫번째 진경이다. 김종철 교수는 언젠가 이
시인의 한계로 '비애와 연민의 감정'을 지적한바, 이번 시편에서는 어정
쩡한 연민이 사라졌다. 이것이 두번째 진경이다. 이 점에서 나는 1990년
을 이가림 시의 제3기의 출발로 삼고 싶다. 이가림의 제3기 시가 그의 시
의 전진이면서 또한 90년대 시의 풍요로운 가을이 되기를 충심으로 기원
한다.

[『한겨레』 1990. 10. 10.]

노동자의 눈

—김한수의 「봄비 내리는 날」

임화는 일찍이 1920년대의 신경향파 문학에 대해 박영희적 경향과 최서해적 경향을 변별한 바 있다. 박영희는 낭만주의 시인으로 출발하여 혁명적 지식인으로 발전한 신경향파 문학의 전위성 또는 관념성을 대표하는 작가인 반면, 체험을 기록하면 그대로 소설이 되었던, 우리 근대문학사에 최초로 등장한 노동자 작가 최서해의 문학은 민중성 또는 현실성이 풍부하였다.

그런데 최근의 우리 노동자 문학에도 이와 같은 두 경향이 나타난다. 물론 20년대의 신경향파 문학과 최근의 노동자 문학 사이에는 많은 차이가 있다. 20년대에는 노동자 출신 작가가 최서해와 이북명 정도인데, 최근의 노동자 문학은 양적으로나 질적으로 급격히 성장하였기 때문이다. 그럼에도 20년대에 박영희적 경향이 최서해적 경향을 압도하였듯이 최근의 노동자 문학에도 이와 같은 경향이 두드러진다.

특히 노동자계급 당파성, 다시 말하면 노동자에 대한 전위의 지도성이 강조되면서, 현실에서 인식으로 나아가는 것이 아니라 오히려 인식에서 현실로 접근하는 편향이 강화되고 있는 것이다. 물론 최서해적 경향을 일방으로 강조하면 그 또한 위험한 일이지만 현실주의의 이름 아래 전위의 역할만 내세우는 일종의 기계론은 또 하나의 선민주의 또는 소시민적 급진주의로 떨어질 수 있음을 우리 모두 깊이 경계할 일이다. 지금 우리에게 진정으로 필요한 것은 노동자들의 피와 땀 그리고 고통으로 자욱한 그들의 절실한 목소리에 귀 기울이는 겸허함이다. 이 겸허함에서 우리 사회를 갱신할 수 있는 새로운 창조적 방안이 강구될 수 있기 때문이다.

이 점에서 나는 김한수의 중편 「봄비 내리는 날」(『문예중앙』 1990년 가을호)에 주목한다. 그는 중편 「성장」(『창작과비평』 1988년 겨울호)으로 등단하였다. 이 작품은 그 부제 '아버지와 아들'이 드러내듯이 노동자 2세가 간난한 경험을 통해 노동자 의식을 획득하게 되는 과정을 리얼하게 그리고 있는데, 노동자 1세인 아버지 이 씨의 모습 또한 흥미롭다. 농민층이 분해되면서 도시 노동자로 편입되는 일반적 경우와 달리, 전화수리공으로 떠도는 아버지 이 씨는 6·25 때 좌익에 총살당한 면장의 아들인 것이다. 이 때문에 이 씨의 의식은 낙후하였다. 아들을 불러 세워 "넌 커서 대통령이 돼야 해. 최고 권력자가 돼야만 해!"라고 다그치는 데서 잘 드러나듯이 노동자 1세 아버지는 끝없는 실패로 말미암은 헛된 꿈속에서 자신의 삶을 참담하게 낭비하고 말았던 것이다.

「봄비 내리는 날」의 주인공 김만석도 노동자 2세이다. 작품은 10년 경력의 노동자 김만석을 축으로, 20년 경력의 노동자 강대식을 보조축으로, 어떤 의미에서는 절대적 빈곤보다 더욱 고통스러운 도시 노동자의 삶을 생생하게 그리고 있다. 주택공사 입주 통지서를 받아들고 3년 전에 하는 수 없이 팔아버린 입주권을 생각하며 상심하는 만석의 아내, 프레스에 손을 먹히고 회사에서 받은 5백만 원을 오른 전셋값으로 모조리 바치고 무능한 가장으로 내몰린 강대식, 강대식의 도움 요청에 무력한 자신을 가책하는 김만석—정치투쟁은커녕 초보적인 경제투쟁조차 조직되지 못한 열악한 환경이다. 물론 여기에는 김만석과 강대식이 일하는 공장이 30명의 공원을 거느린 '마찌꼬바'라는 제한성이 있지만, 그것이 우리나라의 평균적 노동현실이라는 점을 유념해야 한다. 그리하여 작품은 상대적 박탈감에 허덕이면서도 정치의식이 낮았던 주인공이 강대식의 자살 소식을 듣고 "이 세상은 누구를 위해 움직이고 누구를 위해 존재하는가"—이 근본적인 질문을 제기하는 데서 끝난다. 주인공은 노동자로서의 자기의식을 정초하는 문턱에 다다른 것이다. 어떤 이는 이 작품을 비판할지 모른다, 투쟁하는 노동자의 형상이 보이지 않는다고. 그러나 나는 작가에게 하루빨리 이 작업에 임하라고 주문하고 싶지 않다. 작가는 아직 젊다. 우리의 노동현실을 노동자의 눈으로 묘사하는 「성장」과 「봄비 내리는 날」 같은 작업을 끈질기게 밀고 나갈 때, 그 축적 위에서 비약하는 진정한 노동소설 또는 위대한 소설이 탄생할 것을 믿기 때문이다.

[『한겨레』 1990. 10. 27.]

김진경의 풍자시

김진경이 『실천문학』 1990년 겨울호에 시 다섯 편을 발표했다. 『민중교육』지 사건 이후 급박하게 전개되어온 교육 민주화운동 속에서 그가 감당했던 역할 때문에 시단 활동이 뜸했던 탓에 나는 오랜만에 읽은 그의 시편에 반가움이 앞섰다. 나는 그가 투옥되었을 때 출간된 제2시집 『광화문을 지나며』(1986)에 수록된 「길」이란 시를 좋아한다. 가난하지만 성실한 교사의 길을 걸었던 아버지의 임종의 밤에 "식민지의 성실한 교사가 무슨 의미가 있나요?"—차마 물을 수 없는 물음을 새기는 시인은, 교실에서 광주항쟁을 얘기하며 침묵 속에서 함께 울었던 제자가 학생운동에 투신하여 긴 잠행길에 올랐다는 신문기사를 보고 아버지에게 품었던 물음이 바로 자기 자신에게 돌아옴을 깨닫는다. "아, 나에게도 떠나갈 대륙이 있었더라면!"—이 낭만적이지만 정직한 탄식이야말로 1980년대 김진경 시의 선한 바탕으로 되는 것이다.

그는 이번에 매우 흥미로운 풍자시를 선보였다. 그 가운데 「마샬군도의 하느님」을 제외한 나머지 시들은 모두 무식한 체하는 농민을 시 속의 화자로 설정하여 능청스러운 농민의 어투를 생생하게 재현하고 있다. 이전에도 그는, 군부대가 들어서는 바람에 추수도 하지 못한 채 계룡산 신도안에서 쫓겨난 늙은 농민부부의 대화를 능숙하게 짠 「이장移葬」이란 시를 발표한바, 이번의 시편에서는 「이장」에서 한걸음 더 나아가 민중언어의 핵심인 풍자를 결합했다. 가령 「뿌리가 없으믄 썩는겨」의 일절을 보자.

> 똑같은 거름두 뿌리 있는 낭구에 줘야지 거름이 되는겨
> 뿌리 없이 밑둥 잘라 심군 낭구에 줘바라
> 낭구가 썩어버려 이눔아
> 니들 노는 꼴이 그렇다 이거여
> 농사 없는 나라가 뿌리 없는 낭구지 뭐냐

우리 농업을 절멸시키려는 그 무슨 화려한 이론에도 불구하고 "농사 없는 나라는 뿌리 없는 낭구"라고 갈파한 이 농민의 지혜로운 말씀은 진리다. 우리 문인들은 민중을 외치면서도 정작 민중언어에 등한했다. 민중언어는 우리 문학의 무진장한 광맥이니, 전에 답사 나갔다가 들은 민요의 한 구절이 생각난다. "활등같이 굽은 길을 살같이 달려오소"—그리운 마음이 얼마나 크면 첩첩한 산등성이가 팽팽하게 당겨진 활등으로 보였을까? 이 점에서 민중언어의 진수를 학습한 김진경의 풍자시는 돋보인다. 더욱이 1980년대 그의 시의 지사적 풍모와 대비할 때 더욱 그렇다.

그러면 그가 지사적인 것에 대한 반동으로 민중주의로 빠졌는가? 아니다. 이 풍자시들은 매우 지적이다. 얼핏 농민의 어투를 그냥 자연주의적으로 베낀 것 같은데 다시 찬찬히 살피면 시인의 섬세한 통제가 빛난다. 특히 법정에 선 노동자를 노농동맹으로 몰아가는 재판장에게 노동자

의 아버지, 늙은 농민이 항변하는 것으로 판을 짠 「노농동맹이라뉴 노농혈맹여유」는 일류의 풍자시다. 마치 애국계몽기의 풍자단편 「거부ᄈᄎ오해」를 연상시키는 이 시에서 풍자의 장치는 섬세해서 그 효과 또한 증폭되는 것이다. 그럼에도 약간의 우려가 없는 것은 아니다. 우리나라의 심각한 농업문제가 단순히 우루과이라운드 결사반대만으로는 해결될 수 없음을 염두에 둘 때, 이 문제에 대한 더욱 근본적인 사유가 요구되는 것이다.

어느덧 경오년이 저문다. 저무는 해는 빨리 저물게 하고 새해를 경건하게 맞고 싶다. 우리 사회의 진보를 위해 노고하는 문인들이여, 신미년에는 문질文質이 빈빈彬彬하소서.

[『한겨레』 1990. 12. 28.]

암중모색

—1991년 1월 월평 대담

김흥규　이번 달 각종 문학 월간지에 발표된 시들을 보면 우선 뚜렷하게 줄기를 이룬 시적 흐름이 눈에 띄지 않습니다. 다양한 시도와 모색이 이루어지고는 있지만 아직 산만하게 흩어져 있는 상태입니다. 이것과 논리적으로 상관은 없지만 눈에 띄는 좋은 시가 드물다는 것도 한 가지 현상으로 지적될 수 있습니다. 작년부터 특히 두드러지기 시작한 시단의 이같은 현상들에 대해 나름대로 의미를 부여한다면 한국시가 현재 답답한 모색의 터널을 통과하고 있는 것이 아닌가 싶습니다. 1980년대 전반까지만 해도 '현실에 대한 관심' '개인의 내면에 대한 탐구' 등 몇 가지 뚜렷한 흐름이 있었던 데 비해 지금은 시인들이 자신의 경향을 새로 찾는 어수선한 상태인 셈입니다.

최원식　좋은 작품이 드물다는 점에서 소설의 경우도 비슷합니다. 사실 새해 벽두라서 기대를 좀 했는데 이번 달에 발표된 작품들 역시 80년대의 낡은 이야기틀에 머물러 있었습니다. '조정국면'이라고나 할까요. 현실은 엄청나게 변화하고 있는데 소설은 아직도 자신의 틀에 갇혀서 현실에 대응할 방법을 찾지 못하고 있는 것 같습니다.

김흥규 이분법적 구도로 명료하게 설명할 수 없는 쪽으로 사회가 변화해가면서 문학도 심하게 진통을 겪고 있습니다. 이달에 눈여겨본 시인 중 김정환 씨의 「사랑」 연작시(『동서문학』 1991년 1월호)에서도 이런 과도기적 현상이 나타나고 있습니다. 김 씨가 80년대에 썼던 현실참여적 시들과 비교하면 「사랑」 연작시는 외향적인 행동보다 자신에 대해 관심이 기울어가고 있음을 보여줍니다. 이 연작시 전체의 가장 두드러진 특징은 경험적 맥락이 단편화돼 있다는 점입니다. "내가 달려간 곳에 너는 없었다/네가 달려온 곳에 나는 없었다"로 시작되는 「사랑 2」에는 '나'와 '너'가 누군지, 달려가고 달려온 곳이 어딘지에 대한 설명이 전혀 없습니다. 이처럼 행동이나 사건에 대한 설명이 없는 대신, 고통·비애·분노·사랑 등 시인의 정서적인 상태가 작품의 중심을 이루고 있습니다. 종래의 시가 강렬하고 외향적이었다면 지금은 자기성찰과 연민의 감정이 두드러집니다.

한편 김 씨와 상당히 세대 차이가 나는 황동규 씨의 「해 있을 동안의 스물일곱 편의 노래 7」 중 「두통」 「풍장 31」(『현대문학』 1991년 1월호) 등에서도 경험적 맥락의 배제가 눈에 띕니다. 이는 시인 자신의 내면풍경을 고백적으로 투사한 결과인 듯싶습니다. 「두통」에서 황 씨는 속물적인 세상에 대한 혐오감과 함께 그 속에서 인터뷰를 하고 신용카드 결제를 해가며 마찬가지 방식으로 살아가고 있는 자신에 대한 혐오감을 표현하고 있습니다. 「풍장 31」은 이런 세속적인 삶을 초월하려는 모색의 산물입니다. "마른 국화를 비벼서/향내를 낸다/꽃의 체취가 그토록 가벼울 수 있는지" 같은 구절에서는 자기 삶의 무게를 모두 부정하는 비관적이고 초월적인 성향이 엿보입니다. 황 씨는 요즘 「두통」과 「풍장 31」의 세계 사이에서 새로운 모색을 하고 있는 듯한데 한 사람의 독자로서 「두통」에 나타나는 치열한 관심을 포기하지 않기를 바랍니다.

최원식 소설은 우선 중견 작가 두 명의 중편이 눈에 띄었습니다. 유현종 씨의 「폐촌」(『현대문학』 1991년 1월호)은 전주에서 40리나 떨어진 두메마을을 배경으로 빨치산과 토벌대 사이에서 고통받는 사람들의 이야기를 사실적으로 그리고 있습니다. 작품으로는 상당히 잘 만들어진 소설이지만 이미 많이 본 낡은 이야기를 여전히 벗어나지 못하고 있습니다.

손영목 씨의 「산 위의 사람들」(『동서문학』 1991년 1월호) 역시 어디서 많이 본 이야기라는 느낌입니다. 이 작품은 정신질환자 구제사업을 하는 목사를 통해 종교 또는 선한 의지가 제도화되면서 왜곡·변질되는 이야기를 다루고 있는데 물량 위주의 기독교에 대한 비판이라는 점에서 의미가 없지 않으나 일종의 폭로를 넘어서지 못하고 있습니다.

신인들의 작품에서도 기존의 틀을 깨뜨리려는 시도는 별로 눈에 띄지 않습니다. 이민수 씨의 단편 「바람의 그늘」(『현대문학』 1991년 1월호)은 양심적인 중산층 가정의 어머니가 대학생 아들이 시위에 가담하는 것을 불안해하다가 결국 긍정하게 된다는 이야기인데 아들의 행위를 긍정한다고 해서 문제가 풀리는 것이 아니기 때문에 역시 '이미 많이 본 이야기'의 수준에 머물러 있습니다.

강병석 씨의 단편 「일산─Ⅲ 가는 길」(『문학사상』 1991년 1월호)은 일단 재미있게 읽힙니다. 그럼에도 답답하다는 느낌을 버릴 수 없습니다. 야망에 불타는 남편을 둔 30대의 아내를 통해 중산층이 영위하는 삶의 황폐함을 드러낸 이 작품은 그럼에도 이 참을 수 없는 황량함을 끝내 견딜 수밖에 없다는 결론을 내리고 있기 때문입니다.

김흥규 이미 살펴본 작품들에서도 알 수 있듯이 지금 우리 문학이 통과하고 있는 모색의 터널이 옛것을 완전히 버리고 새것을 선택하는 쪽으로

뚫려 있지는 않은 것 같습니다. 시의 경우에는 이런 움직임이 현실에 대한 관심을 후퇴시키지 않으면서 서정성을 찾기 위해 고심하는 것으로 나타나고 있습니다. 사회적 관심사가 주가 되는 장시長詩를 쓰는 시인들이 점점 짧은 시를 많이 발표하는 것도 그런 현상 중의 하나입니다. 이런 모색의 결과 좀 더 높은 자리에서 이전 것의 모자라는 점을 보완하게 되는 것이 가장 바람직하겠지요.

최원식 소설은 역시 새로운 이야기틀을 창조해야 합니다. 염상섭의 『만세전』이 지금도 기념비적인 작품으로 평가되는 것은 그 이전까지 우리 소설계를 지배한 이광수풍 심각관계의 틀을 완전히 해체해버렸기 때문입니다. 앞으로 겁 없이 작품을 쓰는 작가가 많이 등장하기 바랍니다.

[『동아일보』 1991. 1. 31.]

잔잔한 감동

—1991년 2월 월평 대담

김흥규 이번 달에도 역시 우리 시단은 제각기 다른 모색의 모습을 보여주었습니다. 지난달에는 이것을 '모색의 터널'이라고 지칭했는데 이번 달에는 모색의 늪에서 잘 나가지 않는 배를 밀고 당기며 시인들이 무척 고단한 항해를 하고 있다는 느낌을 받았습니다. 그러나 그런 가운데에서도 상당한 시적 균형을 보여주는 작품들이 눈에 띄어 반갑습니다. 사실 눈에 번쩍 뜨이는 작품만이 훌륭한 것은 아니니까요. 일부의 작품이 보여주는 변모와 시적 균형은 의미 있는 모색의 한 양상이라고 말할 수 있을 것 같습니다.

최원식 소설의 경우도 특히 주목을 받았던 젊은 작가들이 부진한 활동을 보여 안타깝습니다. 비평을 만나지 못하는 작품이 불우하다지만 작품을 만나지 못하는 비평가 역시 불우합니다. 그래도 다행스럽게 괜찮은 작품이 몇 편 눈에 띄었습니다.

김흥규 이달에 발표된 시 중에서 선명하게 혹은 강렬하게 울리는 작품이 드물다는 점 역시 아쉬움으로 남습니다. 그러나 채병성 씨와 김영승 씨는 고단한 항해 중에도 나름대로 주목할 만한 성과를 보여주고 있습니다. 채 씨가 이달에 발표한「서시序詩」등 여섯 편의 작품(『현대문학』1991년 2월호)은 우리에게 익숙한 전통적 서정시의 기법으로 쓰였으면서도 개성이 살아 있고 안정된 시적 균형을 이루고 있습니다. 이 시들에서 공통적으로 발견되는 주제는 "황량하고 쓸쓸한 세계 안에 잠시 머물러 있는 존재들에 대한 연민"이라고 할 수 있습니다. 이 존재들에는 시인 자신은 물론 "인적 드문 보도블록 사이로/삐죽삐죽/살아남기 위해 꽃을 피우는 들풀들"(「연안부두로 가는 길」)까지도 포함됩니다. 채 씨는 이런 존재들에 대한 이야기를 전통적 서정시의 문법으로 풀어나가면서도 아슬아슬하게 매너리즘의 함정을 벗어나 전체적으로 개성적이고 안정된 구도를 만들어냈습니다. 특히「서시」「연안부두로 가는 길」「유혹」등 세 편은 일반 독자들의 가슴에 쉽게 와 닿을 수 있는 균형과 호소력을 지닌 좋은 작품입니다.

이에 비해 김영승 씨는 전통적 서정시와는 아주 거리가 먼 작품들을 발표해왔습니다. 그러나 김 씨가 이달에 발표한「음모」등 여섯 편의 작품(『문학정신』1991년 2월호)은 과거의 작품에 비해 의미심장한 변화를 보여주고 있어 주목됩니다. 이전의 시가 심한 독설과 직접적인 언어로 표현된 신랄한 냉소주의를 담고 있었다면 이번에 발표된 작품들은 삶의 속물성과 기만성 그리고 거기서 야기되는 좌절과 비애를 똑같이 다루면서도 간접적이고 우화적이라는 느낌을 줍니다. 예를 들어「도깨비」에서 시인은 옛날이야기에서처럼 도깨비들의 잔치를 몰래 숨어서 구경합니다.

그러나 여기에 등장하는 도깨비는 금방망이 은방망이를 가진 마술적 존재가 아니라 세상의 삶에 실패한 사내들입니다. 충족되지 못한 욕망에 괴로워하고 겁에 질린 그들은 "부들부들 떤다 깔깔거리고/풍만한 여자와의 하룻밤을/생각한다 질질질 침흘리고" 야단법석을 떨다가 사라져버립니다. 현실에서 억압된 욕망을 우화적으로 표현한 것이지요. 김 씨의 이 같은 변모는 시로서도 재미있고 신선할 뿐만 아니라 자기 세계의 확대라는 측면에서도 눈여겨볼 만합니다.

최원식 이달에 발표된 소설 중에서는 계간『창작과비평』창간 25주년 기념 소설집『우정반세기』가 눈길을 끕니다. 모두 21편의 작품이 수록된 이 책은 민족문학 진영의 작가들이 현재 우리 사회를 어떻게 바라보고 있는지를 한눈에 보여준다고 할 수 있습니다.

특히 이 책에는 오랫동안 활동을 중단, 다시는 작품을 쓸 수 없으리라고 생각되었던 작가 한남철韓南哲 씨가 한남규韓南圭라는 본명으로 작품을 발표해 반갑습니다. 한 씨가 12년 만에 발표한 단편「강 건너 저쪽에서」는 어느 평균적 서민가정의 가족사를 그린 작품입니다. 가족사라고 하면 흔히 월북자나 극우파 등 이데올로기와 관련된 인물이 등장하는데 이 작품에 나오는 가족은 전혀 이데올로기의 상처가 없어 이채롭습니다. 또 아주 가난한 가정인데도 가족들은 그 가난을 처절하고 고통스럽기보다는 따뜻하게 받아들입니다. 산동네 움막집일망정 수박을 사다 나눠 먹으려 재미있게 웃기도 하면서 말이죠. 순수문학이건 민족문학이건 최근의 작가들이 짐짓 외면했던 이 같은 세계는 읽는 사람에게 잔잔한 감동을 주는 동시에 지금까지의 우리 정치, 이데올로기를 둘러싼 갈등 같은 것이 평균적 서민의 삶과 얼마나 멀리 떨어져 있었는지를 날카롭게 드러내고 있습니다.

중국에서 활동하고 있는 동포작가 김학철 씨의 작품「우정 반세기」도 잔잔한 감동을 준다는 점에서 한 씨의 작품과 비슷합니다. 김 씨는 이 작품에서 항일투쟁에 몸담았던 사람들의 삶을 다루면서도 결코 튀거나 비약하지 않고 자연스럽게 통일에의 염원을 표현하고 있습니다. 1930년대

조선의용군이 좌우파로 나뉘면서 갈라졌던 두 친구가 50년 만에 만나 오해를 풀고 뒤늦게 손을 맞잡는 것은 상당히 암시적입니다. 악수만으로 당장 통일이 되는 것도 아니고 통일로 가는 길에 우여곡절도 많겠지만 이미 통일은 하나의 대세가 되었다는 것을 나타내는 셈이지요.

한편 촉망받은 젊은 작가 김영현, 김하기 씨의 「세일즈맨과 잠수함」 「침묵의 오월」은 기대에 미치지 못했습니다. 두 사람 모두 최근 자신에게 쏟아진 비판과 찬사를 지나치게 의식하고 있는 것 같은데 좀 더 대범해 지기를 바랍니다.

[『동아일보』 1991. 2. 21.]

인생파적 인간?

— 1991년 3월 월평 대담

김흥규   요즘 들어 부쩍 40대 시인들의 시가 달라져가고 있다는 느낌이 듭니다. 이시영, 이가림, 정희성, 김명인 씨 등, 한때 현실을 무대로 동적인 이미지를 구사하던 시인들이 점점 관념적이고 정적인 세계를 다룬 시들을 선보이고 있어요. 각자 소재와 주제는 다르지만 삶의 무게 또는 인간 그 자체를 다루고 있다는 점에서는 서로 일치되고 있어 흥미롭습니다.

　이번 달에는 이 시인들 중에서 김명인 씨가 『현대시학』 1991년 4월호에 발표한 「물속의 빈집」 I·II가 주목할 만합니다. 김 씨는 1970년대와 1980년대 전반에 '반시反詩' 동인으로 활약하면서 척박한 현실과 이를 부정하는 의식 사이의 긴장을 주로 다뤄왔는데 「물속의 빈집」에서는 삶의 행로와 그 너머에 있는 어둠의 심연을 조용히 응시하는 새로운 시세계를 보여주고 있습니다.

　김 씨는 이 두 편의 시에서 삶의 이미지를 빈 수레를 끌고 터덕터덕 걸어가는 나귀로 표현하는데, 이 나귀는 자신에게 "허락된 이 고단한 행려"

를 끝낸 뒤 물속의 빈집, 즉 죽음의 공간에 도달하여 그 공간 앞에서 명상에 잠겨 시를 쓰는 것입니다. 이런 주제가 흔히 빠지기 쉬운 상투적 관념의 세계를 피해 아주 충실한 응시와 명상의 자세를 보여주고 있거니와, 앞으로도 '역사로부터의 도피'로 변질되지 않으려면 진지한 고민을 통해 깊이와 폭을 계속 더해가야겠지요.

최원식 지금 지적하신 40대 시인들의 변모는 우리 문단의 새로운 조류를 나타내는 현상인 것 같습니다. 사회적 존재로서의 인간만을 강조하다가 다시 인생파적 인간에 대해 관심을 갖기 시작했음을 뜻할 터인데, 소설 쪽에서도 정화진 씨의 장편『철강지대』가 이런 변화의 일단을 보여주고 있습니다. 이 작품은 1987년 이후의 노동운동을 다룬 노동소설인데 지금까지 나온 노동소설들과 달리 하나의 작품으로서 아주 빼어납니다. 인간으로서의 노동자에 대한 애정이 살아 있기 때문이지요. 이 작품에는 노동운동가의 모습뿐만 아니라 이들을 부정하는 노동자, 현실에 대한 절망 때문에 방종한 생활에 빠진 여공 등도 충실히 다루어집니다. 변절자에 대해서도 쉽게 비난을 퍼붓지 않고 심지어는 관리자의 입장에 있는 사람들까지도 이해하려는 자세를 보이고 있습니다. 또 노동소설로서는 이례적으로 노동자들의 사랑이 아름답게 그려져 있는데 이것 역시 인간에 대한 작가의 애정에서 나온 것으로 보입니다.

이 작품은 뒷부분에서 약간 안이한 결말로 끝나기는 했지만 일단은 노동소설로 훌륭한 작품이 될 수 있다는 가능성을 보여주었습니다. 노동소설이 '노동'이라는 요소를 제외해도 괜찮을 만큼 뛰어난 소설이 되려면 계급적 존재로서의 인간뿐만 아니라 인간 자체에 대한 깊이 있는 시각이 필요합니다.

김흥규 인간에 대한 애정 혹은 신뢰와 관련해서 시 쪽에서는 신인 박윤규 씨의 작품을 한번 거론할 만합니다. 박 씨의 연작시「오늘도 무사히」

두 편(『현대문학』 1991년 4월호)은 오늘을 살아가는 평균적 서민들의 초상을 그리고 있는데 특히 가족적 연대가 눈물겹습니다. 박 씨의 시가 이룩한 가장 큰 성과는 간결하고 해학적인 언어를 효과적으로 사용, 평범한 일상사에 실감의 광채를 더했다는 점입니다. 「오늘도 무사히」에서 고단한 일을 마치고 돌아와 자식들의 머릿수를 헤아리며 소박한 기쁨을 얻는 박 목수의 어느 날 밤을 "공장가고 대학가고 군대가고/뒈진 놈은 없구나,/허허/밥먹자, 밥"으로 끝맺은 것이 한 예입니다. 뭔가 새로운 징후가 물씬합니다.

[『동아일보』 1991. 3. 14.]

문학적 새로움

─1991년 4월 문학 월평 대담

김흥규 이번 달에 발표된 작품을 보면 역시 계간지가 나오는 시기의 문학적 소출이 가장 괜찮다는 느낌이 듭니다. 지난달까지는 시적 모색의 밀도가 좀 떨어지는 듯한 아쉬움이 남았는데 이번 달 계간지에 발표된 시들은 아주 만만치 않은 모습을 하고 있습니다. 새로운 것을 향한 시적 모색이 이미 상당한 수준으로 진행됐음을 드러내고 있다고나 할까요.

그런 의미에서 가장 눈에 띈 시인은 『문학과사회』 봄호에 「바람 견디기」 등 다섯 편의 시를 발표한 김기택 씨였습니다. 김 씨는 데뷔한 지 얼마 되지 않은 젊은 시인답게 새로운 시적 개성과 화법을 갖고 있어 작품을 처음 읽을 때부터 '아, 뭔가 새롭다'는 느낌을 받았습니다. 도시적 삶의 메마름, 누추함 등 결코 새롭지 않은 소재를 다루면서도 이런 소재를 다룬 시들이 흔히 빠지기 쉬운 함정에서 비켜 서 있다는 점이 이런 느낌의 근원이지요. 도시적 삶을 다룬 대부분의 시들이 도시의 소모성과 음울함을 적당한 비애의 색채나 냉소적 허무주의, 또는 서구적 모더니즘의

옷으로 포장해왔다면 김 씨의 시는 억압되고 차단된 삶 속에 들어 있는
생명력을 응축해서 담고 있습니다.

예를 들어 「바람 견디기」를 보면 "널자마자 얼어버린 빨래"가 이미 생
명을 다 잃어 "허공에 양팔을 묶인 가는 뼈"로 남았는데도 시인은 거기에
서 "그 끊어질듯 휘어진 선을/악착같이 붙들고 있는 야윈 살가죽"을 봅
니다. 황폐한 외관보다는 그 속에 응축된 생명의 긴장된 힘에 시인은 더
관심을 두는 것입니다. 김 씨는 이런 긴장된 생명력을 팽팽한 언어로 단
단하게 묘사해내고 있습니다. 이렇게 말없이 고통을 견디고 있는 생명의
힘이 앞으로 어떻게 확대돼나갈지 궁금합니다.

최원식 도시적 삶에 대한 흥미로운 시적 통찰을 이야기하셨는데 저는 자
기 향토를 갖지 않은 작가는 작품 생활이 좀 힘들지 않을까 합니다. 작품
속에 내재된 생명력이라는 것은 결국 작가 주변의 사람과 사물에 대한
애정에 기초하는 것이니까요. 톨스토이의 위대한 문학이 자기 지역 사람
들에 대한 애정 어린 탐구를 기반으로 하고 있듯이 우리 문학도 향토적
인 데서 돌파구를 찾아야 할 듯도 싶습니다.

이번 달에 발표된 작품 중에서는 구효서 씨의 장편 『늪을 건너는 법』
(『문예중앙』 1991년 봄호)이 향토적 소설로서 가능성을 보여주었습니다. 이
작품은 강화도를 배경으로 우리나라 자본가들의 모습을 그리고 있는데
지금까지 발표된 어느 소설보다 끈질기게 외세에 저항해온 강화도를 재
미있게 묘사하고 있습니다. 또 우리나라 작가들의 취약지대인 자본가들
의 모습을 사실적으로 그리고 있는 것도 장점입니다.

이 작품은 아버지가 설립한 회사에 부사장으로 있는 주인공이 우연히
자신의 출생에 얽힌 비밀을 알고 뿌리를 찾으러 고향인 강화도로 떠나는
데서 시작됩니다. 자신의 뿌리를 찾는 과정에서 주인공은 자신의 생모가
반외세 반봉건을 기반으로 한 운동단체 '백절집단'에 속해 있던 여공이

었으며 평소 존경해왔던 아버지가 매판적 인물이었음을 알게 됩니다. 이에 충격을 받은 주인공은 뿌리 찾기를 중도에서 포기하고 이전의 모습으로 돌아가기를 열망합니다. 작가는 주인공을 끝까지 진실을 추구하는 영웅의 모습으로 그리지 않은 데서 오히려 사실적인 효과를 거두고 있는 것이지요. 구 씨의 다음 작품이 어떤 모습으로 나타날지 기대를 갖게 합니다.

김흥규 문학의 향토적인 색채와 관련해서 시 쪽에서는 민영 씨가 상당히 흥미있는 작품을 이번 달에 선보였습니다. 민 씨는 지금까지 주로 향토적이고 시골스러운 시를 많이 써왔는데 이번에 발표한 「인디안 마을에서」 등 네 편(『실천문학』 1991년 봄호)에서는 갑자기 공간을 훌쩍 뛰어넘어 아메리카 인디언의 삶을 다루고 있습니다. 그러나 이런 변모는 향토적 색채로부터 이탈한 것이라기보다는 주변의 것에 대한 애정과 관심이 확대된 것으로 보아야 할 것 같습니다. 이는 이 작품들이 민 씨가 이미 발표한 시집 『엉겅퀴꽃』과 비슷한 구도를 갖고 있는 데서도 증명됩니다. 이 작품들에서는 불운한 시대를 견뎌내는 엉겅퀴꽃의 질기고 강한 모습이 모진 삶을 이어가는 인디언들에게 투영돼 인간적 연대적 연대감을 느끼게 합니다. "잔인한 도살자인 양귀들"에 의해 살해된 늙은 인디언 카파크 유광기와 그 가족의 한을 그린 「인디언 마을에서」 같은 작품이 가장 좋은 예입니다.

민 씨는 이 작품들에서 자신의 감정을 억제하고 지극히 평이한 언어들을 사용, 인디언에 대한 인간적 연대감을 스스로 느끼도록 하고 있습니다. 특히 부분적으로 삽입된 인디언 종족의 노래들이 낯선 이민족의 설화를 현실과 결부시켜 느끼게 하는 역할을 하고 있습니다.

최원식 마지막으로 역시 『실천문학』 봄호에 실린 정도상 씨의 단편 「서울에 눈 내리네」를 잠깐 언급해야 할 것 같습니다. 정 씨는 데뷔작 「십오방 이야기」로 주목을 받으면서 많은 기대를 모았으나 이후에는 왠지 작위적인 작품들을 발표, 실망을 안겨주었습니다. 그러나 「서울에 눈 내리네」는 「십오방 이야기」가 갖고 있던 소설적 힘을 다시 보여주고 있습니다. 이 작품은 서울의 빈민가를 무대로 훈훈한 인정을 그리고 있는데 관념적 이론보다는 현실 자체로부터 인간적 연대감을 끌어내는 시각의 변모가 특히 눈에 띕니다. 아직 일부 남아 있는 도식적 구도만 걷어낸다면 정 씨의 소설은 앞으로 더욱 발전해나갈 것으로 보입니다.

[『동아일보』1991. 4. 29.]

모색기의 한국소설

—이문구, 윤정모, 현기영

한가위 명절 잘 쇠셨습니까? 국문과의 최원식입니다. I.B.S(인하대방송국)를 통해 여러분을 만나 뵙게 돼서 정말 반갑습니다. 오늘 이 시간에는 최근 소설들을 중심으로 얘기할까 합니다. 얼마 전부터, 더 정확히 말하면 동구의 몰락 이후 민족문학의 위기론이 여기저기에서 제기되고 있습니다. 그런데 여기서 한 가지 분명히 할 점은 민족문학론은 자본주의는 물론 현존 사회주의도 비판의 대상으로 설정하면서 태어났다는 점입니다. 다시 말하면 냉전체제의 두 축을 이루는 두 이데올로기 가운데 어느 하나를 배척하고 다른 하나를 따르자는 게 아니라, 우리의 민족현실에 즉해서 양자를 지양한 창조적 대안을 모색하고자 했던 것입니다. 따라서 동구의 몰락은 민족문학의 폐기가 아니라 민족문학 발전의 더욱 풍부한 가능성을 열어놓았다고 할 수 있습니다. 그렇다고 해서 동구의 몰락 이후 전개된 세계사적 지각변동에 오불관언吾不關焉하자는 얘기는 물론 아닙니다. 민족문학론의 기본입각점은 견지하되 새로운 현실에 창발적으로 대응해야 하는 것입니다. 이 점에서 리얼리즘의 이름 아래 주관적 낭만주의로 기울었던 1980년대 문학의 한 경향성에 대한 엄정한 비판이 1990년대 민족문학의 새로운 모색에 한 출발점이 될 수 있습니다. 그런데 그 작업은 이미 시작되었습니다. 이문구의 장편『매월당 김시습』(문이당, 1992)과 윤정모의 장편『들』(창작과비평사, 1992)이 바로 그러한 예입니다.

이미 '관촌수필'과 '우리동네' 연작을 통해 급격한 산업화 아래 파경을 맞은 우리 농촌의 실상을 뛰어난 문학적 보고報告로 묘파했던 이문구는『매월당 김시습』에서 시야를 과거로 돌려 세조의 왕위찬탈사건을 즈음한 한 저항적 지식인의 고뇌를 형상화했습니다. 이문구는 매우 뛰어난 작가임에도 상업적으로는 그닥 성공하지 못해왔는데 이번 작품은 놀랍게도 베스트셀러에 끼어들었습니다. 솔직히 말해서 이번 작품도 베스트셀러가 되기에는 격조가 너무 높습니다. 이리 된 데는 소설『동의보감』이후 최근 바짝 유행하는 역사물의 인기에 편승한 면도 없지 않지만, 나는 하여튼 이문구 문학의 뛰어난 문학성이 대중화된 것을 기쁘게 생각합니다. 소설『매월당 김시습』의 미덕은 우선 인간에 대한 이해가 깊다는 점입니다. 80년대 문학은 인간을 투쟁의 측면에서만 파악한 데 비해 이 작품에서 작가는 매월당의 저항과 그 사이의 일상성을 끈덕지게 탐구함으로써 생육신 매월당을 살아 있는 인간으로 복원하고 있습니다. 앙리 르페브르Henri Lefebvre는 혁명을 일상성의 종식으로 정의한 바 있는데, 인간을 일상으로 분해·환원하는 것이 아니라 일상성과 총체성의 통일로서 파악하는 관점이야말로 90년대 문학의 한 과제가 아닐 수 없습니다. 그러나 이 작품은 이와 같은 미덕에도 불구하고 노블novel이라기보다는 전통적인 열전列傳에 가깝습니다. 매월당의 외로운 영혼에 지펴서 그와 그가 관여한 역사를 객관화하지 못했으니, 이것이 역사물을 쓸 때 항용 빠지는 함정입니다.

이에 비해 윤정모의『들』은 역사로부터 돌아와 오늘의 우리 현실을 정면으로 다루고 있어 주목됩니다. 오늘날 변화된 농촌의 현실을 전통적 사실주의에 의거해서 혼신의 힘으로 추구한 이 역작에서 그 중심무대인 도실마을과 그 마을의 농민들은 생생히 살아 있습니다. 그런데 농민투쟁이 고조되면서 무대가 도실을 벗어나 전국적으로 확대되기에 이르는 하권에 오면 이 작품은 급속히 1980년대 문학의 한 도식으로 기울어버리고 맙니다. 안타까운 일입니다. 최근에 나온 소설 가운데 단연 눈에 띄는 이 두 역작이 모두 이런 한계에 부딪쳐 있는 것을 보면 확실히 우리 문학은 아직도 심각한 과도기에 있음을 실감하게 됩니다.

이 점에서 나는 현기영의 단편 「쇠와 살」에서 하나의 가능성을 봅니다. 이 작품 역시 이 작가가 자주 그리는 4·3제주항쟁에서 취재했는데, 그 수법이 흥미롭습니다. 하나의 줄거리를 가진 소설이 아니라 에피소드들을 죽 늘어놓은 것인데, 그럼에도 전혀 느슨하지 않습니다. 느슨하기는커녕 에피소드와 에피소드 사이의 긴장이 너무나 팽팽하여 작품 끝까지 손을 놓을 수가 없습니다. 포스트모더니즘은 물론 아니고 그렇다고 전통적 사실주의도 아닌 새로이 갱신된 리얼리즘이 아닐 수 없습니다. 90년대 민족문학의 좋은 징조입니다.

[「I.B.S. 칼럼」1992. 9. 16.]

리얼리즘과 모더니즘

—정현종과 김명수

안녕하십니까? 국문과의 최원식입니다. 지난번에는 최근 소설에 대해서 말씀드렸는데 이번 시간에는 미당문학상을 수상한 정현종의 시집 『한 꽃 송이』(문학과지성사, 1992)와 만해문학상을 수상한 김명수의 시집 『침엽수 지대』(창작과비평사, 1991)를 중심으로 얘기할까 합니다. 솔직히 우리나라 에는 문학상이 너무 많습니다. 그 때문에 문학상이 진정한 권위를 가지지 못하고 그저 나눠먹기 식이라는 비난을 받았습니다만, 이런 와중에도 자기의 격조를 수준 높게 지킨 두 문학상은 그래서 남달리 주목되어왔습니다. 이번 수상시인들은 우리나라의 대표적 시인일 뿐 아니라 그 수상 시집 또한 이 두 시인의 시적 도정에서 빼어난 분절점을 이루고 있다는 점에서 이 두 상의 권위에 걸맞은 것입니다.

정현종은 등단 이후 줄곧 모더니스트의 포즈를 취했습니다. 자본주의 사회의 산문적 일상의 권태, 그 뼈저린 무의미성을 능숙하게 그려내곤 했던 정현종의 시세계는, 물론 일정한 사회성을 내포하고 있기는 하지만 때로는 경박에 가까운 도회적 재치로 떨어지기도 했습니다. 그런데 이번 수상시집 『꽃 한송이』는 다릅니다. 단적으로 짧은 시 「들판이 적막하다」를 읽어보겠습니다.

가을 햇볕에 공기에
익는 벼에
눈부신 것 천지인데,
그런데,
아, 들판이 적막하다—
메뚜기가 없다!

오 이 불길한 고요—
생명의 황금 고리가 끊어졌느니……

시인은, 자본주의이든 사회주의이든, 자연에 대한 인간의 지배력의 무한한 강화에 근거한 현대문명이 초래한 파괴적 현실을 진지하게 응시하고 있습니다. 녹색의 시인으로 변모하였습니다. 모더니즘의 어떤 비꼬임으로부터 해방되어 이 시집은, 뭐랄까, 심심(深深)한 진지함으로 충일합니다. 물론 어떤 습기(習氣)도 감지되곤 합니다. 타락한 세계에 맞서 그를 넘어서기 위해 고투하는 인간적 활동마저 함께 야유하는 태도는 이데올로기 비판이 흔히 빠지는 함정입니다. 정현종의 의미 있는 변화가 더욱 근원적인 차원으로 진전되기를 희망합니다.

김명수의 『침엽수 지대』는 시인의 네번째 시집입니다. 전체적으로 각 편들이 고르게 높은 수준을 지키고 있다는 점에서 정말 단아하게 아름다운 시집입니다. 그러나 그 아름다움은 현실을 외면함으로써가 아니라 현실과 독특하게 대결하면서 성취되었다는 점에 주목해야 합니다. 시인이 「괴목」에서 "오랜 풍우에 시달려/굽어지고 옹이가 맺힌 나무의 둥치에는/아름답기 그지없는 문양을 지닌다"라고 노래했던 그대로입니다. 순수시에서 출발한 김명수는 1980년대에 민족문학운동에 동참, 용기 있는 전신을 꾀하였습니다. 그렇다고 그가 80년대 민중시의 일반적 추세, 즉 운동에 대한 복무 운운하면서 내용 우위로 치달았던 한 편향에 합류했다는 것은 아닙니다. 그는 나직하지만 단호한 목소리로 내용과 형식의 힘겨운 통일을 향해 끝없는 자기단련을 거듭했던 것입니다. 『침엽수 지대』는 과거의 그의 시가 보였던 순진한 알레고리화의 경향마저 말끔히 극복하여 그 단련이 한 경지에 달했음을 증거하고 있습니다. 다만 아쉬운 점은 아직 만해의 규모, 즉 님이 침묵하는 시대에 님의 눈부신 부활을 예언자적 목소리로 노래했던 만해의 골력骨力에는 미달이라는 점입니다. 치열한 현실성과 높은 예술성을 고도로 통일하면서 우리가 가야 할 창조적인 길을 모색하는 것은 김명수 시인의 과제이자, 90년대 민족문학이 돌파해야 할 최대의 과제라는 점을 다시 확인하는 바입니다.

[「I.B.S. 칼럼 2」 1992. 12. 6.]

후일담을 해체한 후일담 시

—최영미

반듯반듯하게 예쁜 이른바 여류시와는 사뭇 다른, 피와 땀과 심지어 정액까지 임리한 신인 최영미의 처녀시집 『서른, 잔치는 끝났다』(창작과비평사, 1994)에는 '살아남은 자'라는 표현이 여러 군데 나온다. "당신이 보여주신 세상이 제 맘에 들지 않아/한번 바꿔보려 했습니다"라고 고백하고 있듯이 시인은 저 뜨거웠던 연대年代, 1980년대의 혁명적 학생운동 세대인 것이다. 그러나 "혁명이 시작되기도 전에 혁명이 진부해"져버린 1990년대의 새로운 상황 속에서, 첫눈을 보고도, "미처 피할 새도 없이/겨울이 가을을 덮친다"고 탄식할 정도로 그녀의 영혼은 첫사랑의 부패와 함께 심각한 내상內傷을 입었다. 80년대의 생존자가 뒤늦게, 의지가지없이 치르는 입사식入社式의 기록이라 할 이 시집은 이 점에서 전형적인 후일담 문학이다.

현존 사회주의의 붕괴와 김영삼 정부의 출범으로 대표되는 나라 안팎의 상황변화 속에서 우리 문단에도 카프 해산 전후의 1930년대처럼 후일담문학이 성행하고 있다. 대공황(1929)이 자본주의의 전복이 아니라 파시즘의 진군으로 전화되는 암울한 풍경 속에서, 이식성에서 말미암은 교조주의로 경사됐던 카프 시대에 대한 반동으로 소시민적 후일담문학이 번성했던 기억이 새로운데, 그것이 또다시 오늘날 변주될 줄이야! 그런데 예나 이제나 지식인들의 깨진 생활의 파편들을 번쇄하게 짜깁기하기 십상인 후일담문학은 안이하기 짝이 없는 것이다.

최영미의 시세계는 후일담문학의 형식을 취하는 듯 그것을 가차 없이 해체한다. 그녀에게는 범속한 후일담문학이 직접적으로 또는 은연중에 내비치는, 80년대에 대한 감상적 태도가 거의 없다. 시인은 다짐한다, "5월에 떠난 넋들이 바람되어/흐득흐득 운다는 시도/나는 믿지 않는다"라고. 80년대에 그녀를 매혹했던, 과학의 이름을 빌린 혁명적 낭만주의와 결별하고, 대신 그녀는 한국 자본주의 사회를 움직이는 기제와 그 안에서 기꺼이 또는 고통스럽게 허덕이는 인간들을 리얼하게 보여준다, 마치 단테를 지옥과 연옥의 세계로 안내했던 베르길리우스처럼. 「지하철에서」 연작, 「24시간 편의점」「관록 있는 구두의 밤산책」 등은 그 대표적 시편들인 것이다. 그렇다고 그녀가 모든 것을 포기하고 예민한 관찰자로만 물러났다고 속단할 수는 없다. 그녀는 놀랍게도 사랑을 예감하고 있기 때문이다. "망설이는 마음 한복판으로/어제의 사랑을 지우며/더듬거리며 오늘, 사랑이 내게로 온다/주저하는 나보다 먼저, 그것이 내게로 온다." 어제의 사랑을 지우고 더듬거리며 다가오는 사랑, 아직 시인이 받아들일 준비가 덜 됐지만 그럼에도 내 곁에 어느새 다가온 새로운 사랑, 그게 무엇인지 정말 궁금하다.

[『중앙일보』 1994. 4. 30.]

근대에 대한 내적 긴장

—장석남

우루과이라운드 이후 특히, 한국사회는 문화와 관습의 낡은 부스러기들을 해체하는 자본의 위력을 새삼 실감하고 있다. 이 광포한 힘의 논리 앞에서 우리 사회가 겪는 근원적 동요감은 바야흐로 문학계마저 석권하고 있는 중이다. 우리는 물론, 자본의 논리에 기꺼이 투항해서 '문학=상품설'을 앞장서서 노래하는 새로운 통속문학론자들을 경계해야 하지만, 그것이 모더니즘이든 리얼리즘이든 변화된 현실을 짐짓 외면하는 낡은 유성기 문학 또한 병통이 아닐 수 없다. 무엇보다도 현실이야말로 문학의 유일무이한 교사이기 때문이다. 위대한 근대문학은 "근대적 삶의 복잡성 및 모순들과 힘겹게 씨름하는, 근대적 삶에 대한 열렬한 찬양자이면서 동시에 적대자"(마셜 버먼)였다는 점을 염두에 둘 때, 새로이 도래한 현실을 감싸 안으면서 넘어서는 내적 긴장이 지금 우리 문학에 절실히 요구되는 것이다. 자본의 힘 앞에 어떤 점에서는 무방비적으로 노출된 우리 문학이 최근 내적 긴장은커녕 어떤 혼란 속으로 빠져드는 것은 어쩌면 당연한 일인지도 모른다.

　5월의 시단 역시 신선을 꿈꾸는 고답파에서 극도의 내적 분열 속에 허덕이는 해체파에 이르기까지 낭만적 근대 부정과 맹목적 근대 추종 사이에서 다양한 편차를 보이고 있다. 그러나 이 분열에 미리 절망할 필요는 없다. 분열과 혼란을 먹이로 새로운 시적 모색이 곳곳에서 어린 얼굴을 내밀고 있기 때문이다. 장석남의 「돌의 얼굴」 연작(『현대문학』)도 그중의 하나이다. 1992년 김수영문학상 수상 이후 일종의 슬럼프에 빠져들었던 그는 올해(1994년) 『상상』과 『작가세계』 봄호에 작품을 발표한 이래 첫 시집 『새떼들에게로의 망명』으로부터 의미 있는 시적 변신을 모색하고 있다. 기억 속에 보존된 유토피아로 내적 망명을 기도했던 시인은, 「근황」(『상상』 1994년 봄호)에서 "그 나무의 꿈길이 이승으로 오고 있습니다"라고 노래했듯이, 현실로의 복귀를 시도하고 있는 것이다. 어느 날 문득 스파크처럼 일어난 홍예문과의 교감을 노래한 「돌의 얼굴」에서 홍예문 또는 그것을 견고하게 구축하고 있는 돌들은 무엇을 뜻할까? 그것은 근대의 상징이다. 시인은 첫 시집에서 부정했던 근대와 마침내 화해에 이른다. "돌은 내 눈을 하고/나는 돌의 눈을 하고/그 바다가 바라보이는/홍예문을 지나칠 수 있었습니다." 그런데 이 화해는 조야한 근대성을 견디기에는 지나치게 순정한 것이라는 느낌을 지울 수 없는데, 근대성에 핍근하는 내적 긴장을 어떻게 획득하는가? 이것이 관건이다.

[『중앙일보』 1994. 5. 31.]

근대의 파탄?

— 최윤의 「푸른 기차」

푸른 기차란 무얼까? 작품 끝에 가서야 독자들은 그것이 작중 화자가 잠시 들었던 음악의 제목이라는 걸 알게 된다. "모든 음악을 듣는 이유가 늘 그렇듯이, 이유 없이. 어떤 음악이 있다. 처음 듣고 조금 좋아한다. …… 그리고 잊어버린다. 어쩌다 한 소절이 머릿속에서 돌아다닌다. ……다른 곡, 다른 핑계에 매달리기 전, 잠시 동안 「푸른 기차」는 그를 사랑한다. 그러니 어쩌잔 말인가." 참을 수 없는 존재의 가벼움에 바탕한 이 도발적인 무심한 어조에서, 「푸른 기차」에서 작품 해독에 중요한 열쇠를 찾고자 하는 독자들은 결정적 실망을 맛보게 된다. 작가는 독자를 농弄한다. 거대서사가 붕괴한 세계 속에서 건조하게 생존하는 지식인의 파편적 일상을 꼼꼼하게 재현하고 있는 이 단편은 우리 소설의 전통 속에서 낯설다. 1930년대의 이상의 소설처럼. 그렇다고 나는 이 작품이 포스트모던한 것을 무조건 찬미한다고 생각하지는 않는다. 일견 사회성과 절연된 듯한 프루스트의 소설이 당대 프랑스 상류사회의 스노비즘을 가장 뛰어나게 묘파하는 역설은 문학사에서 드물지 않은 경우이기 때문이다. 사실 나는 우리 소설에 너무나 흔하게 널려 있는 지사형志士型 지식인들도 싫증나지만 이 단편에 등장하는 컴퓨터 서류정리 파일 같은 지식인의 도래도 끔찍하다. 그런데 작가는 이 공포를 공포로 받기보다는 은근히 즐기고 있다는 인상도 없지 않은 것은 나의 기우인가? 기차는 근대 또는 근대 이성의 상징이다. 오늘날 우리 사회는 근대를 완성하는 한편 진정한 근대 이후를 모색해야 하는 새로운 도전에 직면해 있다. 이 점에서 리얼리즘의 이름 아래 자연주의로 떨어지거나, 모더니즘의 이름 아래 사이비 몽롱주의로 전락하는 오랜 관습을 발본적으로 넘어서는 한국문학의 쇄신이 절실히 요구되는데, 푸른 기차는 과연 근대의 극복인가? 근대의 파탄 위에 떠오른 달콤한 환상인가?

[『94' 현장비평가가 뽑은 올해의 좋은 소설』 해설, 1994. 9.]

그 짐승스러운 시간의 의미

—박완서의 「마른 꽃」

사람과 사람, 특히 남자와 여자 사이에서 이루어지는 끌림과 내침의 내밀한 과정을 바라보노라면, 참으로 불가지론에 빠질 때가 많다. 자유주의 페미니즘이든 마르크스스주의 페미니즘이든 그런 과학적 시각의 프리즘을 통해 이 문제에 대한 이해가 일정하게 넓어진다고 해도, 역시 이론만으로는 해명되지 않는 신비로운 그 무엇이 여전히 남아 있다는 느낌이 강하게 마련이다. 물론 불가지론이니 신비니 하는 말로 이 문제를 영원히 인식의 영역 바깥으로 모셔두자는 것은 아니다. 기존의 인간학이 미치지 못한 한계를 겸허히 인정함으로써 인간의 총체적 이해의 지평이 열릴 미래를 열어두자는 뜻이다. '열 길 물속은 알아도 한 길 사람 속은 모른다'는 우리 속담은 절묘하게 사람의 깊이를 통찰하고 있는 셈인데, 무릇 소설이란 바로 이 '사람의 깊이'에 대한 가없는 도전이다. 이 때문에 기존의 인간학의 어느 관점에서만 인간에 접근하는 소설가란, 인간을 그 물질적 조건에서 분리해서 추상화하는 또 다른 편향만큼이나 자격 미달이라고 해도 좋다.

박완서 씨의 「마른 꽃」(『문학사상』 1995년 1월호)은 그녀가 페미니즘을 의식했을 때보다도 더욱 여성, 아니 인간 일반에 대한 이해가 원숙해졌음을 보여준다. 줄거리의 뼈대만 추리면 사실 간단하다. 자식들도 다 출가시키고 혼자 사는 나이 지긋한 미망인이 대구 조카 결혼식에 참석하고 돌아오는 버스 안에서 우연히 동승한 은퇴한 홀아비 조 박사와 연애 비슷한 것에 빠져드는 이야기다. 그런데 이 줄거리를 바탕으로 작가는 우리 시대 최고의 이야기꾼답게 다양한 삽화들을 솜씨 좋게 배치하여 한편의 근사한 단편을 뽑아냈으니 그녀의 문학은 환갑을 넘어서도 정정하기 짝이 없다. 한때 반짝하고 사라지는 문인들이 지천인 우리 문단에서 그녀의 존재는 경이롭기조차 하다. 그 장수의 비밀은 무엇인가? 그것은 낭만적 탈출을 결코 용인하지 않는, 야멸차기까지 한 그녀의 지독한 산문정신에 있다. 이 단편에서도 그것은 예외 없이 관철된다. 늘그막에 찾아든 달콤한 연애감정에 젖었던 작중 화자는 조 박사와의 연애가 산문적 생활에 대한 반동에서 말미암은 겉멋임을 문득 눈치채고 재혼의 제의를 거부하는 것이다. "같이 아이를 만들고, 낳고, 기르는 그 짐승스러운 시간을 같이한 사이가 아니면 안 되리라. 겉멋에 비해 정욕이 얼마나 아름다운 것인지⋯⋯"이 깨달음에 경탄하면서도 나는 그녀의 일탈이 정지된 것에 한편 서운한 마음이 드는 것은 왜일까?

[『한국일보』 1995. 1. 19.]

이 부황한 시대의 평균적 진실

—손춘익의 「치통」

쏟아져 나오는 게 소설인데, 정작 좋은 작품을 만나기는 더욱 어려우니 알다가도 모를 노릇이다. 출판시장의 규모가 커지면서 문학도 상품이라고 외치며 자본의 질서에 기꺼이 투항하는 작가들이 만연하는 현실이다. 장편의 상품화가 진전되면서 단편도 함께 몰락하였다. 출판시장이 영세했던 지난 시대의 작가들은 단편에 자신의 문학적 생명을 걸음으로써 단편문학은 우리 소설의 예술적 품위를 지키는 최후의 보루 노릇을 톡톡히 해냈던 것이다. 단편다운 단편을 만들어내는 각고의 예술적 훈련을 경시하는 소설가를 솔직히 말해서 나는 신뢰하지 않는다. 그것은 마치 사생력이 부족한 추상화가와 같은 꼴이니까. 이 점에서 최근 우리 단편문학의 부진은 소설문학 전체의 위기라고 해도 지나친 말은 아니다. 나는 우리 작가들이 모국어의 최후의 수호자로서 자신의 사명을 드높게 다시금 다짐하기를 기대한다. 하나의 말을 찾아 병적인 고투를 벌였던 플로베르처럼은 아니라도, '~에'와 '~에게'를 문법에 맞게 사용하고 '이'와 '이빨'

을 구분하는 최소한의 성의가 아쉽다.

　1995년 2월호 문예지에도 여전한 단편의 빈곤 속에서도 손춘익의 「치통」(『문학사상』)을 발견한 것은 그나마 다행이다. 지방화시대 운운하면서도 정작 서울 집중은 더욱 심화되는 상황에서 드물게도 지방에서 활동하는 그는 그렇다고 답답한 향토주의자가 아니라 건실한 리얼리즘의 길을 걷는 미더운 작가의 한 분이다. 이 단편에서 그는 어느 어머니의 죽음을 그리고 있다. 가족들에게 짐만 될 뿐인 무능한 가장 대신 7남매를 키운 시골 아낙, 텃밭에서 미리 솎아낸 푸성귀들을 한 보따리 이고 신새벽에 20리 길을 꼬박 걸어 포항 시장바닥에 종일 쪼그리고 앉아 있곤 했던 채소 행상의 긴 역사, 자식들이 장성해서 만류해도 병으로 쓰러지기 전까지 행상을 그치지 않던 그 어머니는 바로 평균적인, 너무나 평균적인 우리 어머니의 초상이 아닐 수 없다. 작품은 그 어머니의 집념으로 자식들 가운데 유일하게 교대를 나와 대구에서 교사를 하는 막내아들의 시점을 취하고 있다. 그 시점에는 통증과 같은 회한이 서려 있다. 우리가 깜빡 잊곤 하는 어머니의 슬픈 역사를 환기하는 이 작품의 평범한 진실이 이 부황한 시대에 결코 범상치 않게 다가선다.

[『한국일보』 1995. 2. 9.]

동아시아 속의 한국 민족주의

—박현의 「달은 결코 도자기처럼 부서지지 않는다」

세계 최후의 분단국, 한반도를 향해 밀려드는 파고가 높다. 그럼에도 세계화라는 담론의 홍수 속에 20세기의 간난한 한국사를 가로질러온 민족주의적 동력은 마치 헌신짝 취급을 받는 것이 오늘의 실정이다. 보수든 진보든 서둘러 개화파의 옷으로 갈아입고 세계화의 주문을 외우고 있는 것이다. 나는 물론 저 답답한 척사위정파斥邪衛正派를 기리자는 것은 아니다. 열강의 이해가 착종하는 동아시아의 결절점에 자리한 한반도의 진정한 평화를 위하여 20세기의 고단한 한국민족주의의 도정을 공과功過 양면에서 따져보는 성숙한 자세가 지금 절실히 요구되는데, 이 바탕에서만 세기말의 격동 속에서 그 진정한 쇄신도 가능할 것이기 때문이다.

신인 박현의 「달은 결코 도자기처럼 부서지지 않는다」(『창작과비평』 1995년 봄호)는 바로 이 문제를 드물게 독특한 방식으로 풀어내고 있다. 이 작품은 우리 검법을 수련하는 작중화자 '나'가 어느 달밤에 방랑검객이 되어 청淸이 명明을 멸망시킨 1644년의 요동으로 떠나는 일종의 시간여행의 형식을 취하고 있다. 말하자면 이야기 속에 이야기를 짜 넣은 액자소설이다. 그런데 겉이야기와 속이야기가 분절되는 일반적인 액자와 달리 작중화자가 속이야기에 끊임없이 개입함으로써 브레히트 식의 소격효과를 겨누고 있으니, 독자들은 어떤 점에서 더욱 편안하게 시뮬레이션 게임을 즐기듯 작품에 동참하게 된다. 무협지 같은 소재를, 무협지의 재미도 주면서 결코 무협지로 떨어뜨리지 않는 작가의 솜씨가 신인답지 않게 만만치 않다. 더구나 이 새로운 형식 실험 속에 갈무리한 메시지 또한 침중하다. '나'가 시간여행 속에서 만난, 아니 만들어낸 여검객, 병자호란 때 만주로 끌려와 효종의 북벌 때 안에서 접응하기 위해 왜구에게 포로된 조선 동포들을 단신으로 구출하러 왜구들과 싸우러 떠나는 이 조선 여인이 정신대로 자살한 '나'의 조모와 몽타주 되면서, 작품은 아연 무협지의 탈을 벗어버린다. "그러나 방랑자는 독한 술이 깨고 나면 마침내 검을 갈고 있는 자신을 발견할 것이다. 그리하여 그는 그 아름다운 여검객을 찾아 나서게 될 것이다. 그녀는 결코 도자기처럼 부서지지 않는, 달이기 때문이다." 그러나 이 작품에 더러 드러난 국수적 징후는 작가가 엄중히 경계해마지않아야 할 것이다. 민족주의를 넘어서는 것이 새로운 시대의 진정한 민족주의의 길이 될지도 모르기 때문이다.

[『한국일보』 1995. 2. 23.]

본래적 생과 비본래적 생의 넓은 간격

—조성기

마침 계간지들이 쏟아져 나온 터라 읽을거리들은 넘쳐나지만 막상 읽고 난 뒷맛은 영 개운치가 않다. 새삼 1990년대 소설의 위기가 실감으로 다가오는 것이다. 마치, 그리려는 것과 있는 것의 분열 속에서 황폐한 현실의 겉껍데기를 자연주의적으로 베끼는 세태소설과 일체의 객관을 버리고 황량한 마음의 풍경이 주인공으로 되는 심리소설로 갈라서버린 1930년대 문학의 위기가 새로운 형태로 부활되는 것이 아닌가 하는 우려를 금할 수 없다.

조성기의 중편 「모젤강가의 마르크스」(『현대문학』 1995년 3월호). 마르크스의 생가가 있는 트리어로 가는 기차 장면에서 시작하는 이 작품은 트리어 여행기라는 층위 아래 1980년대 한국의 혁명적 학생운동의 이야기 층위를 둠으로써 90년대의 현실 속에서 80년대를 반추하는 의도를 드러낸다. 주인공 '나'는 원래 학구파였다가 도서관에 뛰어든 운동권 여학생을 구출하고 대신 끌려가는 우연한 체험을 통해 운동으로 경사한다. 그런데 운동권의 핵심 서클 운터^{Unter}의 일원인 그 여학생이 현장 노동자로서 조직의 명으로 대학에 침투한 가짜 대학생이라는 사실이 드러나면서 그녀는 결국 무너지니, 안팎의 상황 변화 속에서 조락하는 80년대 식 운동의 상징으로 설정되었던 것이다. 그 후 '나'는 타락한다. 고액 과외 전문으로 뛰면서 "지난 80년대를 총체적으로 담아내는" 영화를 감독할 꿈을 꾸지만, 이 또한 타락한 삶을 살아내기 위한 일종의 거짓 위안이기 십상이다. 미지의 어떤 것이 전광석화처럼 예고 없이, 순간적으로, 느닷없이 우리들의 삶 속으로 침투해 들어와 삶의 진부한 길을 황홀하게 비추었던 80년대의 가능성이 사라진 90년대의 막막한 현실의 풍경을, 구원의 희망 없는 그 단테적 연옥을 작가는 침통하게 응시한다. 이 핵심적 이야기를 마르크스의 생가에서 벌어지는 동독인들의 시위 장면으로 마감하는 우울한 트리어 여행기 속에 교직함으로써 작가는 이 현상이 전 지구적인 것임을 쓰디쓰게 확인하는 것이다.

그러나 이처럼 진지한 문제제기에도 불구하고 이 작품의 출구는 막혀 있다. 비본래적 생이 지배하는 현실을 넘어서 본래적 생을 회복할, '80년대 식'을 가로지르는 90년대의 창조적 길은 무엇인가? 이 핵심적 물음이 부재한다면 그것은 환멸소설로 떨어지기 쉽기 때문이다.

[『한국일보』 1995. 3. 16.]

변모하는 농촌문학
—한창훈의 「목련꽃 그늘 아래서」

세계화 바람 탓인지, 요사이는 외국 체험을 소재로 한 소설이 부쩍 늘었다. 사실 민족의 역량이 안에서 성숙한 때는 반드시 나라 밖의 사정에 대한 통찰도 함께 깊어졌으니, 국학의 발흥과 외국학의 발전은 서로 배타하는 것이 아니라 오히려 거의 병진하는 터이다. 나라의 경계를 좀체 넘어볼 생의도 못하고 옴닥옴닥하는 것도 답답한 노릇이지만, 국내 문제도 제대로 해결하지 못한 채 세계화를 외치는 것 또한 부황한 일이다. 그때 세계화는 그저 구두선에 그치고 말 것인데, 근대문학의 기초도 부실한 우리 문단에도 그런 시류가 흐르는 것이 아닌가, 염려가 없지 않다.

한창훈의 「목련꽃 그늘 아래서」(『실천문학』 1995년 봄호)는 이제는 멸종 위기에 몰린 '농촌을 다룬 문학'이다. 자본의 물결이 도도한 이 시대에 시류에 영합하지 않고 아직도 농촌소설을 만지는 작가가 있다는 반가움이 앞서지 않는 것은 아니지만, 작품을 끌어가는 구성력, 인물을 매만지는 품새 그리고 인정물태人情物態의 기미를 섬세하게 살필 줄 아는 수긋한 문체 등, 이 신인급 작가의 기초가 탄탄한 것이 더욱 미더웠다. 솔직히 말해서 요즘은 이만큼 빠진 단편도 드물다.

이 작품을 끌고 나가는 축은 음암댁과 지은네, 두 농촌 여성이다. 음암댁은 여고 시절 교내 합창반에서 활동한 경력도 있지만 "시집 와서 아들 둘 낳고 시어머니, 남편 봉양하고 지천으로 널린 일하며 청춘을 보내버린" 전형적인 농촌 여성이다. 이에 반해 지은네는 "고향은 남쪽 어디지만 은 이곳에서 정착한 지 거진 십 년이어서 (…) 시장에서 리어카 커피장사를 한 적이 있을 정도로 배짱이 있는", 말하자면 억척어멈이다. 지은네는 농촌 출신이지만 언제든지 농업노동에서 이탈할 준비가 되어있는 셈인데, 그녀의 남편 역시 도시의 공사판을 떠돈다. 전자가 자작농으로 농촌에 터 잡고 있는 데 반해 후자가 끝내 떠돌이 신세를 면치 못하는 이유는 아마도 지은네가 소작농 출신의 이농민이라는 사실에 말미암을 터이다. 그런데 농업의 위기는 음암댁 집에도 닥쳐왔다. 타고난 농사꾼인 남편을 그녀가 윽박여 동사무소 직원으로 밀어넣었기 때문이다. 이제 위기는 단순히 농업의 외부에 있지 않다. 자본의 공세에 휘말려 농민들 스스로 농업을 포기하는 곳, 위기의 내재화가 진짜 문제로 된 시대인 것이다. 이 작품은 오늘날 변모하는 농촌의 모습을 두 여성을 통해 그린 뛰어난 문학적 보고서이다. 그러나 농촌과 도시가 함께 위기를 넘어서 새로운 삶의 길을 찾는 실마리조차 보이지 않는다는 점에서 아직은 세태소설에 머물고 있다.

[『한국일보』 1995. 3. 30.]

노동자의 삶을 엄습한 실존적 위기

—공선옥의 「우리들의 고향」

지난 시대에는 민중적 현실을 다룬 작품이 흔해빠져서 탈이더니, 요즘 작가들은 민중의 삶에 둔감한 것이 문제다. 과연 이래도 좋을 만큼 민중적 삶의 질은 향상되었는가? 설령 전 국민 가운데 1퍼센트만이 고통 속에 있다손 치더라도 작가의 영혼은 그 1퍼센트에도 예민하게 반응하는 것이 마땅할진대, 이 무신경은 우려할 만한 현상이 아닐 수 없다. 민중의 삶과 교섭 없는 문학은 결국 그 문학 자체마저 파괴할 것인데, 그것은 지난 시대의 위대성과는 비교가 되지 않을 만큼 허약해진 선진 자본주의국들의 고급문학의 현재 위상이 단적으로 증명할 터이다.

이 점에서 나는 공선옥의 「우리들의 고향」(『소설과사상』 1995년 봄호)에 주목한다. 이 작품에는 노동자가 등장한다. 그런데 그는 이미 청춘의 노동자가 아니라, 삶의 뼈저린 무의미성에 무방비적으로 노출된, 늙어버린 노동자다. 그는 40대니까 그 늙음은 하필 육체적 나이만을 뜻하지는 않는다. 자신의 삶에 대한 실존적 위기의 엄습은 꼭 노동자뿐 아니라 이 나이의 남자들에게 두루 나타날 수 있는 것이지만, 이 작품의 주인공이 겪는 정체성의 위기는 조금 각별하다는 점에 유의해야 한다. 그는 우리 시대의 평균적인 노동자의 행보를 보여준다. 어린 시절 부모를 따라 농촌을 떠나 서울의 변두리로 흘러와 부모는 "전쟁 같은 삶을 살다가 끝내 밑바닥을 헤어 나오지 못한 채 단칸 셋방에서 눈을 감고", 어린 나이에 봉제공장에 들어가 아내를 만나고, "십대 시다부터 시작된 봉제공장 인생이 어느덧 사십대도 중반에 이른 지금" 그는 겨우 "이곳 공장지대에 오 층짜리 서민아파트를" 마련했던 것이다. 어렵게 획득한 상대적 안정 속에서 그는 오히려 자신의 삶이 "한줌의 쓰레기"라는 깊은 공허감에 시달린다. 이 위기의식은 어디에서 말미암는가? 바람에 쓸려온 전단의 글귀 "쏘비에트 연방공화국은 죽었지만 남한 노동자 전사는 살아 있다"를 읽고 쓴 웃음을 짓는 장면에서 뚜렷이 드러나듯이 총자본의 전 지구적 행진 속에서 이제 노동자의 삶에 상승의 출구가 막혀 있다는 쓰디쓴 인식에 연유하는 것이다. 여기에서 그는 자신의 삶의 무의미성를 구원하기 위해 귀향을 시도한다. 그러나 이미 그에겐 돌아갈 고향이 없다. 알다시피 농촌마저 이미 자본에 포섭되어버린 지 오래이기 때문이다. 작가는 오늘날 진퇴양난의 위기에 내몰린 노동자의 삶을 실감나게 그림으로써 이 문제에 대한 우리 문학의 창조적인 관심을 촉구하고 있는 셈이다. 그런데 이 작품의 끝 부분은 작위적이다. 고향에서 만난 별장 주인을 꼭, 주인공의 옛 사장으로 설정할 필요가 있을까? 쫓겨난 공장에 콜라병 들고 쳐들어가는 마무리도 역시 자연스럽지 못하다. 과연 80년대 식을 넘어설 창조적 대안은 무엇일까? 이것이야말로 90년대 문학의 진정한 도전이다.

[『한국일보』1995. 4. 19.]

우리의 거울, 외국인 노동자

—김소진

요즈음, 외국인 노동자 문제가 심심찮게 매스컴에 오르내린다. 이것은 한국 자본주의의 규모가 커졌다는 반증인데, 한편 우리의 마음은 더욱 착잡해진다. 우리나라에 인종분규가 없다는 점은 축복이지만, '단일민족' 신화가 다른 인종과 어깨를 겯고 살아가는 데는 매우 서툴게 만들고 있어서, 더구나 한국자본주의가 아직 천민적 성격을 청산하지 못한 터라, 그것이 혹시 고약한 인종주의로 치닫지 않을까 염려하지 않을 수 없다.

　김소진의 「달개비꽃」(『현대문학』 1995년 4월호)은 아마도 우리 소설에서는 처음으로 이 문제에 접근해간 작업이 아닐까 싶다. 이 작품에는 나이지리아 출신 아지드라는 흑인 노동자가 등장한다. 한국 생활 3년째지만 우리말이 유창한 그는 이미 프레스공장에서 손가락 몇 마디를 먹히고 이곳 제사공장製絲工場에서 일하는 불법 체류자인데, 그 가계家系가 흥미롭다. 미국의 흑인 노예였던 그의 선조가 노예에서 해방된 후 아프리카로 복귀했던 것인데, 이제 그 자손인 아지드는 한국 땅으로 건너왔던 것이다. 물론 이번에는 그의 선조와는 달리 자발적으로 떠난 것이지만, "노예 아닌 노예"로 살아가는 그의 처지는 그 선조와 상통한다. 한국에 오기 전, 아지드가 인력송출회사에 지원했을 때를 회상하는 대목은 가관이다. 한국인 시험관이 흑인 지원자들의 웃통을 벗기고 입안을 벌려 이를 검사하고 손으로 어깨나 팔꿈치를 세게 눌러 신음하거나 비명을 지르면 다 떨어뜨린다니, 이는 현대판 노예상인이 아닌가? "아지드는 아프리카 대륙에서 그런 시험을 거쳐 팔려갔을 자신의 할아버지 생각도 나고 해서 한참 슬펐다고 말했다." 어떤 점에서는 미국보다 더 인종차별적인 한국에서 그럼에도 그는 왜 귀국하지 않는가? 대답은 명쾌하다. "여기서 돈 많이 벌어야죠."

그런데 이 작품은 오늘날 외국인 노동자들이 처한 상황을 생생하게 보여주는 것으로 끝나지 않는다. 작가는 공장장 기태의 눈을 작품의 중심에 둔다. 기태는 아지드를 통해서, 아지드에 앞서서 어두운 고통의 세월을 통과해온 자신의 삶을 반추하는 것이다. 첩의 자식으로 태어나 생모와 떨어져 누이와 함께 큰어머니 슬하의 기지촌 근처 마을에서 자랐던 유년의 기억은 그가 오늘날 공장장이 되기까지의 반생의 과정을 짐작케 하는데, 이 점에서 외국인 노동자는 우리 사회의 어두운 거울이다. 이 문제를 올바로 해결하는 정도가 자신의 과거를 잊고 흥청대는 우리 사회의 근본적 개혁을 가늠하는 지표의 하나라는 인식을 다시금 새로이 하면서, 김소진의 다음 작업에 큰 기대를 걸고 싶다.

[『한국일보』 1995. 5. 3.]

도시적 삶의 산문성에 대한 반란

—윤대녕

윤대녕의 중편 「피아노와 백합의 사막」(『문학사상』 1995년 5월호)은 최근 내가 읽은 작품 가운데 가장 인상적인 것의 하나다. 첫 작품집 『은어낚시통신』으로 이미 1990년대의 대표적 신진 작가의 한 사람으로 주목 받은 그는 이 중편에서도 뛰어난 문장력과 탄탄한 구성력을 바탕으로 만만치 않은 주제를 탐색해 들어감으로써 우리를 눈부시게 한다. 사실 나는 그동안 그의 새로움에 유의하면서도 그 경쾌함이 무언가 과장된 활기가 아닌가 해서 약간씩 마음에 걸리곤 했는데, 이번 작품에서 괄목상대하지 않을 수 없었다.

주인공이 11박 12일 간의 실크로드 여행을 마치고 상하이 공항에서 서울행 비행기를 기다리는 장면에서 시작되는 이 작품은, 요새 바짝 유행하는 외국 여행기의 형식을 취하고 있다. 재벌그룹 산하의 증권회사에 근무하며 안정된 생활을 누리고 있던 그는 갑자기 왜 이 여행에 끼어들었는가? 다시 말하면 무엇이 그로 하여금 빈틈없이 돌아가는 이 자본주의적 삶으로부터 돌발적인 일탈을 감행하도록 부추겼는가? 여기에 사막이란 상징이 개입한다. 실크로드 여행단에 참여한 것도 순전히 사막을 보기 위해서였다. 국민학교 1학년, 아폴로 11호가 달에 착륙했을 때의 기이한 감동의 여파로 파생한 사막 여행의 꿈, 그러나 그후 오랫동안 망각 속에 묻어두었던, 아니 묻어두지 않을 수 없었던, 그리하여 이제는 그런 꿈을 꾸었는지조차 까마득히 잊었던 상태에서 불쑥 일상의 틈으로 침입한 그 꿈은 그를 일종의 반란으로 끌고 간 것이다. 그 꿈이 1969년 달 착륙에서 비롯된 점도 흥미롭다. 이 사건은 중층적 의미를 가지고 있다. 달마저 자신의 영역으로 식민화함으로써 달의 아우라의 마지막 커튼을 찢어버린 이 사건은 건조한 부르주아적 산문성과, 저 텅 빈 허공 속으로 거침없이 자신을 내맡기는 부르주아적 모험성을 함께 표상하는 것이다. 사막여행을 통해서 그는, 지방도시 출신으로 대도시 서울로 와 안정된 직장, 안정된 가정을 꾸리기 위해 싸워왔던, 겉으로는 반듯하지만 속살로는 누추한 자신의 반생을 반추한다. 이 지점에서 여행의 의미가 떠오른다. 그것은 안정의 대가로 사라져버린 혹은 사라져가고 있는 생활의 의미를 놓고서 벌이는 뼈저린 투쟁이었으니, 자본주의적 발전이 야기한 인간의 도덕적, 또는 영혼의 왜곡에 저항하는 주인공의 반역이 어떻게 전개되어 나갈지 하회가 궁금하다.

[『한국일보』 1995. 5. 24.]

마지막 농촌시인 나태주

세상 돌아가는 형편이 도대체가 어수선한 이 시절, 나는 우연히 집어 든 한 권의 시집을 어느 틈에 다 읽어버렸다. 나태주 시집 『풀잎 속 작은 길』 (고려원, 1996). 흉포한 도시화의 물결 속에서 오랫동안 문학의 본향本鄕 노릇을 해왔던 농촌이 그야말로 붕괴의 위기에 직면해 있는 우리들의 시대에 아직도 시골에 은거한 전원시인田園詩人이 있다니! 안으로 황폐한 도시적 삶 속에서 백금선처럼 날카로워지다 못해 섬약纖弱에 흐르는 작품들이 사태가 난 1990년대의 문학적 풍경과 대비할 때 그의 시집은 각별하다. 그렇다고 그가 요새 유행하는 환경주의를 의식적으로 밀고 나가는 시작업에 몰두한다는 것은 아니다. 그에게는 애초에, 도시적 삶의 혜택은 누릴 대로 누리면서 농촌과 자연의 파괴를 규탄하는 환경주의자의 거창한 포즈가 없다. 사실, 도시를 중심에 두고 있는 환경주의가 농촌에 대한 도시와 부르주아의 초역사적 승리에서 나온 이데올로기라는 뼈아픈 지적도 있음을 상기할 때, 존재와 의식의 분열을 자기에 비추어 검증도 않은 채 생태학적 상상력을 유행처럼 들고 나오는 일부의 환경·생태주의자들의 행태는 문제적이다. 귀향할 것도 아니면서 줄기차게 불러대는 도회시인들의 고향타령은 솔직히 말해서 신물이 난다. 그러면 그는 저항적 농민시인인가? 농민운동의 흔적은커녕 인간의 체취조차 부재하는 이 시집은 그것과는 더욱 인연이 멀다. 인간이 사라진 이 시집은, 「빈 집」이란 시가 잘 드러내듯, 서둘러 사람들이 썰물처럼 빠져나가는 오늘날 농촌의 현실을 반영한다. 농촌의 급격한 분해 현상에 대한 그의 속 깊은 탄식에도 불구하고, 아마도 시인은 도도한 대세로 밀려오는 농촌 공동화空洞化에 속수무책으로 체념한 듯싶다. 그는 그저 시골에 살면서 인간이 빠져나가 더욱 눈에 띄는 자연, 추상적 자연이 아니라, 나무와 풀과 꽃과 새와 짐승을 노래한다. 아니 자연을 빌려 자신과 자신의 삶을 반추한다고 할까? 이점에서 그는, 도시 시인들의 환경주의와 대립되는 듯, 기실은 짝을 이루는 지방 또는 농촌시인 들의 향토주의와 구별된다. 모든 것이 서울로 지나치게 통일되어 있는 한국사회에서 지방 또는 농촌에 거주하며 문학의 길을 연마하는 시인들은 그 자체로도 존중되어야 마땅하다. 그럼에도 그의 시에서 사람과 함께 공간의 구체성이 사라진 것은 문제다. 자기가 딛고 사는 지역에 대한 깊은 사랑으로 그 지역을 탐구하고 형상화하는 장소의 상상력이야말로 시간을 축으로 공간을 해체하는 자본의 논리에 맞서는 진지한 문학적 작업의 하나일 것이기 때문이다.

[『경향신문』 1996. 12. 31.]

우리 성장소설의 가능성과 불가능성

최근 장편소설들이 보여주는 줄기찬 통속성에 약간 지쳐 있던 차에, 최시한의 단편소설집 『모두 아름다운 아이들』(문학과지성사, 1996)을 만난 것은 나에게 적지 않은 위안이었다. 진지한 단편들을 공들여 써내는 숨은 작가가 아직도 있다니 고마운 일이다. 그런데 이 단편집에 수록된 다섯 편은 각각 독립적이되 일관된 구도 아래 서로 엇물려 있는 하나의 연작소설이기도 하다. 작가는 이 연작을 통해 여전히 열악한 우리 중등교육의 현장에서 예민한 젊은 영혼이 겪을 수밖에 없는 번민과 방황을 섬세하게 추적하고 있다. 이 연작의 주인공 김선재는 고등학교 2학년생으로, '철학자' 또는 '시인'이라는 별명에서 짐작되듯이 약간은 삐딱하다. 뻔한 해답을 일방적으로 주입하는 것이 아니라 올바르게 묻는 법을 훈련하는 것이 진정한 교육이라는 점을 익히 알면서도, 오늘날 우리 교육의 현장은 대학 입시라는 단기적 목표 아래 일사불란하게 진군하는 병영으로 왜곡되어 있는 현실이다. 이 때문에 선재와 같은 아이들이 문제적 인물로

되지 않을 도리가 없는 것이다. 그렇다고 학교 바깥으로 과감히 이탈할 수도 없다는 점이야말로 더욱 큰 어려움이다. 「구름 그림자」에서 부모를 일찍 여의고 철저한 현실주의자로서 어린 동생을 키운 선재의 누나가 그에게 끊임없이 경고하고 있듯이, 우리 사회에서 학교로부터의 탈각은 그대로 낙오의 길인 것이다. 그런데 오직 입시로 몰아가는 대부분의 교사들과 이에 순응하는 영리한 우등생들이 주도하는 학교체제에, '왜냐선생님'이란 별명으로 아이들의 존경을 받다가 전교조 사태로 쫓겨난 국어교사와 이에 항의하다 학교 밖으로 탈락해가는 말더듬이 열등생 윤수는 저항한다. 이 틈에 낀 선재는 괴롭다. 이 연작은 바로 내면의 고뇌를 피로써 기록하는 선재의 일기 형식을 취함으로써 성장소설로서 적절한 효과를 얻고 있는 것이다. 나는 작가가 이 난문難問을 어떻게 해결할지 궁금했다. 그런데 이 연작의 마무리에 해당하는 「섬에서 지낸 여름」은 매우 혼란스러운 작품이다. 매우 정제된 일기체도 벗어던진 채, 형식마저 어지러운 이 작품에서 선재는 섬으로 도피하여 감상적인 넋두리에 빠져 있는 것이다. 자유롭게 성장해야 할 아이들을 이처럼 고통 속에 몰아넣는 우리 교육, 아니 우리 사회의 구조적 모순에 비추어볼 때, 선재의 고민을 이해할 수는 있지만 너무 허망한 결말이 아닐 수 없다. 과연 한국사회에서 진정한 성장소설은 불가능한 것인가?

[『경향신문』 1997. 1. 28.]

성 분할체제와 여성적 삶의 조건

―은희경

이달에 나온 작품집과 시집 들을 뒤적거리다, 약간 묵은 은희경 소설집 『타인에게 말걸기』(문학동네, 1996)를 집어 들고는 이내 그 속에 빠져들었다. 솔직히 말해서 나는 베스트셀러 작가들에게 조금 인색한 편인데, 창비에 실린 「짐작과는 다른 일들」을 직책상 꼼꼼히 읽은 인상이 경鰤한 듯 싶어서 '읽어야지 읽어야지' 하면서도 미루어두었던 터이다. 마지막 장을 넘기면서 나는, 참으로 오달진 신인이 나왔구나, 감탄하지 않을 수 없었다. 등단한 지 이제 2년이 갓 넘은 신인의 첫 작품집이 이만큼 능갈치다니. 대체로 나는 다작多作 하는 작가를 덜 신뢰하는 축인데, 다산 속에서도 일정한 수준을 촘촘히 유지하고 있는 그녀의 역량이 미쁘다. 알다시피 은희경도, 박완서 이후 최근에 더욱 바짝 우리 문단에서 붐을 이루고 있는, 늦깎이로 등단한 주부 작가 가운데 하나다. 무엇이 그녀들을, 남편과 자식을 건사하는 데 진력했던 이 '아줌마'들을 소설 쓰기로 내모는가? 성 분할체제 아래 심리적·육체적 겹겹의 억압 속에 살아가는 우리 사회의 평균적 주부의 안으로 고단한 삶의 조건에 먼저 주목하게 된다. 이 점에서 최근의 여성적 글쓰기에는 여성적 삶의 정체를 탐구하는 페미니즘이 의식적이든 무의식적이든 강렬하기 마련이다. 그런데 흥미로운 것은 그녀가 여성해방을 앞세우기보다는 여성적 삶의 조건들을 매우 정밀히 드러냄으로써, 아니 그냥 우리 시대의 여성들의 구체적 현실을 생생하게 이야기한다는 점이다. 이것이 그녀의 소설을 낮은 차원의 여성 운동권 문학으로 떨어지는 것을 근본적으로 방지하는 것이다. 그래서 그런지 그녀의 소설 속에서는 우리 시대의 남편들에 대한 연민이 따뜻하다. 그들에 대한 가장 신랄한 풍자 속에서도, 그녀는 구체적 생활의 맥락 속에서 남편들이 성 분할체제의 수혜자임과 동시에 여성들과는 또 다른 차원에서 그 희생자라는 사실을 정확히 짚어낸다. 아마도 우리 단편사에서 빛날 「빈처」를 보라. 가부장 또는 부부관계의 위기는 한국단편사에서 하나의 이정표다. 18세기의 「허생전」과 1920년대의 「빈처」를 계승한 은희경의 「빈처」는 우리 사회가 남녀관계를 바라보는 시각을 전면적으로 재검토해야 할 새로운 지점에 도달했음을 상징하는 것이다. 다만 한 가지 약간 우려되는 것은 자본의 도시화와 함께 부유하는 인간관계의 폐허를 그녀가 때로는 즐기는 듯한 태도가 보이지 않는가 하는 점이다.

[『경향신문』 1997. 2. 25.]

기억의 양면성

―박형준

최근 양성우, 최승호, 박형준 등 중견에서 신진에 이르기까지 시인들의 시집 출간이 활발하다. 그런데 그 활발함이 시정신의 생기로움으로 이어지는 것은 아니다. 세기말 탓인가, 아니면 작금 우리 사회의 추락하는 분위기에 물든 때문인가, 이 시집들은 깊은 피로와 우울에 싸여 있다. 물론 철딱서니 없는 낙관주의도 문제지만, 역시 좋은 시는 신운神韻이 생동하는 경지와 소통해야 하지 않을까? 그렇다고 너무 조급해하지 말자. 시인은 시대의 예민한 촉수다. 그 촉수에 포착된 시대의 우울한 표징을 정직하게 대면하는 것이 오히려 사기死氣를 생기로 바꾸는 작업의 바탕이 될 수도 있으니까.

박형준의 『빵냄새를 풍기는 거울』(창작과비평사, 1997)은 그의 두번째 시집이다. 그는 신진시인 답지 않게 우리말의 비밀을 능숙하게 장악하고 있다. 천품이기도 하지만, 시 짓는 일에 대한 그의 거의 고통에 가까운 헌신을 짐작케 한다. 그의 시들을 읽어나가다 보면 시의 제단 앞에 경배하는 성직적聖職的 자세가 밀교적 분위기로 아련히 떠오른다. 결혼도 하지 않은 총각이 웬 청승인가?

그의 시에는 일견 현실이 실종된 듯하다. 그런데 가만히 살피면 그의 시 배면에 현실이 암호처럼 도처에서 깜박이고 있다. 그것은 한마디로 "아파트 한 채씩 분양받고/철망 속에 웅크리고 있는 개 잔등"(「앞발이 들린 채 끌려가는」)같이 누추하고, "생을 주차시킬 마땅한 공간을 찾지 못해/건물 안으로 도망친 사람들"(「의자를 들고 출근하는 남자」)의 포박된 삶이다. 이 우울한 묵시록적 도시 풍경 속에서 시인은 기억 속으로 도주한다. 하지만 거기에도 위안은 없다. 어린 나만 놔두고 메밀꽃밭을 이고 저승으로 가신 할머니(「해가 질 때」), 읍내 작부와 바람이 난 난봉꾼 남편(「장님 2」), 우동을 파는 어미의 고단한 잠(「방주」), 철로의 침목을 세며 껌종이를 주우러 다니는 아이(「껌종이를 주우면서」), 양탄자를 타고 건달과 뒷산으로 들어간 누나(「유성의 꿈」). 기억을 낭만화하지 않는 점이 그를 다른 시인들과 차별하는 중요로운 자리다. 그가 디디고 온 과거도 그리고 지금 딛고 사는 현재도 언제나 삶은 조폭한 것. 그럼에도 그는 낭만적 초월을 꿈꾸지 않는다. 그는 필사적으로 시간에 대한 항복에 맞서고 있는 것이다. 나는 그의 치열한 견딤을 미쁘게 여김에도 기억을 해방의 매개물로 복권하는 또 다른 긴장이 이제 요구되고 있는 것은 아닌가 잠시 생각해본다.

[『경향신문』 1997. 3. 25.]

사람 냄새가 나는 문학

—투병 중인 한남철 선생을 찾아서

1992년 7월 18일, 민족문학사연구소 회의가 조금 일찍 끝나서, 그래 봤자 저녁 8시가 이미 넘어섰지만, 벼르고 벼르던 한남규韓南圭(필명 한남철) 선생의 병실을 찾으리라 마음먹었다. 고맙게도 임형택林熒澤 선생도 동행하시겠다고 해서, 함께 택시를 잡아타고 길동 네거리에 있는 강동성심병원으로 향했다. 입원하셨다는 이야기를 들은 지가 오랜데도, 이제야 찾아뵙는 나의 무성의를 자책하지 않을 수 없었다. 잡사에 묻혀 사람의 도리조차 제대로 차리지 못하는 내 자신의 요즘 모습에 슬그머니 부아도 돋는 양싶었다.

　나는 한 선생과 같은 소띠이다, 물론 12년 연하지만. 내 주변에는 유독 소띠가 많은데 그분들의 삶은 한결같이 소처럼 고단해서, 나는 소띠에 깊은 연민을 지닌 터이다. 더구나 한 선생의 부인인 이순李筍 씨가 투병 중에 당신마저 병마의 덫에 치였으니, 화불단행禍不單行, 나쁜 일은 홀으로 오지 않는다는 옛말이 그르지 않음을 새삼 새기니, 왜 이런 일이 한 선생에게 들어맞아야 하는지 하늘을 원망하지 않을 수 없다.

띠가 같은 데다가 나는 한 선생의 동향 후배이다. 인천은 문화적으로 불모지에 가깝다. 특히 6·25 이후 반공도시적 재편 과정 속에서 이 현상은 더욱 심화됐으니, 시인 배인철裵仁哲은 암살되고, 소설가 현덕玄德·극작가 함세덕咸世德·평론가 김동석金東錫 등이 모두 월북하고 말았던 것이다. 1958년 『사상계』를 통해 등단하여 한남철韓南哲이란 필명으로 1960년대에 활발한 창작활동을 펼친 한 선생은 바로 6·25 이후 인천문학의 공백을 거의 홀로 메웠다고 해도 지나친 말이 아니다. 이 때문에 나는 그가 1980년대에 거의 절필에 가까운 침묵에 빠져들었을 때 누구보다도 안타까웠고, 1991년 「강 건너 저쪽에서」로 작단에 복귀했을 때 누구보다도 기뻤다. 복귀와 함께 창작에 새로운 의욕을 태우던 그가 이번에는 병마로 쓰러지니, 하늘도 무심할진저!

등단 30여 년 만에 펴낸 첫 창작집 『바닷가 소년』(1992)을 읽고 나서 나는 한 선생의 문학세계가 현덕과 깊숙이 연결되고 있음을 새삼 발견하였다. 김남천金南天이 '경이적 신인의 출현에 온 문단이 환호'했다고 회고하고 있듯이 현덕은 1938년 『조선일보』 신춘문예에 「남생이」가 당선되면서 등단하였다. 하인천 부둣가를 무대로 고통스럽게 살아가는 이농민 출신 도시빈민의 세계를 어린 노마의 눈으로 포착한 「남생이」는 곧 한남규 문학의 본령에 가깝다. 사실 한 선생도 전에 몇 번인가 현덕을 통해서 문학에 눈떴노라고 고백한 바다.

임 선생과 병실 문을 들어서니 환자복 차림의 한 선생이 일순 멍하니 나를 쳐다보더니, 나직이 "버릇없는 놈" 하시곤, 임 선생을 알아보고는 너무너무 반가워하신다. 전에 댁으로 문병 갔을 때보다 훨씬 안색이 좋아져서 나는 우선 마음이 턱 놓였다.

침상 위에는 영어 소설책이 서너 권, 들춰보니 잭 런던Jack London의

『시-울프Sea-Wolf』, 토머스 하디Thomas Hardy의 『캐스터브리지의 시장The Mayor of Casterbridge』, 조지 엘리어트George Eliot의 『사일러스 마너Silas Marner』 등등. 『시-울프』는 어린 시절 영어 공부할 때 보곤 했던 사다리총서The Ladder Series여서 반가움이 앞섰다.

"아니 아직껏 래더시리즈를 다 가지고 계세요?"

"내 거겠니? 백낙청이 갖다 준 거야."

병든 벗의 재기를 보살피는 백 선생의 배려에 내심 경탄하면서, 잭 런던을 가리키며,

"이 소설 재밌어요?" 하니,

"응, 재미는 있는데 좀 도식적이야. 거 말이야, 존 스타인벡John Steinbeck의 『분노의 포도The Grapes of Wrath』도 그렇잖아. 사회소설이 좀 그래. 난 마크 트웨인이 젤 좋더라" 하신다.

한 선생은 최근에 임 선생이 엮은 이태준 단편선 『해방전후』를 감동적으로 읽은 모양이다. "아니 임 교수, 이태준 이태준 허더니 역시 명불허전이더만. 『해방전후』에서 말야, 이태준이 붉은 기를 들고 싶어 하는 젊은 친구들과 갈등하는 대목, 얼마나 인간적이야, 인간의 냄새가 나거든."

그러다가 문학가동맹 사무실이 화신백화점 맞은편 한청빌딩에 있었고, 바로 그 빌딩에 『사상계』가 들어 있었다는 데 미쳐, 임 선생의 고서 이야기로 접어들었다. 임 선생과 만나면 으레 고서가 화제에 오르기 마련이다. 최근 임 선생이 고서방에서 시인의 친필서명 시집을 10여 권 샀다는 대목에 이르러, 내가 매우 부러워하며, 한 선생께 사상계 기자 시절에 받은 기증본들이 많지 않았느냐고 물었다. 그 시절 사상계의 막강한 영향력을 생각할 때 그 잡지의 기자 또한 위세등등했을 것은 짐작할 만한 일이 아닌가?

"그럼, 엄청나게 받았지."

"저자들이 '한남철 형 혜존', 이렇게 써서 보냈겠네요."

"아니야, 인마, '한남철 선생님 혜존'이지, 어디 감히 '형'이야. 그런데 그 기증본들이 지금 하나도 남아난 게 없단 말이야. 한심해."

내가, 요즘은 거의 컴퓨터를 사용하니까, 육필원고가 귀해져서 나중에 근현대문학박물관 같은 걸 세워도 자료난이 심각할 거라고 얘기하자, 한 선생이,

"내가 사상계에 있을 때 가람한테 원고를 청탁했거든. 병중인데 붓글씨로 원고를 써줬어. 수필인데 한 열댓 장 되나."

"그 원고 가지고 있어요?"

"웬걸."

"그거 어쨌어요?"

"뭘 어째? 쓰레기통에 버렸겠지."

이야기꽃 속에 어느덧 밤이 깊었다. 한 선생은 정말 말씀을 맛있게 한다. 이야기에 한창 팔려 있다가 문득 김사인金思寅이 지성껏 문병을 다닌다는 소문을 상기하고 물었다. 한 선생은 빙긋하며 대답한다.

"응, 사인이가 일주일에 한 번 꼴로 와. 걔는 참 사람을 무장해제시키더군. 나중에 중 될 것 같애."

느닷없이 중은 무언가? 그는 소설가답게 관상을 잘 본다. 전에 내가 영남대 있을 때 무슨 일로 동부인해서 대구에 온 적이 있는데, 그때 함께 점심 먹던 김종철金鐘哲 선배에게 무심코 던진 '욕심 빠진 얼굴'이란 평이 촌철살인이다. 중이 될지 여부는 차치하고 나는 이 먼 강동 땅으로 문병을 다니는 사인이가 그렇게 이쁠 수가 없던 것이다.

한 선생은 예의 장수론을 펼친다.

"오래 사는 일이 작품 중의 작품이야. 요절한 천재의 빛남, 좋지, 그러나 그냥 빛날 뿐이야. 그래 빛난다면 지가 태양보다 더 빛날 수 있어. 천

둥번개가 무슨 소용이야. 우리 아버지가 뱃놈인 거 알지? 그 양반 가끔 하시는 말씀이 그렇게 지혜로울 수 없어. 내년이 팔순이야. 성대한 잔치를 할 거야."

제발 내년에 한 선생과 함께 부인도 쾌차하여 팔순잔치에 나도 즐겁게 참석할 수 있기를 간절히 기원했다.

한 선생은 임 선생의 방문이 못내 즐거운 모양이다. 임 선생이 10여 년간의 각고 끝에 내놓은 『이조시대 서사시』에 대해서 칭찬이 대단하다.

"거 시들 좋습디다. 쉽고 인간의 냄새가 나. 요새 청년학도들 시하곤 다르더군."

1980년대 민족문학 진영의 작품들에 대한 불만의 간접적 표현이다. 확실히 80년대는 사회과학적인 것의 우위 속에서 새로운 진전을 보인 그만큼 무언가 핵심을 놓쳤다. 부처만 보고 중생을 보지 못했다고 할까. 중생을 끈덕지게 탐구하는 일이 중요롭다. 번뇌가 곧 보리이고 중생이 곧 부처가 아닌가? 이러구러 어느덧 10시 30분, 나는 인천행 전철을 타기 위해 서둘러 병실을 나왔다.

어제 한 선생과 통화를 했다. 병원에서 나와 병원 근처에 방을 얻어 사신다면서, 인천의 옛 지도를 구해달라신다.

"화수동인지 화평동인지 그 경계가 아슴아슴해. 자료 좀 구해줘. 서울 오면 한번 들러."

한 선생은 드디어 구상했던 소설을 쓰시는 모양이다. 이미 제목까지 정해두었다고 지난번 병실에서 말씀하신 것이 생각났다.

'내 고향 서쪽바다'

[『작가회의 회보』 19호, 1992. 9. 4.]

소수자의 옹호
: 실제비평 1981~97

© 최원식, 2014

초판 1쇄 인쇄 2014년 7월 24일
초판 1쇄 발행 2014년 7월 28일

지은이 최원식
펴낸이 강병철

펴낸곳 자음과모음
출판등록 1997년 10월 30일 제313-1997-129호
주소 121-840 서울시 마포구 서교동 396-33번지
전화 편집부 02) 324-2347 경영지원부 02) 325-6047
팩스 편집부 02) 324-2348 경영지원부 02) 2648-1311
이메일 inmun@jamobook.com
커뮤니티 cafe.naver.com/cafejamo
홈페이지 www.jamo21.net

ISBN 978-89-5707-812-9 (03800)

이 도서의 국립중앙도서관 출판예정도서목록(CIP)은 서지정보유통지원시스템
홈페이지(http://seoji.nl.go.kr)와 국가자료공동목록시스템(http:www.nl.go.kr/kolisnet)에서
이용하실 수 있습니다.(CIP 제어번호:CIP2014023696)